十二国記

0

魔性の子

옮긴이 추지나

—

대학에서 일본지역학을 전공했다. 출판 편집자로 일하다 지금은 일본 문학 전문 번역가로 활동하고 있다. 옮긴 작품으로는 오노 후유미의 십이국기 시리즈를 비롯해, 『잔예』, 『귀담백경』, 『시귀』, 『흑사의 섬』, 미야베 미유키의 『지하도의 비』, 오카모토 기도의 『한시치 체포록』, 나쓰키 시즈코의 『W의 비극』 등이 있다.

—

이 도서의 국립중앙도서관 출판예정도서목록(CIP)은
서지정보유통지원시스템 홈페이지(http://seoji.nl.go.kr)와
국가자료종합목록 구축시스템(http://kolis-net.nl.go.kr)에서 이용하실 수 있습니다.
(CIP제어번호 : CIP2014032902)

십이국기 0

마성의 아이

小野不由美

오노 후유미 지음, 추지나 옮김

엘릭시르

魔性の子

차례

十二國記 0

마성의 아이

魔性の子

積水不可極
安知滄海東
九州何處遠
萬里若乘空
向國惟看日
歸帆但信風
鰲身映天黑
魚眼射波紅
鄉樹扶桑外
主人孤島中
別離方異域
音信若爲通

—王維—

十二國記、魔性の子、小野不由美

눈이 내렸다.

크고 묵직한 눈송이가 차가운 공기를 가르며 거세게 몰아쳐 내렸다. 드높은 곳을 올려다보면 엷은 잿빛의 무수한 그림자가 순백의 하늘을 물들이고 있다. 춤추듯 떨어져 종이에 물이 번지듯 빠르게 시야를 가로지르는 잿빛 그림자는, 눈으로 좇는 사이에 하얗게 바뀌어 있었다.

그는 어깨에 살짝 내려앉은 눈송이 하나를 바라보았다. 솜털 같은 결정이 보일 정도로 크고 무거운 눈이다. 하얀 결정은 쉴 새 없이 어깨에서 팔로, 다시 새빨개진 손바닥으로 떨어져 머물다가 투명하게 바뀌며 녹는다.

그는 벌써 한 시간째 거기에 서 있었다. 잘 익은 사과처럼 빨개진 작은 손도 바지 아래 드러난 무릎도 감각이 없었다. 문지르고 끌어안아도 차가울 뿐이라 이제는 쏟아지는 눈을 멍하니 바라보면서 그저 오도카니 서 있을 수밖에 없었다.

북쪽 안뜰이었다. 좁은 마당 구석에 오래도록 사용하지 않은 창고가 있다. 토담에 생긴 균열이 으스스하다. 안채, 창고, 토담으로 삼면이 둘러싸여 있지만 바람도 없이 그저 춥기만 한 이 시기에는 아무런 도움도 되지 않는다. 정원수라 부를 만한 나무도 없다. 여름이 가까워지면 범부채꽃이 피지만 지금은 맨땅에 눈이 남긴 하얀 얼룩으로 물들어 있을 뿐이다.

'은가이 고집 쎄다 안 하나.'

간사이 지방에서 시집온 할머니는 지금도 고향 사투리가 남아 있다.

'울면 차라리 귀엽기라도 하재.'

'어머니, 아무리 그래도 말씀이 너무 심하세요.'

'너그가 응석을 받아준께 고집만 이리 쎄졌다 아이가.'

'하지만…….'

'요새 젊은 아들은 저거 새끼들 비위만 맞춰싸코. 아아는 엄하게 갈키라 케도.'

'하지만 어머니, 감기 걸리겠어요.'

'아아는 눈 요거 갖고 감기 안 걸린다. 지가 잘몬했다 카기 전까지는 집안에 들오지 말라 케라. 알았나?'

처음에는 누가 세면장 바닥에 물을 흘려놓고 닦지 않았느냐는 별것 아닌 문제였다. 동생은 그라고 말했고, 그는 자신이 아니라고 했다. 기억에 없는 일이라 숨김없이 말한 것뿐이다. 평소에 할머니는 그에게 거짓말이 가장 나쁘다고 했기에 자신이 범인이라고 거짓말할 수 없었다.

'솔찍하게 잘몬했다고 케라.'

할머니의 엄한 꾸짖음에 자기가 하지 않았다는 말만 되풀이할 따름이었다.

'니가 안 하면 누가 한기고?'

범인을 모르니 모른다고 했다. 그렇게 말할 도리밖에 없었다.

'와 이리 고집이 쎄노.'

예전부터 계속 들어왔던 말이라 그는 어린 마음에도 자신이 고집이 센 줄 알고 있었다. '고집'이란 말의 뜻을 정확히 알지는 못했으나 자신은 '고집통이'라서 할머니가 자신을 싫어하는 거라고 생각했다.

당황하는 바람에 눈물조차 나오지 않았다. 할머니는 용서를 빌기 바랐지만 잘못을 인정하면 할머니가 세상에서 가장 싫어하는 거짓말을 하게 된다. 그는 어찌해야 좋을지 알 수가 없어 그저 얼어붙어 있었다.

눈앞에는 복도가 가로놓여 있다. 복도의 커다란 유리창 너머는 거실 미닫이문이다. 반쪽이 유리로 되어 있는 미닫이문을 통해 거실에서 말다툼하는 할머니와 엄마의 모습이 보였다.

두 사람이 싸우는 것이 안타깝다. 언제나 싸움에서 지는 엄마.

엄마는 그럴 때면 항상 욕실을 청소하며 남몰래 눈물짓곤 한다는 사실을 알고 있었다.

—엄마, 또 우실까.

그런 생각을 하며 멍하니 서 있었다. 조금씩 발이 저려온다. 한쪽 발에 체중을 싣자 무릎이 삐걱거리는 소리를 내며 아팠다. 발끝은 감각이 없다. 무리해서 움직이자 차갑고 예리한 아픔이 전해졌다. 무릎에서 녹은 눈이 차가운 물방울이 되어 정강이로 흘러가는 것이 느껴졌다.

그가 아이 나름의 무거운 한숨을 지었을 때였다. 목덜미에 바람이 닿았다. 차갑고 거친 바람이 아닌 봄날처럼 포근한 바람이다. 주변을 둘러보았다. 누가 자신을 가엾게 여겨 문을 열어주었다고 생각했다.

하지만 둘러보아도 창문은 전부 꼭 닫혀 있다. 그를 살펴보는 그림자조차 없다.

고개를 갸웃거리고 다시 한번 주변을 둘러본다. 따뜻한 공기는 지금도 그가 있는 곳으로 흘러왔다.

시선이 창고 옆쪽에 미쳤다. 그는 휘둥그레 뜬 눈을 몇 번 슴벅였다. 창고와 토담 사이에 난 아주 좁은 틈새로 하얀 것이 나와 있다. 사람 팔처럼 보였다. 창고의 그림자 속에서 어깨까지 내민 팔은 하얗고 통통한 맨살을 그대로 드러내고 있었다. 팔 주인의 모습은 보이지 않는다. 아무래도 창고 뒤에 숨어 있는 모양이다.

참으로 이상했다. 창고와 담 사이에는 아주 좁은 틈밖에 없다. 어제는 좁은 틈에 떨어진 야구공을 잡을 수 없어 동생이 울음을 터뜨렸다. 그나 동생의 작은 몸으로도 틈새 안으로는 팔을 집어넣는 것이 고작이었다. 어른 같은데 대체 어떻게 저 틈에 몸을 숨겼을까.

팔꿈치 아랫부분이 헤엄치듯 움직였다. 팔이 자신을 부르고 있음을 깨닫고 그는 걸음을 떼었다. 마치 소리가 날 것처럼 얼어붙어서 마비된 무릎이 어색하게 움직였다.

따뜻한 공기가 그쪽에서 흘러들었기 때문에 겁은 나지 않았다. 몹시 추운데다, 정말로 어찌하면 좋을지 몰라서 자신을 부르는 곳을 향해 걸어갔다.

눈은 이미 지면을 덮어 그의 작은 발자국을 남길 정도로 쌓였다. 하얗던 하늘은 먹이 번진 듯한 빛깔로 변했다.

짧은 겨울 해가 기울고 있다.

1
장

001

교문을 들어서자 학교 건물까지 이어진 교정에는 단조로운 색채의 교복이 넘쳐나고 있었다. 학교 안에는 독특한 웅성거림이 흐른다. 고등학교 특유의 활기만은 아니었다. 그것은 긴 방학의 끝을 알리는 특별한 공기다. 희미하게 바다 내음이 나는 바람이 멀리서 매미 소리를 실어 왔다.

학생들은 흰색과 회색으로 된 교복을 입었다. 푸른색이 감도는 밝은 잿빛 넥타이는 겉보기만 시원하지 당사자들에게는 숨막히게 더운 애물단지이리라. 조금이라도 시원해질까 싶어 옷깃을 풀어 헤쳤던 학생이 교문 옆에 서 있던 교사에게 혼쭐이 나고 있다.

히로세는 그 모습을 보며 무심코 웃다가 흐트러진 자신의 옷깃을 떠올렸다. 서둘러 가방을 옆구리에 끼고 넥타이를 고쳐 맨다. 살짝 쓴웃음이 나왔다.

히로세가 이 고등학교를 다니던 시절에는 교복에 넥타이가 없었다. 삭막한 노타이셔츠와 검은색의 단정한 바지였던 하복이, 히로세가 졸업한 이듬해부터 지금과 같은 하얀 셔츠와 회색 바지, 회색 넥타이로 바뀌었다. 넥타이 같은 건 꽉 막힌 선생이나 하고 다니는 물건이었다. 정확히는 한낱 교생에 불과하지만 그렇게 꽉 막힌 선생이 된 자신이 우스웠다.

히로세는 다른 교사들과 섞여 직원용 현관을 통해 건물 안으로 들어갔다. 기억에 남아 있는 얼굴이 지나칠 때마다 꾸벅꾸벅 인사하며 가방 안에 손을 집어넣었다. 배치도를 꺼내 건물을 확인한다. 주변을 둘러보며 특별 교실동을 찾았다.

히로세는 이 사립 남자 고등학교를 졸업한 지도 삼 년 하고 조금 더 지났다. 학업 성취도로 보면 상위 등급인데다 역사도 깊어 명문에 속했다. 유명 대학의 진학률이 그런대로 괜찮다는 점 말고는 이렇다 할 특징이 없는 학교다. 특별히 재미있는 학교는 아니었지만 그렇다고 몸서리치게 싫은 학교도 아니었다.

이런 종류의 명문 학교로서는 드물게 고등학교만 있는데다 한 학년에 여섯 학급밖에 없다. 한 학급도 대체로 마흔 명 정도로 도시에 있는 학교치고는 규모가 작은 편이다. 히로세가 학생일 때만 해도 시가지 한가운데 자리한 낡은 벽돌 건물이었던 학교는 요즘 유행에 따라 외곽으로 이전했다. 삼 년 전, 히로세가 졸업한 이듬해의 일이다.

그런 까닭에 이 학교에 발을 디딘 것은 교육 실습을 나오기 전에 준비차 들렀던 때가 처음이었다. 오려고 하면 언제든 올 수 있었지만 괜히 몸이 움츠러들었다.

다니고 있는 동안에는 학교도 자신의 영역이다. 집의 연장선이며 생활에 밀접한 터전이다. 그러나 졸업하고 나면 타인의 장소다. 졸업생은 외부인이며 침입자이다. 더구나 히로세의 경우처럼 졸업 후 건물이 이전되고 교복이 바뀌었다면 생판 모르는 학교나 마찬가지다.

아직 짓고 있던 새로운 학교 건물을 보러 딱 한 번 온 적이 있다. 바다와 가까운 이 일대에는 황량한 휴경지만 늘어서 있었다. 그 가운데 잔잔한 바다를 배경으로 한 동 한 동 세워지고 있던 건물들. 평평한 토지 한가운데를 넓은 도로가 관통하고, 학교에서 아주 가까운 곳에는 거대한 단지가 증식하고 있었다. 아직 공사중인 건물과 마찬가지로 짓고 있던 학교, 기묘한 모습을 드러낸 건물들이 유조선이나 항공모함이라도 떠 있는 것처럼 보였던 기억이 난다.

지금은 단지도 완공되어 황폐했던 휴경지에는 집들이 늘어서서 대규모 뉴타운을 이루고 있다. 지하철 노선도 연장되어 번쩍번쩍한 새로운 역 건물 앞에는 번화가가 펼쳐져 있다. 어디에나 있을 법한 흔한 풍경이었지만 그래도 이곳이 히로세에게 낯선 땅이라는 사실은 변하지 않았다.

이곳에는 모교라는 말이 불러일으킬 만한 감상은 무엇 하나 존재하지 않았다. 벽돌로 만들어진 건물과 그보다 높이 솟아 숨막힐 듯했던 나무들은 말할 것도 없고, 역사라 말하기에 너무나 퀴퀴했던 공기며 전통이라 부르기에 촌스러웠던 분위기마저 사라졌다.

휑하니 넓고 밝은 학교였다. 멋들어진 건물 사이에 서 있는 나무가 연약한 그림자를 드리우고 있다. 짙푸른 잔디가 군데군데 기하학적으로 배치되어 탐스러운 녹음을 뽐냈지만, 지나치게 청결해서 식물이 무성하다는 느낌은 들지 않았다. 정문에서 중앙 정원으로 이어진 길 양쪽에 벚나무가 늘어서 있었다. 굵직한 나무 둘레로 보아 구교사의 벚나무를 옮겨 심은 게 분명하나 깨끗하게 가지치기해서 일정한 간격으로 늘어놓으니 인상이 완전히 달랐다.

당연한 일이지만 모교에 돌아온 감개는 없었다. 의지할 곳을 잃은 그리움이 부유한다. 야릇한 불안감이 느껴졌다. 우울할 때 솟구치는 독특한 기분과 흡사했다. 그것은 고국을 잃은 이의 슬픔이었다.

002

히로세의 지도를 맡은 고토는 과학 교사다. 이 학교는 사립인 까닭에 교사의 이동이 적다. 히로세의 학창 시절 교사들 대부분이 지금도 여기서 교편을 잡고 있다.

고토는 화학 담당으로 히로세가 1학년 때 담임이었다. 여러모로 신세도 졌고 영향도 받았다.

히로세는 고토가 마음에 들었고 고토 또한 히로세를 마음에 들어 했던 것 같다. 고토는 일이 없는 한 교무실에 돌아가지 않고 화학 준비실을 개인실처럼 쓰고 있었는데 히로세는 삼 년간 거기서 살다시피 했다. 덕분에 화학과 친해질 수밖에 없었고 그 덕에 화학만큼은 성적이 좋았다. 그렇게 이학부로 진학했지만 특별히 연구원이 되고 싶지는 않았다. 그렇다고 평범한 직장인도 내키지 않아 교직을 목표로 삼았다. 고토를 동경해서 내린 결심은 아니라 해도 역시 고토의 영향이었다.

실험실 같은 특별 교실은 전부 특별 교실동에 모여 있다. 팔월에 있었던 오리엔테이션에서 오늘은 곧장 화학 준비실로 오라는 지시를 받았는데 어디에 있는지 알 수가 없다. 조금도 낯익은 구석이 없는 한산한 건물을 배치도 하나에 의지해 걸으려니 소외감이 따라왔다. 3층 끝에서 화학 실험실을 발견했다. 그 옆에 화학 준비실이 있었다.

히로세는 준비실 문을 가볍게 두드린다. 곧바로 걸걸한 목소리가 대답했다.

"네에."

"실례합니다."

인사하며 문을 열자 에어컨의 냉기와 함께 기름 냄새가 흘러나왔다. 화학 준비실에 어울리지 않는 테레빈유 냄새였다.

"야, 겉모습은 제법 어른스러워졌구나."

놀리는 목소리로 웃는 고토는 좁은 준비실 창가에 둔 이젤 앞에 서 있었다. 그는 취미로 그림을 그렸다. 아마추어라고 할 수 없는 실력을 지닌 고토는 미술 교사와 함께 필수 특별활동의 미술부를 담당했다. 지금은 딱히 그림을 그리려고 붓을 들고 있던 게 아니라 그림의 완성도를 보고 있는 모양이었다.

벽의 한쪽 면에는 선반이 늘어서 있다. 반대쪽 벽에는 책상 세

개가 줄지어 놓여 있었다. 그중 이젤 옆에 있는 책상 위에 물통이며 그림 도구, 팔레트 등이 널브러져 있다. 다른 두 책상 위에는 그나마 교재 같아 보이는 것들이 놓여 있었지만 정신없기는 마찬가지였다. 바닥에 방치된 실험 도구와 캔버스, 벽에 붙어 있는 주기율표와 메모. 어디를 봐도 어수선한 모양새가 옛날에 자주 놀러왔던 준비실과 자연스럽게 겹쳐진다.

조금도 변하지 않은 고토의 얼굴을 바라보며 히로세는 겨우 입꼬리가 올라갔다. 그제야 돌아왔다는 감개를 느꼈다.

"오랜만에 뵙습니다."

히로세의 말에 고토의 얼굴이 활짝 핀다. 팔월에 있었던 오리엔테이션에서 봤으니 오래되지는 않았지만 준비실에 있는 고토를 보자 오랜만에 만났다는 기분이 밀려왔다.

"네 녀석이 넥타이를 그럴듯하게 맬 만큼 컸다니."

"덕분이죠."

히로세가 인사를 하자 고토는 문 바로 앞의 의자를 가리켰다.

"단노 선생님 책상을 쓰도록 해."

화학 담당은 고토와 단노 두 사람이다. 나이가 많고 온화한 단노는 테레빈유 냄새에 물려서 준비실에 거의 들르지 않는다. 단노의 책상 위에 고토의 개인 물건이 당당하게 놓여 있는 모습조차 옛날 그대로라 정겨웠다.

"이제 지각도 안 하네."

"인간은 성장하는 생물이잖아요."

히로세가 대꾸하자 고토는 큰 소리로 웃었다.

고등학교 2학년 겨울에 양친이 전근 때문에 이사했다. 전학도 할 수 없는 시기라 히로세만 여기에 남아서 하숙했다. 그대로 근처 대학에 진학해 나고 자란 마을에 자리를 잡았다.

혼자 살기 시작하면서 강제로 학교에 보내는 사람이 없어지자 본의 아니게 지각이 잦았다. 3학년 때, 한 달 내내 지각하자 마침내 담임이 작작하라며 화를 냈다. 꾸지람을 듣고는 결석이 늘었다. 요컨대 학교가 싫었다.

히로세는 학교에 정을 붙이지 못하는 아이였다. 반 친구들과 잘 어울리지 못했고 교사와 타협하는 것이 서툴렀다. 공부는 싫어하지 않았지만 학교라는 감옥 안에 몇 시간이고 타인과 갇혀 있어야 하는 것이 고통으로밖에 느껴지지 않았다. 부모님이 계실 때는 싸우기 귀찮아 꼬박꼬박 학교에 갔지만 혼자 살면서부터는 긴장이 풀린 듯 학교를 빼먹게 되었다. 등교 거부라 할 정도로 심각한 사태는 아니었지만 단순히 게으른 탓이라고 치부할 정도로 간단한 문제는 아니었다.

몇 번인가 소동을 벌이고도 전혀 개선될 기미가 없는 히로세 때문에 골머리를 앓던 담임은 결국 히로세와 친한 고토에게 고민을 털어놓았다.

"인간이나 삭힌 홍어나 마찬가지야."

고토는 그렇게 말했다.

"익숙하지 않으면 냄새 때문에 코를 쥐지만, 익숙해지면 꽤 맛이 있지. 냄새난다고 내던지면 죽을 때까지 맛볼 수 없다니까."

그 말에 히로세는 평생 못 먹어도 괜찮다고 대답했다. 실제로 그즈음 히로세는 산속에 암자를 짓고 숨어살 방책을 진지하게 모색하고 있었다. 그래도 고토의 말에 어딘가 위안을 받았는지 이후로 타인에게 조금 관대해졌다. 고등학교 삼 년간 그런 일이 셀 수 없이 많았다.

다루기 힘든 학생인 히로세도 고토가 이야기할 때만큼은 잠자코 잔소리를 들었다. 다른 교사도 그런 관계를 알았기 때문에 준비실에서 살다시피 하는 히로세를 묵인했다. 지금 생각하면 고토에게는 상당히 폐가 되었으리라.

"그럼 교무실로 갈까."

고토는 허리에 끼고 있던 수건을 꺼내 손을 닦았다. 기분을 바꿀 때의 습관 같은 행동이다. 히로세는 알겠다고 대답하며 가방을 책상 위에 두고, 개운한 표정으로 준비실을 나서는 고토를 뒤따랐다.

이상하게 이제 소외감은 느껴지지 않는다. 특별한 볼일도 없이 고토가 히로세를 준비실로 부른 이유는 어쩌면 이를 위해서였는지도 모르겠다.

003

교무실에서 열린 교무 회의에 참가하고 시업식을 하러 갔다. 올해 교육 실습생은 열 명 남짓으로 과학 수업 교생은 히로세뿐이다. 그중 여덟 명은 히로세의 동창이었고 나머지는 모르는 얼굴이었다.

히로세는 성격 탓에 친구가 적었다. 그는 학교에서 어젯밤에 본 텔레비전 방송에 대해 떠드는 것에 흥미를 느끼지 못했다. 학교 밖에서 교사나 반 아이들끼리 나누는 토론에는 더욱 흥미가 없었다. 친해지려면 참아야 할 단계라는 사실을 알고 있었지만 고등학생이던 히로세는 일부러 고행에 도전할 의욕이 생기지 않았다. 외톨이라도 고통스럽지 않았다. 고립이 무섭지 않았다. 학년이 끝날 때까지 반에서 말 한마디 나누지 않은 아이도 적잖게 있었다. 준비실에 죽치고 있는 패거리와는 종종 이야기를 나누었지만 학교 밖에서 만난 적은 없었으니 고등학교 삼 년간 얻은 친구를 굳이 꼽으라면 고토뿐이다.

정렬한 학생들 앞에 서서 자신을 소개하는 교장의 말을 듣는 동안 히로세는 두서없이 그런 생각을 했다.

시업식을 마치고 담당하는 반의 조회를 하러 가는 고토를 뒤쫓았다.

고토는 현재 2학년 6반 담임이다.

"담당 수업은 주에 열여섯 시간이다. 2학년 화학이 네 번, 1학년 과학 I이 두 번. 덤으로 학급 회의와 특별활동이 추가되지. 전부 너에게 맡길 거야."

"맡긴다뇨."

"한 번 정도는 시범을 보여주지. 그 뒤는 알아서 해. 내가 따뜻한 시선으로 지켜봐줄 테니까."

"지켜보기만 하실 거군요."

"물론 지켜보기만 하지."

빙그레 웃는 고토에게 히로세는 네, 네, 하고 중얼거렸다.

"좋아. 다 왔군."

교단 위에서 교실을 둘러본 고토의 첫마디로 조회가 시작되었다. 히로세는 교단 옆에 붙어 있는 시간표 앞에서 따가운 시선을 받으며 서 있었다. 호기심을 그대로 드러낸 시선과 의도적으로 피하는 시선. 학생들의 흥미가 자신에게 향하고 있는 게 느껴졌다.

고토는 걸걸한 목소리로 크고 요령 있게 전달 사항을 전했다. 시원시원하고 묘하게 듣기 편한 억양의 말투가 정겨웠다.

열흘 뒤로 예정된 체육 대회 이야기가 나오자 학생들의 주의가 교단으로 쏠렸다. 간신히 시선의 포위망에서 벗어난 히로세는 가볍게 한숨을 쉬었다.

"자세한 이야기는 학생회에서도 다시 하겠지만 도가 지나치지 않는 선에서 알아서들 해라."

고토다운 말이다.

"뭘 하든 자유지만 나는 책임 안 진다. 너희가 책임질 수 있는 범위 내로 부탁해."

히로세는 보일 듯 말 듯 웃으며 시선을 고토에서 학생들에게로 옮겼다. 학생들의 반응은 제각각이었다. 히로세에게 고토는 좋은 교사였지만 반 아이들 모두에게 좋은 교사는 아니었다. 야비하다고 말하는 녀석이 있는가 하면, 모든 걸 이해하는 척해서 마음에 들지 않는다는 녀석도 있었다. 고토의 말을 액면 그대로 받아들여 무책임한 인간이라고 말하는 녀석까지 있었다. 그때처럼 지금 눈앞에 있는 학생들에게도 여러 표정이 엿보였다.

히로세는 교실을 둘러보고 나서 희미하게 쓴웃음을 지었다.

같은 또래의 아이들만 마흔 명. 학교에서야 당연한 일이지만 일단 학교를 나오면 이렇게 기이한 광경도 없다. 동갑에 같은 옷을 입은 비슷비슷한 얼굴의 인간들. 한결같이 우등생 같은 얼굴로 쭉 늘어서 있는 모습이 판에 담긴 달걀을 연상시켰다.

그런 생각을 하면서 교실을 둘러보던 히로세는 문득 시선을 멈추었다.

교실 뒤편에 어쩐지 눈길이 가는 학생이 앉아 있었다. 스쳐지나지 못하고 시선이 못 박혔던 이유를 자신도 알 수 없었다.

모습이 특이해서가 아니다. 특별히 못생기지도 잘생기지도 않았다. 한눈을 팔고 있다거나 유달리 이상한 표정을 짓고 있는 것도 아니었다. 다른 학생들과 마찬가지로 무표정한 얼굴로 단상에 있는 고토를 보고 있다. 하지만 분명히 주변 사람들과는 달랐다. 어디가 다르냐고 누군가 묻는다면 대답하지 못하겠지만, 그래도 다르다고 단언할 수 있다.

굳이 말하자면 분위기가 다르다. 그를 감싼 공기나 풍기는 느낌이 독특하다.

속으로 별난 녀석이라고 중얼거리고 있을 때 고토가 히로세를 불렀다. 교단 위에서 손짓하는 모습을 보고 서둘러 걸음을 떼었다.

고토는 올해도 편한 시기가 돌아왔다며 히로세를 소개했다.

"교생인 히로세다. 적당히 귀여워해주도록."

고토의 말에 교실 여기저기서 마른 웃음이 일었다. 고토는 히로세에게 출석부를 내밀었다.

"출석 부르고 프린트 나눠주고, 잘 마무리하라고. 난 한발 먼저 돌아가서 낮잠이나 자련다."

교탁 위에 놓인 프린트를 가리키는 고토를 향해 히로세가 고개를 끄덕이자 고토는 씩 웃으며 교실을 나갔다. 히로세의 첫 임무를 지켜볼 마음은 없는 모양이다.

"히로세다. 잘 부탁해."

인사를 하고 지시받은 대로 프린트를 나누어주었다. 대충 나눈 종이 다발을 앞에 있는 학생이 넘기고 그것을 뒤로 돌리는 모습을 보면서 다시 한번 학생들의 얼굴을 둘러보았다. 역시 그가 있는 곳에 시선이 멈춘다.

그는 앞사람이 넘긴 종이 다발에서 한 장을 빼고 나머지를 뒷사람에게 넘겼다. 아무 소리도 내지 않았고 공기조차 움직이지 않은 것처럼 보였다. 너무나 조용하다. 아니, 존재감이 없다. 자신이 여기에 있다는 주장을 하나도 느낄 수 없다. 존재감이 전혀 없는 까닭에 한 자리가 빈 것처럼 허전했다. 그래서 도리어 눈길이 갔다.

히로세는 남은 프린트를 받아들며 재미있는 녀석이라고 생각했다.

그는 출석을 부르던 히로세가 '다카사토'라고 부르자 대답했다. 아주 조용한 말투였다. 너무 강하거나 약하지 않고 평탄해서 감정이 읽히지 않는다. 억양 없이 단조롭게 대본을 읊는 듯한 인상을 받았다.

"이름을 다카사토라고 읽으면 되나?"

굳이 확인까지 한 이유는 그가 떠드는 모습을 조금 더 보고 싶었기 때문이다. 그는 아주 짧게 네, 라고만 대답했다.

004

화학 준비실로 돌아오니 마침 고토가 비커에 커피를 따르던 참이었다. 출석부를 내밀자 자신의 책상 위를 가리키며 선반에서 비커 하나를 더 꺼낸다. 히로세는 지시대로 책상 위에 출석부를 놓고, 책장을 열어 입구가 넓은 병 두 개를 뒤섞여 있는 교재들 사이에서 꺼냈다. 하나에는 설탕이, 다른 하나에는 가루우유가 들어 있다.

"용케 기억하고 있군."

"이걸 어떻게 잊어요?"

히로세의 말에 고토가 웃는다. 아무것도 씌어 있지 않은 라벨을 붙인 투명한 병이 설탕. 갈색 병이 가루우유다. 화학 준비실에서 죽치던 히로세에게는 익숙한 물건이다. 약숟가락과 함께 책상 위에 놓자 고토가 비커를 내밀었다. 손수건을 꺼내 비커를 받아든다. 손잡이가 없는 비커에 뜨거운 물을 부으면, 당연히 뜨거워서 맨손으로는 들지 못한다. 화학 준비실에서 차를 마실 때는 손수건이 필수다.

"그립군요."

"그렇겠지."

우쭐하며 말하는 고토가 우습다.

"요새도 학생들이 찾아와요?"

"너처럼 살림을 차린 녀석은 없어. 그래도 점심시간이면 몇 명쯤 와서 자기들 좋을 대로 있다가 가지."

히로세는 무심코 웃었다.

"비커로 라면을 끓이거나 시험관으로 아이스바를 만드는 녀석들요?"

그렇다며 고토도 웃는다.

"뭐, 그런 녀석들이야 언제든 있지만 교생이 돼서 돌아온 놈은 네가 처음이야."

히로세는 살짝 미소 지었다. 히로세가 재학중일 때도 준비실에 죽치는 패거리가 있었는데 대부분 그와 비슷한 인간이었다. 그들은 졸업하고 연구원부터 의사, 심지어 배우나 사회 운동가에 이르기까지 다양한 길로 나아갔으나 교사가 된 사람은 없었다.

"교사 나부랭이가 되어본 소감은 어때?"

"이루 말할 수 없지요."

"아무렴. 재미없어 보이는 반이지?"

히로세는 고개를 끄덕이며 씁쓸하게 웃다가 불쑥 말을 꺼냈다.

"한 명, 특이한 아이가 있어요."

아아, 고토가 소리를 높였다.

"너도 눈치챘군. 다카사토 말이지?"

그렇다고 대답하는 히로세를 보며 고토는 웃었다.

"특이한 녀석은 동류를 빨리 찾아내는군. 다카사토를 처음 봤을 때 너 같은 녀석이 또 있다고 생각했는데."

"저와는 다르지 않나요."

고토는 천장을 바라보았다.

"다르지. 너는 척 봐도 신경질적이었으니까. 그래도 눈에 띄지?"

"제가 눈에 띄었어요?"

"띄었고말고. 너나 다카사토는 열에서 벗어나 있는 만큼 눈에 띄었어."

고토는 그런 걸 눈에 거슬린다고 하는 거라며 웃었다.

"녀석도 미술부야. 아주 인상적인 그림을 그리지. 정말 별난 녀석이야."

"그래요?"

"별난 녀석이지. 네 녀석보다 몇 갑절 더 이상해. 네가 훨씬 이해하기 쉬웠어."

고토는 드물게 심각한 표정을 지었다.

"너는 나와 같은 방향으로 삐져나온 인간이야. 그래서 알기 쉬웠지. 다카사토는 달라."

"다카사토도 삐져나와 있는 거죠?"

"그래도 달라. 나나 너는 자기 의지로 열에서 벗어났지만 다카사토는 열로 들어갈 수가 없는 거야. 성질이 전혀 달라서 아무리 애써도 삐져나오지. 그런 점이 달라."

"상당히 깊게 관찰하셨네요."

"그렇지, 뭐."

고토는 쓴웃음을 지었다.

"다른 녀석들과 분위기가 많이 다르잖아."

"다르더군요."

"별나다기보다 이질적이지."

걱정하는 말투였다.

"무슨 문제라도 있어요?"

"문제는 없어. 너랑 달리 다카사토는 성실하니까. 머리도 좋고 협동심도 있지."

"그 시절에는 폐 많이 끼쳤습니다."

정중한 인사를 듣고 고토는 웃으며 이야기를 이어갔다.

"녀석은 태풍의 눈이야. 본인이 조용할수록 주변이 날뛰지. 금세 알게 될 거야. 하나도 재미없는 반이기는 하지만 보통 방식으로는 감당할 수 없을걸."

"어째서죠?"

"다카사토가 있으니까."

고토는 그렇게 말하고 일어섰다. 커튼을 열자 방 한가득 빛이 비쳐들었다. 고토는 허리춤에 있는 수건을 꺼내 손을 닦으며 이젤 앞에 섰다.

십 호짜리 캔버스에는 학교 풍경이 거의 완성되어 있었다. 교정의 일부인 듯한 경치가 묘하게 강렬한 색 배합으로 그려져 있고, 교복을 입은 요괴나 요정 같은 모습의 학생 몇 명이 담겨 있었다. 짐짓 어른스러운 얼굴로 나무 그늘에 숨어 있는 아이, 벤치 위에서 설치는 두꺼비 같은 모습을 한 아이, 그것을 지켜보며 엉뚱한 몸짓을 취하고 있는 여러 아이들. 화면 자체는 얼핏 어두워 보이지만 자세히 들여다보면 말로 표현할 수 없는 유머러스한 정취와 따뜻함이 있다.

처음에 고토가 그린 그림을 봤을 때는 놀랐지만, 금세 더할 나위 없이 고토다운 그림이라고 생각하게 되었다. 고토는 항상 학교를 그리는데, 그림 속에 인간이 등장하는 일은 없다. 한번은 교무실에 이상야릇한 옷을 입은 동물들이 우글우글 모여서 술잔치를 벌이는 모습을 〈회의〉라는 제목으로 그린 일 때문에 교장에게 잔소리를 들었던 것을 히로세는 알고 있다.

고토에게 자극받은 건 아니지만 히로세도 특별활동은 미술을 선택했다. 단순히 그림에 몰두해 고립될 수 있는 게 좋아 보였는지도 모른다. 고토처럼 그림을 그려보고 싶어서 따라 그린 적도 있지만 재능이 없다는 사실만 확인하고 말았다.

미완성인 그림을 바라보는 고토를 보고 히로세는 말없이 책상 쪽으로 고쳐 앉아 실습 일지를 열었다.

다음날부터는 평소대로 수업이 시작되었다. 히로세는 고토를 따라다니느라 그날 오후는 땀범벅이 된 상태로 교단에 서게 되었다. 실습 기간은 이 주밖에 되지 않는다. 정확하게 말하면 십이 일이다. 육분의 일에 해당하는 이틀을 정신없이 마칠 때쯤 학교 안에는 체육 대회 전의 들뜬 공기가 감돌기 시작했다.

☆
☆

[redacted]

하얀 꽃이 피어 있었다.

시야에 들어오는 모든 것이 들판이었다. 반으로 자른 공 같은 하늘이 펼쳐져 있다. 들판은 한없이 큰 원반 모양이다. 지평선까지 이어지는 들판을 그는 여태껏 본 적이 없었다.

고개를 두리번거린다. 들판은 삼백육십 도의 완전한 원형이었다. 풀밭만 평탄하게 펼쳐져 있을 뿐 기복은 조금도 없다.

"굉장하다."

혼잣말을 하던 그는 그제야 이 장소가 어디인지 알지 못한다는 것을 깨달았다. 여기는 어디일까. 집이나 초등학교 주변, 겨우 길을 익힌 통학로 주변에도 이런 장소는 없다.

머리 위를 올려다보았다. 하늘은 복잡한 빛깔을 띠고 있었다. 이런 색의 하늘도 처음 본다.

하늘은 전체적으로 물빛을 띠고 있다. 평소의 하늘보다 훨씬 색이 옅게 느껴지는 까닭은 하늘 전체를 얇게 덮고 있는 새털구름 때문인지도 모른다. 옅은 물빛 안에 분홍색이나 연한 녹색이

물들어 있다.

그는 멍하니 하늘을 바라보았다. 이제부터 하늘을 칠할 때는 파란색이 아니라 물빛을 쓰자고 마음먹었다. 새털구름이 천천히 흘러 지나가자 하늘의 빛깔이 오로라처럼 뒤바뀐다.

머리 위를 한참이나 올려다보다가 둘레둘레 시선을 옮기며 혼잣말했다.

"달도 잊지 말아야지."

신기한 빛깔의 하늘에는 새벽녘 만월처럼 아련한 흰색 달이 떠 있다. 달 주변에 보이는 옅은 흰색 점은 별이었다. 별자리를 좇다 두 번째 달을 발견했다.

그는 눈을 동그랗게 떴다.

"달은 하나 아닌가?"

잘 세어보니 여러 형태의 크고 작은 달이 여섯 개나 떠 있다. 태양은 어디에도 보이지 않는다.

이상하다고 생각하며 한동안 하늘에 시선을 빼앗겼다. 춥지도 덥지도 않은 날씨였고 희미하지만 좋은 향을 머금은 따스한 바람이 불어 왔다. 꽃 냄새다. 그리고 풀 냄새.

그는 심호흡을 하고서 시선을 대지로 돌렸다. 끝없이 평평한 대지에는 솜털 같은 풀잎들이 펼쳐져 있다. 무릎까지 오는 풀이다. 가는 잎 사이에서 뻗어 나온 곧은줄기에 손톱 끝만 한 꽃이 몇 송이 피어 있다. 가까이서 보면 반점이 있지만 멀리서 보면 연기처럼 하얀 꽃이다.

쌩하고 세찬 바람이 불었다. 풀들이 일제히 흔들리고 하얀 꽃도 흔들린다. 작은 꽃은 서로 부딪히며 유리끼리 스치는 듯한 맑은 소리를 냈다. 부드러운 풀이 다리를 간질인다.

그제야 깨달았다. 그곳은 들판이 아니라 습지다. 그의 길지 않은 종아리 중간까지 맑은 물이 가득차 있었다. 이렇게 맑은 물은 본 적이 없다. 물결도 흐름도 없어서 실제로 존재하는지 의심스러울 정도였다. 이상하게도 다리가 젖은 느낌은 들지 않았다. 시험 삼아 한쪽 다리를 들어본다. 깨진 수정 같은 물거품이 반짝이며 흘러 떨어졌지만 피부에는 축축한 감촉조차 남아 있지 않았다.

물 밑바닥은 회색 돌이었다. 대지가 평평한 이유를 알았다. 커다랗고 네모난 돌이 빈틈없이 깔려 있고 그 위에 물이 채워져 있는 것이다. 가늘고 싱그러운 녹색의 줄기가 돌바닥 위로 뻗어 있다. 군생을 이룬 풀 사이로 작은 물고기가 빛을 튕기며 헤엄친다.

그는 환호성을 질렀다. 물속에 손을 넣어 작은 물고기를 잡으려 했다. 작은 손이 쫓아와도 물고기는 도망치지 않는다. 그뿐인가, 손가락 쪽으로 헤엄쳐 다가온다. 손가락을 움직이자 애교라도 부리듯이 달라붙었다.

"여기는 어디일까."

물과 함께 작은 물고기를 양손으로 건져 올리며 주위를 둘러보았다. 이런 장소가 있을 리 없다는 사실을 그도 깨닫기 시작했다. 손가락 사이로 물이 새고, 물고기가 빠져나갔을 때는 간지러웠다.

"정말 아름답다."

그는 의미도 없이 고개를 끄덕였다. 다시 주변을 돌아보고는 물을 튀기며 걸음을 뗀다. 그가 걷자 꽃이 흔들리며 무릎께에서 딸랑딸랑 고운 소리가 들렸다.

그 후로 얼마나 걸었는지 기억하지 못한다. 꽤 먼 거리를 걸은 것 같다. 아무리 걸어도 전혀 지치지 않았다. 꽃밭만 이어지는 풍경이지만 조금도 질리지 않았다. 그는 만족해하며 지극히 행복한 기분으로 걸었다. 때때로 어디선가 작은 새가 날아와서 머리나 어깨에 머물러 한차례 놀다 날아간다.

날아가는 새를 눈으로 좇으며 멀리 들판에 나 있는 틈을 보았다. 옆으로 갈라진 하얀 꽃 사이로 짙푸른빛이 엿보인다. 아무래도 강이 흐르는 모양이다.

강을 향해 걷는다. 마치 신기루를 쫓듯 아무리 걸어도 강은 가까워지지 않았다. 오랜 시간 작은 물고기나 작은 새와 노닐다 보니 겨우 그곳에 가까워졌다.

실개천으로 보였던 그것은 사실 커다란 강이었다. 반대편 강가는 아득히 멀고, 강 밑바닥은 보이지 않을 정도로 깊다. 돌로 포장된 바닥이 뚝 끊기고 거기서부터는 깊은 청록색의 물 말고는 아무것도 보이지 않았다. 들여다보아도 물빛이 옅은 곳조차 없다. 균일하게 깊은 색을 하고 있어 바닥에 기복이 없으리라는 사실을 그도 알 수 있었다.

깊고 넓은 강까지 걸어가자 그 이상 앞으로 나아갈 수 없었다. 그는 아직 수영을 하지 못한다. 물살은 잔잔했지만 이렇게 넓은 강을 건널 수는 없었다.

그는 실망하여 주위를 둘러보았다. 멀리서 반짝하고 무언가 빛났다. 잘 보니 구불구불 흐르는 강의 저 먼 상류에 (또는 하류에) 다리가 걸려 있다.

다리는 유리로 만든 것처럼 투명하다. 그는 미소를 머금고 강을 따라 발걸음을 옮기며 멀리 보이는 다리를 향해 걷기 시작했다.

2
장

001

사흘날의 일이다. 세 번의 수업을 마치고 실습 일지를 정리한 후 집으로 돌아가려는데 2학년 6반 아이가 고토를 부르러 왔다. 체육 대회 준비로 각목을 다루다 창문을 깼다는 것이다. 작업하던 체육관 뒤로 서둘러 달려가 고토의 지시대로 처리했다. 방과 후에 남아서 체육 대회를 준비하는 학생들로 시끌벅적해질 때다. 반 아이들이 남아 있으면 고토도 학교에 남을 수밖에 없다. 고토가 남으면 히로세 또한 돌아가기 어려워진다.

그런 생각을 하며 담당 직원에게 연락하고 준비실로 돌아가려고 복도를 걷던 히로세는 2학년 6반 교실에서 사람을 발견했다. 오늘 교실에 남아 작업한다는 이야기는 듣지 못한 터라 확인차 교실을 들여다보니 안에 다카사토가 있었다.

그는 아무것도 하고 있지 않았다. 생각에 빠지거나 멍하니 있는 것처럼 보이지도 않았다. 자신의 자리에 앉아 가볍게 깍지 낀 양손을 책상 위에 놓고 창문을 바라보고 있었다. 그저 그곳에 존재한다는 기척밖에 풍기지 않았다.

"무슨 일이지, 아직 집에 안 갔니?"

열려 있는 문틈으로 히로세가 말을 걸자 다카사토는 시선을 휙 들어 돌아보며 조용히 고개를 끄덕였다.

"네."

"체육 대회 때문에?"

그냥 이야기를 좀 나누어보고 싶은 마음에 히로세는 질문을 던지며 교실로 들어갔다.

다카사토는 히로세의 얼굴을 정면으로 응시했다.

"아니요."

그때였다. 다카사토의 발치를 뭔가 빠져나간 듯한 기분이 들었다. 히로세는 걸음을 멈추고 시야에서 서둘러 사라지는 무언가의 그림자를 눈으로 좇았다. 그것은 시선보다 빠르게 시야 밖으로 도망친다. 한순간의 일이었고 제대로 본 것도 아니었지만 무슨 짐승 같아 보였다. 그림자가 도망친 방향을 살폈지만 당연히 아무것도 보이지 않았다.

방금 그것을 보았는지 물으려다 다카사토의 구김 없는 시선과 마주쳤다. 그의 눈은 어떤 빛깔도 담고 있지 않았다. 갑자기 겸연쩍어진 히로세는 괜히 교실 여기저기를 둘러보았다. 텅 빈 교실에 건조한 여름 공기만 괴어 있었다.

히로세는 씁쓸하게 웃고 다시 한번 다카사토를 보았다. 다카사토 역시 그런 히로세를 가만히 바라보았다.

"당번이야?"

"아니요."

"그럼 어디 아프니?"

곁에 다가가 묻자 다카사토는 지그시 올려다보며 고개를 저었다.

"아니요."

다카사토의 대답은 철저하게 간결했다. 히로세는 자신을 올려다보는 얼굴을 빤히 내려다보았다. 다카사토의 얼굴에는 이렇다 할 표정이 없었다. 모든 깨달음을 얻은 듯이 조용한 얼굴이었다.

"다카사토라고 했지?"

이미 기억해둔 이름을 일부러 확인해본다. 다카사토는 고개만 끄덕였다.

"다카사토는 방과후 동아리 활동은 안 하니?"

"네."

"어째서?"

어떻게든 네, 아니요 이외의 말을 끄집어내고 싶었다. 다카사토는 고개를 살짝 갸웃거리더니 나이에 어울리지 않게 조용한 목소리로 대답했다.

"동아리에 들어갈 마음이 없어서요."

함께 이야기를 하고 있어도 다카사토에게서 느껴지는 위화감은 변하지 않는다. 다카사토는 히로세를 거부하지 않았지만 환영하는 것도 아닌 듯했다. 그저 히로세가 말을 걸어서 대답한다. 그렇게밖에 보이지 않았다.

"뭘 하고 있었지? 아, 추궁하려는 것이 아니고 그냥 궁금해서 그래."

다카사토는 어리둥절해하며 "밖을 보고 있었어요"라고 대답했다.

"그냥 보고만 있었어? 무슨 생각을 하던 것도 아니고?"

"네."

기묘한 녀석이다. 히로세는 특별히 재미있을 것이 없는 창밖을 바라보았다. 각도 때문에 체육관 지붕 반쪽과 지붕 위 파란 유리로 만든 테이프 같은 하늘이 보일 뿐이다. 앉아 있는 다카사토에게는 아마도 하늘밖에 보이지 않으리라.

"하늘밖에 없는데."

"네."

다카사토도 얼굴을 창문으로 향했다. 시선의 각도로 보아 역시 하늘을 보고 있었던 모양이다. 하늘은 맑았다. 구월 초의 이 시간대에는 아직 노을이 질 기미도 없다. 구름 한 점 없이 멋없는 푸른색만이 무대 배경처럼 펼쳐져 있을 뿐이다.

"재미있는 풍경처럼 보이지는 않는데."

당황한 기색이 여실히 엿보이는 히로세의 목소리에 다카사토는 별다른 대답을 하지 않았다. 입가를 살짝 올려 미소를 짓는 듯한 표정을 지었을 뿐이다.

마음 한구석이 불편했지만 그렇다고 발걸음을 돌려 교실에서 도망쳐 나오기도 분해서 히로세는 무의미한 질문을 던졌다. 체육 대회 때는 어떤 경기에 나가는지, 운동은 좋아하는지, 학교는 재미있는지, 중학교는 어디를 나왔는지, 잘하는 과목은, 1학년 때 담임은, 가족 구성은.

반면 다카사토는 히로세의 눈을 보고 담담하게 대답했다. 나갈 경기는 결정되지 않았고, 운동은 특별히 좋아하지도 싫어하지도 않는다, 학교가 재미없다고 느낀 적은 딱히 없으며 잘하는 과목은 없다 등등. 묻는 대로 최소한의 대답만 짤막하게 했다.

물어보지 않은 이야기까지 하거나, 히로세에게 무언가를 물어보려 하지도 않았다. 무언가를 물으면 대답은 하지만 질문에 대한 대답이 아니면 말하지 않는다. 히로세를 상대하기가 불편한 것 같지는 않았으나 적극적으로 이야기를 나누고 싶은 마음도 없어 보였다.

"이렇게 말하면 기분 나쁠지도 모르지만, 너 특이하구나. 그런 말 듣지 않아?"

무례를 무릅쓰고 물어보자 "들어요"라는 짧은 대답이 아무런 감정도 실리지 않는 목소리로 돌아왔다.

"그러겠지."

웃으며 대꾸하니 다카사토도 웃는 표정을 지었다. 세상에 찌든 어른들이 타인의 비위를 맞추기 위해 짓는 웃음 같은 미소였다. 야비한 인상이 아니어서 불쾌감은 없지만 아무래도 위화감을 씻을 수 없다. 침착한 태도와 목소리는 정도를 지나쳐서 어른스러운 게 아니라 애늙은이 같은 인상을 주었다. 지극히 소년다운 그의 외모와 어울리지 않는다. 너무나 뒤죽박죽이라 히로세는 곤혹스러웠다.

이질적이라는 고토의 말을 실감했다. 다카사토는 '특이'한 게 아니라 '기묘'했다. 불쾌한 점은 없었기에 '이질'이라고밖에는 표현할 말이 없었다. 무슨 생각을 하는지 전혀 알 수 없지만 비뚤어진 마음을 품은 것처럼 보이지도 않았다.

"내가 방해했지? 미안."

히로세의 말에 웃는 형상을 한 얼굴이 "아니요" 하고 대답했다.

002

"다카사토, 꽤 특이하지."

다음날 점심시간, 화학 준비실에서 히로세가 한 말이다. 고토는 점심을 먹으러 외출한 상태였다.

히로세 옆에는 학생 네 명이 있었다. 히로세 눈에는 예나 지금이나 준비실을 근거지로 삼는 패거리는 변함이 없어 보였다. 뭔가 넘치거나 모자라서 교실에 있을 자리가 없다. 다만 히로세가 학교에 다니던 시절에는 좀더 엉뚱한 녀석들이 모였었는데, 지금 주위에서 밥을 먹는 아이들은 이전 멤버에 비하면 아무리 봐도 시시하다는 생각이 들었다.

"다카사토가 특이하다는 걸 잘도 알아차리셨네요."

쓰이키가 놀랍다는 듯이 말하며 고개를 들었다. 그는 다카사토와 같은 반 학생으로 준비실에는 올해 들어 드나들기 시작했다고 한다.

"알고말고. 어제 얘기도 했는걸."

점심을 먹기에 준비실만큼 좋은 곳은 없다. 볕도 잘 들고 여름에는 냉방도 잘된다. 고토는 아끼지 않고 차를 내준다. 단, 컵 대신 비커를 쓴다.

"겉보기에는 얌전한 것 같죠, 그 녀석."

쓰이키의 목소리에는 어째 가시가 돋쳐 있었다.

"실제로도 얌전하잖아?"

"아니, 그거야 그렇지만."

불만이 담긴 말투였다. 그게 귀에 거슬렸는지 이와키가 쓰이키의 얼굴을 쳐다본다.

"무슨 일 있었어?"

"아니."

쓰이키의 쌀쌀맞은 대꾸에 이와키는 겉으로 드러날 정도로 머쓱해했다. 이와키도 2학년이다. 5반이기는 하지만 선택 수업 시간에는 2학년 6반과 합동 수업을 한다.

"뭐야 너, 다카사토가 마음에 안 드는 거야?"

"그다지."

"뭐야, 말해봐."

시비를 거는 이와키를 쓰이키는 모른 채 무시하려 한다. 1학년인 노즈에와 3학년인 하시가미가 흥미진진하게 지켜보았다.

"그냥 좀 어두운 녀석 아니야? 말붙이기는 껄끄럽지만. 아니면 그 녀석 혹시 뒤에서 뭔 짓이라도 하나?"

이와키의 질문 공세에 쓰이키가 쌀쌀맞게 대꾸했다.

"녀석은 이상해."

말투가 묘하게 거칠어서 모두 어리둥절한 표정을 지었다.

"이상하다니, 뭐가."

하시가미가 묻자 쓰이키는 눈을 내리깐 채 딱딱한 목소리로 우물우물 말했다.

"녀석은 우리랑은 달라요."

쓰이키의 말투에서 석연치 않은 낌새를 느낀 히로세는 고개를 갸웃거리며 물었다.

"애들이 다카사토를 싫어하니?"

쓰이키는 허둥거리며 "좋아하는 녀석은 없을 거예요"라고 입 안에서 웅얼거리고는 히로세를 쳐다보았다.

"다카사토랑은 얽히지 마세요."

"왜 그러는데?"

물어도 대답은 없다.

"무슨 문제라도 있니?"

"……아무튼 녀석은 달라요."

이와키가 드러내놓고 한숨을 쉬었다.

"그저 말수가 적을 뿐이잖아. 요즘 세상에 왕따냐?"

야유하는 목소리에 쓰이키는 시선을 떨어뜨렸다. 잠시 망설인 끝에 의미심장하게 목소리를 낮추었다.

"이 얘기 내가 했다고 하지 마."

그는 주변을 신경쓰며 말했다.

"다카사토는 가미카쿠시를 당했어."

히로세는 순간 '가미카쿠시神隠し'라는 말이 무슨 뜻인지 머리를 굴려야 했다. 얼마 안 있어 '신神이 감춘隠し 아이'라는 말을 떠올리고 나서야 입이 떡 벌어졌다.

"가미카쿠시라면 어느 날 홀연히 사라진다는 그거 말이야?"

쓰이키는 고개를 끄덕였다.

"다카사토가 초등학생 무렵이었대요. 정말로 어느 날 연기처럼 사라졌다가 일 년 후에 느닷없이 돌아왔는데, 그사이 다카사토가 어디에서 뭘 했는지 아무도 모른대요."

"본인은 뭐라고 하는데?"

"아무것도 기억나지 않나 봐요."

"진짜야?"

하시가미가 끼어들었다.

"유괴된 게 아니라 진짜 가미카쿠시라고?"

"그렇다니까요. 그래서 걔가 우리보다 한 살 많은 거라고요."

"웃기고 있네."

이와키는 콧방귀를 뀌었다.

"무슨 사정이 있었겠지. 어차피 소문이잖아."

쓰이키는 이와키를 쏘아보았다.

"진짜야. 유명한 이야기란 말이야. 여하튼 다카사토는 그래서 이상한 거라고."

히로세는 머리가 어지러웠다. 이 일대는 최근 몇 년 사이 급격히 개발된 도시지만 쓰이키와 다카사토는 개발의 여파가 밀려오기 전부터 여기에서 살았던, 이른바 지역 토박이라고 들었다. '유명한 이야기'란 '학교에서 유명한 이야기'가 아니라 '이 지역에서 유명한 이야기'라는 것을 상상할 수 있었다. 그런데 가미카쿠시라니.

"유치하긴."

이와키의 한마디로 그 이야기는 더이상 오가지 않았지만 히로세는 '가미카쿠시'라는 단어가 뇌리에 강렬하게 남았다. 히로세는 기본적으로 신비 사상이나 초자연적인 현상에 흥미가 없는 인간이지만 그것들을 전부 부정하지도 않았다. 더욱이 이를 다카사토라는 인물과 함께 놓고 보면 이와키처럼 대수롭지 않게 여기기 어려웠다.

003

점심시간이 끝나고 5교시는 특별활동 지도를 맡았다. 히로세가 점심을 먹고 돌아온 고토와 미술실에 들어섰을 때는 이미 학생 대부분이 모여 있었다.

특별활동이라고 해도 실제로는 미술 동아리와 큰 차이가 없다. 미술 교사인 요네다가 설렁설렁 출석을 부르고 나자 학생들은 삼삼오오 미술실을 빠져나갔다. 다들 스케치북을 들고 있지만 대개 도서관이나 빈 교실로 가서 공부를 하거나 논다는 사실을 히로세는 겪어봐서 알고 있었다. 교사도 그걸 묵인했고 학생들도 그 사실을 알기 때문에 문화 계열 특별활동 중에서 미술은 늘 인기가 가장 좋았다. 개중에는 정말로 그림을 좋아해서 미술실에 남는 녀석도 있다. 그런 학생들은 팔자 좋게 이야기를 나누는 고토와 요네다 옆에서 저마다 자신의 작업을 시작한다.

다카사토는 남아 있는 학생이었다. 그는 미술실 구석에 비품으로 놓인 이젤을 펼치고 공동 사물함에서 캔버스를 꺼냈다. 다카사토가 유화를 그린다는 사실에 히로세는 기묘한 기분이 들었다. 그가 지닌 분위기가 수채화를 연상시켰기 때문인지도 모른다. 다카사토는 익숙한 동작으로 사물함에서 그림 도구 상자를 꺼내 펼친다. 히로세는 조용히 다카사토에게 다가갔다.

그림을 들여다볼 수 있는 위치까지 와서 말을 걸었다. 목소리에 돌아본 다카사토가 히로세를 발견하고는 끄덕 인사했다. 얼굴에는 어제와 마찬가지로 미소 같은 형상이 떠올라 있었다. 히로세는 손을 들어 인사하고 다카사토의 화폭에 시선을 향한 채 그림을 한참 바라보았다.

분명히 인상 깊은 그림이었다. 히로세는 한동안 다카사토와 캔버스를 번갈아 보았다.

"……이런 질문은 실례지만."

히로세는 머뭇거렸다. 그렇지만 묻지 않을 수 없었다.

"이게 뭐지?"

화폭에는 그저 색만 처덕처덕 발라져 있었다. 희미하게 어떤 형상이 보일 듯도 한데 형태를 파악하려고 시선을 집중하면 그 순간 윤곽이 애매해져서 모습을 감춘다. 색깔은 복잡했다. 대부분 부드러운 색을 사용했지만 너무 불투명해서 아름답지는 않았다. 색과 색의 배치도 미적이라고 하기 어려웠고, 의미 있는 색 배합도 아닌 듯했다.

"어딘가의 풍경인가?"

무슨 말을 해야 할지 몰라 아무렇게나 던진 질문에 다카사토는 눈을 동그랗게 떴다.

"네."

어렴풋이 미소 짓는다. 희미하지만 진짜에 가까운 미소처럼 보였다.

"여기가 어디지?"

다카사토는 고개를 저었다.

"모르겠어요."

"어딘지 모르는데 그리고 있는 거니?"

그 질문에 다카사토는 고지식해 보일 만큼 성실한 표정으로 고개를 끄덕였다.

"네."

"굳이 왜?"

"그리다 보면 기억나지 않을까 해서요."

히로세는 그러냐고 말장구를 치며 정말 별난 녀석이다 싶어 기가 막혔다. 내심 조금 실망하며 다른 곳으로 자리를 옮기던 히로세는 쓰이키가 한 말을 불쑥 떠올렸다—가미카쿠시를 당했다. 일 년 후. 아무것도 기억하지 못한다.

다카사토를 돌아보았다. 사라졌던 일 년, 그때 보았던 풍경이냐고 물으려다 입을 다물었다. 섣불리 묻기가 망설여졌다. 쓰이키의 말을 그대로 받아들일 수도 없고, 믿는다고 쳐도 쉽게 언급해선 안 될 것만 같았다.

기묘한 녀석이라고 히로세는 들리지 않게 중얼거렸다.

만약 가미카쿠시를 당했다는 말이 사실이라면 다카사토는 그 때의 일을 정말로 기억하지 못한다는 소리다. 그리고 기억해내고 싶어 한다. 자신의 기억에 빠진 부분이 있다면 당연히 찜찜할 것이다. 하지만 적극적으로 기억해내고 싶어 한다는 사실이 히로세를 머뭇거리게 했다.

인간은 평범하지 않은 것에 민감한 생물이다. 쓰이키의 말투가 그것을 상징하고 있다. 다카사토는 가미카쿠시를 당했다. 그러니까 특이하고 자신들과는 조금 다르다. 그 때문에 친하게 다가설 수 없다.

좋고 싫은 감정은 숨겨도 상대에게 전해진다. 다카사토가 사람들이 자신을 불편해하는 이유를 눈치채지 못할 리 없다. 다카사토는 가미카쿠시를 없던 일로 하고 싶지는 않은 것일까. 자신의 경력에서 말소하고 싶다고, 그런 일이 있었다는 사실을 잊어버리고 싶다고, 그렇게 생각하지는 않는 것일까. 아니면 가미카쿠시 같은 사건은 처음부터 없었던 것일까.

다카사토는 특별활동 시간 내내 묵묵히 화폭에 붓을 그었다. 몇 번이나 붓을 쉬고 생각에 잠겼다가 색을 칠하고, 또 몇 번이나 나이프로 긁어냈다. 그림을 그리고, 나아가서는 기억을 되찾는 것이 그에게 정말로 중요한 일이라는 사실만은 히로세도 이해할 수 있었다.

004

닷샛날, 금요일 5교시는 학급 회의 시간이다. 화제는 물론 일주일 뒤로 다가온 체육 대회밖에 없다. 간단히 주의 사항을 전달하고 나머지는 반장이 준비를 진행하는 모습을 지켜보면 끝이었다.

아이들은 잡담을 하면서 회의를 진행했다. 교사가 교단에 없다는 사실만으로 교실은 차원이 다르게 소란스럽다. 경기 종목과 준비를 위한 역할 분담을 결정하는 모양인데, 단순한 잡담과 다를 바 없었다.

히로세는 교실 뒤편에 서서 지켜본다. 다카사토는 잡담에 끼지 않았다. 주변 공기가 차단된 듯이 교실 분위기에서 완전히 고립되어 있었다. 다카사토에게 말을 거는 아이도 없고 그가 다른 친구에게 이야기하는 일도 없었다. 그저 그곳에 앉아 회의의 진행 과정을 지켜보고 있다. 주위에 앉아 있는 아이들은 다카사토가 거기에 존재하지 않는 것처럼 행동했다.

사전에 암묵적으로 정해놓은 모양인지 순식간에 저마다 참가

할 경기 종목이 정해졌다. 반장인 고탄다가 종목별로 칠판에 쓴 이름을 확인차 세어보다가 불쑥 소리쳤다.

"응? 한 사람 부족하잖아."

히로세는 다카사토의 이름이 빠졌다는 사실을 알고 있었지만 입을 다물었다. 다카사토도 아무 말도 하지 않았다. 맨 앞에 앉은 학생이 고탄다에게 귀띔하는 모습이 보인다. 고탄다는 당황하며 다카사토를 보았다.

"다카사토, 하고 싶은 경기 있어?"

그렇게 물은 고탄다의 목소리가 조금 긴장한 것처럼 들렸다. 다카사토는 짤막하게 없다고 대답했다. 고탄다는 난처해하며 다카사토와 칠판을 번갈아 바라보았다.

"이백 미터 달리기밖에 안 남았는데, 괜찮겠어?"

다카사토는 표정 없이 고개를 끄덕였다. 겨우 마음을 놓았는지 고탄다의 얼굴에서 긴장감이 사라졌다.

그런 모습을 지켜보면서 히로세는 교실의 분위기를 읽어내려 했다. 다카사토는 고립되어 있다. 학생들은 다카사토를 무시하려 하고 있다. 이런 상황에서 악의를 느낄 수 없는 것이 기묘했다. 악의적으로 그를 따돌리려 작정한 사람은 없어 보였다. 그들은 다카사토를 외면하려 했다. 그것이 히로세가 느낀 인상이었다.

그 후에는 저마다 준비를 위해 교실을 나갔다. 체육 대회 때는 1학년부터 3학년까지 통틀어 반을 모아 세 팀으로 나누는 것이 관례다. 각 학년의 5반과 6반이 한 팀이고, 전통적으로 청군이라 불린다. 학교 전체가 금요일 5교시는 학급 회의 시간인 탓도 있어 교실에는 1학년이나 3학년 아이들까지 드나들었다.

고토는 선하품을 하며 준비실로 돌아가버리고 히로세는 교실에 남아 영양가 없는 이야기를 나누면서 학생들이 작업하는 모습을 가만히 지켜보고 있었다.

"선생님, 한가하면 도와주세요."

아이들의 말에 히로세는 쓴웃음을 지었다.

"뭘 하면 되지?"

적당히 잘라달라며 신문지를 건네주는 걸로 봐서 아무래도 종이를 붙여 소품을 만들 준비를 하는 모양이다. 조금 떨어진 자리에서 다카사토도 조용히 가위질을 하고 있었다.

·

"야아, 히로세 선생님. 일하는 자세가 나오시네요."

누가 말을 걸어 고개를 들자 3학년 하시가미가 교실에 얼굴을 내밀었다.

"수습 대접이 다 이렇지, 뭐."

"수습은 괴로운 법이죠. 이 반 응원 담당 있어?"

하시가미는 교실에 남은 아이들을 둘러본다. 한 아이가 손을 들자 수업 끝나고 응원을 맞춰볼 거라는 이야기를 전달했다.

"다카사토. 다음엔 이것도 부탁해."

그때 누군가가 자른 신문지를 정돈하고 있던 다카사토에게 파란 천을 내밀었다.

묵묵히 천을 받아든 다카사토를 하시가미가 뚫어져라 바라보았다.

"네가 다카사토냐?"

"그런데요."

다카사토의 태도는 상대가 교생이건 선배건 달라지지 않았다. 무표정한 눈이 그저 지그시 상대의 눈을 바라볼 뿐이다.

"그래?"

하시가미는 재미있다는 듯이 중얼거리더니 툭 던지듯 물었다.

"너, 어릴 적에 가미카쿠시를 당했다며?"

그 순간 교실의 변화를 어떻게 설명하면 좋을까. 히로세에게는 눈에 보일 정도로 짙은 긴장감이 아이들을 움켜쥔 것처럼 느껴졌다. 눈을 한 번 깜빡이자 다들 아무것도 모른다는 얼굴로 다시 작업을 시작했지만 그 모습은 어떤 불온한 것을 필사적으로 보지 않으려는 움직임 같았다.

"그게 사실이야?"

노골적으로 호기심을 드러낸 하시가미의 목소리에 다카사토는 고개만 끄덕였다.

"유괴 아니고? 하나도 기억나지 않는다는 얘기 진짜야?"

"네."

다카사토는 담담하게 대답했다. 딱히 불쾌해 보이지는 않았다.

"기억상실이란 건가? 굉장한데."

처음으로 다카사토가 눈살을 찌푸렸다. 변함없이 불쾌해하지는 않았지만 이 화제를 달가워하지 않는다는 사실이 왠지 모르게 느껴졌다.

"사실은 UFO에 끌려간 거지? 기분 나쁜 우주인에게 생체 실험을 당하고 기억이 지워진 채 돌아온 거네."

"그런 소리를 하는 사람이 있나요?"

다카사토가 입을 열었다. 그가 자발적으로 말을 꺼내는 모습을 히로세는 처음 보았다.

하시가미가 주저 없이 쓰이키에게 시선을 향해 턱짓했다.

인정머리 없는 녀석이다, 속으로 중얼거린 히로세는 순간 의자가 넘어지는 격렬한 소리에 표정을 찌푸렸다. 소리가 난 쪽을 돌아보니 낯빛이 파리한 쓰이키가 일어서 있었다.

"난 아냐."

어이없게도 쓰이키는 겁에 질려 어쩔 줄 몰라 했다.

"믿어줘. 내가 한 말이 아냐."

격렬하게 부정하는 쓰이키를 하시가미가 비웃는다.

"네가 했잖아."

"난 아냐. 내가 말하지 않았어."

다카사토는 시선을 떨어뜨렸을 뿐이다. 살짝 찡그린 미간이 어떤 감정을 나타내는지 알 수 없었다.

"내가 아니야, 다카사토."

도망치듯이 교실을 나가는 쓰이키를 하시가미는 황당해하는 시선으로 좇았다.

"뭐야, 저 녀석."

히로세도 기가 막혔다. 저렇게까지 얼굴을 붉힐 필요가 있을까. 그러다 한 가지 사실을 깨달았다. 그곳에 있는 아이들은 하나같이 기묘한 표정을 짓고 있었다.

아이들은 모두 긴장하고 있었고, 겁먹은 것을 필사적으로 감추려는 듯이 보였다. 다들 애써 표정을 지운 채 쓰이키의 기묘한 행동을 눈치채지 못한 척하려 했다. 전철 안에서 취객이 싸우는 장면을 목격한 이들의 반응 같았다.

히로세는 다카사토를 돌아보았다. 다카사토의 얼굴에는 표정이 사라져 있었다. 도저히 뒤에서 폭력을 휘두를 아이로 보이지는 않는다. 어떤 형태로든 직접적으로 남을 위협하는 모습은 상상이 가지 않았다.

"쓰이키 녀석이 훨씬 이상하네."

자리에 있던 아이들은 하시가미의 중얼거림 역시 외면했다.

005

수업이 끝나고 나서도 소란스러움은 가시지 않는다. 화학 준비실 창문 아래에서는 어느 팀이 세움 간판을 만드느라 애쓰고 있었고, 보이지 않지만 홍군 응원단이 연습하는 소리도 들렸다. 2학년 6반도 남아서 작업하겠다는 연락이 있었다. 고토가 느긋하게 붓을 움직이고 있어서 히로세도 천천히 실습 일지를 적고 있었다.

그때 반장인 고탄다가 뛰어들어왔다.

"선생님, 한 녀석이 다쳤어요."

"다쳤다고? 누가?"

"쓰이키요."

히로세는 바로 펜을 놓았다.

"쓰이키? 무슨 일이야, 싸움이라도 났어?"

히로세가 급히 물은 이유는 아까의 기묘한 광경을 잊을 수 없었기 때문이다.

예상과 달리 고탄다는 고개를 가로저었다.

“세움 간판을 만들다가 톱에 다리를 베였어요.”

“아아…… 그래.”

자신이 생각해도 이상할 정도로 안도하고 있었다.

“많이 다쳤어?”

고토가 묻자 고탄다는 어깨를 으쓱했다. 그 모습으로 보아서는 특별히 큰 부상은 아닌 모양이었다.

“양호실로 데려갈 때 피가 뚝뚝 떨어지기는 했어요.”

“제가 가볼게요.”

히로세가 일어서자 고토가 고개를 끄덕였다.

히로세가 고탄다와 함께 양호실로 달려갔을 때 쓰이키는 이미 집으로 돌아간 뒤였다.

“돌아갔어요?”

제 발로 돌아갈 수 있다면 심각한 상처는 아닐 것이다. 마음은 놓았지만 석연치가 않았다. 보건 교사인 도토키가 씁쓸하게 웃었다.

“뭣 때문인지 모르겠지만 허둥지둥 돌아갔어요.”

히로세가 학교에 다닐 때 있던 보건 교사는 정년퇴직했다. 도토키는 히로세가 본 적 없는 몇 안 되는 교사 중 한 명이었다.

"꿰맬 상처는 아니었어요. 그래도 병원에 가보라고 일러두었습니다."

"네에……."

히로세가 고탄다를 향해 손짓하자 그는 무표정하게 인사하고는 양호실을 나갔다. 히로세는 도토키에게 고개를 살짝 숙였다.

"귀찮게 해드렸네요."

히로세와 나이 차가 얼마 나지 않는 그는 괜찮다며 웃는다.

"차라도 한잔하실래요? 실습은 어떠세요?"

"생각보다 편합니다."

도토키가 권하는 대로 히로세는 옆에 있는 의자에 앉았다. 그는 익숙한 동작으로 차가운 보리차를 따라주었다.

"히로세 선생님이 무슨 과목이셨죠?"

"과학, 화학이에요."

"아, 그러면 고토 선생님이 지도 교사겠군요?"

"네."

"고토 선생님 좀 힘들지 않으세요? 교생에게 전부 떠맡긴다고 들었어요."

그렇기는 한데요, 하고 쓴웃음을 지으며 히로세는 컵을 들었다.

"도토키 선생님도 계속 남아 계시는 건가요."

"체육 대회와 축제 기간에는 마지막 학생이 돌아갈 때까지 퇴근할 수 없어요. 손님이 끊이지를 않아서."

온화하게 웃으며 도토키도 자리를 잡고 앉았다.

"요새 아이들은 연장을 다루는 게 서툴러요. 조금 전에……."

그렇게 말하며 책상 위에 놓여 있는 노트를 봤다.

"쓰이키, 인가요? 그 애도 다리로 판자를 누르고 있다가 그대로 톱에 베였다더군요."

"다리를요?"

"무릎으로 판자 끝을 누르고 있다가 정강이를 베였어요. 붙잡고 있던 그 애도 어설펐지만 톱질을 하던 쪽도 서툴렀던 거죠."

히로세는 새삼 도토키를 쳐다보았다.

"직접 자른 게 아니고요?"

"아니요. 판자를 자르는 학생을 도와주었던 모양이에요."

"톱질을 한 아이 이름은 아세요?"

히로세가 묻자 도토키는 의아해하며 다시 한번 노트를 들여다본다.

"부축해 온 학생이군요. 음, 세타라는 아이네요."

긴장이 풀려 무의식중에 한숨을 내쉬었다.

"왜 그러세요?"

당황하며 고개를 젓는 히로세를 보고 도토키가 어리둥절해하는 표정을 지었다.

"그래도 그 둘은 괜찮은 편이죠. 그전에 온 3학년 애는 자기 손에 못을 박았다니까요."

"3학년요?"

불길한 예감이 들었다. 도토키는 고개를 끄덕인다.

"오 센티미터나 되는 못을 손바닥에 못대가리까지 박고서, 멋대로 박혔다고 하던걸요. 망치질을 어떻게 해야 그렇게 되는지, 원."

"그 아이는……."

도토키는 아아, 하고 끄덕였다.

"바로 병원으로 보냈죠. 누가 가져왔는지 낡은 못이었거든요. 녹슨 못은 위험해요."

"아뇨, 그게 아니라."

히로세 자신이 생각해도 이상한 일이지만 어떻게든 다친 아이 이름을 확인해두고 싶었다.

"그 학생 이름이 뭡니까?"

도토키는 눈을 휘둥그레 뜨고 나서 다시 노트로 시선을 떨어뜨렸다.

"3학년 5반 하시가미입니다."

006

준비실로 돌아가는 길, 히로세는 감정을 억누를 수가 없었다.

쓰이키와 하시가미. 의미가 있을 리 없다는 걸 알았지만 어쩐지 의미심장해 보였다. 나열되어 있는 기묘한 부호라도 발견한 듯한 기분이었다. 하시가미, 긴장한 아이들, 도망친 쓰이키, 그리고 다카사토.

히로세는 본관 계단을 따라 천천히 3층으로 올라갔다. 층계와 층계 중간에 한 번 꺾어서 올라가게 되어 있는 계단 층계참의 벽은 바닥에서 천장까지 통유리였다. 유리 너머로 저녁놀에 물들기 시작한 학교 건물이 보인다. 널따란 교정의 잔디를 끼고 각 학급의 교실이 늘어선 일반 교실동이 정면에 있었다.

복도 창문은 일렬로 늘어서 있다. 대부분 불이 켜 있다. 층계참 유리창에 얼굴을 가까이 대니 일반 교실동 내부가 훤히 보였다. 전등을 밝힌 복도를 학생들이 지나다닌다. 문이 열려 있는 교실 안에서 작업하는 아이들 모습까지 보였다.

히로세는 조금 전까지의 기분을 잊고 웃었다. 체육 대회 전의 흥청거림에 들떠서 평소와 달리 흰 생쥐처럼 열심히 움직이는 그들을 보자 괜히 흐뭇했다. 그 모습을 둘러보듯 고개를 움직이다 문득 시선이 멈추었다. 건물 끝 창가에 우두커니 서 있는 학생의 모습이 눈에 들어왔던 것이다.

모두 바쁘게 움직이는 가운데 홀로 우두커니 서서 꼼짝하지 않았다. 2층 창가에서 잔디밭을 내려다보고 있는 모양이다.

히로세는 저도 모르게 눈을 깜빡였다. 다시 한번, 이번에는 눈을 꽉 감았다 떴다. 그러고 나서 눈을 부릅뜨고 2층 구석을 보았다. 팔을 들어 손바닥으로 창문을 닦고 뚫어져라 응시했다.

사람 얼굴이 보일 만큼 가깝지는 않았다. 그렇지만 그의 어깨에 걸쳐져 있는 손만은 똑똑히 보였다. 맨살을 드러낸 팔이었다. 교복은 아직 반소매라 팔꿈치까지 보이는 것은 이상하지 않다. 그러나 그 팔은 어깨 부근까지 드러나 있었다. 소년의 등뒤에서 그를 덮듯이 늘어뜨린 벌거숭이 팔은 손끝만 살짝 포개고 있었다. 순간 그가 누군가를 업고 있나 했지만, 그의 등에는 팔 주인의 머리와 어깨가 보이지 않는다. 그저 두 팔만이 그의 양어깨에 힘없이 앞으로 축 늘어져 있었다.

있을 수 없는 것을 보고 있는 기분이었다. 어째서 팔 주인의 어깨도 머리도 보이지 않는 걸까. 팔이 거의 어깨까지 전부 몸 앞쪽으로 넘어와 있는데 등뒤로는 그림자 하나 보이지 않았다. 팔을 이고 있는 학생도 무거운 것을 짊어진 자세로는 전혀 보이지 않았다. 마치 목 주변에서 생겨난 것 같은 팔은 가슴께에 늘어져 있다. 아까부터 학생 몇 명이 등뒤로 지나갔지만 아무도 그가 이상하다는 걸 깨닫지 못한 듯했다.

학생과 팔을 몇 번이나 번갈아 보는 사이에 갑자기 그가 엉뚱한 곳을 바라보았다. 그는 고개만 옆으로 돌렸다. 바라보는 방향에 학생 두어 명이 보인다.

히로세는 안도했다. 아마도 그의 장난이었을 것이다. 학교의 명물인 가장행렬에서 쓸 가짜 팔을 저렇게 걸치고 놀고 있는데, 그걸 눈치챈 아이가 말을 걸어온 것이다. 틀림없다.

창가에 서 있던 그는 뭐라고 말하더니 창문에서 등을 돌렸다. 그가 창문에서 완전히 등을 돌리는 아주 짧은 시간에 팔은 등에서 다른 쪽으로 옮겨가듯이 움직이며 모습을 감추었다. 마치 팔 모양을 한 뱀이 스르르 물러서는 것처럼 보였다. 창문에서 멀어지는 그의 등에는 당연히 아무도 없었다.

히로세는 한참 동안 그곳에 멍하니 서 있었다. 창문에 이마를 짚고 머릿속으로 지금 자신이 본 광경을 몇 번이나 되새겼다.

거리가 멀었다.

히로세는 그렇게 혼자 중얼거렸다.

그래, 먼데다 역광이었다.

지금은 체육 대회 준비중이고 학교 안에는 온갖 것들이 넘쳐난다. 종이로 만든 인형, 가장행렬에 쓸 도구, 그냥 보기에는 용도를 알 수 없지만 응원을 위해 준비했다는 물건들.

알고 보면 어이없을 이유로 그렇게 보였을 뿐이다.

히로세는 자신을 타이르며 한숨을 내쉬었다. 미지근한 공기 탓인지 이마에 땀이 배었다. 마음을 다잡고 기운을 내서 발걸음을 돌렸지만 머릿속 깊숙한 곳에 그 광경이 새겨져 있었다.

☆
☆☆

늦은 밤, 남자는 아파트 단지를 지나며 자신의 집을 향해 걸음을 서둘렀다. 축축하게 땀이 밴 피부에 밤바람이 스치자 땀이 더 난다.

곤죽이 되도록 마셨다. 남자는 귀소 본능에 의지해 길을 걷고 있었으나 흡사 쌍둥이처럼 닮은 건물이 늘어선 단지에서는 본능도 도움이 되지 않는다. 다른 집 초인종을 누른 적이 한두 번이 아니었다.

그것을 기억할 만한 이성은 남아 있었기 때문에 그는 몇 번이나 걸음을 멈추고 머리 위를 올려다보았다. 같은 모양새를 한 건물이 일렬로 줄지어 있다. 거대한 묘비처럼 보이는 건물의 옆면을 몇 번이나 확인한다. 지상 십이 층 건물의 비상계단에 면한 벽 꼭대기에 동 번호가 색 타일로 크게 씌어 있었다.

'이렇게 몇 번이나 확인하는데도 왜 자꾸 집을 잘못 찾지.'

그는 속으로 중얼거렸다.

꼭 베개 뒤집기 같다.

그의 고향에는 '베개 뒤집기'라는 옛날이야기가 전해진다. 밤이면 베개 뒤집기란 요괴가 나타나 잠든 사람의 베개를 이상한 곳으로 옮겨놓는다. 시골 할머니 집에 가면 반드시 이 요괴가 나타났다. 아침에 일어나면 발밑에 베개가 있다. 그뿐만 아니라 잠에서 깨서 가만히 보면 이불 방향이 잠들었을 때와 달라진 것 같은 기분이 자꾸만 들었다. 지금 생각하면 단순히 잠버릇이 나빴을 뿐이지만 이상한 기분은 지울 수가 없다. 오래된 시골집 낡은 다다미방에서 눈을 떴을 때의 위화감. 잘 생각해보면 이불은 어젯밤 그대로 움직이지 않았는데도 찝찝한 기분이 남았다.

그는 쓴웃음을 지은 채 멈추어 섰다. 눈앞의 건물을 똑똑히 쳐다본다. 자신이 돌아가야 할 곳은 바로 다음 건물이다.

괜히 고개를 한번 주억거리고 걸음을 옮기면서 다시 한번 머리 위를 올려다본다. 자동차 진입이 금지되어 있는 이 길에는 사람 모습도 보이지 않았다. 자신의 구두 소리가 텅 빈 골짜기에 메아리쳤다. 높다란 건물이 그를 향해 무너질 듯한 착각이 든다. 주위를 빙 둘러보자 가벼운 현기증이 났다.

머리를 흔들던 그는 올려다보고 있던 건물 옥상에서 어떤 하얀빛을 발견했다.

약하고 옅은 빛이었다. 옥상 가장자리에 희멀겋고 둥근 빛이 반짝였다. 그는 자신의 눈을 의심하며 깜박거렸다. 둥근 빛 안에서 그림자가 떠오르는 것이 보였다.

남자는 입을 쩍 벌렸다. 마치 어떤 짐승이 빛 안에서 기어나오는 것 같았다. 그게 무엇인지는 알 수 없었지만 몸집이 제법 큰 네발짐승이었다. 개라고 하기에 덩치가 커 보였다. 그늘이 져서 짐승의 모습은 제대로 판별할 수 없다. 그래도 옅게 빛나는 등은 보였다.

저게 뭐지, 그렇게 생각할 새도 없이 짐승이 뛰어올랐다. 물살을 가르는 듯한 빠르기로 그의 머리 위를 지나 십이 층 건물 사이로 날아갔다.

모습이 사라지고 나서도 그는 여전히 그쪽을 멍하니 바라보고 있었다.

3 장

001

교생 실습 첫 주도 끝나간다. 토요일이라 수업은 오전에 끝났지만 학생 대부분이 체육 대회 준비로 오후에도 그대로 남아 있었다. 화학 준비실은 단골손님 가운데 오후까지 남은 패거리에게 점거당했다.

1학년인 노즈에는 하시가미가 다쳤다는 소식을 어디에서 듣고 왔는지 사건에 대해 친절하고 자세하게 해설했다.

"오 센티미터 정도 되는 못이었는데 말이지, 못대가리까지 손등에 박혔다더라. 병원에서 빼주기는 했는데 빼는 것도 장난이 아니었대."

"우와, 완전 호러네."

같은 학년의 스기사키가 열심히 감탄사를 내뱉었다.

준비실에는 에어컨이 돌아가고 있었다. 고토는 늘 그렇듯 점심을 먹으러 밖으로 나갔고 학생들은 멋대로 비커를 꺼내 매점에서 사 온 주스와 고토가 가져다놓은 커피를 마시고 있다.

쓰이키는 오늘 학교를 쉬겠다고 연락했다. 하시가미도 결석이란다.

"하시가미 형은 평소에 손재주도 좋은데. 목공 일도 잘하고."

히로세는 노즈에가 하는 말이 마음에 걸렸다.

"그러니?"

노즈에는 얌전히 고개를 끄덕였다.

"그 형, 사실은 오타쿠예요."

무슨 소리인지 못 알아듣는 히로세를 보며 노즈에가 떠들어댔다.

"방에 가면 장난 아니에요. 비디오가 다섯 대나 있고요. 그걸로 애니메이션을 녹화해요. 다른 지방 방송국에서 하는 재방송을 녹화하려고 어마어마한 안테나를 설치해놨다니까요."

"우와."

"비디오며 테이프를 보관하는 선반이 벽에 꽉 들어차 있는데, 그걸 전부 형이 직접 만들었대요."

이와키가 웃는다.

"원숭이도 나무에서 떨어진다더니 딱 그 짝이네."

스기사키도 큰 소리로 웃었다.

"하시가미 선배도 못에 찔린다."

히로세는 따라 웃으면서도 석연치가 않았다. 무언가 마음에 걸린다.

"그러고 보니 어제 쓰이키가 이상했다면서요?"

이와키의 질문에 히로세는 당황하며 고개를 끄덕였다.

"어떻게 알았지?"

"우리 반 애가 거품 물고 도망치는 쓰이키를 봤대요. 다카사토와 싸운 것 같다던데."

"응……. 하시가미가 다카사토에게 시비를 걸어서 그렇게 됐어."

"시비를 걸었다뇨? 하시가미 형도 있었다는 말인가요?"

"그랬지."

"아, 알았다. 그거구나. 가미카쿠시."

노즈에가 신나서 하는 말에 히로세는 애매하게 긍정했다. 가미카쿠시가 뭐야, 하고 스기사키가 떠들어대자 노즈에는 허풍을 섞어서 절반 이상 지어낸 이야기를 늘어놓았다.

"진짜?"

"믿지 마. 거의 노즈에가 쓴 소설이니까."

히로세가 쓴웃음을 짓자 노즈에는 뾰로통한 표정을 지었다.

"쉽게 발설하면 안 되죠. 하지만 가미카쿠시는 정말이야."

"오오."

그때였다.

"그 얘기 너무 신나게 떠들지 않는 편이 좋을걸."

2학년인 사카타였다.

"왜?"

이와키가 바라본다.

"내가 우리 반 애한테 들었는데 위험하다더라."

"위험하다고?"

물은 사람은 히로세였다. 사카타는 어깨를 으쓱했다.

"저도 잘은 몰라요. 얘기해준 녀석도 말하기를 꺼리는 것 같았고. 걔가 다카사토랑 1학년 때 같은 반이었는데 가미카쿠시 이야기를 하면 위험하다더라고요. 다카사토를 건드린 녀석에게는 안 좋은 일이 생긴대요."

그 자리에 있던 모두가 멀거니 있었지만 히로세는 진지해질 수밖에 없었다.

"안 좋은 일이라니? 사고 같은 거?"

"그런 모양이에요. 다카사토를 괴롭혀도 위험하대요. 다카사토를 괴롭힌 애들은 모두 다쳤대요."

"그거 지어낸 얘기지?"

이와키가 물어도 사카타는 고개를 갸웃거리기만 했다.

"나도 들은 이야기일 뿐이야. 하지만 다쳤다는 애들이 한둘이 아니니까. 봄에 수학여행에서 죽은 애 있잖아. 소문에는 걔랑도 관련이 있다던대."

"죽었다고?"

그런 이야기는 처음 듣는다. 히로세는 사카타의 얼굴을 뚫어져라 바라보았다.

"네. 여객선에서 바다에 떨어져 죽은 애가 있어요. 3반이었나. 돌아가는 길이라 수학여행이 중지되지는 않았지만. 신문에도 실렸는데 못 보셨어요?"

"응, 기억에 없어……."

"걔가 친구 둘이랑 합세해서 사고 전날 재수없다며 다카사토를 두들겨 팼다더라고요. 그 녀석은 죽고 남은 두 녀석도 끔찍한 일을 당했어요."

이와키가 불만을 드러내며 외쳤다.

"야, 오버하지 마."

"내가 뭘, 난 오버한 적 없어. 아무튼 남은 두 명 중 하나는 트럭에 치여서 한쪽 다리를 절단했어요. 다른 한 명도 무면허로 스쿠터를 몰다 사고로 중상을 입었고요. 정학 먹고 그대로 학교를 그만뒀다죠. 그러니까 세 사람 다 이제는 학교에 없다는 소리예요."

사카타는 입술에 침을 바르면서 말했다.

"1학년 때도 죽은 애가 있대요."

다들 입을 열지 않았다. 다른 아이들은 어안이 벙벙해서 그랬지만, 히로세만은 심장이 쿵쾅거리는 탓에 말을 꺼낼 수 없었다. 그래서 쓰이키는 안절부절못했던 것이다. 그 자리에 있던 아이들의 기묘한 긴장감도 소문 탓이라는 사실을 깨달았다.

002

다음날인 일요일은 체육 대회를 준비하는 학생들을 위해서 교문을 열어놓기로 했다. 고토도 하루 종일 준비실에 틀어박혀 있을 모양이다. 이때를 틈타 다른 교생들도 학교에 나와서 연구 수업의 리허설을 한다고 들었다. 히로세는 고민 끝에 오후에 가겠다고 연락하고 아침 일찍 집을 나섰다.

종잡을 길 없는 불안이 가시지 않아 실체를 확인하지 않고는 배길 수 없었다. 히로세는 노즈에가 써준 메모를 들고 하시가미의 집을 찾아갔다. 만나서 이야기하면 마음이 놓이리라. 단순한 사고일 뿐이라는 걸 확인하고 김이 샐 게 분명하다.

하시가미는 시가지와 학교가 있는 뉴타운 중간 지점에 산다. 부유해 보이는 주택지로 공원도 많다. 베드타운이라는 표현이 어울리는 한적한 동네다. 마을 한쪽에 있는 하시가미의 집은 한눈에도 주인의 여유로운 경제 상태를 느낄 수 있는 건물이었다.

초인종을 누르고 히로세라고 합니다, 라고만 말하고 하시가미를 불렀다. 금세 현관홀의 나선 계단을 따라 하시가미가 내려왔다.

"어라, 히로세란 게 선생님이었어요?"

"건강해 보이네."

히로세가 말하자 하시가미는 멋쩍게 웃었다.

"솔직히 땡땡이예요. 어차피 토요일이라 오전 수업밖에 없었으니까."

그렇게 말하면서 익살스럽게 얼굴을 찌푸리고 나서 2층을 가리켰다.

"올라오세요."

하시가미의 방은 노즈에 말대로 비디오 따위로 가득차 있었다. 넓은 방의 벽이란 벽마다 천장 높이만 한 선반이 놓여 있다. 탄탄한 구조의 선반으로 칠도 꼼꼼하게 되어 있어 노즈에가 말해주지 않았다면 기성품이라고 생각했을 것이다.

"이 선반, 전부 네가 만들었니?"

전기 포트를 들고 돌아온 하시가미는 수줍게 웃었다.

"네. 규격품은 사용하기 영 불편해서요."

"솜씨 좋네."

"뭘요."

하시가미는 낯간지러워하며 웃는다.

"이렇게 손재주가 있는 녀석이 어쩌다 다친 거야?"

히로세가 묻자 하시가미는 붕대를 감은 손을 가리켰다.

"이거요?"

"못을 박았다면서?"

굳은 표정으로 붕대 끝을 만지작거리면서 잠시 생각에 잠겼던 하시가미가 입을 열었다.

"……못이 멋대로 손에 박혔어요."

히로세가 대답할 말을 찾지 못하고 멀뚱히 얼굴만 보고 있으려니 하시가미는 토라진 아이 같은 표정을 지었다.

"선생님, 귀신 같은 거 믿어요?"

당돌한 질문에 히로세가 어안이 벙벙해 있는데 하시가미는 딱 잘라 말한다.

"말해두지만 저는 안 믿어요."

"나도…… 그런 건 안 믿어."

마음 어딘가에서 찌릿찌릿한 소리가 들린 듯한 기분이 든 까닭은 그저께 보았던 기묘한 광경이 머릿속에 남아 있었기 때문이다.

"하지만 이건 귀신이 한 짓이라고 생각해요."

하시가미는 나직한 목소리로 말했다.

"왜 그렇게 생각하지?"

"못질을 한 범인이 보이지 않았으니까요."

하시가미는 티백을 찻주전자에 집어넣었다. 전기 포트를 들어 뜨거운 물을 붓고 뚜껑을 덮는다.

"저는 입구에 세울 아치를 만들기 위해 못을 박으려고 했어요. 왼손으로 못을 잡고 오른손에 망치를 들었죠. 하지만 제 손에 박힌 못은 그 못이 아니었어요."

하시가미는 책상 위에서 못을 가지고 왔다. 오 센티미터 정도 길이에 중간 부분이 조금 휜 못이었다. 전체적으로 불그스레해서 낡은 못임을 알 수 있었다.

"이게 그……?"

"네. 병원에서 기념으로 받아 왔어요."

이상한 기념도 다 있다고 생각했지만 히로세는 아무 말도 하지 않았다.

"못도 망치도 제가 직접 집에서 챙겨 갔어요. 제가 즐겨 쓰는 애들이죠. 하지만 이건 제 못이 아니에요."

"왜 그렇게 생각하지?"

그렇게 묻자 하시가미는 어깨를 으쓱했다.

"저한테는 이런 녹슨 못은 없으니까요. 녹슨 못에 찔리면 파상풍에 걸린다잖아요. 무서워서 녹슨 못은 다 버려요. 이렇게 휜 못이라면 더 그렇죠. 두들겨서 펴는 사람도 있지만 제가 해서 똑바로 펴진 적이 없거든요."

그런 말을 하며 하시가미는 못을 책상 위로 던졌다.

"구석에서 못질을 하고 있는데 왼쪽 손등이 뭐에 찔린 것 같은 따끔한 느낌이 들었어요. 바라보니 못이 박혀 있더라고요."

"못대가리까지?"

"그럴 리가요."

하시가미가 웃었다.

"앞부분 아주 조금이었죠. 박힌 게 아니라 닿아 있었다고 해야겠네요. 따로 누가 잡고 있지도 않은데 못이 손등에 비스듬하게 세워져 있는 거예요."

하시가미의 목소리가 담담해서 오히려 그럴싸하게 들렸다.

"이게 뭐야 싶어서 잡고 있던 못을 내버려두고 손등을 얼굴 앞으로 들어올렸어요. 그랬더니 쾅 하고 갑자기 누군가 못질을 했어요."

"누군가?"

"네. 모습은 보이지 않았지만 못대가리를 망치인지 뭔지로 내리친 느낌이었죠. 그 기세에 손이 땅으로 처박혔어요. 그때 또다시 쾅 했죠. 이번에는 손에 박힌 못이 느껴지더라고요."

방안이 싸늘해진 것 같은 기분이 들었다. 히로세는 무의식중에 천장 가까이에 있는 에어컨을 올려다보았다.

"놀라서 목소리도 나오지 않았어요. 머릿속이 새하얘졌죠. 그때 또 한 번 못질을 당했어요. 그렇게 아프지는 않았지만 허둥지둥 손을 땅에서 떼어내려 하는데 꼼짝하지를 않는 거예요. 당황하는 사이에 또 쾅. 못대가리까지 박혀버렸죠. 깜짝 놀라서 뭐야 이거, 하고 소리를 질렀어요. 코미디였죠."

하시가미는 메마른 목소리로 웃었다.

"뒤에 있던 녀석이 왜 그러냐고 물어서 못에 찔렸다고 했어요. 손이 완전히 땅바닥에 딱 들러붙어서 손바닥 아래로 손을 넣어 조심히 떼어냈어요. 땅에 못자국이 있었지만 피는 고이지 않았죠. 그때부터 아프기 시작해서 부랴부랴 양호실로 간 거예요."

하시가미는 홍차를 컵에 따른다. 떫겠다, 하고 그는 중얼거렸다. 잊고 있었던 홍차는 무척 떫어 보이는 거무스름한 적갈색을 띠고 있었다.

"혹시 이걸로 가치관이 바뀌려나 싶어서 기념으로 못을 받아 왔습니다."

"변했니?"

히로세는 물어보았다. 자신의 목소리도 메말라 있었다.

"그다지요. 내 일 같지가 않아요. 지금은 이래도 어제는 벌벌 떨고 있었지만. 자고 있으면 또 어디서 못이 찔러오지 않을까 싶더라고요. 눈을 감기가 무서웠죠. 눈을 감으면 괜히 못이 눈을 찌를 것만 같아서요. 그러다 어느새 잠들어버리긴 했죠."

히로세는 고개만 끄덕였다. 달리 어찌하면 좋을지 알 수 없었다. 하시가미의 이야기는 기묘하게 설득력이 있었으나 자신 안의 무언가가 그대로 받아들이기를 거부한다. 그래서 이 이야기에 이러쿵저러쿵 덧붙일 수가 없었다.

"저는 귀신 따위 믿지 않고 지금도 역시 안 믿지만, 그건 대체 뭐였을까 싶어요. 여우에 홀렸다는 건 이런 기분을 말하는 거겠죠. 그런 생각이 들어요."

히로세는 다시 한번 고개만 위아래로 까닥였다.

003

다음 화제를 찾지 못한 채 히로세는 하시가미의 집을 나와 쓰이키 집으로 향했다. 쓰이키네 집의 정확한 위치를 아는 사람이 없어서 학급 명부에서 주소만 베껴 파출소에서 길을 물었다.

쓰이키의 집은 뉴타운 외곽, 척 보기에도 최근에 지은 집과 이전부터 있던 낡은 집이 함께 뒤섞인 지역에 있었다. 낡았다고 할 정도로 오래되지도 않았지만 다른 집과는 느낌이 달랐다.

초인종을 누르자 모친이 나왔다. 히로세는 이번에도 이름만 말했다. 그녀는 아들을 부르러 계단을 올라갔다. 잠시 뒤 위에서 희미한 이야기 소리가 들리더니 모친이 계단을 내려온다.

"죄송해요. 애가 몸이 안 좋다고 해서."

그다지 죄송하지 않은 말투였다.

"다친 데는 좀 어떤가요?"

히로세가 물으니 모친은 눈살을 찌푸렸다.

"실례지만 친구니?"

그녀의 말투가 얼굴을 본 적도 이름을 들은 적도 없는데 당신은 누구냐고 묻고 있었다.

"아니요, 저는 교생입니다. 고토 선생님께서 상태를 보고 오라고 하셨어요."

마음속으로 고토에게 사죄하며 그렇게 말하자 그녀는 "어머나" 하고 입을 가렸다.

"어머, 그러세요? 죄송해요. 하도 젊어 보이셔서."

그렇게 말하는 그녀를 따라 미소 지었다. 그녀는 2층을 가리켰다.

"올라가보세요. 무조건 기분이 안 좋다고 우겨서 말이에요. 의사 선생님이 목발을 짚으면 학교에 갈 수 있다고 하셨는데도 쉬겠다고 고집을 피워요. 성실한 아이인데 말이죠. 학교에서 무슨 일이라도 있었나 걱정하고 있었어요."

히로세는 애매하게 맞장구를 치며 계단을 오른다. 올라가서 바로 보이는 방이 쓰이키의 방이었다.

"선생님이면 선생님이라고 말씀해주시지 그랬어요."

그녀는 노크도 하지 않고 방문을 열며 그렇게 말하고는 히로세를 돌아보았다.

"마실 걸 가지고 올게요."

"신경쓰지 마세요."

쓰이키는 침대 안에 기어들어가 있었다.

"몸은 좀 어때?"

말을 걸자 여름 이불 속에서 얼굴을 내민다.

"히로세란 게 선생님이었어요?"

쓰이키도 하시가미와 똑같은 소리를 한다.

"다리는 많이 아프니?"

웃으면서 묻자, 쓰이키는 몸을 일으켰다. 운동복 차림으로 이불 위에 앉는다. 발을 무거운 듯 뻗자 발목까지 감긴 붕대가 보였다.

"아뇨, 별거 아니에요."

"그래? 그저께 양호실에 갔더니 벌써 돌아간 뒤더라."

"네……."

"어쩌다 다리를 다쳤어?"

물어도 대답은 없다. 마침 보리차를 들고 온 모친이 그런 모습을 보고 난처해하며 웃었다.

"사소한 부주의였다는데 아무것도 이야기하려 하지 않아요. 고등학교에 들어가고 나서는 입을 꽉 다물고 산다니까요. 옛날에 제 남동생도 그랬지만."

히로세 옆에 앉으려는 어머니에게 쓰이키가 짧게 말한다.

"엄마, 아래층에 내려가 있어."

"하지만……."

"별로 대단한 이야기도 아니니까 내려가 있어."

"알았다."

쓰이키 어머니는 히로세와 쓰이키를 번갈아 보더니 방을 나갔다. 히로세는 한동안 묵묵히 그녀가 계단을 내려가는 발소리를 들었다. 쓰이키도 시선을 돌린 채 귀를 기울이는 기색이다.

"있잖아, 쓰이키."

말을 걸자 쓰이키가 허둥지둥 히로세를 쳐다본다. 뭔가를 망설이는 것처럼 보였다. 히로세는 물어보았다. 물어보기만 하는 거라면 괜찮을 것이다.

"그 상처, 다카사토 때문이니?"

움찔하고 쓰이키의 입가가 경련한다.

"다카사토와 얽히면 좋은 일이 없다면서. 여러 가지 불길한 이야기를 들었어. 네 상처도 그런 거니?"

한순간 무슨 말을 하고 싶어 했지만 쓰이키는 역시 입을 열지 않았다.

"방금 전까지 하시가미네 집에 있었어."

"하시가미 선배 괜찮던가요?"

갑자기 관심을 보이는 쓰이키를 향해 웃어주었다.

"응, 큰일은 없었어."

히로세의 말에 쓰이키는 얼굴을 찌푸렸다.

"역시 무슨 일이 있었군요?"

그제야 히로세는 대화가 엇나가 있다는 사실을 깨달았다.

"그랬구나. 너는 하시가미에게도 무슨 일이 일어나지 않았는지 걱정했던 거구나."

"무슨 일이 있었나요?"

"못을 말이지."

히로세는 자신의 왼손을 가리켰다.

"박은 모양이야. 하시가미는 못이 제멋대로 박혔다고 했지만."

쓰이키는 고개를 숙였다.

"하시가미는 눈에 보이지 않는 누군가가 일부러 그랬다고 했어."

"선생님은 그 말을 믿으세요?"

쓰이키가 물어서 히로세는 그렇다고 대답했다.

"거짓말처럼 들리지는 않았어. 솔직히 반신반의했는데, 너를 보니 믿고 싶어져."

쓰이키는 계속 고개를 떨구고 있었다. 무릎 위에 얹은 손이 떨렸다. 그가 겁에 질려 있다는 사실을 깨달았다.

"다카사토를 화나게 하면 죽어요."

오랜 침묵을 지키던 쓰이키가 겨우 입에 올린 말이었다.

"중학생 때 다카사토와 같은 학교였던 애랑 함께 학원을 다녔는데 걔가 자주 다카사토 이야기를 했어요. 특이한 녀석이 있다, 가미카쿠시를 당한 적이 있는 녀석, 다카사토를 화나게 하면 죽는다, 조금이라도 기분을 상하게 하면 크게 다친다는 얘기도 했어요. 바보 같은 소리라고 생각했는데……."

"수학여행 이야기니?"

쓰이키는 고개를 저었다.

"걔도 재미 삼아 이야기했을 뿐이지 믿지는 않았어요. 그런데 3학년 여름에 이상한 소리를 하면서 체육 시간에 수영하기가 무섭다는 거예요. 뭔가 다리를 잡아끌어서 무섭다고. 학원에서 울면서 말했어요."

히로세는 조용히 입을 다물고 있었다.

"다카사토를 다치게 한 탓이래요. 체육 시간이었는지 과학 시간이었는지 수업중에 욱해서 싸움이 났다는데, 그러고 나서부터니까 틀림없이 그 일 때문일 거라고 했어요."

"뭔가……라는 건?"

쓰이키는 고개를 가로저었다.

"녀석도 모르는 것 같았어요. 뭔가 다리를 잡아끈대요. 선생님한테 기분 나빠서 수영하기 싫다고 말해봤자 통할 리가 없고. 머잖아 다리를 붙들려서 죽을지도 모른다고 했어요. 그리고 정말로 죽었죠. 수영장에 빠져서."

히로세는 다시 입을 다물었다.

"2학년으로 올라가 다카사토와 같은 반이 되었는데 처음에는 걔가 그 다카사토인지 몰랐어요. 그런데 다른 애들이 다카사토와 얽히면 저주받는다는 거예요. 1학년 때도 크게 다치거나 죽은 애가 있다면서요. 그 말을 다 믿지는 않았지만 기분 나빴어요. 그러다 수학여행 때…….”

“응. 들었어.”

쓰이키는 고개를 끄덕거렸다.

“그저께 다카사토가 기분 나쁜 얼굴을 해서 큰일났다 싶었어요.”

입을 다문 쓰이키를 히로세가 재촉했다.

“그래서?”

“작업하고 있을 때 이상한 손이 나타나서 다리를 잡더라고요.”

“이상한 손?”

“하얀, 여자 손 같았어요. 세움 간판을 만들 판자를 무릎으로 받치고 있었는데 누가 다리를 잡았어요. 양손으로 꽉 끌어안듯이. 뿌리치려고 했지만 다리가 움직이지 않았어요. 톱질을 하던 녀석은 전혀 알아차리지 못했는지 톱을 움직이고 있었고, 톱이 다리에 가까워져서 이대로라면 다리를 베일 거라고 생각했지만 꼼짝할 수 없었어요. 판자 아래를 보니 하얀 여자 손이 제 다리를 잡고 있는 거예요. 판자 아래에 사람이 있을 리 없는데.”

"소리를 지르지 그랬어?"

"소리가 나오지 않더라고요. 다리가 잘린다, 어쩌지, 그 생각만 하고 있었어요. 분명히 저 톱으로 다리가 절단될 거라고, 그렇게 생각하니 어떻게 하면 좋을지 몰라서. 정강이를 살짝 베인 정도로 끝나서 안심했어요. 아아, 다행이다, 다카사토가 나한테 화가 많이 나지는 않았구나."

히로세는 어쩌면 이런 사고방식이야말로 정말 무서운 것일지도 모른다고 생각했다.

"양호실에서 치료를 받는 동안에도 계속 불안하더라고요. 아직 끝나지 않았을지도 모르잖아요. 그래서 집으로 돌아갔죠. 결국 아무 일도 일어나지 않았지만……."

쓰이키는 매달리듯 히로세를 바라보았다.

"선생님 어땠어요? 제가 교실을 나가고 나서요. 다카사토, 화 많이 났어요?"

더는 견딜 수 없었다. 히로세는 고개만 저었다.

"아니. 다카사토는 그런 내색은 비치지 않았어."

"이걸로 끝일까요? 기분이 풀린 것 같아요?"

히로세는 깊은 한숨을 한번 내쉬었다.

"하시가미도 그 뒤로는 별일 없었던 모양이고, 이제는 괜찮을 거야."

근거 없는 말이었지만 쓰이키는 무척 기뻐했다. 마음을 놓은 것처럼 웃다가 갑자기 표정이 굳어진다.

"선생님, 저기……."

뜻을 알아채고 히로세는 고개를 끄덕였다.

"이 일에 대해서는 아무에게도 말하지 않을게. 걱정 마."

쓰이키는 히로세의 말에 어깨에서 짐을 내려놓은 듯이 크게 숨을 내쉬었다.

004

히로세는 결코 '다카사토의 저주'를 믿는 건 아니었지만 일부 학생들 사이에 퍼져 있는 '다카사토의 저주'라는 미신의 존재를 실감했다.

다카사토가 재앙을 가져온다고 믿고 있다. 기이한 사고가 일어날 때마다 다카사토와 관련지어 이야기한다. 대강의 얼개는 알았지만 그게 단순한 소문인지 사실인지는 알 길이 없었다.

"여어."

화학 준비실 문을 열자 고토가 말을 걸어왔다. 고토는 변함없이 이젤 앞에 서 있다.

“쓰이키와 하시가미는 어떻던가?”

고토의 말에 히로세의 입이 딱 벌어졌다. 그리고 이내 쓴웃음을 지었다.

“들켰군요.”

“네 생각쯤이야 부처님 손바닥 안이지. 네가 가지 않으면 내가 갔을 거야. 두 놈은 어때?”

히로세는 근처 자판기에서 사 온 주스를 고토에게 내밀었다.

“하시가미는 건강해 보였어요. 쓰이키도 뭐, 건강하기는 했죠.”

“역시 다카사토인가.”

히로세는 캔을 따면서 고토의 얼굴을 뚫어져라 바라보았다.

“그게 무슨 말이죠?”

“그저께 다카사토랑 녀석들이 싸웠다며. 이와키가 그러더군.”

히로세는 고토의 표정을 살폈다. 준비실에 학생들이 수시로 드나드는 덕에 고토는 학생들 사이의 사정을 잘 알고 있다. ‘다카사토의 저주’ 역시 알고 있어도 이상하지 않다. 그래도 그렇지, 고토는 ‘저주’를 믿는 것처럼 보인다. 그런 말투인 게 이상했다.

“다카사토가 원인인가?”

히로세는 쓰이키와 약속을 생각하며 조금 망설였다.

"걱정하지 않아도 아무한테도 말 안 해."

"……적어도 쓰이키는 그렇게 믿고 있어요. 다카사토의 저주라고. 하시가미는 아무것도 모르는 눈치예요."

고토는 손을 닦고 나서 자리에 털썩 앉더니 힘차게 캔을 땄다.

"다카사토는 문제아지. 어떤 의미로는 엄청난 문제아야. 본인은 요만큼도 문제를 일으키지 않지만 주변이 난리지. 태풍의 눈이라고 하나."

"……교생에게 그런 얘기까지 털어놔도 괜찮습니까?"

고토는 그저 씁쓸한 쓴웃음을 지은 채 캔을 바라본다.

히로세는 물어보았다.

"첫날에 선생님께서 하신 의미심장한 말이 이거였나요."

고토는 고개를 끄덕였다.

"뭐, 그렇지."

"다카사토가 재앙을 부른다고 들었습니다. 수학여행에서도 죽은 학생이 있다고요. 정말인가요?"

고토는 얼굴을 찌푸렸다.

"수학여행에서 학생이 죽은 건 사실이야. 경찰은 사고라고 결론지었지. 그 바보는 돌아가는 여객선에서 술을 마셨어. 우리 학교 아이들은 대체로 얌전하지만 개중에는 골치 아픈 녀석도 있지. 녀석은 곧잘 말썽을 부려서 학생 지도부에서도 요주의 대상이었어. 죽은 애는 자신과 마찬가지인 문제아들과 맥주를 마시고 취해서는 바람을 쐬고 온다고 말하고 갑판에 나갔다가 바다에 떨어졌지. 떨어지는 모습을 다른 승객이 목격했어. 의문의 여지는 없어. 사고야."

고토는 캔을 기울인다.

"그 사고에 그 이상의 의미가 있는지 없는지를 나한테 판단하라고 해도 무리야."

히로세는 그 말이 맞다는 걸 알면서도 다시 물어보았다.

"선생님은 어떤 인상을 받으셨나요?"

그렇게 묻자 고토는 히로세를 흘깃 보았다. 시선을 앞쪽으로 옮기고는 나지막한 목소리로 묻는다.

"다카사토에게 흥미가 있나."

"있습니다."

"어째서?"

"모르겠어요."

히로세는 솔직하게 답했다. 별난 아이라고 생각했다. 그뿐이라면 이 정도로 관심을 갖지 않았을 것이다. 히로세는 사람 일에 끼어드는 데 서투른 인간이다. 하지만 지난번에 본 그림이 마음에 걸렸다. 다카사토가 그린 불가사의한 그림. 가미카쿠시를 당했다는 소문과 그사이에 있었던 일을 기억해내려는 다카사토의 모습.

고토는 살짝 웃고 나서 천장을 올려다보았다.

"나도 다카사토에게는 여러 의미로 흥미가 있었지. 조사할 수 있는 선까지는 다 조사했어. 참견하기 좋아하는 성미는 타고났으니까."

고토는 냉소적인 웃음을 지었다.

"다카사토 주변에는 죽은 사람이나 부상자가 많아. 많은 것처럼 보이지. 이를테면 다카사토가 다닌 중학교에서는 녀석이 다닌 삼 년 동안 네 명이 죽었어."

"네 명……이나요?"

"그래. 사고로 세 명, 병으로 한 명. 사인은 모두 확실해. 의심을 품을 여지는 없지. 그런데 히로세, 네가 다닌 중학교에서는 죽은 사람이 없었나?"

느닷없는 질문에 히로세는 당황하며 기억을 더듬는다.

"두 사람 있었습니다. 아마 한 명은 교통사고고, 병으로 돌아가신 선생님이 계셨을 거예요. 둘 다 모르는 사람이지만."

고토는 고개를 끄덕인다.

"그렇지? 다카사토도 마찬가지야. 동급생이 한 사람 있었지만 나머지는 다카사토랑 딱히 안면이 있을 것 같지 않은 사람들이지. 입방아질하는 녀석들 말로는 다카사토가 내린 저주 때문이래. 우연일지도 모르고 우연이 아닐지도 모르지. 어떻게 확인해야 될까?"

"그러게요."

"수학여행 때 이야기도 그래. 한 사람이 죽고 둘이 그게 다쳤지. 모두 사고였어. 어디를 어떻게 봐도 단순한 사고야. 세 번째 사고는 수학여행을 다녀오고 나서 한 달이나 지난 뒤였어. 정말로 다카사토와 관계가 있는 건가? 나도 몰라."

히로세는 마음속으로 그게 당연하다고 대답했다.

"그렇지만 다카사토는 공포의 대상이지. 인간은 자신과 다른 것에 민감한데, 그에 비해 다카사토는 박해를 받고 있지는 않아. 재앙을 내린다고 믿고들 있으니까."

히로세는 고개를 끄덕이고 조금 망설이면서 입을 열었다.

"다카사토에 대해 그 밖에도 이상한 소문을 들었는데요……."

고토는 시원스레 인정했다.

"가미카쿠시?"

"사실인가요?"

"그런가 봐. 적어도 한 학년 유급한 건 진짜야. 초등학교 4학년 때였지."

"아무리 그래도 가미카쿠시라뇨."

"마당에서 사라졌다더군."

고토는 말하고 빈 캔을 던졌다. 그리고 텅 빈 채로 굴러다니던 비커를 히로세에게 내밀었다. 히로세는 말없이 비커를 받아들고 고토와 자신의 몫의 커피를 따랐다.

"안뜰이었던 모양이야. 다카사토가 초등학교 4학년, 이월이었지. 다카사토는 안뜰에 있었어. 지은 지 꽤 오래돼서 마당에 창고가 있는 그런 건물이지. 집 어딘가에 안뜰이 있고 다카사토는 그곳에 있었다더군."

고토는 히로세가 내민 인스턴트커피에 설탕과 가루우유를 잔뜩 넣고 약숟가락으로 저었다.

"안뜰은 건물과 담으로 완전히 둘러싸여 있어서 집안을 지나지 않으면 밖으로 나갈 수가 없어. 집으로 들어가려면 거실 툇마루를 지날 수밖에 없는데 거기에는 어머니와 할머니가 있었고. 툇마루의 미닫이는 닫혀 있었지만, 문에 낸 작은 창이 열려 있어 안뜰 풍경이 훤히 보였지. 그런데 두 사람이 잠시 시선을 뗀 사이 다카사토가 사라졌다는 거야."

"네에……."

"두 사람은 다카사토가 툇마루를 지나간 적이 없다고 증언했다더군. 담은 처마만 한 토담이고 마당에는 발판으로 삼을 만한 물건도 없었어. 한쪽은 오랫동안 쓰지 않은 창고고, 다른 한쪽은 목욕탕과 화장실이 있는 건물의 벽이야. 채광을 위한 창문밖에 없는데다 전부 안쪽이 보이지 않도록 격자를 끼워 놓았어. 건물의 마루 밑으로는 들어가지 못하도록 되어 있고. 다시 말해 거실을 지나지 않으면 안뜰에서 밖으로 나갈 수 없지."

고토가 약숟가락을 개수대에 던져 넣자 요란한 소리가 났다.

"빠져나갈 수 없는 안뜰에서 다카사토는 사라졌어. 그야말로 홀연히. 그래서 가미카쿠시라더군."

"하지만……."

히로세가 말하려는데 고토는 건성으로 손을 저었다.

"물론 경찰의 주장은 유괴지. 담으로 숨어든 범인이 다카사토를 납치했다. 영리 목적이 아니었는지도 모르고, 그럴 작정이었지만 정이 들었던 걸지도 몰라. 하지만 이 주장에는 한 가지 허점이 있어."

"허점이라뇨?"

고토는 눈썹을 치켜세웠다.

"담 너머는 옆집 마당이야."

그렇다면 범인은 옆집으로 숨어들었다가 다시 담을 넘어 다카사토의 집에 침입했다는 얘기가 된다.

고토는 말을 이었다.

"어찌되었든 다카사토는 어딘가에서 일 년을 보냈어. 정확히 말하면 일 년 하고 이 개월. 돌아온 다카사토는 아무것도 기억하지 못했고. 실제로 무슨 일이 있었는지 이제 아무도 알 수 없어."

"경찰이 수사하지 않았나요?"

"했겠지만 하나도 알아내지 못했어. 범인은 물론이고, 다카사토가 어디에 있었는지 어떻게 해서 돌아왔는지 지금도 전혀 모른다더군."

"어떻게 해서 돌아왔는지?"

히로세의 질문에 고토는 고개를 끄덕였다.

"다카사토는 일 년 하고 이 개월 만에 돌아왔지. 그날은 마침 할머니의 장례식이었던 모양이야. 장례식장에 불쑥 나타났대. 그런데 누구 한 사람 다카사토가 집으로 걸어오는 모습을 본 이가 없어."

고토는 한숨을 지었다.

"현관에 있었던 조문객이 다카사토를 알아봤어. 발가벗은 어린아이가 문으로 들어와서 놀랐는데, 그게 일 년 전에 사라진 다카사토라는 걸 알고 또 한 번 놀랐지. 다카사토의 집은 오래된 마을 안쪽에 있어. 집에 들어오려면 집을 여러 채 지나쳐야 해. 그날은 장례식도 있고 해서 사람들이 끊임없이 다카사토네 집을 드나들고 있었어. 그런데 아무도 동네를 돌아다니는 다카사토를 보지 못했지."

"이상하군요……."

"길가의 밭에서는 잡담을 하던 사람들도 있었어. 그들은 수상한 차나 사람이 지나가지 않았다고 단언했지만 다카사토를 보았다고 증언할 수는 없었지. 다카사토는 사라졌을 때와 마찬가지로 홀연히 돌아온 거야."

"그랬군요. 그래서 가미카쿠시군요."

"그렇지. 돌아온 다카사토는 키도 크고 몸무게도 늘고 건강했어. 도대체 무슨 일이 있었던 걸까? 알고 있는 사람은 다카사토 자신뿐이야."

히로세는 생각했다. 다카사토는 그야말로 이질적이다. 애초에 과거부터 남들과 다르다. 쓰이키의 말로는 다카사토가 가미카쿠시를 당한 이야기가 유명한 모양인데, 당연히 유명해질 수밖에 없다. 다카사토 주변 사람들은 대체 어떤 얼굴로 그를 맞이했을까. 분명히 흔쾌히 받아들이지만은 않았으리라. 이웃사람들은 그냥 지나치지 않고 뒤에서 숙덕거렸을 테고, 다카사토와 같은 반이 된 아이들은 따돌릴 이유로 삼았으리라고 쉽게 상상할 수 있었다.

다카사토에게 좋은 경험일 리 없다. 같은 반 아이들 일부가 다카사토를 이단시하고 있는 이면에는 아직까지도 다카사토의 과거가 영향을 끼치고 있다. 다카사토 역시 알고 있을 것이다. 그렇다면 잊고 싶어 해야 마땅하지 않을까.

"다카사토는 기억해내고 싶어 하는 것 같던데요."

히로세의 말을 고토는 긍정했다.

"그런 모양이야. 다카사토는 자신이 소외당해도 신경쓰지 않는 것처럼 보이지. 그렇지 않다면 떠올리고 싶어 하지 않을 테니까."

자신이 가미카쿠시를 당했다는 사실은 다카사토에게 금기가 아니다. 그것이 히로세는 너무나 이상했다.

"재앙을 내린다느니 하는 소문만 해도 가미카쿠시 이야기가 영향을 주었을 거야. 다카사토가 어째서 저렇게 열심히 기억해내려 하는지 솔직히 나는 이해하기가 힘들어."

"그러네요."

"하지만 너라면 이해할 수 있을지도 몰라."

고토가 불쑥 말했다.

"제가요?"

"네가 못 하면 아무도 못 해."

고토의 이야기가 무슨 뜻인지는 알았지만 히로세는 대답할 수 없었다.

☆☆
☆☆

남자는 꽁초를 버렸다. 캄캄한 어둠 속에서 떨어지던 붉은 불빛은 콘크리트에 부딪혀 작은 불티를 그의 발치로 돌려보냈다. 파도 소리가 귓가에 밀려온다. 눈앞에 보이는 밤바다의 은빛 파도 위에 반쪽이 된 달이 나와 있었다.

그는 떨어진 담배꽁초를 발끝으로 밟아 껐다. 폴로셔츠의 주머니로 손을 뻗으며 또 한 개비 피울까 말까 망설이다 결국 찌부러진 상자를 꺼냈다. 지포라이터의 불이 기세 좋게 켜진다. 코끝에 기름 냄새가 훅 풍겼다. 냄새로부터 도망치듯 시선을 피하자 제방 아래에 세워둔 그의 차가 시야에 들어왔다.

그는 옅은 미소를 지었다. 아르바이트와 집에서 보내오는 용돈이 수입의 전부인 대학생이 손에 넣기에는 다소 비싼 차였다. 고향에 있는 기업에 취직하겠다는 약속을 하고 부모가 뽑아준 것이다. 실제로 여름에 취직이 결정된 회사는 본사가 고향 근처였지만 기업의 주력은 도쿄 영업소고 자신도 도쿄 근무를 희망했다. 아마도 자신이 바라는 대로 되리라는 사실을 그는 알고 있었다.

죄책감은 없다. 자식이란 그런 존재고, 부모 또한 마찬가지다. 그의 주변에 있는 하숙생들은 전부 같은 짓을 하고 있었다. 부모는 아이를 제 손이 닿는 곳에 두고 싶어 한다. 아이는 부모 곁을 뛰쳐나오고 싶어 한다. 그의 부모만 해도 조부모의 품을 떠나 있었다. 앞으로도 모실 마음은 없는 모양이다. 양친은 말년에 자신과 함께 살며 행복한 노후를 보낼 꿍꿍이인가 본데, 자신도 못한 일을 자식에게 요구하다니 뻔뻔한 일이다.

그는 웃으면서 재를 털었다. 새 차는 아직 길들이는 중이라 장거리를 뛰기는 힘들다. 교통량이 줄어들 때를 계산해 하숙집 주변을 도는 것이 요즘 습관이었다.

'옆에 탈 여자만 있으면 완벽한데.'

그는 그렇게 생각하고 나서 쓴웃음을 지었다. 여름 전까지 사귀던 동기 여자애는 양아치 같아 보이는 시시한 놈에게 가버렸다. 부모가 차를 너무 늦게 사준 게 실패의 원인일지도 모른다.

다시 재를 떨고 담배꽁초를 버렸다. 제방 밖으로 내던진 담배는 이번에는 아무데도 부딪히지 않고 붉은 궤적을 그리며 아득하게 보이는 아래쪽 바닷가로 떨어졌다. 그 모습을 보며 숨을 내쉬었을 때 바닷가에서 사람 그림자를 발견했다.

작은 바닷가다. 바닷물은 빠진 것 같지만 물가까지 거리가 얼마 되지 않았다. 물가를 따라 멀리서 다가오는 그림자가 있었다. 수상해서 자세히 들여다보니 젊은 여자다.

그는 무심코 손목시계를 보았다. 바늘이 오전 1시를 지났다. 바닷가를 둘러보아도 여자 말고 다른 사람은 보이지 않는다. 한밤의 데이트를 즐기고 있는 것도 아닌 듯했다.

물가를 걸어온 여자는 그다지 멀지 않은 곳에서 걸음을 멈추었다. 그의 얼굴을 바라보며 잠시 멈췄다가 똑바로 그에게 걸어온다. 그는 다가오는 여자를 멀거니 바라보았다.

그녀는 제방 아래에서 걸음을 멈추고 똑바로 그를 올려다보았다. 스무 살 전후에, 눈에 띄는 미인은 아니지만 얼굴이 그의 취향이다.

"혼자세요?"

그녀가 그에게 물었다.

"그런데. 그쪽이야말로 이런 시간에 여자 혼자?"

그녀가 작게 끄덕인다.

"시내까지 데려다주실 수 없을까요?"

불안해하는 목소리였다.

"좋아."

그렇게 말하자 그녀는 희미하게 미소를 지었다. 그러더니 고민하듯 좌우를 둘러본다. 그는 "오른쪽"이라고 알려주었다. 그의 왼쪽에 바닷가에서 올라오는 계단이 있었다.

그가 제방을 내려가 차 옆에서 기다리자 그녀가 금세 바닷가에서 올라오더니, 그를 확인하고 제방을 내려왔다. 꽤 작은 여자였다. 몸매는 여자보다 소녀에 가까웠다.

"집은 어디지? 집까지 데려다줄까?"

그녀는 곤란해하며 고개를 저었다. 그는 눈썹을 치켜세웠다.

"어디까지 태워주면 되는데? 시내라고만 하면 알 수가 없잖아."

그녀는 점점 더 당황하며 고개를 숙였다. 그의 어깨까지밖에 키가 닿지 않는다. 고개를 숙이자 긴 머리카락이 어깨를 타고 흐르며 아이처럼 가는 목덜미가 그대로 드러났다. 어른스러웠지만 어쩌면 고등학생일지도 모른다.

"뉴타운?"

그가 물으니 그녀는 안심한 표정으로 고개를 들어 끄덕였다. 그는 느낌이 이상하다고 생각하면서 차문을 열었다.

차를 달리는 내내 그녀는 말이 없었다. 무슨 말을 걸어도 고개를 끄덕이거나 저을 뿐 아무것도 대답하려 하지 않는다.

"남자친구가 두고 갔나?"

또 고개만 젓는다.

"왜 이런 시간에 그런 곳에 있었던 거야?"

그렇게 묻자 그녀는 겨우 입을 열었다. 말을 툭 떨어뜨리듯이 "찾는 게 있어요" 하고 대답한다.

음침한 여자다. 이상하다.

"혼자서 밤바다라니 무서웠지?"

억지로 밝은 목소리로 말을 꺼내기는 했지만 머릿속으로는 흔한 괴담을 떠올렸다. 차에 여자를 태운다, 여자가 사라진다. 그런 귀신 이야기였다.

설마설마하며 흘끔 보았다. 조수석에 앉은 여자는 가만히 고개를 숙이고 있지만 귀신으로 보이지는 않았다.

"뭘 찾고 있었는데?"

물음에 그녀는 얼굴을 들었다.

"기, 예요."

"기?"

깃발을 말하는 건가, 하고 그는 그녀를 돌아보았다.

"기를 찾고 있었어요. 보이지를 않으니 정말 큰일이에요."

"그래."

그는 애매하게 맞장구를 쳤다.

"그를 모르세요?"

그녀의 물음에 그는 고개를 갸웃했다.

"기가 이름이야? 일장기나 성조기 같은 게 아니고?"

그녀는 그렇다고 대답했다.

"다이키를 찾고 있어요."

"다이키라면…… 남자?"

그녀는 고개를 저었다.

"사람이 아니에요."

그는 잠시 그녀를 빤히 바라보았다. 무슨 말인지 감이 잡히지 않는다. 제대로 이해할 수 없다. 이어서 느낀 것은 한기였다. 정체를 모르는 여자와 밀실 안에 있는 자신.

"다이키를 모르세요?"

"아니…… 모르는데."

말하면서 그는 액셀을 밟았다. 속도계가 날뛴다. 길들이는 중이지만 지금은 그런 걸 신경쓸 겨를이 없었다.

"뉴타운 입구까지 데려다주면 되지?"

질문이 아니라 다짐에 가까웠다. 그 이상 여자를 태우고 가기 싫었다. 여자는 말없이 고개만 끄덕였다. 그 뒤로 가는 동안 그는 한마디도 하지 않고 차를 달렸다.

십 분쯤 오로지 차만 몬 끝에 겨우 눈앞에 신호가 보였다. 심야라 점멸 신호로 바뀌었지만 교차로 건너편에 뉴타운의 그림자가 보인다. 주위에 차가 드문드문 다니기 시작했다.

그는 한숨을 쉬며 옆으로 시선을 돌렸다. 그녀는 가만히 고개를 숙이고 거기에 앉아 있었다. 까닭도 없이 겁먹은 자신에게 쓴웃음을 지으며 그는 그녀에게 말을 걸었다. 아까보다 대범해졌다.

"단지가 보이는데 어쩔래? 입구에서 내려주면 되겠어? 아니면 더 안쪽으로……."

들어갈까, 하고 이야기를 하다 말고 그는 말을 삼켰다. 여자가 의아해하며 얼굴을 든다.

"너……."

그는 뒷말을 이을 수가 없었다. 차 주위는 어둡다. 창문에는 조수석을 향하고 있는 그의 그림자가 비쳤다. 여자의 그림자가 보이지 않았다. 앞창을 흘끔 보아도 조수석에는 아무도 없다.

발끝부터 후들거림이 올라왔다. 필사적으로 앞만 보며 억지로 그녀를 무시하려는 그의 옆에서 갑자기 주르륵 하는 소리가 들렸다. 플라스틱이 녹는 것 같은 소리가 주르륵주르륵 울리며, 시야 끝으로 보이는 여자의 모습이 무너진다.

그는 참지 못하고 조수석을 보았다. 그곳에는 사람만 한 거품만이 남아 있었는데, 그것마저 점점 녹아내렸다. 급브레이크를 밟는다. 원심력 때문에 풍경이 빙글빙글 돈다. 차가 멈추었을 때

차체는 도로 방향과 직각으로 놓여 있었다. 옆 차선을 달리는 차가 없기에 망정이지 큰 사고가 날 뻔했다.

숨을 가다듬으며 옆을 보자 조수석이 물에 젖은 듯한 흔적 외에는 아무것도 남아 있지 않았다.

4장

001

월요일 수업이 끝나고 히로세는 교실에서 다카사토를 발견했다. 잔뜩 찌푸린 하늘은 다른 날보다 빨리 땅거미가 질 기세였다. 학교 안 어딘가 먼 곳에서 시끌벅적한 소리가 들렸다. 교정에서는 응원단의 소란스러운 소리가 울려 퍼졌다.

히로세는 교내를 정처 없이 걸었다. 별생각 없이 2학년 6반 교실로 들어가니 다카사토가 덩그러니 앉아 있었다.

"다카사토, 혼자니?"

조금 용기가 필요했지만 어색하지 않게 말했다고 히로세는 자신했다. 다카사토가 돌아보았다. 다카사토 주변의 책상에는 용도를 알 수 없는 소품들이 어지럽게 놓여 있다.

"다른 애들은?"

히로세가 묻자 "물건을 사러 갔어요" 하고 담담한 답변이 돌아왔다.

"방해가 되지 않는다면 이야기를 나누고 싶은데."

"네."

여전히 군더더기 없는 대답이었다. 히로세는 입을 열려다가 할 말을 찾지 못하고 주춤거렸다. 무슨 이야기를 하면 좋을지 망설여졌다.

"다카사토는…… 다른 애들보다 한 살 많지?"

그렇게 물어보았다. 다카사토는 히로세를 똑바로 바라보며 감정이 실리지 않은 목소리로 대답했다.

"네."

"아팠던 건 아니고?"

히로세도 이런 질문이 얼마나 비겁한지 알고 있었다. 정작 질문을 받은 다카사토는 그다지 신경쓰지 않는 모습이었다. 아주 당연한 이야기를 하듯이 대답한다.

"제가 가미카쿠시를 당했대요."

"요전에 하시가미도 그렇게 말하던데, 가미카쿠시라니……."

"실종이라고 해야 할까요."

히로세는 다카사토의 얼굴을 바라본다. 표정 하나 드러나지 않는 얼굴이었다.

"이해가 잘…… 안 되는데."

다카사토는 고개를 살짝 갸우뚱했다.

"저는 어느 날 사라져서 일 년 후에 나타났어요. 그래서 다들 가미카쿠시라고 합니다."

"그사이에 무슨 일이 있었지?"

"기억나지 않습니다."

"하나도?"

"네."

다카사토는 담담한 목소리, 담담한 표정으로 오로지 있는 그대로의 일만 말했다.

"이런 이야기 불쾌하니?"

그렇게 묻자 다카사토는 고개를 갸웃거렸다.

"글쎄요."

"무슨 대답이 그래. 네 기분이잖아?"

다카사토는 무언가 생각하는 것 같더니 버릇없어 보일 정도로 똑바로 히로세를 올려다보았다.

"어째서 알고 싶으신 거죠?"

다카사토가 히로세에게 한 최초의 질문이었다.

"나도 잘 모르겠어."

그렇게 말하고 나니 겸연쩍어져서 무심코 웃었다.

"너, 그림을 그렸었지."

"네."

"기억해내고 싶어 하는 것 같던데, 아니니?"

다카사토는 고개를 끄덕였다.

"어째서?"

"기억나지 않으니까요."

무뚝뚝한 대답이었다. 히로세는 가볍게 한숨을 쉬었다. 조금 머뭇거린 끝에 웬만해서는 다른 사람에게 하지 않는 이야기를 꺼냈다.

"나는 어릴 때 죽을 뻔한 적이 있어."

히로세의 말에 다카사토는 어리둥절한 표정을 짓는다. 처음으로 표정다운 것이 다카사토의 얼굴에 떠올랐다.

"주사 쇼크였던 모양이야. 이제는 앞뒤 일은 기억나지 않지만 그때 난 저세상을 본 것 같아."

"임사 체험인가요?"

"응. 신비로운 색채의 하늘이 펼쳐져 있고 하얀 꽃이 핀 습지였어. 맑고 깊은 강이 흐르고 멀리 다리가 걸려 있었지. 나는 강을 따라 걸었어. 덥지도 춥지도 않아서 아무리 걸어도 지치지 않는 거야. 경치를 즐기며 아무 생각 없이 걷다 보면 때때로 새나 물고기가 다가와서 함께 놀았지. 하나같이 사람을 잘 따랐어. 분명히 다리를 향해 걷고 있었어. 한참 걸었던 것 같아."

히로세는 몇 번이나 되새긴 풍경을 떠올렸다.

"기억하는 건 그게 다야. 어떻게 갔는지 어떻게 돌아왔는지 모르겠어. 그저 예쁜 곳이라고 생각했지."

다카사토는 아무 말도 하지 않았다.

"사흘 동안 의식불명이었다고 하더군. 여섯 살쯤이었나. 그 이후에 무슨 일이 있을 때마다 부모님께서 말씀하셨지. 너는 죽다 살아난 아이라서 그런다고. 좋은 의미든 나쁜 의미든. 나쁜 쪽이 많았으려나."

다카사토는 고개를 끄덕였다. 공감의 표시로 보였다.

"어쩌면 부모님이 줄기차게 말하니까 기억이 멋대로 만들어냈는지도 몰라. 하지만 나는 분명히 봤어."

히로세는 자조하듯이 웃어 보인다. 히로세와 어머니는 절망적일 정도로 마음이 맞지 않았다. 어머니는 히로세를 구속하고 싶어 했고, 히로세는 세상에서 구속당하는 것이 제일 싫었다. 어머니는 그것을 임사 체험 탓으로 돌리려 했다. 지금도 마찬가지다. 히로세는 집으로 돌아가기 싫어하고, 어머니는 돌아오지 않는 아들을 탓한다. 아르바이트니 실험이니 핑계를 댈 때마다 어머니는 이렇게 말하며 전화를 끊었다. 너는 저쪽 세계에 부모에 대한 정을 두고 온 거야.

"마음이 약해질 때마다 돌아가고 싶었어. 어느새 그곳은 저세상이 아니라 내가 원래 있어야 할 세계라는 기분이 들었지. 부모님과 다투게 되는 것도 선생님과 문제를 일으키는 것도 전부 내가 이쪽 세계 인간이 아니기 때문이라고 생각했어. 지금도 그런 기분을 조금은 가지고 있어."

다카사토는 고개를 끄덕였다. 진지한 얼굴이다.

"무슨 기분인지 알겠어요."

"응. 너라면 알 거라고 생각했어."

다카사토는 눈을 깜빡이고 나서 시선을 떨어뜨린다. 책상 위에 놓인 자신의 손을 바라본다.

"집밖에 있었어요. 안뜰 구석에 창고가 있는 꽤 오래된 집이에요. 마당 한쪽을 창고로 막아두었다고 해야 하나요……. 이해 가세요?"

"응, 대충."

"저는 안뜰에 서 있었습니다. 그때 정원 구석에서 하얀 손이 보였어요."

다카사토는 그리운 듯한 표정을 지었다.

"창고 옆은 토담이에요. 창고와 토담 사이에는 고양이만 지날 수 있을 정도의 공간이 있는데 그 틈새로 하얀 손이 손짓하고 있었어요."

"손만……?"

하얀 손. 히로세는 눈살을 살짝 찌푸렸다.

"네. 아주 좁은 틈새라 사람이 있을 만한 곳이 아니었는데요, 맨살을 드러낸 하얀 여자 팔이 틈새로 뻗어 나와 손짓하고 있었습니다."

"기분 나쁘지 않았어?"

다카사토는 살짝 미소 지었다.

"보통 그러겠죠. 하지만 딱히 소름이 끼친다거나 무섭다고 생각하지 않았습니다. 어쩐지 마음이 놓여 기뻤거든요."

"팔이?"

"네. 그래서 부르는 곳으로 갔습니다."

"그래서?"

다카사토는 고개를 저었다.

"거기까지예요. 마당에서 하얀 팔이 있는 곳으로 걸어갔던 기억은 납니다. 하지만 제가 정원 구석까지 이르렀는지도 생각나지 않아요. 그 이후 있었던 일도 전혀 기억에 없습니다."

갑자기 나타난 하얀 손. 그건 대체 뭘까. 모든 일이 서로 관계가 없을 가능성이 얼마나 될까.

"정신이 들었을 때는 길을 걷고 있었습니다. 잠시 멍하니 걷다 퍼뜩 정신을 차린 느낌이었어요. 여기가 어디지 싶어 주변을 둘러보니 집 바로 앞 골목이었고, 장례를 치르는 모습이 보였습니다. 누가 죽었나 싶어 가보니 할머니의 장례식이었어요."

담담한 얼굴이다.

"제가 집에 들어가자 그 자리에 있던 사람들이 다들 크게 놀란 얼굴을 했습니다. 여러 사람에게 둘러싸여 이야기를 듣고서야 제가 일 년 넘게 사라졌었다는 사실을 알았어요."

"그사이에 있던 일은 기억나지 않는 거야? 조금도?"

"네. 아주 희미하게 색이며 어떤 인상이며 기억날 듯한 기분이 들기도 하지만, 생각하려 하면 떠오르지 않아요."

다카사토는 한숨을 지었다.

"저는 그동안 어딘가에 있었고, 그곳은 무척 기분 좋은 곳이었던 것 같아요. 떠올리려고 하면 그리운 느낌이 드니까요."

다카사토는 덧없는 웃음을 지었다. 꾸밈없는 미소였다.

"그곳에서 저는 무척 행복했나 봅니다. 그래서 애절할 정도로 그리운 기분이 드는 거겠죠."

"네가 그리던 것이 그곳의 풍경이었니?"

"네."

다카사토는 고개를 끄덕였다.

"그림을 그려보면 좀더 확실히 떠오를 수도 있으니까요. 하지만 실패였죠. 떠오를 것 같아 붓을 잡은 순간 오히려 애매해지고 말아요."

진심으로 안타까워하는 표정이었다. 정말로 기억해내고 싶어 하는 다카사토의 마음이 히로세에게도 전해졌다.

"그랬구나……."

온갖 생각이 소용돌이쳐서 히로세는 그저 말장단을 맞추는 것 말고 무슨 말을 건네야 할지 알 수 없었다. 다카사토는 히로세와 마찬가지로 돌아갈 고국을 잃었다. 강한 공감이 고개를 들었다. 다카사토가 의도적으로 주위 사람들에게 보복한다는 사실을 믿을 수 없었고, 믿고 싶지도 않았다.

002

얼마 안 있어 물건을 사러 갔던 무리가 쾌활한 소란스러움과 함께 돌아왔다.

"어, 히로세 선생님."

밝은 목소리의 주인은 이와키다.

히로세는 손을 들고 답하며 앉아 있던 책상에서 미끄러져 내려왔다. 다카사토에게 "그럼 다음에 보자"라고 말하고 자리를 뜨려 했다.

"에이, 선생님 그냥 돌아가시는 거예요?"

"도와주실 거죠? 그래서 기다려주신 거죠? 완전 감동했어요."

멋대로 떠들어대는 학생들을 보고 쓴웃음을 짓는데 이와키가 종이봉투를 내밀었다.

"히로세 군의 포스터컬러 여기 있네. 마음껏 써주게."

"알았다, 알았어."

히로세는 종이봉투를 책상 위에 내려놓았다.

"고토 선생님께 말씀드리고 올게."

해마다 구월에는 교생이 온다. 체육 대회 역시 매년 구월로 정해져 있다. 교생이 오는 동안 행사를 치르는 이유는 수업 진행에 차질이 생기지 않게 하기 위해서다. 히로세는 기억을 더듬었다. 체육 대회가 끝나고 처음으로 하는 일반 수업이 연구 수업이었던 기억이 난다. 당연히 체육 대회 준비를 할 때 교생이 있었을 테지만, 히로세는 교생과 함께 작업한 기억이 없다. 학생들에게 보기 좋게 부려먹히는 자신이 유별나게 사람이 좋은 건지, 부려먹는 학생들이 약삭빠른 건지 알 수가 없었다.

준비실로 돌아가 고토에게 사정을 이야기하자 실소만 샀을 뿐

별다른 말은 듣지 않았다. 실습 일지를 다 쓰고 도장을 받은 후 교실로 돌아갔다. 2학년 6반 앞까지 갔을 때 안에서 다투는 소리가 들렸다.

"무슨 일이야."

히로세가 교실로 들어서며 묻자 오카다라는 아이가 히로세를 돌아보았다.

"히로세 선생님, 이와키 좀 말려주세요."

무리 지은 아이들 사이로 우뚝 서 있는 이와키가 눈에 들어왔다. 이와키는 다카사토의 책상 앞에 서서 험악한 얼굴을 하고 다카사토를 내려다보고 있었다.

"이와키, 뭐하는 짓이야?"

"별일 아니에요."

히로세를 보지도 않고 말하는 이와키의 험악한 시선이 다카사토를 향하고 있었다. 다카사토는 그런 이와키를 올려다보았다.

"말해봐, 다카사토."

다카사토는 대답이 없다. 무표정한 시선이 이와키의 눈을 지긋이 바라볼 뿐이다.

"이와키, 무슨 일이야."

이와키는 그제야 히로세를 돌아본다.

"쓰이키가 오늘도 쉬었잖아요. 쓰이키 집에 가서 한번 이야기

해보면 어떠냐고 말했을 뿐이에요."

학생 반수가 잔뜩 긴장하고 있었다. 나머지 절반가량은 사정을 모르는지 상황을 제대로 파악하지 못한 채 어쩔 줄 몰라 하면서도 호기심 가득한 얼굴로 다카사토와 이와키를 번갈아 보았다.

"그 녀석, 목발을 짚으면 학교에 올 수 있잖아. 괜히 겁먹고 오지 않는 거야. 그러니까 제대로 이야기해보는 편이 좋지 않겠어? 그렇게 오해하게 내버려두니까 이상한 소문이 점점 퍼지잖아."

이와키의 말에 다카사토는 눈살을 찡그릴 뿐이다.

"가미카쿠시니 저주니, 고등학생씩이나 돼서 무슨 애들 같은 소리를 하는 건지. 진심으로 말하는 녀석도 나쁘지만 무슨 말을 듣고도 가만히 있는 네게도 잘못은 있어. 제대로 해명해."

그래도 다카사토는 대답하지 않았다. 무표정한 눈이 이와키를 쳐다보았다.

"이와키, 그만하라니까."

이와키 옆에 있던 학생이 작은 소리로 주의를 준다. 나무람이 아니라 경고였다. 위기감이 가득했다.

"너 바보야?"

이와키는 그를 노려본다.

"너도 믿어? 저주 같은 게 있을 리 없잖아. 내가 이런 말을 했다고 죽는다면 그건 저주가 아니라 보복이야. 다카사토가 자기 손으로 나를 죽이지 않는 이상 어떤 사고를 당하더라도 우연이라고."

이와키는 기가 막힌다는 표정을 감추지 않는다.

"단순한 확률 문제야. 다카사토, 네 성격이 이러니까 사람들에게 트집을 잡히는 거야. 여럿이 달라붙어 괴롭히지? 숫자가 많으면 그중에서 사고를 당하거나 죽는 녀석도 당연히 있겠지. 그런 건 본인이 운이 없었을 뿐이야. 너랑 무슨 관계가 있겠어."

"이와키, 그쯤 해둬라."

히로세가 말했다. 이와키가 진심으로 진저리쳤다.

"뭡니까. 선생님까지 믿는 거예요?"

"그렇지 않아."

"그렇지 않으면 뭐죠?"

히로세는 대답할 수 없었다. 이와키가 입가를 일그러뜨린다.

"진짜 믿을 사람 하나 없다니까."

쓰이키는 다카사토를 만나고 싶지 않을 것이다. 다카사토가 가더라도 만나줄 리 없다. 쓰이키는 다카사토의 저주를 믿는다. 진실은 관계없다. 다카사토가 가서 무슨 말을 하더라도 쓰이키의 불안을 부추길 뿐이다.

갑자기 이와키가 팔을 휘둘렀다. 기분 나쁜 거친 소리에 다들 숨을 죽였다.

"이제 난 죽겠네."

이와키는 비난을 담은 시선으로 주위를 둘러보았다. 뺨을 맞은 다카사토보다 지켜보던 아이들이 눈에 띄게 더 당황하고 있었다.

"재앙이든 저주든 사양하지 말고 내려줘."

다카사토는 이와키를 바라볼 뿐이다. 옆얼굴에는 분노나 불만이 조금도 엿보이지 않았다. 희미하게 찌푸린 미간이 다카사토의 마음을 짐작케 하는 유일한 단서였다.

"아, 바보 같아."

가볍게 웃으며 이와키는 다카사토에게서 멀어진다. 그러고는 주변에 널브러져 있는 도구를 손에 들었다.

"너희들 뭘 멍하니 보고만 있는 거야. 야, 작업 시작한다."

이와키가 근처 의자에 털썩 앉자 다른 아이들도 어색하게 움직이기 시작했다. 다들 곁눈질로 이와키와 다카사토를 번갈아 바라본다. 당사자들이 가장 태평했다. 이와키가 봉투를 뜯지 않은 꾸러미와 메모를 다카사토에게 던졌다.

"그 천 좀 잘라줘."

다카사토는 말없이 고개를 끄덕이고 나서 가까이에 있던 가위를 손에 들었다.

003

"왔어?"

다음날 점심시간, 이와키는 가장 먼저 준비실에 나타났다. 히로세가 말을 걸자 이와키는 웃었다.

"보세요, 아직 멀쩡하죠?"

"그런 모양이네."

"사고가 일어나기를 하나, 한밤중에 습격하는 사람이 있기를 하나. 무사태평한데요."

히로세는 웃으며 고개를 끄덕였다.

"오늘 아침 교실에 갔더니 다 같이 귀신이라도 본 얼굴을 하더군요. 정말 짜증나는 녀석들이에요."

히로세는 그저 쓴웃음을 짓고 비커를 꺼냈다.

"커피 마실래?"

"서비스예요? 대우 좋네요."

"감투상."

이와키는 씩 웃었다.

"거 보시라고요. 참, 쓰이키는요?"

"오늘도 쉬나 보다."

"한심한 녀석."

히로세는 비커를 내밀었다.

"믿음의 문제지."

"그게 뭡니까."

"대입 시험 치르기 전에 합격을 기원하러 가는 사람들이 있잖아. 그거랑 같은 종류 문제야."

"아아, 그렇군요."

"신사까지 먼 걸음 할 시간에 한 자라도 공부하는 게 훨씬 나을 텐데. 그렇지만 효험을 믿는 사람들에게는 가지 말라고 막는 게 오히려 불친절일 수 있지."

"그럴지도 모르죠."

이와키가 쓴웃음을 지었을 때 문이 열리며 하시가미가 들어왔다.

"안녕하세요."

이와키가 손을 들었다.

"하시가미 형, 건강해 보이네요. 다친 데는 어때요?"

"어제 열이 나서 고생했지. 약간 아프지만 이쯤이야, 뭐."

"얼빠진 짓을 한 대가죠."

"시끄러."

하시가미는 더없이 건강해 보였다. 왼손에는 붕대가 두껍게 감겨 있지만 본인은 신경쓰지 않는 것 같다. 하시가미에게도 커피를 따라주는데 사람 목소리가 나더니 아이들 셋이 들어왔다. 맨 먼저 들어온 노즈에가 이와키를 보자마자 소리를 질렀다.

"형!"

"오냐."

"어제 다카사토랑 한판 했다면서요? 괜찮으세요?"

이와키는 비커를 입에 가져가면서 곁눈질로 노즈에를 째려보았다.

"시시한 소리 하지 마. 다들 무슨 생각들인지."

빈 비커를 난폭하게 내려놓는다.

"어떻게 알았어?"

노즈에는 눈짓으로 바로 뒤에 서 있는 사카타를 가리켰다. 이와키는 사카타를 흘겨보고 어깨를 으쓱했다.

"다카사토 너무 인기 많은 거 아니야? 이런 걸 아이돌이라고 하지 않나?"

어제 방과후부터 오늘 점심시간 사이에 다른 반까지 소문이 퍼진 건 확실히 특수한 경우다.

"다카사토가 어쨌다고?"

하시가미의 물음에 이와키가 웃는다.

"다카사토는 재앙을 내린다네요. 하시가미 형 다친 것도 다카사토의 저주래요."

하시가미는 자신의 왼손을 본다. 그러고 나서 큰 소리로 웃었다.

"무슨 헛소리야."

"그렇죠."

이와키는 웃고 나서 천장을 쳐다보았다.

"다카사토는 이상한 녀석이었어요. 맞고도 전혀 화내지 않던걸요."

"화내지 않았어요?"

노즈에의 목소리에 이와키는 웃는다.

"화낼 수 있겠어? 화낼 만큼 패기가 있는 녀석이었다면 그런 소문이 나지도 않았겠지. 화내지 않으니까 오히려 기분 나쁘고 무서운 건가."

"그런가."

하시가미가 이와키를 바라보았다.

"너 무슨 짓을 한 거야."

"살짝 한 방."

이와키는 손목을 꺾어 때리는 시늉을 했다.

"왜 또 그런 짓을."

노즈에가 어째서인지 의기양양하게 말했다.

"저주할 테면 해봐라, 이거죠?"

"나는 그렇게 말하지 않았어."

항의하는 이와키를 모른 척하며 노즈에는 하시가미에게 계속 떠들었다.

"죽여보라면서 따귀를 때렸대요. 저주를 내릴 수 있으면 내려보라고 몰아붙이고, 다른 사람들에게는 뭘 바보처럼 믿고 벌벌 떠느냐고 소리치면서요."

"어떻게 소문이 과장되는지 자알 알았다."

하시가미는 한숨을 쉬는 이와키를 재미있다는 듯 쳐다보았다.

"이와키 주제에 멋들어진 일도 할 줄 아네."

"이상한 소리 마요."

"따귀를 때렸는데 다카사토가 화내지 않았다고? 그야 화낼 필요가 없지. 그렇게까지 친절하게 대해줬는데."

"대체 어디가요."

쑥스러워하는 이와키의 모습이 귀여웠다.

"아무리 친절한 마음이어도 다른 사람 보는 데서 맞으면 보통 화나지 않아요?"

노즈에의 말에 이와키도 동의했다.

"그렇지? 어지간히 인간이 됐거나, 아니면 어지간히 덜된 녀석이야."

사카타는 불쑥 말을 흘렸다.

"안심하기는 이를걸."

말하고 나서 희미하게 미소를 짓는다. 이와키는 눈썹을 치켜세웠다.

"내가 죽었으면 좋겠다는 거야?"

"그런 소리는 안 했다."

사카타는 즐기는 것처럼 보였다.

"다카사토는 진짜로 위험하다니까. 안심하기는 이른 것 같은데? 주의하는 게 좋을 거야, 이와키."

이와키는 차갑게 웃었다.

"너야말로 다카사토 비위에 거슬리지 않도록 조심해."

"그럴 일 없어. 나는 다카사토가 화낼 만한 짓은 하지 않으니까."

"글쎄, 그럴까."

"안 해. 나는 다카사토가 굉장하다고 생각하는걸."

눈을 빛내는 사카타의 말에 다들 머쓱해져서 입을 다물었다. 이와키가 불쾌한 듯 얼굴을 찌푸리며 일어섰다. 노즈에가 불렀다.

"이와키 형."

"나 5교시 체육이야."

설레설레 손을 흔드는 이와키를 나머지 사람들이 지켜본다. 거북하기 짝이 없는 공기만 남았다.

"형, 이와키 형 화났어요."

노즈에의 말에 사카타는 엷은 미소를 지었다.

"그래?"

"당연하죠. 그런 식으로 말하면 이와키 형이 죽기를 바라는 것 같잖아요."

"내가 뭘. 그렇게 생각한 적 없는데. 그저 다카사토를 쉽게 보지 말라고 충고했을 뿐이야."

하시가미는 불쾌해하며 말했다.

"쉽게고 뭐고 저주니 재앙 따위가 있을 리 없잖아."

"그렇다고 단정지을 수는 없죠."

"만약 저주를 내린다 해도."

슬쩍 왼손을 바라보는 하시가미의 시선을 히로세는 놓치지 않았다.

"이와키는 친절하게 말해준 거잖아. 그조차 모를 만큼 다카사토도 바보가 아니고."

노즈에가 고개를 크게 끄덕였다.

"저래 보여도 이와키 형은 엄청 정의감에 불타는 사람이니까요."

사카타는 또 한 번 미소 지었다.

"쓸데없는 참견일 수도 있지."

사카타의 희미한 웃음에 히로세는 등줄기가 부르르 떨렸다. 이와키의 행동은 오히려 선의로 보였다. 다카사토 역시 모를 리 없다. 그런데 이 불안감은 무엇일까.

히로세는 한동안 생각에 잠겼다. 어째서인지 두근거림이 멈추지 않았다.

004

화요일 5교시는 과학I 수업이다. 그날 수업은 실험실에서 했다. 1학년들은 십 엔 동전을 도금해 백 엔짜리 은색 동전처럼 만드느라 정신없었다. 한동안 매점에서 십 엔짜리 은색 동전이 뒤섞여 계산하는 아주머니들을 혼란시킬 것이다.

실습 기간의 삼분의 이가 지나가며 히로세도 요령이 붙기 시작했다. 고토는 실험실 뒤에서 반쯤 졸고 있었고 히로세는 때때로 학생들에게 말을 걸면서 창밖을 볼 여유가 생겼다.

실험실 창밖으로 보이는 넓은 운동장에서는 체육 수업이 한창이다. 체육 대회 직전의 수업은 보통 경기 종목 연습 시간이 되어 버린다. 오늘은 기마전 예행연습을 하는 모습이 보였다. 요즘에는 위험하다고 중지한 학교가 많다던데 이 학교에서는 전통의 하나로 살아남아 있었다.

'저 안에 다카사토와 이와키가 있겠지.'

히로세는 무심코 생각했다. 물론 어디에 있는지 알 길은 없다.

별생각 없이 기마전을 보고 있던 히로세는 이윽고 거기에서 일어난 작은 이변을 발견했다.

얼룩이다. 그림자가 드리워진 듯한 작은 얼룩이 뒤섞여 있는 학생들 발치에 나타났다. 밖은 더없이 맑고, 운동장의 모래는 하얗게 달아올라 눈부실 정도로 반짝였다. 학생들의 그림자는 작고 짙다. 그 발치에 물을 뿌린 듯한 웅덩이만 한 얼룩이 나타났다. 얼룩은 지하수가 새어 나오듯 빠르게 퍼지더니 눈 깜짝할 사이에 학생들의 발치를 삼켰다.

히로세는 냉방을 위해 꼭 닫은 창문 유리에 얼굴을 댔다. 엎치락뒤치락하는 학생들과 지켜보는 교사는 얼룩을 눈치채지 못한 것 같다.

"고토 선생님."

목소리를 낮춰 말을 걸자 창가에서 턱을 괴고 있던 고토가 눈을 살짝 떴다.

"저기."

심장이 세차게 뛰었다. 저 안에 다카사토와 이와키가 있다.

고토는 창밖으로 시선을 떨어뜨리고는 자리에서 일어났다. 실험을 하던 학생들 몇 명이 이상한 눈빛으로 이쪽을 보고 있었다.

고토가 창문을 열고 "이봐" 하고 외치는 것과 거의 동시에 호루라기가 울렸다. 뒤섞인 기마가 무너지며 좌우로 나뉜다. 운동장에 있던 이상한 얼룩도 강렬한 햇볕에 증발한 것처럼 옅어졌다.

삼삼오오 좌우 진영으로 돌아간 인파 속에 오도카니 그림자가 나타났다. 학생이 한 명 있었다. 그는 땅바닥에 누운 채 꿈쩍도 하지 않았다. 그저 쓰러져 있다고 하기에는 조금 커 보이는 기묘한 색깔의 그림자가 몸 아래에 있었다.

이와키라고 확신했다.

뭐라고 외치며 뛰어가는 체육 교사가 보였다. 쓰러진 학생의 하얀 체육복은 모래와 피로 얼룩덜룩 변색되어 있었다.

히로세가 달려나갔다. 등뒤에서 고토의 거친 목소리가 들렸다.

"다들 자리에 앉아! 일단 얌전히 앉아 있어!"

계단을 구르듯이 내려가 슬리퍼를 신은 채로 달려간 운동장은 이미 공황 상태에 빠져 있었다.

"괜찮아?"

둥글게 벽을 만들고 있는 학생들을 밀치며 앞으로 발걸음을 서두른다. 모래는 새하얗게 빛날 따름이었다. 원 한가운데에 학생 하나가 쓰러져 있다. 옆에는 체육과 교생이 서 있었다. 그는 등을 웅크리고 당장에라도 도망칠 것 같은 태세였다.

"무슨 일이 있었습니까?"

이런 바보 같은 질문이나 하다니. 숨을 헐떡이며 물으면서 히로세는 생각했다. 이곳 상황을 보면 큰 사고가 일어난 것은 명백했다.

교생은 히로세를 돌아보더니 뒤돌아 구토했다. 웅크리고 앉아 머리를 감싸쥔 아이들 몇 명도 보인다.

쓰러져 있는 아이가 이와키인지 아닌지 히로세로서는 알 수 없었다. 똑바로 누워 있기는 했지만 얼굴을 알아볼 수 없다. 얼굴이 있었던 곳은 불그죽죽하게 무른 고깃덩어리로 바뀌어 있었다. 체육복은 온통 끈적거리는 피와 진흙으로 물들어 있었다. 무수한 발이 그의 몸을 짓밟은 사실을 어지러이 뒤섞인 모래 발자국과 피 발자국이 보여주었다.

"선생님은?"

히로세가 묻자 숨을 헐떡이던 교생은 "전화"라고만 띄엄띄엄 말했다. 체육복을 입은 학생의 가슴은 조금 전부터 미동도 없다.

붉게 더럽혀진 가슴에서 '이와키'라는 이름표를 발견했다.

히로세는 아이들을 둘러보았다.

"어떻게 된 거야?"

무슨 일이 있었는지는 이미 알고 있었다.

"이와키가 쓰러졌는데 아무도 몰랐던 거야?"

둘러싼 아이들 사이에서는 대답이 돌아오지 않았다.

"누가 같이 기마를 태웠지?"

"선생님……."

당장이라도 울 것 같은 목소리가 등뒤에서 들렸다. 사람이 만든 울타리 맨 앞에 세 아이들이 어깨를 나란히 하고 있다. 2학년 5반 학생들이다.

"너희니?"

그들은 고개를 끄덕인다. 겁에 질린 초등학생 같았다.

"그럴 리가 없어요."

한 명이 견디지 못한 듯 울먹였다.

"이와키는 줄곧 제 왼쪽 다리를 잡고 있었어요. 호루라기 소리가 나서 기마에서 내려올 때까지 제 왼쪽 다리를 잡고 있던 사람이 있었다고요!"

순간 아이들이 술렁였다.

"이와키가 아니라면 대체 누구예요?"

다른 두 사람도 고개를 끄덕인다. 억지를 부리는 듯한 행동이었다.

"분명히 옆에 사람이 있었어요. 얼굴을 보지는 않았지만 팔을 서로 얽고 있어서 없어졌다면 모를 리가 없어요!"

"이와키가 넘어진 줄 몰랐어요. 이와키가 넘어지면 상식적으로 뒤에 있던 제가 제일 먼저 비틀거리게 되어 있어요. 정말 아무 일도 없었어요. 이와키가 빠졌다면 계속 제 손을 잡고 있던 애는 누구냔 말이에요!"

아이들이 술렁거리며 요동치더니 이상한 방향으로 나뉘었다. 그 너머로 우두커니 서 있는 다카사토의 모습이 보였다.

누가 어딘가에서 어떤 말을 입에 담았다. 알아들을 수는 없었지만 어떤 내용일지 상상이 갔다. 떼 지어 모여 있는 아이들 사이로 다른 공기가 가득차기 시작한다. 히로세는 순간적으로 위험을 감지했다.

"다카사토."

이곳은 위험하다. 무참한 시체가 있는 이곳은 위험하다.

"준비실로 가 있어."

다카사토는 할말이 있는 듯한 눈빛으로 히로세를 바라보았다.

"어서 가! 화학 준비실에 가서 내가 돌아올 때까지 꼼짝하지 말고 있어, 알았지?"

다카사토는 고개를 살짝 끄덕이고는 몸을 돌렸다. 다카사토와 교대하듯이 체육 교사가 돌아왔다.

005

체육 수업이 중단되고 학생들은 교실로 돌아갔다. 실험실에 있던 1학년들도 교실로 돌려보냈다. 그 시간은 자습으로 대체되었다. 구급차가 달려와서 이와키의 숨이 가까스로 붙어 있다는 것을 알았지만, 결국 이와키는 구급차 안에서 숨을 거두었다.

교감과 학생 주임이 몇 번이나 아이들에게 어떻게 된 상황인지 물었지만 이와키가 넘어져 있다는 것과 자신들이 사람을 밟은 것을 누구 한 사람 알아채지 못했다는 사실만 판명되었다.

6교시에도 자습이 계속되고 긴급 교무 회의가 열렸다. 보나 마나 체육 대회는 중지될 것이다.

긴 회의가 끝나고, 이미 밤 9시가 넘었다.

"체육 대회는 중지. 내년부터는 기마전도 없어지겠군."

교무실에서 나와 어두운 복도를 걸어가며 고토가 중얼거린다.

"……그러겠죠."

"너도 그거 봤지?"

"얼룩 말인가요?"

"그래."

"봤습니다."

"관계가 있다고 생각하나?"

히로세는 입을 다물었다. 관계가 없다고 생각하기 어렵다. 이와키를 죽음에 이르게 한 사고와 틀림없이 깊은 관계가 있을 것이다.

아무 대답 없이 침묵을 지키고 있자 계단 있는 곳에 와서 고토가 히로세의 어깨를 두드렸다.

"난 먼저 돌아갈 테니까. 문단속 부탁해."

고토는 그 말만 하고 흰 가운을 벗는다. 가운을 히로세에게 내밀고 1층을 향해 계단을 내려갔다.

히로세는 얼이 빠진 채 고개를 숙이고 묵묵히 복도를 걸었다. 사건이 일어나기 한 시간 전, 생기 넘치는 이와키를 만났다. 준비실에 들어온 이와키가 웃으면서 말했다.

—보세요, 아직 멀쩡하죠?

히로세는 눈을 감고 깊은 한숨을 쉬며 준비실 문을 열었다. 이와키가 이 문을 열고 지금의 히로세처럼 준비실로 들어오는 일은 두 번 다시 없다. 고등학교 2학년. 열일곱. 겨우 열일곱 살이었다.

불빛 없는 한밤의 준비실에는 캄캄한 어둠만이 드리워져 있었다. 복도에도 빛은 없지만 운동장과 교정 양쪽에서 들어오는 희미한 조명으로 새카맣다고 할 정도는 아니다. 창문에는 얇은 커튼이 걸려 있다. 빈틈없이 쳐 있는 멋없는 천은 파도치듯 나부꼈고, 운동장에서 들어오는 빛 때문에 네모난 수면처럼 보였다. 준비실은 크고 네모난 우물 같았다. 히로세는 그곳을 들여다보았다. 어둡고 공허한 우물이다.

창문 바로 앞에 둔 고토의 이젤을 보고 기묘한 감각에서 현실로 돌아왔다. 화폭에 담긴 물감의 표면이 젖어 빛나는 것을 바라보다 움직임을 멈추었다. 히로세는 입구에 선 채 숨을 삼켰다.

허리춤까지 오는 창문 아래에 누군가 앉아 있다. 빛이 희미해서 확실하지 않지만 체육복을 입은 학생 같았다. 그는 웅크리고 앉아 무릎을 끌어안은 채 이쪽을 보고 있었다. 히로세는 순간적으로 이와키의 평소 모습과 처참한 모습을 모두 떠올리고 뒷걸음질치려다가 비로소 깨달았다.

"다카사토니……?"

어두운 준비실 안에서 목소리가 돌아왔다.

"네."

히로세는 전등을 켰다. 우두커니 일어선 다카사토의 모습을 확인하고 숨을 내쉬었다.

"미안. 깜빡했어."

히로세는 허둥대며 사과했다.

"미안하다. 경황이 없어서."

"아니에요."

다카사토의 목소리에서는 아무 감정도 느껴지지 않았다.

"정말 미안하다."

다카사토를 의자에 앉히고서 커피를 끓였다.

"아니요. 감사했습니다."

"양심에 가책이 느껴지니 더는 말하지 말아줘."

다카사토는 고개를 가로저었다.

"그 자리에 있기가 조금 무서웠거든요."

"그랬니?"

손수건으로 감싼 비커를 건넨다. 다카사토는 눈을 동그랗게 뜨더니 미소 비슷한 표정을 살짝 지으며 비커를 받아들었다.

"왜 그러셨는지 여쭤도 될까요."

다카사토는 비커를 입으로 가져가며 작게 물었다.

"뭐가?"

"왜 저를 이리로 가라고 말씀하셨죠?"

"그 자리 분위기가 심상치 않았으니까."

"보호인가요, 아니면 격리인가요."

히로세는 다카사토를 바라보았다. 그의 눈은 히로세의 시선을 붙잡고 놓아주지 않는다. 거짓이나 기만을 허용하지 않는 지독한 진지함이 느껴졌다.

"보호할 셈이었는데."

조용한 눈이 히로세를 지켜본다.

"다카사토, 너를 화나게 하면 큰일을 당한다는 소문을 알고 있니?"

다카사토는 조용히 고개를 끄덕였다.

"솔직하게 말해봐."

그는 시선을 돌리고 잠시 침묵을 지켰다.

"……제 주변에서 사고를 당하거나 죽는 사람이 많다는 건 알고 있습니다. 거기에 제가 관련이 있어 보여서 다들 두려워한다는 것도요. 하지만 아니에요."

"뭐가 아니라는 거지?"

다카사토는 한숨을 한 번 내쉬었다.

"제가 화나고 화나지 않고는 관계없어요."

히로세는 다카사토를 바라보았다. 다카사토는 눈을 내리깐 채 양손으로 들고 있는 비커를 보고 있었다.

"이와키에게 화나지 않았니?"

"왜 화가 나야 하죠?"

히로세는 알 수 있었다. 다카사토는 바보가 아니다. 적어도 이와키의 의도를 이해하고 있었다.

"하시가미나 쓰이키는?"

다카사토는 얼굴을 들고 고개를 살짝 갸웃거린다.

"하시가미라면 저번에 3학년 선배 말인가요?"

"맞아."

"생체 실험이니 하는 소리를 해서 이상한 말을 하는 사람이라고 생각했습니다. 쓰이키한테는 딱히……. 다들 하는 소리인걸요."

히로세는 쓴웃음을 지었다.

"그랬구나."

"그저 또 무슨 일이 일어날까 싶어서…… 그게 싫었어요."

"쓰이키나 하시가미가 사고를 당하지는 않을까 하는?"

"네. 누가 다치는 건 싫어요."

조금 망설이다 물어보기로 했다.

"수학여행 건은?"

다카사토는 히로세를 올려다보며 다시 고통스러운 미소를 지었다.

"저는 맞아도 그다지 화가 나지 않아요."

"어째서?"

"어쩔 수 없는 일이니까요. 제가 남과 다르니까 다들 제 존재를 인정할 수 없는 거예요."

담담한 목소리였다. 히로세가 말끄러미 바라보자 다카사토는 고개를 들었다.

"……네 존재를 인정해주지 않는데도 화나지 않니?"

"다른 생물이 섞여 있는 거나 마찬가지니까요."

다카사토는 제 손을 바라보았다.

"명백하게 종이 다른데 정체를 알 수 없다면 당연히 기분 나쁘겠죠. 유해한지 무해한지 판단할 수 없으니까요. 게다가 아무래도 저는 유해한 쪽인 모양이니 더더욱 어쩔 수 없어요."

남 얘기 하듯이 말한다.

"그러니까 맞아도 그다지……. 그런데 모두 죽고 맙니다."

갑자기 등줄기가 오싹해졌다. 다카사토의 목소리가 담담할수록 그 말이 무섭게 들렸다.

"……대체 왜죠."

정말로 이해할 수 없다는 말투였다.

"역시 제 탓일까요."

다카사토가 웅얼거렸다.

"네 탓이 아니야."

자신은 없었지만 그렇게 대답했다. 다카사토는 고개를 숙인 채 얼굴을 들지 않는다. 히로세도 한동안 말없이 시선을 돌리고 있었다.

그것은 무엇이었을까. 운동장에 나타난 기묘한 얼룩. 이와키가 쓰러졌는데도 가마를 받치고 있던 누군가. 그것은 상식으로 이해할 수 없는 이상한 사태임을 말해주었다.

가미카쿠시. 저주를 내린다는 소문. 쓰이키의 다리를 잡은 손, 하시가미 손에 못질을 한 누군가.

'이상한 일이 너무 많다.'

히로세는 다카사토를 살폈다.

관계가 없을 리 없다. 모든 현상은 어느 정도의 연관성을 가지고 있고 그 중심에 다카사토가 있다.

"……이유 같은 거 없는데."

속삭이는 목소리에 히로세는 고개를 들었다. 다카사토는 알맹이가 빠져나간 것 같은 얼굴로 허공을 보고 있었다.

"그 애가 죽어야 할 이유 따위 어디에도 없었는데."

히로세는 대답하지 않았다. 다카사토 역시 더이상 아무 말도 하지 않았다.

☆☆
☆☆☆

소년은 밤길을 서둘러 걸었다. 초등학교 6학년인 소년은 실로 눈코 뜰 새 없는 생활을 하고 있었다. 엄마는 아이가 할 일은 공부라고 했다. 그렇다면 엄청난 초과 근무를 하고 있는 셈이라고 마음속으로 불만을 토로했다.

언제였는지 아빠가 결산이라는 일 때문에 밤늦게까지 돌아오지 않은 적이 있었다. 날마다 열두 시간이나 일해서야 견딜 수가 없다던 아빠의 말을 소년은 잊지 않고 기억했다.

"나는 열세 시간이나 일하고 있는데."

소년은 투덜거렸다. 학교에서 돌아오면 학원이 두 곳. 엄마는 지금 열심히 해두면 나중에 편해진다고 하지만 믿을 수 없다. 중학교에 들어가도 옆집 누나처럼 밤늦게까지 학원을 다닐 테고 고등학교에 들어가도 역시 학원을 다닐 것이다. 어른이 되어 취직하면 결산이라는 것 때문에 무지막지한 과로에 시달린다.

"과로로 죽으면 산재 처리도 안 돼."

중얼거려보았지만 정확한 뜻은 모른다. 그저 요새 학원에서 유행하는 투덜거림일 뿐이다.

실제로 소년은 그렇게 현재 상황이 불만스럽지는 않았다. 한 곳이라도 학원을 다니는 것은 당연했고 유명한 사립 중학교의 수험 코스에 들어간 것은 소년에게 희망이 남아 있다는 증거다. 그래도 밤늦게 돌아가야 하는 건 싫었다. 역에서 집까지는 지름길을 이용하면 아주 멀지는 않아도, 지름길 옆에 절의 토담이 길게 이어지는 장소가 있어 기분 나쁘고 섬뜩했다. 계절상 학원에서는 괴담도 유행하고 있다. 오늘도 쉬는 시간과 돌아가는 전철 안에서 끔찍한 이야기를 잔뜩 들었다.

사실은 그런 까닭에 몹시 겁에 질려 집으로 가는 길을 서두르고 있었다. 역 앞 신호에서 오른쪽으로 꺾고 다음 신호를 지나 첫 번째 모퉁이를 돌면 일방통행로가 나온다. 길을 따라 쭉 걷다 도랑에 걸린 돌다리를 건넌 곳이 바로 절 옆길이다.

포장도 되어 있지 않은 오십 미터 정도 되는 길의 오른편에는 토담이 이어지고, 왼편은 대나무 숲이다. 소년은 잔달음을 쳤다. 무서움을 떨치기 위해 가방을 크게 휘둘렀다.

다리를 건너 몇 걸음 떼었을 때 대나무 숲에서 부스럭 소리가 들렸다. 소년은 몸이 굳은 것처럼 발걸음을 멈추었다. 반사적으로 소리가 난 방향을 보았다. 아무것도 보이지 않았더라면 달음박질쳤을지도 모른다. 대나무 숲 안쪽으로 하얀 개의 등이 보여

어깨에서 힘이 빠졌다. 그 순간 겁먹었다는 사실이 너무나 창피했다. 그래서 연이어 부스럭부스럭 소리가 났을 때도 놀라지 않고 소리가 나는 방향을 지켜볼 수 있었다.

개는 풀숲 안에 숨어서 모습이 잘 보이지 않았다. 그래도 하얀 털이 보였고 크기로 따져 개라는 것을 추측할 수 있었다. 개를 뒤쫓듯 사람이 나타났다. 소년은 자신의 집에서 키우는 시바견을 산책시킬 때의 고생을 떠올렸다.

숲 안쪽에서 젊은 여자가 모습을 드러냈다. 그녀는 개에게서 눈을 떼지 않으며 어둠 속에서 걸어 나오다 시선을 느꼈는지 고개를 들었다. 소년이 즐겨 보는 전대물에 나오는 핑크 제복을 입은 대원과 조금 닮았다.

그녀는 개에게 눈길을 주었다가 소년을 향해 걸어왔다. 말을 걸려는 표정이라 소년은 그 자리에서 가만히 기다렸다.

그녀는 길까지 나오더니 소년을 바라보며 멈추어 섰다. 소년은 여자에게 다리가 있는지 확인했다. 그녀는 고개를 갸웃거렸다. 상냥해 보이는 사람이다.

"기를 모르니?"

상냥한 목소리에서 애달픈 울림을 느꼈다.

"기가 뭔데요? 펄럭거리는 깃발요?"

"다이키."

그녀는 소년을 내려다본다.

"들어본 적 없는데. 소중한 거예요?"

그녀는 고개를 끄덕였다. 슬픈 얼굴을 하고 있었다. 이런 밤에 개를 데리고 이렇게 인적 드문 곳까지 나온 것은 물건을 찾기 위해서였나.

"무척 소중한 것. 찾고 있어. 들어본 적 없어?"

"네, 처음 들어요. 어떤 건데요? 괜찮으면 친구들에게 물어볼게요."

그녀는 살짝 미소 지었다.

"물건이 아니야. 짐승이야."

소년은 덤불 속을 흘끔 보았다. 개는 아직 근처에서 부스럭거리고 있다. 혹시 저 개의 여자친구나 남자친구인지도 모른다.

"강아지예요? 이름이 '기'예요?"

그녀가 고개를 끄덕였다.

"다이키라고 해."

소년은 고개를 갸우뚱했다.

"못 들어봤는데. 그래도 학교에서 물어볼게요. 누나가 기르는 개? 종류가 뭔데요?"

그녀는 고개를 가로저었다.

"개가 아니야. 기야."

소년은 고개를 더욱 갸웃거렸다.

"태왕의 기."

여자가 하는 소리를 전혀 이해할 수 없었다.

"기라는 동물은 본 적 없어요. 대체 어떤 모습인데요?"

그녀는 고개를 저었다.

"몰라."

"모른다고요?"

그녀가 끄덕인다.

"이쪽에서는 사물의 형태가 일그러져서 어떤 모습을 하고 있을지 알 수 없어."

이상한 이야기였다.

"그럼 찾으려고 해도 찾을 수가 없잖아요."

"기척이 남아 있으니까."

소년은 풀숲에 코를 박고 있는 개를 바라보았다.

"기척이라는 게 냄새 같은 건가요?"

그래서 개를 데리고 찾고 있었던 걸까.

"빛 같은 것. 보통 훨씬 또렷하게 보이지만 다이키의 기척은 너무나 약해. 금세 끊어져서 어디에 있는지 알 수가 없어."

소년은 고개만 갸우뚱거렸다. 그녀가 하는 말은 도통 이해가 되지 않는다.

"어쩌면 병들었는지도 몰라……."

"아, 네."

소년이 어떻게 대답해야 할지 몰라 대충 말을 맞추자 그녀는 한숨을 쉬었다. 그러고 나서 고맙다는 말만 남기고 덤불 속으로 돌아갔다. 그 모습을 지켜보던 소년은 이상한 기분에 사로잡혔다.

그녀는 곧장 대나무 숲 속으로 사라져간다. 개의 곁을 지날 때 작게 무슨 말을 했다. 개의 털이 부드럽게 움직인다.

소년의 입이 벌어졌다. 그녀가 부르는 소리에 고개를 든 개의 얼굴에는 눈이 하나밖에 없었다. 소리도 내지 못한 채 지켜보고 있는데 그녀와 개는 덤불을 헤치고 안쪽으로 사라졌다. 멀리서 희미하게 어느 집의 담이 보였다.

그녀는 덤불을 헤치며 걸어가더니 개와 함께 빨려들듯이 담 안으로 사라져갔다. 소년은 큰 소리로 비명을 질렀다. 그러고는 쏜살같이 집을 향해 뛰기 시작했다.

5장

001

다음날 아침은 전교 조회로 시작했다. 그 자리에서 이와키의 죽음을 전하고 하루 앞으로 다가온 체육 대회가 중지되었음을 알렸다.

조회 후에는 정해진 시간표대로 수업이 진행되었지만 소규모 회의가 반복되어 자습이 많았다. 교생은 참가하지 않아도 된다는 말에 히로세는 준비실에서 멍하니 있는 것 말고는 할일이 없었다. 교생 대기실에 가도 이와키 이야기밖에 오가지 않는다. 히로세가 가면 질문 공세에 시달릴 뿐이라 마음이 내키지 않았다.

아이들은 대부분 기념행사에라도 참가한 것처럼 들떠 있었다. 오늘 아침에는 교문 앞에 언론 관계자로 보이는 사람들이 모여 있었는데, 교사와 학생들이 그들을 대하는 자세는 완전히 달랐다. 학교 측은 학생들을 언론으로부터 지킨다는 명분으로, 들추고 싶지 않은 소리를 할 바에는 아예 떨어뜨려놓겠다고 애를 썼지만, 모여든 취재진에게 일부러 붙잡혀 희희낙락 대답하는 학생들이 상당수 있었다. 지금도 한껏 들뜬 그들 때문에 학교 안은 왁자지껄 소란스러웠다.

그러나 2학년 5반과 6반만은 침통한 분위기였다. 결석생도 많았다. 그들을 좀먹고 있는 것은 같은 반 친구가 죽었다는 사실이 아니다. 다른 사람이 아닌 자신들 때문에 친구가 죽었다는 사실이었다. 어제 방과후에 경찰이 와서 이야기를 물을 때도 학생 중 몇 명은 양호실이나 다른 곳으로 도망쳐 모습을 보이지 않았다. 그들 대부분은 자신의 신발이나 양말에 튄 핏자국에 기겁을 하고 아무리 타일러도 은신처에서 나오려 하지 않았다.

히로세는 그저 멍하니 창밖을 바라보았다. 운동장의 하얀 모래 위에 작은 그림자가 보였다. 새로 모래를 덮어 야구장 마운드처럼 볼록 솟은 땅에 꽃이 놓여 있다.

이와키의 시체는 너무나 처참했다. 구급대원조차 한동안 똑바로 보지 못했다. 병원으로 달려온 어머니는 정말로 우리 애냐고 몇 번이나 물었다고 한다.

그런 생각들로 우울함에 빠져 있을 때였다. 부산스러운 발소리가 들리더니 반장인 고탄다가 뛰어들어왔다.

"고토 선생님은요?"

어깨를 들썩이고 있다. 사고라도 당한 것처럼 교복은 흐트러진데다 표정 또한 심각했다.

"회의에 가셨어. 무슨 일이지?"

"말려주세요. 다들 다카사토를 몰아세우고 있어요."

히로세는 2학년 6반 교실까지 달려갔다. 교실이 있는 2층에 도착하자 복도에 듬성듬성 모여 있는 아이들이 보였다. 그들을 밀치면서 교실로 들어갔다. 안으로 뛰어들자 창가에 교복 무리가 벽을 만들고 있었다.

"이게 뭐하는 짓이야!"

아이들 몇 명이 돌아보았지만 아무도 포위를 풀려고 하지 않았다. 창백한 얼굴을 한 아이들 몇 명은 무리에서 떨어진 곳에서 두려운 듯이 서로 꼭 붙어 있었다. 몇 명은 얻어맞았는지 멍이 들어 있었다.

"그만두지 못해!"

가까이 있는 아이의 어깨에 손을 올렸다. 억지로 무리 속으로 파고들려 하자 갑자기 등뒤에서 주먹이 날아왔다.

"방해하지 마세요!"

히로세를 향해 외친 아이의 눈빛은 확고했다. 교실에 가득한 흥분은 도를 넘어 살기에 가까웠다.

"얘들아, 그만두라니까."

주위 아이들을 밀치려고 했지만 도리어 무수한 손이 주머을 쳐들었다. 다들 흥분했다.

"다카사토!"

무리 지은 아이들 앞에 다카사토가 있었다. 몇 명이 그를 다그쳤다.

"네가 죽였잖아."

"야, 죽였잖아!"

이와키 이야기다. 그렇지 않다고 외치려던 히로세는 명치에 꽂힌 무릎의 충격으로 소리를 낼 수가 없었다.

"교생 주제에 나서지 마."

다리에 힘이 풀렸다. 한쪽 무릎을 땅에 짚었을 때 말을 꺼낼 틈도 없이 누군가의 발차기가 날아들었다.

"다카사토, 너 대체 뭐야. 정말 인간이냐?"

대답하는 목소리는 없었다. 어쩌면 닥치는 대로 두들겨 맞은 충격으로 귓가에 닿지 않았는지도 모른다.

"이와키는 저주 따위 없다고 했지만, 이것 봐. 정말로 죽어버렸잖아."

모여 있는 아이들의 다리 사이로 창가에 내몰려 있는 다카사토가 보였다. 흥분한 아이들의 모습이 심상치 않다. 절박한 위기감을 느꼈다.

"너희들 그만둬!"

기다시피 해서 아이들을 헤치고 나아간다. 그러는 사이에도 발들이 날아온다.

"괴물 편에 서는 거예요? 편들어봤자 구해줄 것 같아요? 이와키도 죽었잖아요."

"무슨 짓을 하고 있는지 알기나 하는 거야?"

"알고말고요."

목소리가 들리는 순간 발이 얼굴을 때렸다. 눈이 빠질 듯한 아픔과 동시에 미지근한 것이 코에서 흘렀다. 죽자사자 아이들을 헤치고 맨 앞까지 나왔을 때는 다리가 휘청거려서 일어설 수가 없었다. 저도 모르게 바닥에 이마를 찧은 히로세의 어깨에 여러 명의 팔이 감긴다. 굳이 제압하지 않아도 히로세는 이미 몸을 꿈쩍할 수조차 없었다.

다카사토는 히로세를 바라본다. 순간적으로 히로세에게 뛰어오려고 했지만 포위한 아이들이 저지했다.

"사과해."

누군가 다카사토를 밀쳤다. 누군가 기우뚱하는 다카사토를 붙들고 멱살을 잡는다.

"이와키에게 사과해. 우리까지 말도 안 되는 일을 당했잖아."

"납작 엎드려서 두 번 다시 그러지 않겠다고 맹세해."

누군가의 손이 다카사토를 그 자리에서 쓰러뜨리려 했다. 억눌러 무릎을 꿇린다. 머리카락을 쥐고 고개를 숙이게 하려 한다.

그때였다. 줄곧 저항하지 않던 다카사토가 소리를 질렀다.

"싫어!"

주변이 거세게 술렁거리면서 살기를 띠기 시작했다.

다카사토는 붙잡힌 팔을 뿌리쳤다. 힘으로 쓰러뜨리려는 패거리의 손을 몸을 틀어 피하고서 창틀에 매달렸다. 몸을 일으킨 다카사토는 신기하게도 무언가에 크게 놀란 듯이 보였다.

"뭐가 싫다는 거야! 사과하기 싫다는 거냐!"

"사람을 죽여놓고 아무것도 느끼지 못하다니."

다카사토는 당황하고 있었다. 핏기 없는 얼굴, 그렇지만 흔들림 없는 목소리로 단호하게 말했다.

"엎드리지 않겠어. 그것만은 할 수 없어."

욕설이 날아들었다. 여러 사람이 다카사토에게 몰려들어 몸싸움을 벌이는 모습이 보였다.

"그만둬."

목소리가 갈라졌다. 극심한 현기증이 난다. 자신을 붙잡고 있는 팔을 떼어내고 몸이라도 일으키려 했지만 균형을 잡을 수 없었다.

창문으로 밀리는 다카사토가 보였다. 다카사토는 망연히 눈만 부릅떴을 뿐 아무 저항도 하지 않았다. 무언가에 놀라 저항하는 방법을 잊은 것처럼 보였다.

안 된다. 그런 짓을 해서는 안 된다. 모두 가해자가 되어서는 안 된다. 그들을 위해서 그것은 좋지 않다.

보복이.

보복이 보복이 보복이.

"안 돼!"

히로세가 소리를 질렀을 때는 이미 늦었다. 다카사토의 몸은 맥없이 창밖으로 사라졌다. 와하고 함성이 들끓었다.

002

몇몇 교사가 뛰어들어왔을 때는 몽롱한 의식을 유지하기조차 힘들었다. 누군가에게 기대 복도를 걸었다. 몇 번이나 다리가 꺾이고, 복도에서 한 번 욕지기가 났다. 간신히 찾아 들어간 양호실에서 히로세는 정신을 잃었다.

눈을 다시 떴을 때는 양호실 침대에 누워 있었다. 심하게 지끈거리는 머리를 흔들며 몸을 일으키자 도토키의 모습이 눈에 들어왔다.

"괜찮으세요?"

"다카사토는……."

도토키는 히로세에게 다가와 침대 끝에 앉았다. 터널 안에 들어간 듯한 귀울림이 들렸다. 눈앞에 뿌옇게 안개가 끼어 잘 보이지 않는다. 입도 생각대로 움직이지 않았다.

"그 애는 구급차로 실려갔어요. 큰일은 없는 모양이에요. 선생님이 훨씬 중상이세요."

도토키의 말에 마음을 놓았다. 몇 번인가 힘을 줘서 눈을 깜빡이자 간신히 시야가 맑아졌다.

"지금 몇 시죠?"

"곧 점심시간이에요. 선생님이 실려 오고 나서 얼마 지나지 않았죠."

"……물 좀 주시겠어요?"

입안이 피 냄새로 가득차 몹시 텁텁했다. 도토키가 준 물로 입을 헹구고 나서야 겨우 편해졌다.

"심한 꼴을 당하셨네요."

"반 아이들은요?"

"교실에서 혼쭐이 나고 있죠."

"고토 선생님은 뭐하고 계세요?"

"교실로 가셨어요. 아무튼 선생님은 쉬세요. 조금 토하셨죠? 두통은 없나요? 또 토할 것 같지는 않아요?"

"이제…… 괜찮습니다."

히로세는 몸을 일으켰다. 여기저기 욱신거렸지만 어지럽지는 않았다.

"병원에 가는 편이 좋겠어요."

"할일이 끝나면 가겠습니다."

침대를 내려왔다. 일어서서 자신의 몸을 이리저리 살핀다. 괜찮다. 이제 움직일 수 있다.

"수고를 끼쳤네요."

"병원에 꼭 가셔야 해요."

"알겠습니다."

고개를 숙이고 히로세는 양호실을 나왔다.

교실로 돌아가는 복도에서 고토를 만났다.

"이봐, 꽃미남. 살아 있었나?"

고토의 농담에 히로세는 웃음을 터뜨리며 고개를 숙였다. 고토가 쓴웃음을 지으며 히로세의 어깨를 두드렸다.

"큰 소동이 일어났더군."

"죄송합니다. 제가 그 자리에 있었는데."

"부상자가 미안해해봤자지. 돌아가서 병원이나 가봐. 머리를 맞아서 토했다면 안 좋은 거니까."

"죄송합니다……."

"네 탓이 아니잖아. 언젠가 이렇게 되지 않을까 걱정은 했어."

히로세가 바라보자 고토는 씁쓸한 표정을 지었다.

"무력 혁명이야. 다카사토는 공포 정치를 펼쳐왔으니 봉기의 때가 오지 않을까 싶었지."

"반 아이들은요?"

"교감에게 혼쭐나고 있어. 저주니 뭐니 말해도 통할 리 없지만 입을 다물 수도 없잖아. 녀석들 입장에서야 정당방위였다 해도 집단으로 한 사람을 괴롭혔다는 취급만 받을 테지."

"……그러겠죠."

"아무튼 병원에 갔다 와. 지금 네가 할 수 있는 일은 아무것도 없어."

히로세는 알았다고 대답하며 고개를 숙인 후 불쑥 물었다.

"다카사토는 어느 병원으로 실려갔는지 아세요?"

"적십자 병원이라고 했던가. 그렇게 멀리까지 데려간 걸 보면 큰 상처는 아니겠지. 2층이었잖아."

고토는 말하고 나서 쓴웃음을 지었다.

"적십자 병원에 갈 거면 문병이 아니라 진찰을 받으라고. 알았지?"

히로세는 고개를 끄덕이고 복도를 되돌아갔다.

가방을 가지러 준비실에 들렀다. 문을 열자 아이들 몇 명이 보였다.

"……있었어?"

"선생님, 괜찮아요?"

하시가미가 맨 먼저 말을 걸어왔다.

"그럭저럭. 귀도 밝군."

"그렇게 큰 소동이 났으니 모를 수가 없죠. 뭐 마실래요?"

"물."

히로세는 의자에 앉았다. 본관에서 이곳으로 돌아오는 것조차 지금의 히로세에게는 엄청난 중노동이었다.

물이 든 비커가 눈앞에 놓인다. 노즈에가 히로세의 얼굴을 빤히 쳐다보았다.

"얼굴이 장난 아닌데요. 괜찮으세요?"

"응."

그렇게 대답하고 나서 히로세는 책상에 놓여 있는 국화 한 송이를 발견했다.

"이 꽃은 누가 가져다놨지?"

노즈에가 자기라고 대답했다.

"왠지 이와키 형이라면 여기에 있을 것 같아서 교실에서 가져왔어요."

"그랬구나……."

손으로 꽃잎을 살짝 만지며 준비실을 둘러본다. 사카타의 모습이 보이지 않았다.

"사카타는?"

"하시가미 형이 내쫓았어요."

하시가미를 보자 그가 얼굴을 찌푸렸다.

"너무 좋아라 하고 있기에 여기는 지금 고인을 추모하는 중이니까 나가라고 말해줬죠."

"그래."

히로세는 고개를 끄덕인다. 그래서 모여 있었던 건가.

"이와키 형의 장례식, 오늘이래요. 선생님은 가실 건가요?"

노즈에의 물음에 히로세는 그래야지, 하고 답했다.

학교에서 나와 택시를 잡아타고 병원으로 향했다. 접수 시간이 지난 걸 핑계 삼아 검사를 포기하고 다카사토의 병실이 어디인지 물었다. 그가 실려 온 곳은 6층의 일반 병실이었다. 가볍게 노크하고 문을 열자 구석에 있는 침대만 커튼이 쳐져 있는 모습이 눈에 들어왔다. 병실을 둘러보며 자신을 돌아보는 환자들에게 인사를 하고서 구석에 있는 침대로 다가갔다. 커튼을 살짝 열었다.

눈을 부릅떴다 다시 감았다.

다카사토는 침대 끝에 살포시 팔을 늘어뜨린 채 잠들어 있었다. 그리고 다카사토의 손을 잡고 있는 하얀 손.

'그때 본 게 다카사토였나.'

언젠가 보았던 풍경이 또렷하게 떠올랐다. 일단 교실동의 창문, 서 있는 그림자.

가까이에서 보니 그것은 완벽한 형태를 지니고 있었다. 대리석으로 조각한 듯이 매끄럽고 아름다운 여자의 팔. 침대 아래에서 뻗어 나온 팔의 주인은 모습이 보이지 않는다. 하얀 팔은 히로세가 놀랄 틈조차 주지 않은 채 서둘러 손가락을 떼더니 침대 아래로 사라졌다.

히로세는 발걸음을 떼고 허리를 살짝 구부려서 침대 아래를 살펴보았다. 당연히 그곳에는 개미 새끼 한 마리 없었다.

히로세는 한참 동안 멍하니 있다가 깊은 한숨을 쉬었다. 다카사토를 깨워야 할지 고민하고 있는데 뒤쪽 환자가 의자를 건네준다. 히로세가 허리를 구부리는 모습을 보고 의자를 찾는 줄 알았나 보다.

"고맙습니다."

인사를 한 뒤 커튼을 열고 침대 옆에 앉아, 다카사토가 젊어진 것에 대해 생각했다.

다카사토는 얼마 안 있어 눈을 떴다. 깊이 잠들지는 않았던 모양이다. 히로세를 보고 눈을 동그랗게 뜨며 몸을 일으켰다.

"괜찮니?"

"네. 죄송합니다."

다카사토가 고개를 깊이 숙인다.

"네 탓이 아니야. 신경쓸 것 없어."

히로세는 무심코 어제도 같은 말을 한 사실을 떠올렸다.

"다친 데는 어때?"

다카사토는 고개를 내저었다.

"아무렇지 않아요. 타박상이랑 찰과상이 다예요."

2층이라고 해도 학교의 2층은 높다. 게다가 아래쪽 길은 지하 자전거 주차장이 있어서 한 층 정도 더 낮았다. 다카사토는 자전거 주차장으로 내려가는 콘크리트 언덕길로 떨어졌다. 삼 층 높이에서 떨어졌는데 멀쩡하다는 건 조금 믿기 어려웠다.

"어째서 저항하지 않았지?"

다카사토는 저항하지 않았다. 그게 몹시 마음에 걸렸다. 다카사토는 무슨 말인가 하려다 말고 고개를 저었다. 놀라서요, 라고만 대답했다.

자리에서 일어난 히로세는 고개를 떨궈버린 다카사토의 어깨를 두드렸다.

"입원한 거니?"

다카사토는 고개를 들고 난처한 표정을 지었다.

"아니요. 돌아가도 된다고 합니다. 그런데……."

"그런데?"

말하기 꺼려지는 모양이다.

"아무도 데리러 오지 않아서."

히로세는 고개를 갸웃거리며 잠깐 기다리라고 말하고 병실을 나왔다.

간호사 대기실에 가서 신분을 밝히고 다카사토는 아직 돌아갈 수 없느냐고 물어보았다.

나이 많은 간호사는 곤란하다는 듯이 말했다.

"미성년자라서 일단 보호자에게 오시라고 말씀드렸어요."

"오지 않으셨나요?"

"네. 전화하니 어머니가 받으셔서 알았다고 하시던데요. 하지만 몇 번을 다시 전화해도 아무도 받지 않네요."

히로세는 눈살을 찡그렸다.

"저희도 곤란해요. 의료 보험증도 가지고 오셔야 하고 수납도 해주셔야 하는데."

"제가 가보겠습니다."

"그래주시겠어요? 부탁드려요."

간호사는 그제야 안심하며 한숨을 내쉬었다. 건네받은 청구서를 주머니에 넣었다. 로비에서 고토에게 전화를 걸고 병원을 나왔다.

003

히로세는 우선 집으로 돌아와 피투성이가 된 옷을 갈아입고 다카사토의 집으로 향했다. 겉옷도 있었지만 도저히 그런 걸로 감출 만한 양이 아니었기 때문이다.

다카사토의 집은 바닷가의 오래된 마을 안쪽에 있었다. 상당히 오래된 민가로 손질은 잘되어 있지만 어두운 분위기를 지울 수 없었다.

문은 꼭 닫혀 있었지만 빗장은 질러 있지 않아서 멋대로 열었다. 자갈길에 징검돌이 이어진다. 징검돌을 밟으며 철통같은 현관에 다다라 초인종을 눌렀다. 바로 응답이 있다. 누군지 밝히자 한참 후에 발소리가 들리고 현관문이 열렸다.

중년 여성이 얼굴을 내밀었다. 한눈에 다카사토의 어머니임을 알 수 있었다. 그녀는 입구에 서서 살피는 듯한 눈초리로 "무슨 일이시죠?" 하고 물었다. 이상하다 싶었지만 히로세는 사정을 설명했다.

"병원에서 보호자분이 오지 않아서 집에 돌려보낼 수가 없다고……."

그녀는 손으로 이마를 살짝 눌렀다.

"알아서 돌아오라고 전해주세요."

히로세는 조금 놀랐다. 아무리 호의적으로 해석하려 해도 창문에서 떨어져 구급차로 병원에 실려간 아들에게 할 말로 들리지 않았다.

그녀는 그렇게만 말하고 등을 돌렸다. 서둘러 문을 닫으려는 것을 히로세가 황급히 제지했다.

"저기, 치료비가."

"아, 네."

그녀는 당황하며 그제야 겨우 현관 안쪽을 가리켰다. 히로세는 방 하나 크기는 될 듯한 넓은 현관에 발을 디뎠다.

"얼마죠?"

히로세는 머뭇거리면서 청구서를 건네주었다. 이 여성은 자신을 병원에서 보낸 수금원으로 착각하고 있는 게 아닐까.

"의료 보험증도 필요한데요."

"지금 가지고 올게요."

"잠깐만요."

집안으로 들어가려는 그녀를 불러 세웠다.

"저는 돈을 받으려고 온 게 아닙니다. 어째서 병원에 가시지 않나요?"

그녀는 멍하니 돌아보고는 보란 듯이 한숨을 쉬었다.

"제가 바빠서요. 수고스럽겠지만 선생님께서 병원에 가주시지 않겠어요?"

"바쁜 것처럼 보이지는 않는데요."

무심결에 가시 돋친 말투가 되었다. 이 어머니의 태도는 아무래도 석연치 않다.

그녀는 공격적인 태도가 되어 히로세를 적대적으로 쏘아보았다.

"돌아오고 싶으면 알아서 돌아오면 되잖아!"

히로세는 거칠게 쏟아붓는 말을 듣고 아연실색했다. 그녀는 히로세를 향해 손가락질한다.

"그렇게 그 아이를 집으로 돌려보내고 싶으면 댁이 데리러 가요. 나는 바쁘니까."

댁이라는 말이 매몰차게 들렸다. 히로세는 화가 나기보다 당혹스러웠다. 어째서 이렇게까지 격분하는지 전혀 이해가 되지 않았다.

"어머님, 다카사토가 다쳤습니다."

"그래서요?"

고압적인 말투에 불쾌한 감정이 울컥 치솟았다. 저도 모르게 그것을 말로 토해냈다.

"어머니잖습니까."

그녀가 히로세를 노려보았다.

"저는."

조바심이 나는지 발을 동동 구른다.

"그 아이가 돌아오지 않아도 상관없어요. 돌아오고 싶다면 막지는 않겠습니다. 어머니니까요."

어이가 없어 대꾸할 말이 나오지 않았다. 히로세가 꼼짝 못하는 사이에 그녀는 재빨리 안으로 들어갔다. 그러고는 금세 현관으로 돌아와서 봉투와 의료 보험증을 히로세에게 내밀었다.

"어째서죠?"

반사적으로 묻자 그녀는 맨발로 현관 바닥으로 뛰어내려와 히로세의 손에 봉투와 의료 보험증을 쥐여주려 했다. 히로세는 그 손을 홱 뿌리쳤다.

"이게 무슨 짓입니까."

그녀는 히로세를 싸늘하게 응시했다.

"또 죽었죠?"

히로세는 그녀의 말을 바로 이해하지 못한 채 고개를 갸웃거렸다.

"또 같은 학교 아이가 죽은 거죠. 그 아이 때문에."

히로세는 숨을 삼켰다. 그녀는 주먹을 쥐고 떼쓰는 아이처럼 몸부림쳤다.

"이게 벌써 몇 번째인 줄 아세요? 사람들은 저희까지 살인자라도 되는 양 수군거려요."

그녀의 눈에서 눈물이 흘러 떨어졌다. 저주로 가득찬 말이었다.

"또다시 덧문을 닫고 살아야겠군요. 그 아이 탓이에요."

"다카사토 탓이 아닙니다!"

저도 모르게 소리를 질렀다. 너무하다. 설령 세상 모두가 비난한다 해도 감싸주는 것이 부모가 아닌가.

"다들 그 아이 탓이라고 말해요. 벌써 동네 사람들은 다 알아요. 다들 그렇게 말한다고요. 직접 듣지 않아도 알 수 있어요."

그녀는 단언했다.

"그 아이 때문에 저와 남편이 얼마나 비참했는지 아세요? 사람들은 저희를 흘겨보고 욕해요. 우리 아이 역시 무슨 일이 있을 때마다 괴롭힘을 당했어요."

우리 아이라는 말이 가슴을 후볐다. 다카사토에게는 남동생이 있다고 했다. 우리 아이란 남동생을 가리키는 것이리라. 그 말에는 분명 다카사토가 들어 있지 않았다.

"그렇다고 어머니가 자식을 외면합니까?"

"저는 모릅니다."

"모른다니요. 당신 아이잖아요? 그런 태도 때문에 다카사토가 얼마나 상처 입을지 생각해보셨어요?"

그녀가 웃었다.

"그 아이가 상처를 받을 것 같나요? 한 번도 그런 갸륵한 모습을 보인 적이 없는데요?"

"그건 모를 일입니다. 겉으로 드러내지 않을 뿐인지도 모르지 않습니까."

"네, 모르고말고요. 그 애가 속으로 뭘 느끼고 생각하는지 따위 알 리가 없지요."

그녀는 빈정거리듯이 더 크게 웃었다.

"아무것도 느끼지 않아요. 아무것도 생각하지 않는다고요. 그 아이는 인간이 아니니까."

"무슨 말도 안 되는 소립니까?"

그녀는 웃고 있는 입가를 일그러뜨렸다. 이토록 추악한 미소를 히로세는 본 적이 없었다.

"그 아이는 바꿔치기 당한 거래요. 자취를 감추었을 때 바꿔치기 당한 거라고요."

'체인질링'. 낯익은 말에 히로세는 기억을 더듬었다. 분명히 대학 영어 교재에서 이 말을 보았다. 아일랜드에 전해지는 전설. 아일랜드에 사는 요정은 아름다운 인간 아이를 훔치고 대신 수백 살 먹은 추악한 요정 아이를 두고 간다고 한다.

모자간의 단절을 눈앞에서 보는 것 같았다. 더이상 아무 말도 하고 싶지 않았다.

"어릴 적부터 특이한 아이였죠. 그래도 사라지기 전에는 정말로 착한 아이였어요. 바꿔치기 당한 아이를 집에 들여 먹이고, 학교까지 보내주고 있으니 칭찬이라도 받고 싶네요."

그러고 나서 그녀는 손으로 얼굴을 덮었다. 손가락 사이로 새어 나오는 목소리는 히로세를 오싹하게 만들었다.

"어째서 돌아왔을 때 불쏘시개를 들이밀어보지 않았을

까…….”

요정은 불과 쇠를 싫어한다. 바꿔치기당한 아이의 목에 새빨갛게 달군 불쏘시개를 들이밀면 원래 아이로 돌아간다고 한다.

말도 못하고 우두커니 서 있는 히로세를 그녀는 똑바로 쳐다보았다.

“그 아이에게 제가 이런 소리 했다고 말하지 말아주시겠어요?”

히로세는 눈을 부릅뜬다. 대답을 망설이자 그녀는 갑자기 겁먹은 표정을 지었다.

“말하지 말아주세요. 부탁드려요.”

다카사토를 향한 공포. 그것은 가정에도 만연해 있었다.

‘너무 멀다.’

히로세는 속으로 신음했다. 다카사토와 주변 세계는 아득하게 떨어져 있다. 다카사토는 수업이 끝나도 교실에 있었다. 남아 있었던 것이 아니다. 다카사토는 교실에 남아 있었던 것이 아니라 집으로 돌아갈 수 없었던 것이다.

“말하지 않겠습니다.”

히로세가 혼잣말처럼 중얼거리자 그녀는 봉투를 히로세에게 내밀었다. 이번에는 히로세도 말없이 봉투를 받아들었다.

“다카사토는…….”

히로세는 말을 꺼냈다. 아무래도 말하지 않고 배길 수가 없었다.

"한동안 집에 돌아오지 않는 편이 좋지 않겠습니까?"

그녀는 미심쩍은 표정을 짓는다.

"진정될 때까지 제가 맡겠습니다. 그러면 되겠습니까?"

그녀는 고개를 끄덕인다. 안도하는 표정이 역력했다. 고개를 끄덕이자마자 등을 돌리고 집안으로 들어가버렸다.

히로세는 현관에 남아 한동안 고개를 떨구고 있었다. 울고 싶은 마음이 격렬하게 치솟았다.

004

병원으로 돌아온 히로세는 수납처에서 진료비를 정산하고 다카사토의 병실로 향했다. 다카사토의 침대 커튼은 여전히 드리워져 있었다. 천 끝을 붙잡고 살짝 안을 들여다보니 침대에 앉아 창문의 커튼을 바라보는 다카사토의 모습이 보였다.

방문객이 온 걸 알고 돌아보는 얼굴을 향해 웃어 보였다.

"커튼 보는 게 재미있어?"

다카사토는 그 말에 살짝 미소 짓는다.

"참새 그림자가 비쳤어요."

"그래?"

창문 커튼에는 슬며시 기울어가는 햇살로 바깥에 있는 나무 그림자가 희미하게 비쳤다. 새의 모습은 보이지 않았다. 바람에 흔들리는 가지와 나뭇잎이 떨리는 모습이 보일 뿐이었다. 어디에 참새가 있느냐고 물으려는 찰나 갑자기 가지 하나가 움직였다. 아주 옅은 그림자가 흔들린다. 튀어 오르는 움직임 때문에 그곳에 무언가 있다는 걸 알 수 있었다. 나뭇잎과는 다른 둥근 윤곽을 한 그림자가 휙 하고 옆 가지로 향한다. 가지가 바람의 움직임을 거스르듯이 휘어져 새가 그쪽으로 옮겨갔음을 알 수 있었다. 난해한 그림자놀이를 보고 있는 것 같다.

진짜로 참새가 있었다고 감탄하며 다카사토를 보니, 그는 동의를 구하듯 히로세를 쳐다보고 있었다.

"눈이 따끔따끔해."

히로세가 말하자 다카사토는 미소 지으며 커튼으로 시선을 던졌다.

"세 마리 있어요."

그 말을 듣고 다시 눈여겨보았지만 방금 전에 본 한 마리조차 판별할 수 없었다. 히로세는 쓴웃음을 지으며 다카사토를 재촉했다.

"나가자. 수납은 마쳤어."

순간 다카사토의 표정이 어두워졌다.

"죄송합니다."

"신경쓰지 마."

다카사토는 단정하게 교복을 입고 있었지만 셔츠는 천이 얇아서 처참한 상태였다. 몸싸움을 벌일 때 생겼는지 떨어질 때 생겼는지 여기저기 찢어진 곳이 보였고 변색된 혈흔이 점점이 묻어 있었다. 히로세는 씁쓸하게 웃으며 팔에 걸치고 있던 겉옷을 입으라며 내밀었다. 다카사토는 일어서서 옷을 받아들고 다시 한 번 고개를 깊이 숙였다.

간호사 대기실에 들러 인사를 하고 병원을 나왔다. 가까이 있는 지하철역까지 갔을 때 다카사토는 또 한 번 고개를 숙이고 헤어지려 했다.

"어디 가려고?"

히로세는 다카사토에게 물으면서 동전을 자동 발매기에 집어넣었다. 같은 표를 두 장 산다.

"이 몰골로 학교에 돌아갈 수는 없으니 일단 집으로 가겠습니다."

다카사토의 담담한 목소리에 한숨이 나왔다. 구급차로 병원에 실려왔으니 당연하지만, 다카사토에게는 가방이 없었다. 즉, 가진 돈이 없으니 걸어서 돌아가려는 것이다. 전철을 몇 번 갈아타고도 삼십 분은 걸리는 거리가 그에게는 중요하지 않은 것이다.

"오늘은 학교로 돌아가지 않아도 돼. 조퇴 처리되었으니까."

히로세는 그렇게 말하며 표를 건넸다.

"우리집으로 가자. 좁지만 혼자 사니까 어려워할 필요 없어."

다카사토는 깜짝 놀란 눈으로 히로세를 쳐다본다. 사정을 대강 알아챘는지 슬픈 그림자가 얼굴을 스쳤다. 그는 고개를 떨구었다.

"갈 수 없습니다."

히로세는 개의치 않고 다카사토의 등을 떠밀었다.

"이불이 한 채밖에 없지만 이런 날씨에는 필요 없겠지. 등이 배길지도 모르지만."

"선생님."

"조금 시간을 두는 편이 나을 거야."

나직하게 말하자 다카사토는 그제야 고개를 끄덕였다. 끄덕인 채로 깊이, 깊이 고개를 떨군다.

"정말로 죄송합니다."

"네가 사과할 거 없어."

별다른 사정조차 이야기하지 않았는데도 모든 것을 이해하는 모습에 마음이 쓰라렸다. 그런 충돌이 어머니와 아들 사이에 몇 번이나 되풀이되었을까. 그런 생각을 하자 안쓰러웠다.

히로세의 자취방은 시가지 외곽에 있다. 낡은 아파트 2층인데, 전망은 옥상보다 높은 하구의 제방 때문에 최악이다. 주택이 밀집한 탓에 바다가 가까워도 바람이 탁해서 여름은 견디기 힘들었다. 집세가 비교적 싸고 대학과 가깝다는 점만이 장점이다.

"아무것도 없어."

그렇게 말하며 집으로 들이자 다카사토는 꽤나 신기한 듯 안을 두리번거렸다.

집에 들어서자마자 한 평 반짜리 부엌이 있고, 그 안쪽이 세 평짜리 다다미방, 현관 옆에 화장실 겸 욕실이 있다.

히로세는 물건을 모으는 취미가 없어서 방은 썰렁했다. 방에 물건이 넘치면 진정이 안 되는 성격이라 되도록 아무것도 가지고 있지 않으려고 했다. 여섯 자 크기의 벽장이 있다는 이유로 옷장조차 두지 않았다. 세 평짜리 방에는 식탁 대신 고타쓰• 하나와 책장 하나, 텔레비전 받침대로 쓰는 삼단 박스 하나가 가구

• 좌식 탁자 아래 난로가 달려 있는 난방 기구.

의 전부였다.

"집이 썰렁하지."

히로세가 쓴웃음을 짓자 다카사토는 고개를 젓는다. 창밖을 봐도 되느냐고 묻기에 그러라고 대답하자 다카사토는 창가로 다가갔다. 창밖에는 좁은 베란다가 있다. 바로 앞에는 제방을 따라 길이 나 있었다. 길이 창문보다 높아서 베란다에 서도 비스듬하게 우뚝 솟은 콘크리트 말고는 아무것도 보이지 않는다. 제방과 거리가 조금 떨어져 있어서 채광은 나쁘지 않지만 통풍은 포기했다.

다카사토는 커튼을 걷고 창밖을 바라보다가 책장을 올려다보았다. 히로세는 책을 즐겨 읽었지만 방에 책이 넘치는 건 싫어서 될 수 있으면 도서관을 이용한다. 산 책도 읽으면 대부분 처분하므로 책장에는 교재와 사진집 몇 권뿐이었다.

책장을 신기하게 쳐다보는 다카사토를 히로세가 쓴웃음을 지으며 바라보았다.

"신기해?"

다카사토는 그렇다고 대답한다.

"다른 사람 집에 처음 와봐요."

마음 한구석이 허해지는 말이었다. 다카사토에게는 집으로 놀러갈 친구조차 없었던 것이다.

"나는 학교로 돌아갈 테니까 편하게 있어. 괜찮으면 돌아오는 길에 너희 집에 들렀다 올게. 필요한 건 없어?"

다카사토는 고개를 갸웃거리다 교과서만 있으면 된다고 했다. 히로세는 고개를 끄덕이고 예비 열쇠를 건네며 집안을 대충 설명하고 나서 나왔다. 집을 나설 때 "책을 봐도 되나요?" 하고 물어온 것이 어쩐지 인상에 남았다.

005

"다친 데는 어때?"

준비실에 들어가자마자 고토가 물었다.

"걱정 끼쳐서 죄송해요. 이제 괜찮습니다."

한동안 여기저기 부어 있겠지만요, 하고 말하며 히로세는 웃었다.

학교는 한산했다. 수업이 끝났다고는 해도 원래 같으면 지금쯤 내일로 닥친 체육 대회 준비로 시끌벅적했으리라.

"다카사토는?"

"간호사에게 듣기로는 큰 부상은 없나 봐요. 타박상과 찰과상 정도래요."

"그렇군."

고토는 고개를 끄덕이더니 비커에 커피를 따라주었다.

"애들은 어떻게 됐어요?"

히로세가 묻자 고토는 발을 책상에 얹고 천장을 올려다보았다.

"고심중이야. 조금 전까지 회의를 했는데 징계는 하지 않기로 했어. 뭐, 전원 근신 처분이라도 내리면 내일부터 책상을 상대로 수업해야 하잖아."

"그렇겠네요."

"일단 사고로 처리했어. 다카사토가 자기 부주의로 떨어졌다고 말해줬거든."

히로세는 고토를 쳐다보았다.

"그렇게 말했나요?"

"다카사토한테 못 들었어?"

"네."

고토는 한숨을 쉬었다.

"밀친 녀석들도 다카사토가 멋대로 떨어졌다는 말로 일관하고 있어. 복도에서 지켜보던 아이들은 다카사토가 밀려서 떨어졌다고 주장했지만, 당사자인 다카사토가 구급차에 실려가기 전에 발을 헛디뎌 창문에서 떨어졌다고 말했다더군."

"그래요……."

고토는 한층 더 큰 한숨을 내뱉었다.

"나쁜 녀석은 아니야. 나쁜 녀석은 아니라고. 하지만 문제가 너무 많아."

혼잣말 같아 보여서 히로세는 대꾸하지 않았다.

"그런 이유로 너도 사고야."

히로세가 고토를 바라보자 고토가 눈썹을 꿈틀거렸다.

"동급생의 불행한 사고로 흥분한 학생들이 히스테리를 일으켜 소년 A를 함께 내몰았지. 소년 A는 신변의 위험을 느껴 도망치려 했으나 실수로 창문에서 추락. 이를 중재하려던 교생은 학생들과 옥신각신하다가 굴러서 다쳤다."

고토는 말하고 나서 히로세에게 검지를 들이댔다. 히로세는 쓴웃음을 짓는다.

"알겠습니다."

"미안하다."

히로세는 고개를 가로젓고는 말했다.

"선생님, 다카사토는 한동안 제가 맡을게요."

고토는 털썩 하고 다리를 떨어뜨렸다.

"그게 무슨 소리야."

"한동안 집에는 돌려보내지 않는 편이 좋을 것 같더군요. 어머니의 허락은 받았습니다."

입을 다물지 못하는 고토에게 히로세는 사정을 설명한다. 고토는 복잡한 표정을 지었다.

"……정말이지 너는 왜 그렇게 제멋대로냐."

"죄송해요."

고토는 입을 비죽였다.

"딱히 상관은 없다만. 어쨌든 실습이 끝날 때까지 잠자코 있어."

히로세는 고개를 끄덕였다. 고토는 절절하게 탄식했다.

"그럼 다음에 가정방문이나 해볼까."

"제가 미덥지 않으세요?"

"아니, 다카사토만 가정방문이 아직이거든."

히로세가 놀라서 바라보자 고토는 씁쓸하게 웃었다.

"처음 갔을 땐 집에 없는 체하더군. 그 뒤에 몇 번이나 전화해도 바쁘다고 우기더라고. 학교에 전부 맡길 테니 마음대로 해달라고 말이지. 1학년 때도 결국 가정방문을 못 했다던데."

이번에는 히로세가 한숨을 지을 차례였다.

"담임인 이쿠타 선생이 불같이 화를 냈었지."

히로세는 슬며시 웃었다. 이쿠타는 영어 교사로 축구부 고문도 맡고 있는 열혈한이다.

"어머니랑 말이 안 통해서 아버지 회사까지 찾아갔다더군. 그랬더니 걔 일은 아내한테 맡겼으니 자기는 모른다는 거야."

있을 법한 일이라며 히로세는 고개를 끄덕였다.

"끝내 다카사토의 이름을 부르는 것을 한 번도 듣지 못했다지."

히로세는 아까 있었던 일을 떠올리며, 다카사토의 어머니도 이름을 부르지 않고 '그 아이'라고만 했던 것을 문득 깨달았다.

"이쿠타 선생도 몇 번인가 자기 집으로 데려오는 편이 낫지 않을까 고민한 모양이야. 보통 여기서 '하지만'이라는 생각을 하게 되지. 이쿠타 선생네는 한창 말썽 피울 나이의 아이가 둘이나 있었고 다카사토에게는 좋지 못한 소문이 있어. 그래서 '하지만'이라고 생각했을 거야."

히로세는 고개를 끄덕였다. 고토는 겸연쩍게 웃었다.

"나도 데려갈까 하는 마음이 없었던 건 아니야. 다카사토의 어머니와 이야기를 나누면 누구나 그렇게 생각하지. '하지만' 우리집에는 입을 열었다 하면 잔소리밖에 하지 않는 성격 나쁜 아줌마가 있어서 말이야."

고토는 한숨을 내쉬었다.

"이쿠타 선생은 다카사토에게 신경을 많이 썼어. 나도 이쿠타 선생에게 부탁받아 다카사토를 우리 반에 넣었지."

"그런 게 가능합니까?"

히로세가 묻자 고토는 쓴웃음을 지었다.

"그렇지, 뭐. 하지만 아무것도 할 수 없었어."

고토는 한숨을 내뱉는다. 그는 오늘 한숨만 쉬고 있다.

"나도 뭔가 해주고 싶었어. 이쿠타 선생이 정말로 죽지만 않았어도……."

히로세는 엉덩이를 들었다.

"뭐라고요?"

"몰랐어?"

고토가 되물어서 히로세는 고개를 저었다.

"학년 종업식 날. 이쿠타 선생이 여기에 와서 다카사토를 잘 부탁한다며, 마지막으로 정신이 번쩍 들게 호통을 쳐놨다고 했지. 뭘 했는지, 무슨 말을 했는지는 몰라. 그날 차를 몰고 돌아가다가 커브길 모퉁이에 들이박았어. 브레이크를 밟거나 핸들을 꺾은 흔적이 없어서 졸음운전이라고 결론지었지."

히로세는 눈을 감았다.

"그날 이쿠타 선생님이 다카사토에게 남으라고 한 걸 아는 녀석이 있었겠지. 장례식 때 반 녀석들이 저주라고 쑥덕인 걸 보면."

히로세는 깊게 숨을 쉬었다.

이쿠타도 이와키도 다카사토에게 나쁜 마음을 품고 무슨 짓을 한 게 아니다. 오히려 선의였다. 다카사토 또한 알고 있었다. 그런데도 죽는다. 다카사토의 생각과는 관계없다. 다카사토를 위해서라도 죽어서는 안 되는 사람들이 죽는다. 그들의 죽음이 전부 다카사토 탓이 된다.

그 때문에 다카사토는 한없이 고독하다.

고토가 깊게 한숨을 쉬었다.

"나쁜 애는 아니야. 정말로 나쁜 아이는 아닌데……."

006

다카사토의 집으로 전화를 걸어 짐을 가지러 가겠다고 한 후 히로세는 학교를 나섰다.

한산한 학교는 무언가에 긴장한 듯 침묵에 감싸여 있다. 내일도 평소처럼 수업이 진행되겠지만 학교가 진정되려면 아직 시간이 필요할 것이다.

다카사토의 집에 도착하자 현관 앞에 놓여 있는 짐이 눈에 들어왔다. 종이봉투 하나와 여행용 가방 하나. 종이봉투 안을 살펴보니 교과서와 노트 들이 들어 있었다. 입술을 깨물고 초인종을 눌러보았다. 몇 번이나 누르고 기다려도 아무 대답이 없다. 현관 옆쪽에 보이는 건물은 전부 덧문이 닫혀 있었다. 히로세는 한숨을 쉬고 나서 짐을 들고 발걸음을 옮겼다.

히로세가 집으로 돌아왔을 때는 해가 져서 제방 위 하늘에 엷은 구름이 붉게 물들어 있었다. 다녀왔다고 말하며 문을 열자 활짝 열어놓은 유리문 너머로 창가를 향해 앉아 책을 읽는 다카사토가 보인다.

다카사토는 고개를 들고 얼른 책을 덮으며 일어섰다. 죄송합니다, 하고 사과하며 히로세가 손에 든 짐을 받아들었다.

"신경쓰지 말라니까."

"죄송합니다."

"사과하지 마."

다카사토가 살포시 웃는다.

히로세는 가슴이 뭉클했다. 다카사토는 희미하기는 해도 제법 표정을 드러내게 되었다. 어머니는 아무것도 느끼지 못하고 아무것도 생각하지 않는 아이라고 말했지만 그렇지 않다. 그저 집에서조차 느끼고 생각한 것을 전할 수 있는 상대가 없었을 뿐이다.

방 구석구석에 땅거미가 졌다. 히로세는 형광등을 켰다. 조금 전까지 밝았던 창문이 한순간에 어두워졌다.

"아무것도 없어서 심심했지?"

다카사토는 고개를 저었다. 무슨 책인지 슬쩍 보니 기아나 고지의 사진집이었다.

"기아나 고지구나. 여기 멋있지?"

다카사토가 고개를 끄덕인다.

"한 번쯤 가보고 싶은데."

옷을 갈아입으면서 말하자 다카사토가 "저도요" 하고 대답했다.

"너도 그렇게 생각하니?"

"네."

고개를 주억이면서 말한다.

"로라이마 산에 가보고 싶어요."

"아아, 수정 계곡이 있는 곳?"

다카사토는 미소 지었다.

"바위 미궁이 있는 곳요."

"바위 미궁이라."

히로세는 다카사토 앞에 쭈그리고 앉아 책을 내려다보았다. 하늘에서 본 '바위 미궁'이라 불리는 지역의 사진이 보였다. 기암과 균열로 미궁처럼 되어 있다. 사진 안에 담겨 있어 작게 보이지만 도쿄 돔보다 수십 배나 넓은 거대한 미궁이다.

"……왠지 낯이 익어서……."

웅얼거리는 목소리를 귀담아 들은 히로세가 다카사토의 얼굴을 들여다보았다.

"미궁이?"

다카사토는 얌전히 고개를 끄덕였다.

"기아나 고지의 풍경도……. 기시감이라고 하나요."

"그거니? 사라졌던 때의."

"모르겠어요."

다카사토는 고개를 가로저었다.

"계속 생각해봤지만 잘 모르겠어요."

목소리에서 조급해하는 마음이 느껴져서, 히로세는 일부러 명랑하게 말했다.

"마음 쓸 거 없어. 언젠가 생각날 거야."

다카사토는 웃으려 했지만 성공하지 못했다.

"다카사토, 골몰한다고 되는 게 아니야."

"떠올려야만 한다는 생각이 자꾸 들어요. 어서 기억을 되찾지 못하면 돌이킬 수 없는 일이 일어날 것만 같은 기분요……."

히로세는 눈살만 찡그렸다. 아무 말도 할 수 없었다.

"정말로 중요한 약속을 잊어버린 것 같은데. 절대로 잊어선 안 되는데."

히로세는 말없이 겉옷을 옷걸이에 걸고 벽장을 열어 옷을 넣었다. 벽장문을 닫으려는데 다카사토가 이쪽을 보고 있다. 다카사토는 벽장 아랫단을 신기하게 바라보았다.

여섯 자짜리 벽장 윗부분 한쪽에는 옷을 걸어놓았다. 위쪽 선반이 없는 만큼 안쪽이 높아 평소 쓰는 이불을 들여놓아도 간신히 옷을 걸만 한 공간이 남았다. 아랫부분에는 선반을 끼워 책을 보관했다. 다카사토는 그 선반이 신기한 모양이다. 히로세와 시선이 마주치자 봐도 되느냐고 묻는다.

"얼마든지."

히로세는 몸을 비켜주었다.

벽장 왼쪽 아래편 좌우에 작은 선반 두 개가 놓여 있어서 그곳에 처분할 수 없는 책을 수납해놓았다. 이 집은 대학교에 들어가고부터 살았는데 사 년이 지난 지금도 선반에는 공간이 남아 있었다.

다카사토는 안에 있는 책들을 살펴보기도 전에 손을 들어 벽장 속을 가리켰다. 손가락 끝을 보자 안쪽 벽에 걸어놓은 그림이 있었다.

"아아……. 고토 선생님이 그려주신 거야."

멋없는 액자에 끼워 넣은 수채화에는 얼룩처럼 느껴질 만큼 옅은 색상으로 풍경이 그려져 있다. 하얀 꽃이 핀 들판에 맑은 강이 크게 굽이쳐 흐르고, 멀리 투명한 다리가 있다.

히로세가 '저세상' 이야기를 했을 때 고토가 그려준 그림이었다. 고토는 이런 느낌이냐며 연필로 흐리게 음영을 넣은 그림을 가리켰다. 가지고 싶다고 말하자 하루 만에 색을 입혀주었는데, 아주 엷고 복잡한 색채의 그림이 되었다.

"어째서 이런 곳에 걸어두셨죠?"

히로세는 웃으며 아래쪽 선반 옆으로 돌려놓은 스탠드를 가리켰다.

"이불을 수직으로 옮겨서 이렇게 깔아."

팔을 벽장과 직각이 되게 뻗었다. 그다음 벽장 쪽을 가리켰다.

"그러고 나서 베개를 여기에 두는 거야. 스탠드를 켜. 그러면 책을 읽을 수 있지. 게으름뱅이의 서재 같아서 좋잖아?"

히로세의 말에 다카사토가 웃으면서 고개를 끄덕였다.

"다카사토, 먹고 싶은 거 있니?"

베란다의 세탁기에 셔츠를 집어넣으며 물었다. 대답을 망설이는 다카사토의 교복 셔츠를 가리켰다. 같이 빨아주겠다는 뜻이었다.

"아무거나 괜찮아요."

"싫어하는 음식은?"

"못 먹는 건 없어요."

"좋았어."

세탁기에 차오르는 물을 보며 세제를 풀어 넣고 있는데 사복으로 갈아입은 다카사토가 베란다에 얼굴을 내밀었다.

"이 셔츠는 됐어요. 갈아입을 교복이 들어 있었거든요."

그러냐고 말하면서 히로세는 베란다에 놓은 쓰레기통을 가리켰다. 솔직히 핏자국이 쉽게 빠질 리 없는데다 히로세의 가사 능력으로는 찢어진 부분을 꿰맬 수도 없었기 때문에 마음이 가벼워졌다. 다카사토는 플라스틱 바구니의 뚜껑을 열더니 히로세를 쳐다보았다. 어쩔 줄 모르는 얼굴을 하고 있다.

이상해서 안을 들여다보니 점심에 던져 넣은 자신의 셔츠가 보였다. 코피가 요란하게 묻어서 다시 입기를 포기한 셔츠다.

"좀 엽기적이지?"

히로세가 가볍게 말하자 다카사토는 미안해하며 고개를 숙였다.

007

히로세의 집에서는 밤이 깊으면 바닷소리가 들린다. 고동치는 듯한 소리가 히로세는 꽤 마음에 들었다. 오늘밤에는 그 소리에

호흡을 맞추듯이 잠든 숨소리가 희미하게 들린다.

스탠드는 껐다. 불빛 없는 방안에는 제방을 비추는 달빛이 반사되어 흘러들었다. 옆을 보자 다카사토의 잠든 얼굴이 있다. 겨울용 두꺼운 이불을 깔고 여름 이불 대신 모포를 주었다. 다른 사람 집에 들어가본 적이 없다면 수학여행 등을 제외하고 외박도 처음이리라. 잠들기가 쉽지 않을 텐데 잘 잔다.

히로세도 집에서 남을 재우기는 처음이었다. 히로세는 집에 다른 사람을 들이는 걸 좋아하지 않는다. 대놓고 싫다고 말할 수는 없는 노릇이라 손님을 문 앞에서 내쫓는 짓은 하지 않지만, 다른 사람이 집으로 들어오면 항상 불안해진다. 이름을 붙이자면 손님 공포증이라고 해야겠지. 상대가 오래 있기를 작정하고 그대로 어기적어기적 눌러앉아 두 번 다시 나가지 않는 게 아닐까 하는 불안이 이유도 없이 엄습한다. 이대로 눌러앉지는 않을까, 그래서 모든 것을 엉망진창으로 만들어버리지는 않을까 하고 두려움에 떤다. 대체 무엇을 엉망진창으로 만드는지는 히로세 자신도 몰랐다.

그래서 무슨 일이 있어도 다른 사람을 집에 재우지 않았다. 집에 들이기는 해도 머물게 하지는 않는다. 어머니나 아버지가 와도 마찬가지다. 집에는 들이지만 절대로 묵게 하지 않는다. 단순히 싫은 게 아니라 무섭고 불안해서 견딜 수 없기 때문인데, 그것이 히로세가 괴짜라고 불리는 이유이기도 했다. 애초에 히로세는 다른 사람과 오래도록 함께 있는 것이 싫었다. 아무리 마음 편한 상대라도, 설령 부모나 여자친구라도, 시간이 지나면서 지겨워진다. 상대가 싫어진 것은 아닌데 이제 지긋지긋하니 혼자 있게 해달라고 말하고 싶어진다. 자신이 다른 곳에 있다면 싫증 날 때 돌아가면 그만이지만 다른 사람이 집에 왔을 때는 돌아가 달라고 말하기 어렵다. 그 때문이라고 히로세는 생각한다.

그런데 자진해서 다른 사람을 초대하다니 놀랄 일이라며 히로세는 쓴웃음을 지었다. 더군다나 오랫동안 머물러야 할 것이 분명한 상대였다.

히로세는 몸을 뒤척였다. 이유는 알고 있다.

히로세는 다카사토가 무섭지 않았다. 다카사토는 히로세를 불안하게 만들지 않는다. 그는 '무언가를 엉망진창으로' 만들지 않는다. 감상적인 표현을 쓰자면 다카사토가 동포이기 때문이다. 다카사토도 히로세도 '이쪽' 인간이 아니다. 적어도 품고 있는 마음은 그러했다. 그러니까 '무언가를 엉망진창으로' 만드는 일은 없다.

'무언가'란 대체 무엇일까. 돌아갈 세계를 잃은 환상과 깊이 관계되어 있지는 않을까.

설핏 잠들었던 히로세는 갑자기 눈을 떴다. 반쯤 졸면서 '좀더 고민해야 할 것들이 잔뜩 있는데' 하고 생각했다. 조금만 더 사고를 이어가고 싶다. 잠들고 싶지 않다.

그런 생각을 하면서 다시금 잠에 빠지려 할 때 히로세는 돌연 가까이에서 인기척을 느꼈다. 누구냐고 벌떡 일어나려다가 이내 다카사토가 있다는 사실을 떠올렸다. '맞아, 다카사토가 집에 와 있지'라는 생각을 하며 꿈나라로 빠져들려는 찰나 이번에는 발소리를 들었다. 그래서 잠이 완전히 달아났다.

다카사토가 일어났나 보다, 역시 잠이 오지 않나 싶어 옆을 보려는데 몸이 옴짝달싹하지 않았다. 팔도 다리도 조금도 움직이지 않았다. 놀라서 소리치려 했지만 소리는커녕 숨을 크게 들이쉴 수조차 없었다.

스윽 하고 가까운 곳에서 발소리가 났다. 다다미 위를 질질 끌며 걷는 소리다. 소리가 나는 곳을 필사적으로 보려고 해도 눈동자를 굴리는 것밖에 할 수 없다. 그마저도 안간힘을 쏟아부어야 했다. 똑바로 누운 채 움직이지 못하는 히로세의 시야에 발소리의 주인은 보이지 않았다. 어떻게든 눈동자를 굴려 주변을 둘러보려고 했다. 그것만으로 땀이 흠뻑 났다. 그제야 자신이 가위에 눌렸음을 깨달았다.

스윽 하고 발소리가 들린다. 보폭이 아주 큰 발걸음 소리였다.

또다시 발소리가 들리더니 아주 가까이에서 인기척이 났다. 아무리 해도 움직여지지 않는 시야 바로 옆에 누군가 있다. 일 센티미터라도 머리를 움직일 수 있다면 모습을 확실히 볼 수 있을 텐데.

스스슥. 무언가 다다미 위를 미끄러지는 소리가 났다. 그것을 끝으로 소리가 완전히 끊겼다.

히로세는 소리의 정체를 확인하려고 계속 노력했다. 이마에서 송골송골 맺히기 시작한 땀이 관자놀이로 흐른다. 몸을 움찔거리며 목을 움직인다. 앞으로 조금만. 조금만 더.

숨이 막힐 정도로 있는 힘을 다한 끝에야 간신히 기척이 나는 부근에 시선이 다다랐다. 시야 끝에, 옆에서 잠들어 있는 사람의 그림자가 보였다.

다카사토였나. 다카사토가 일어났다 다시 잠든 걸까. 그렇게 생각했을 때 시야 끝에 흰 물체가 움직였다. 하얀 손가락이다.

가로누운 사람 너머에서 하얀 손가락이 어지러이 움직인다. 옆에서 자고 있는 다카사토의 얼굴을 매만진다. 얼굴을 쓰다듬던 손이 이쪽으로 돌아온다. 다카사토의 목을 부드럽게 감싸 안듯이 흰 팔이 나타났다. 숨을 참으며 고개를 돌렸다. 그제야 모든 것이 명확히 보였다.

다카사토의 목을 끌어안듯 두른 하얀 팔. 포동포동한 선이 그대로 드러나 한눈에 팔의 주인이 여자임을 알 수 있었다. 팔은 다카사토 너머에서 뻗어 나왔다. 팔의 주인은 보이지 않았다. 그곳에 한 단 낮은 공간이 있어 누군가 시야의 사각에 누워 있기라도 한 것처럼 보였지만, 그런 높이 차이는 없다는 사실을 히로세는 당연히 알고 있었다.

그런 생각을 하며 뚫어지게 바라보던 다카사토의 옆얼굴 그림자에서 느닷없이 얼굴이 튀어 나왔다.

시선이 마주쳤다. 여자 얼굴이다. 코끝을 내밀고 이쪽을 보고 있다. 비명을 지를 뻔했지만 복근이 경련을 일으켰을 뿐 소리는 나오지 않았다. 눈을 감을 수도 시선을 피할 수도 없었다. 어두워서 얼굴은 알아볼 수 없다. 동그랗게 뜬 눈이 히로세를 가만히 살펴본다.

문득 목소리가 들린 듯한 기분이 들었다.

—너는, 왕의, 적인가.

무슨 소리인지 뜻을 곱씹을 새도 없이 갑자기 스윽 하고 히로세 앞으로 얼굴을 내밀었다. 동그란 눈이 그의 눈 안으로 들어올 것처럼 보였다. 역한 바다 냄새가 났다. 히로세는 소리의 형태를 갖추지 못한 비명을 질렀다. 떨쳐내듯이 속박을 억지로 풀고 벌떡 일어났다. 동시에 팔과 머리가 물러선다. 눈동자가 움직이는 것보다 빨랐다.

히로세가 그것을 쫓으려 몸을 내밀었을 때는 이미 방바닥 속으로 빨려들어가고 있었다. 팔꿈치까지만 있는 하얀 팔과 코끝까지만 있는 여자의 머리. 동그란 눈이 살짝 가늘어지더니 슥 하는 소리를 남기고 사라진다. 바닥으로 잠기듯이 사라져버렸다.

히로세는 어깨를 들썩였다. 땀이 비처럼 흘러 턱을 따라 뚝뚝 떨어졌다. 지금은 아무런 기척도 나지 않는다. 빛바랜 다다미와 조용히 잠든 다카사토의 얼굴뿐이다.

몸을 일으키고 멍하니 바라보며 히로세는 자신이 본 것을 돌이켜 생각했다. 여자였다. 머리카락은 길었던 것 같다. 파충류 또는 어류의 눈을 하고 있었다. 동그란 눈. 강한 바다 냄새가 났다. 체취가 아니라 숨결에서 나는 냄새 같았다. 콧대는 보이지 않았다. 어쩌면 없었는지도 모른다. 입도 목도 어깨도 다른 어떤 부분도 보이지 않았다. 그렇게 방바닥으로 스며들었다.

히로세는 손에 얼굴을 묻었다. 끊임없이 떨어지는 땀을 닦았다. 다카사토를 바라보니 평온하게 잠들어 있다. 방금 일어난 일 때문에 잠이 깼던 흔적도 없다.

히로세는 양쪽 팔을 감싸 안았다. 땀이 빠르게 식어 뼛속까지 추웠다. 자신의 손으로 붙잡은 팔은 소름이 돋아 있었다.

누운 채로 여름 이불을 끌어당겨 머리까지 뒤집어썼다. 눈을 감은 채 아무것도 생각하지 않고 그저 잠들기만을 바랐다.

☆☆☆
☆☆☆

아이는 학교에서 집으로 돌아오는 길, 저녁노을이 지는 길가에서 여자를 만났다. 여자는 몹시 난처한 표정을 짓고 있었다. 친절하게 말을 걸자 "기를 모르니?" 하고 묻는다. 모른다고 대답했더니 소리도 없이 사라졌다.

남자는 배달하다 여자를 보았다. 길을 물으려고 차를 세우고 말을 걸었는데 반대로 질문당했다. "기를 모르세요?" 기억에 없어 모른다고 대답하니 여자는 근처에 있던 갈라진 벽 속으로 스르륵 사라졌다.

택시 기사는 밤길에 여자를 태웠다. 미터기를 켜고 출발하면서 어디까지 가느냐고 말을 걸었다. 여자는 "다이키를 모르시나요" 하고 물었다. 그런 지명은 짚이는 곳이 없어서 가게냐고 물으니 고개를 젓는다. 곤란해진 기사는 어떻게든 목적지를 알아내려 캐물었지만 대답은 거의 하지 않았다. 오 분도 지나지 않아서 말소리가 끊겼다. 돌아보니 여자의 모습은 보이지 않았다.

전철 승강장에서 막차를 기다리는 여자에게 젊은 여자가 말을 걸어왔다. "기이를 모르세요?" 하고 묻는다. 그런 성을 가진 친구가 있어 안다고 대답하자 여자는 무척 기뻐했다. 어디에 있느냐고 물어서 친구의 주소를 가르쳐주었다. 여자는 깊이 고개를 숙이고 나서 승강장을 뛰어내려 선로를 지나가려 했다. 그녀는 당황하며 불러 세웠다. 그때 막차가 들어왔다. 전차는 여자 위를 통과해 급정차했으나 정작 여자의 모습은 어디에도 보이지 않았다. 사고 흔적도 없었다.

여자가 밤에 방에서 잠들려 하는데 방구석에 기묘한 짐승의 모습이 보였다. 개만 한데, 눈이 하나밖에 없었다. 괴물은 어디에서 왔는지 모르게 방으로 들어오더니 여자의 머리맡으로 다가왔다. 공포로 소리를 지르며 일어나자 침대 발치에 젊은 여자가 있었다. 여자는 참으로 난처하다는 듯이 그녀의 발을 만지며 "아니야" 하고 중얼거리고는 사라졌다. 여자가 사라지자 동시에 귓가에서 소리가 났다. "기를 모르나?" 개와 닮은 괴물의 목소리 같았다. 너무나 무서운 나머지 모른다며 머리를 내젓자 괴물은 고개를 늘어뜨리고 바닥에 기어들어가듯 사라졌다.

깊은 밤, 남자들은 빠르게 차를 몰았다. 도시 외곽에서 여자를 발견하고는 차를 세우고 말을 걸었다. 타라고 하자 여자는 선선히 고개를 끄덕이며 차에 탔다. 여자는 "기를 모르세요?"라고 물었다. 남자들은 그런 단어를 들은 적이 없지만 서로 시선을 주고받은 후 "알지"라고 대답했다. 어디에 있는지 묻는 여자에게 데려다주겠다고 하고 남자들은 차를 바닷가로 몰았다. 바닷가에 도착해서 "어디에 기가 있나요?"라며 주위를 둘러보는 여자의 몸에 손을 댄 순간 뒷좌석에서 개 머리가 나타났다. 개에게는 눈이 하나밖에 없었다. 개는 순식간에 남자들을 물어뜯더니 여자와 함께 사라졌다. 남자 셋 중 두 사람이 크게 다쳤다. 남자 하나는 손을 잃었다. 하지만 차 안을 샅샅이 뒤져도 잃어버린 손은 찾을 수 없었다.

한낮에 놀이터에서 아이가 혼자 놀고 있었다. 모래를 파고 노는데 모래 아래에서 개가 머리를 드러냈다. 개에게는 동그란 눈이 하나밖에 없었다. 아이가 놀라서 꼼짝 못하고 있는 사이에 개가 모래 안에서 기어나왔다. 개가 나오고 나서 개보다 큰 짐승이 모습을 드러냈다. 아이는 그렇게 생긴 짐승을 본 적이 없었다. 두 마리의 짐승은 한목소리로 크게 울부짖더니 공중을 달리듯이 날아가 사라져버렸다. 모래사장에는 작은 구멍이 남아 있었다.

어느 아파트의 4층 오른쪽 끝에 있는 방, 밤중에 여자가 나타났다. 여자는 벽 안쪽에서 나타나 책상 앞에 앉아 있던 소년에게 "기를 모르니?" 하고 물었다. 소년이 놀란 나머지 넋을 놓고 있자 슬픈 표정을 지으며 나타났을 때의 반대쪽 벽으로 사라졌다.

조금 뒤 4층 오른쪽에서 두 번째 방에 여자가 나타났다. 방에는 세 살 먹은 아이가 눈을 뜨고 있었다. 아이와 여자의 시선이 만났지만 여자는 아무 말도 하지 않고 반대쪽 벽으로 사라졌다. 여자가 사라지자마자 아이는 불에 댄 듯이 울음을 터뜨렸다.

조금 뒤 여자는 오른쪽에서 세 번째 방에 나타났다. 불단을 바라보던 노파가 놀라서 여자에게 염주를 던지자 바람처럼 개가 나타나 노파의 다리를 물었다. 여자는 사라지고 노파의 다리에는 짐승에게 물린 상처가 깊게 남았다.

6장

001

시끄러운 알람 소리에 히로세가 눈을 떴을 때 다카사토는 이미 일어나서 창가에 앉아 있었다. 멍하니 창밖 콘크리트를 바라보고 있다.

"좋은 아침……."

히로세가 말을 걸자 "안녕히 주무셨어요?"하며 웃는다.

"일찍 일어났네. 언제 일어났어?"

"조금 전에요."

한없이 무거운 몸을 간신히 일으켰다.

"잘 잤니?"

히로세가 일어나면서 물으니 다카사토는 "네" 하고 고개를 끄덕인다.

"잠자리가 바뀌어서 불편했지?"

다카사토가 고개를 저었다.

"오히려 집보다 편했어요."

"그래?"

"파도 소리가 들리더라고요."

다카사토는 그렇게 말하며 창밖으로 눈을 돌렸다가 다시 돌아보며 미소 지었다.

"소리를 듣다가 잠들어버렸어요."

"그랬구나."

히로세는 맞장구를 치고 세수하러 일어섰다. 안개가 낀 듯한 머리로 어젯밤 일이 꿈인지 생시인지 헤아려보았다.

'꿈이 아니야.'

수건으로 얼굴을 닦으면서 결론을 내리고 세 평짜리 방으로 돌아오니 다카사토가 이불을 개어놓은 후였다.

"고마워."

"아니에요."

다카사토는 미소 지으며 윗미닫이틀에 걸어놓은 교복에 손을 뻗는다.

"다카사토."

히로세의 목소리에 손을 멈추고 돌아보았다.

"아직 학교에는 가지 않는 게 좋겠어."

다카사토는 히로세를 가만히 바라보았다. 히로세는 쓴웃음을 지었다.

"바보들이 진정될 때까지 기다리자고."

학생들의 흥분은 조금 지나면 잠잠해질 것이다. 이와키의 무참한 죽음과 그 죽음 때문에 제 손을 더럽힌 것에 대한 원망. 단순한 사고라면 나쁜 소문 하나가 더해지고 말 테지만 친구를 죽인 충격이 그들을 폭주하게 했으리라. 다카사토를 규탄한 일로 일단 만족했을 것이다. 하룻밤이 지나고 머리를 식힐 시간은 충분했다. 자신들이 한 행동의 잘잘못을 생각할 시간은 충분히 있었을 것이다.

그래서 무섭다.

그들은 틀림없이 떠올릴 것이다. 다카사토에게 위해를 가하면 보복이 따른다. 창문으로 떠민 그들을 지나칠 리 없다는 사실에 생각이 미칠 것이다.

말뜻을 이해했는지 다카사토는 고개를 끄덕인다. 끄덕이면서 작게 한숨지었다.

교문 앞에는 매스컴 관계자로 보이는 사람들이 두어 명 어슬렁거렸지만 어제에 비하면 거의 없었다. 수업이 시작되려면 시간이 꽤 남은 터라 교내는 한산했다.

아침마다 교무실에서 하는 조회는 평소보다 삼십 분 일찍 시작되었다. 학교 운영 위원회의 얼굴에는 짙은 피로감이 감돌았다. 학생들의 불안을 잠재우고 하루 빨리 학교 내 질서를 회복해야 한다는 둥, 그저께 일은 당사자의 과실에 의한 사고로 결론을 지었으니 무책임한 소문을 퍼뜨리지 말라는 둥의 이야기를 교장이 엄중하게 지시했다.

히로세의 교육 실습은 모레 끝난다. 금요일인 내일과 토요일인 모레는 예정대로 연구 발표를 하기로 되어 있었다. 교무 회의 후에 교생들은 휴게실에 모여 실습이 끝나고 나서도 무책임한 발언은 하지 말라는 지시를 거듭 들었다.

전달 사항을 듣고 준비실로 돌아가려는데 교무실 앞에서 학교 사무원이 히로세를 불러 세운다.

"히로세 선생님이시죠?"

나이가 지긋한 여직원이다. 광대뼈가 불거진 얼굴에 난처함이 잔뜩 밴 표정이 떠올랐다.

"이걸 고토 선생님께 전해주시겠어요? 결석계예요."

2학년 담임은 아직 회의가 끝나지 않았다. 히로세는 메모를 받아들었다. 작은 종잇조각에는 여섯 명의 이름이 나열되어 있었다. 이름만 적혀 있어서 결석 사유는 알 수 없다. 학교에 오기 무서워 꾀병을 부린 녀석도 있겠지만 모두 그렇지는 않을 것이다.

준비실로 돌아가 기다렸다가 회의를 끝내고 온 고토에게 메모를 내밀었다. 고토는 눈살을 찡그리기는 했어도 딱히 무슨 말을 하지는 않았다.

"다카사토는 쉬라고 했어요."

이 말에도 대답은 없다. 무뚝뚝하게 고개를 끄덕일 뿐이었다.

고토와 함께 교실을 향한다.

"조용하네요."

예비종이 울리기는 했지만, 학교 안은 놀랄 만큼 조용했다. 고토는 걸음을 멈추고 주변을 둘러보았다.

"그래, 기분 나쁜 공기로군."

활달한 목소리는 들리지 않았다. 바스락거림 하나 없는 고요하고 깊은 곳에서 파도가 밀려오는 듯한 소리가 들린다. 무수한 속삭임이 만드는 은밀한 소란.

"한껏 긴장하고 있는 것 같아요……."

"그럴지도."

히로세와 고토도 괜히 목소리를 낮추고 말았다. 팽팽한 긴장감은 섣불리 고요함을 깨뜨리는 것을 격렬하게 거부했다.

2학년 6반 교실은 그중에서도 한층 더 조용했다. 학생들이 있을 테지만 숨을 죽이고 있는지 기척도 소리도 전혀 나지 않았다. 머뭇거리며 문을 못 여는 히로세를 보고 고토가 대신 손을 뻗었다. 숨을 한 번 내쉬고 아무 일도 없었던 것처럼 문을 연다. 공기가 술렁거리며 아이들의 시선이 집중된다.

"해가 제대로 뜨긴 했나. 이렇게 조용한 날도 다 있고."

고토는 교실을 둘러보았다. 사분의 일 가까이 자리가 비어 있었다.

"결석이 많군. 히로세, 출석."

여느 때와 같은 고토의 목소리에 맞춰 히로세도 억지로 가볍게 고개를 끄덕였다. 교단에 올라 출석을 부른다. 쓰이키, 하고 부르자 대답이 돌아와서 고개를 들었다. 오랜만에 낯익은 얼굴을 발견했다.

출석을 전부 부르고 나니 결석이 열한 명이다. 결석계를 낸 아이는 다카사토를 포함해 일곱 명. 나머지 네 명은 연락이 없었다.

"히로세."

고토가 부르는 목소리에 히로세는 교단을 내려왔다. 고토는 교단 아래에서 교실을 둘러본다.

"어제 일은 사고로 처리되었다. 너희에 대한 처벌은 없다. 처벌이 없다고 한 짓이 없어지지는 않지."

순간적으로 교실 안에 안도하는 공기가 흐른다.

"다카사토가 자기 부주의로 떨어졌다고 말해주었다. 무슨 뜻인지 곱씹어봐."

다들 의도적으로 시선을 피했다. 고토는 작게 한숨을 쉬었다. 교실의 분위기는 조금도 달라질 기미가 보이지 않았다. 고토의 말로는 긴장을 풀 수가 없었다.

히로세가 보기에 그게 당연했다. 학생들은 위축되어 있으며 두려워하고 있다. 교실을 가득 채운 긴장감의 원인은 다름 아닌 공포였다. 그들이 두려워하는 것은 처벌이 아니다. 직접적인 보복, 그것뿐이다.

002

고토가 전화를 걸기 위해 교무실에 간다기에 히로세 혼자 준비실로 돌아왔다. 1교시 수업은 없다. 멍하니 실습 기록을 다시 보고 있는데 잠시 후 고토가 돌아왔다. 준비실에 돌아오자마자 기운이 빠진 듯이 털썩 주저앉는 고토에게 히로세는 커피를 타주었다.

“어땠습니까. 결석한 애들 집에 전화하셨죠?”

고토는 깊은 한숨을 지었다.

“사고로 다친 놈이 세 명, 두통 복통 등등의 꾀병이 네 명, 이유를 알 수 없는 놈이 세 명.”

히로세는 역시 일이 터졌다고 생각했다.

“다친 아이들 상태는 어떻대요?”

“한 명은 집 베란다에서 떨어졌대. 이 녀석은 염좌 정도라니 큰일은 없었지. 다른 한 명은 역 승강장과 전차 사이로 떨어졌고. 이 녀석도 찰과상으로 끝났어. 남은 한 명은 계단에서 굴러 떨어졌어. 팔이 복합 골절되어 입원했다는군.”

마치 다카사토가 떨어진 것을 흉내내듯이 모두 어딘가에서 ‘떨어졌다’는 게 인상적이었다.

“히로세, 어떻게 생각해?”

히로세는 고토를 바라보았다.

“다카사토의 저주라고 생각하나?”

히로세는 망설였다. 주저한 끝에 솔직하게 대답했다.

“우연이었으면 좋겠습니다.”

고토는 냉소를 지었다.

“그런 소리를 하다니, 자신이 없나 보군.”

히로세는 고개를 끄덕였다.

"제 단순한 인상으로는 다카사토는 결백합니다. 다카사토는 그런 아이가 아니에요. 심하게 억압받고 있기는 하지만……."

고토가 말을 가로막았다.

"억압받는 사람은 폭발하는 경우가 있어."

"압니다. 하지만 그런 식으로 폭발하지 않을 거예요. 그 아이라면 누군가 죽거나 괴로워하기를 바라며 원망하지는 않을 것 같아요."

"왜 그렇게 생각하지?"

히로세는 작지만 단호하게 말했다.

"제가 그랬기 때문입니다."

고토는 눈썹을 움찔하며 히로세를 쳐다보았다.

"선생님은 저라면 다카사토를 이해할 수 있을 거라고 말씀하셨죠. 저는 이해할 수 있습니다. 다카사토는 고국을 잃었습니다."

"고국을…… 잃어?"

"다카사토는 실종되었던 시기의 일을 기억하지 못해요. 그러나 편안한 장소에 있었던 것 같다고 했습니다. 저도 마찬가지예요. 우리는 똑같은 환상에 사로잡혀 있어요."

고토는 말없이 뒷말을 재촉했다.

"여기는 내가 있을 세상이 아니라는 환상이죠. 세상과 내가 적

대했을 때 세상을 원망할 수는 없어요. 적어도 저는 원망하지 못했습니다. 대신 어째서 이러는지 고민했죠. 어째서 뜻대로 되지 않을까. 아마도 내가 이 세상 사람이 아니기 때문이다. 그래서 어울리지 못하는 거다, 애초에 가능한 일이 아니다."

"그래서."

"오직 돌아가고 싶은 바람뿐이에요. 저는 어릴 때부터 어머니와 사이가 좋지 않았지만, 어머니가 죽어버렸으면 좋겠다고 생각한 적은 없습니다. 그저 돌아가고 싶었을 따름이죠."

"그건 누구나 하는 생각이야."

고토가 그렇게 말했다.

"너희만 그런 게 아냐. 나 역시 어릴 때는 그랬지. 하지만 다른 사람을 원망한 적은 없었어. 이런 젠장, 하고 생각한 적은 수도 없지만."

히로세는 한숨을 내쉬었다.

"알아요. 그렇지만 저희는 조금 달라요. 전 한 번 죽을 뻔했죠. 그때 분명히 그 들판을 봤어요. 제 안에서는 틀림없는 사실입니다. 다카사토에게는 일 년의 공백이 있어요. 자취를 감췄던 일 년, 기억에서 사라진 일 년. 환상인지도 모르지만 근거 없는 환상이 아니에요. 그것이 현실과 대치하기도 전에 저희를 도망치게 만들어요."

고토는 히로세를 뚫어져라 바라보다가 금방 시선을 거두며 우물우물 말했다.

"동전의 앞면과 뒷면의 차이가 아닐까."

"동전요?"

히로세가 고개를 갸웃거리자 고토는 아무것도 아니라며 고개를 가로저었다.

"뭐, 그 얘기는 됐다."

"만약 사고가 다카사토가 추락한 사건과 관계가 있더라도 다카사토의 의지와는 관계없어요. 단지……."

히로세는 말을 흐렸다. 뭐라고 해야 할까. 다카사토의 주변에 출몰하는 하얀 손. 어젯밤에 본 기이한 여자. 사실을 그대로 말해보았자 고토가 이해해줄 것 같지는 않았다.

다카사토 주변에 뭔가 있다. 다카사토가 아니라 그것이 복수극을 연출하고 있을 가능성은 없을까. 쓰이키의 다리를 잡은 손은 그 여자가 아닐까.

생각에 빠져 있는데 천장을 노려보던 고토가 입을 열었다.

"어느 정도 피해가 나올 것 같나?"

"숫자 말입니까, 정도 말입니까."

"양쪽 다."

히로세는 한숨을 쉬었다. 예를 들면 쓰이키는 가미카쿠시 이야기를 했을 뿐이다. 하시가미 역시 조금 놀렸을 뿐이다. 그런 두 사람이 당한 보복이 그 정도였다. 이와키를 생각할 것도 없이 예사롭지 않은 보복이 이루어지리라.

"아마도 그 자리에 있던 아이들 모두 나름의 보복을 당하겠죠. 가혹할 겁니다."

"이와키처럼?"

조바심이 느껴지는 고토의 말에 히로세는 답하지 않았다.

"맞아, 녀석들이 지나쳤지. 그렇지만 녀석들은 동요하고 있었어. 집단으로 폭주하기 시작하면 본인들도 멈출 수 없고, 멈췄다가는 오히려 위험해지게 되어 있어. 너라면 알잖아?"

히로세는 고개를 저었다. 고토가 무슨 말을 하고 싶은지는 알겠지만 그런 핑계가 통할 상대가 아니다. 다카사토 주변에 있는 '무언가'는 일말의 사정도 헤아리지 않을 것이다. 이와키의 행동에 아무런 자비도 베풀지 않은 것처럼.

고토는 심판을 기다리기라도 하듯이 히로세를 응시했다. 히로세는 다시 고개를 저었다. 고토는 깊게 한숨을 쉬고서 오래도록 입을 열지 않았다.

"……히로세, 나는 다카사토가 무섭다."

불쑥 뱉은 말에 히로세는 화들짝 고개를 들었다. 천장을 올려다보는 고토의 옆얼굴을 바라보았다.

"이곳에는 온갖 녀석들이 드나들지만 특이하다고 해도 결국 사람이니 본성은 뻔해. 그런데 다카사토는 정체가 보이지 않아. 무슨 생각을 하는지, 애초에 생각을 하기는 하는지조차 알 수가 없어. 너무나 달라서 솔직히 꺼림칙해."

"고토 선생님."

"내가 이런 소리를 해서 이상한가?"

"이상합니다."

고토는 살짝 웃었다. 그러고는 또 한 번 의자 깊숙이 몸을 맡기고 천장을 쳐다보았다.

"난 봤어."

"뭘 보셨는데요?"

"그게 언제였더라. 아직 1학기가 시작하고 얼마 되지 않았을 무렵이었지. 수업을 마치고 학교를 어슬렁거리다 교실 앞을 지나쳤어."

고토는 말을 끊었다.

"교실에 남아 있는 녀석이 있었지. 벌써 어둑어둑해지고 있었는데. 다카사토였어. 말을 붙이려고 했지만 그러지 못했어. 이상한 걸 봤거든."

심장이 쿵쾅거렸다.

"자기 자리에 앉아 있는 다카사토의 발치에 뭔가 있더군."

"뭔가 있었다고요?"

고토는 고개를 끄덕이고 자리에서 일어나 사물함을 열어 스케치북을 꺼냈다. 페이지를 넘기다 스케치 한 장을 히로세에게 보여주었다.

연필로 거칠게 그린 선에 물감으로 색을 입혔다. 하지만 그것이 무엇인지는 알 수 없었다. 윤곽선조차 이리저리 얽혀 아무 형태도 아니었다.

"필사적으로 봤어. 뭔가 있는 건 틀림없는데 뭐인지 알 수 없었어. 커다란 개만 한 짐승이 다카사토 발치에 웅크리고 있는 듯한 인상이었지."

히로세는 스케치를 바라보았다. 다카사토가 그리던 그림이 떠올랐다.

"여기로 돌아와서 바로 그렸는데 이런 그림밖에 그리지 못했어. 인상은 떠올릴 수 있는데 아무리 애써도 형태를 파악할 수 없었거든."

히로세는 고개만 끄덕였다.

"그것은 발치에 가만히 웅크리고 있는 것 같았어. 다카사토는 창밖을 보고 있었지. 책상 그림자에서 손이 나타나더군."

다시 한번 심장이 목구멍으로 튀어나올 기세로 거세게 뛰었다.

"하얀 여자 손이야. 틀림없어. 어깨까지 옷을 걸치지 않은, 꼭 대리석으로 조각한 팔처럼 보였지. 팔이 책상 맞은편에서 나타나 책상 위에 올려놓은 다카사토의 손을 어루만졌어. 책상 표면을 기듯이 스르륵 나타나서 다카사토의 손을 잡으려 했지. 책상 밑이나 뒤에도 사람 모습은 보이지 않았어."

그 여자다. 히로세는 생각했다. 게다가 일전에 교실에서 뭔가의 그림자를 보지 않았던가. 고토가 그것에 대해 말하고 있는 것 아닌가.

"다카사토에게는 손이 보이지 않는 모양이더군. 하지만 녀석은 웃고 있었어. 손이 닿은 순간 분명히 미소 지었어. 팔은 금세 물러났고 동시에 발치의 짐승도 바닥으로 빨려들어갔지."

히로세는 말이 없었다.

"솔직히 말해서 네가 다카사토에게 흥미를 가져줘서 고맙다. 나는 무서웠어. 나 혼자서 생각하는 건 기분이 나빠서 견딜 수 없었어."

어떻게 대답해야 할지 망설이는 모습을 보고 고토는 쓴웃음을 지었다.

"너라면 가미카쿠시 이야기를 듣고 다카사토에게 흥미를 가지지 않을까 생각했지. 나는 다카사토를 이해할 수 없어. 도무지 정체를 알 수 없어서 꺼림칙해. 하지만 너라면 좀 다른 반응을 보여주지 않을까 싶더군."

히로세는 말없이 고개를 끄덕였다.

"너도 다카사토가 무서운가?"

고토의 질문에 고개를 저었다.

"무섭지는 않습니다. 그렇게 생각한 적은 없어요."

히로세는 어쩐지 웃음이 났다.

"다카사토는 동포예요. 아마도 제가 만난 사람 중에서는 유일한 동료일 겁니다."

고토는 아무 말도 하지 않았다. 그저 히로세가 그렇게 말한 순간 무척 복잡한 표정을 지었다. 왜 그러느냐는 눈빛을 보내자 고개를 젓더니 갑자기 화제에 흥미를 잃은 듯이 일어났다.

"선생님?"

고토는 돌아보지 않았다. 허리에 찬 수건으로 손을 닦고 말없이 이젤 앞에 섰다. 팔짱을 끼고 화폭을 바라본다.

히로세가 한숨을 쉬며 실습 일지를 펼쳤을 때가 되어서야 고토가 입을 열었다.

"히로세, 뭐 하나 부탁해도 될까."

003

2교시 화학은 2학년 5반과 6반의 합동 수업이다. 쉬는 시간에 5반 반장이 어느 교실을 쓸 거냐고 물으러 와서 실험실로 오라고 말해두었다. 6반에도 전해달라고 부탁하고 히로세는 실험실로 향했다. 실험실 창문으로 운동장을 내다본다.

가운데쯤에 불쑥 튀어나온 모래언덕이 있다. 꽃다발은 이제 보이지 않았다. 이와키도 선택 과목으로 화학을 들었다. 수업 전에 히로세는 고토의 부탁으로 선을 한 줄 그었다. 이 수업의 출석부에 긴 선을 그은 것이다. 이와키의 칸이었다. 그것은 이와키가 두 번 다시 이 수업을 들을 수 없다는 뜻이었다. 자를 대고 볼펜으로 반듯이 그은 감촉을 묘하게 생생하게 떠올리며, 히로세는 실습이 끝나면 이와키 집에 분향하러 갈까 생각했다. 결국 이와키의 장례식에 가지 못했다.

드문드문 실험실로 들어오는 5반 아이들이 실험 준비를 도왔다. 도구 준비가 끝나자 수업 시작종이 울렸지만 6반 아이들의 모습은 여전히 보이지 않았다.

심장이 고동친다. 히로세가 상태를 보고 오겠다고 하자 고토는 자기가 가겠다며 실험실을 나갔다. 실험 순서를 칠판에 쓰는데 심한 불안감이 밀려왔다. 칠판에 글을 다 썼을 때 고토가 겨우 다섯 명의 아이들을 데리고 돌아왔다. 다섯 명 안에 쓰이키의 모습도 보였다.

"히로세, 잠깐만."

고토의 부름을 받고 준비실로 갔다.

"무슨 일입니까. 다른 애들은요?"

소곤소곤 묻자 작은 소리로 대답이 돌아왔다.

"보이콧이야. 실험실에는 위험한 물건이 많아서 싫다는군."

보복이 두려운 것이다.

"내가 갔더니 교실 밖에 쓰이키가 혼자 서 있었어. 교실에서 쫓겨난 모양이야. 땡땡이칠 거냐고 소리쳤더니 저 녀석들만 나왔어."

"어쩌죠?"

고토는 난처하다는 듯이 한숨을 내뱉었다.

"오늘만 너그러이 봐줄까……. 하는 수 없지."

히로세는 고개를 끄덕일 수밖에 없었다.

6반에서 화학을 선택한 학생은 열여덟 명이다. 나머지 스물두 명은 생물을 선택했다. 교실에서 수업할 때는 생물이 5반, 화학이 6반을 사용하기로 되어 있으니 생물을 고른 아이들은 5반 교실이나 생물 실험실에 있을 것이다. 화학 수업을 듣는 열여덟 명

중 실험실에 나타난 학생은 다섯 명뿐이었다. 여섯 명은 아예 학교에 나오지 않았으니 일곱 명이 교실에서 농성중이라는 소리다.

실험을 설명하면서 그런 셈을 하고 있는데 느닷없이 어딘가에서 드센 소리가 들렸다. 누군가 큰 소리로 부르짖는 목소리였다. 일어난 아이들을 앉혀두고 히로세와 고토는 복도를 달려갔다. 복도 창문 정면으로 체육관, 오른쪽으로 일반 교실동이 보인다. 체육 수업중이었을 학생들과 교사가 열려 있는 체육관 문 앞에 무리지어 있었다. 그들은 전부 위를 올려다보며 무슨 말을 외치고 있었다. 그들의 시선을 좇다가 히로세는 숨을 삼켰다. 일반 교실동 옥상에 여러 명의 그림자가 보였다.

눈앞이 핑글핑글 돌았다. 히로세는 황급히 창틀을 붙잡았다. 시선을 피하고 싶은데 피할 수가 없었다.

교복을 입은 아이들은 옥상 끝에 뻣뻣하게 굳은 채 늘어서 있었다. 살짝 바람만 불어도 균형을 잃을 듯한 아슬아슬한 가장자리였다.

옥상 출입은 처음부터 금지되어 있기 때문에 울타리는 없었다. 잠겨 있었을 문을 어떻게 열었는지는 지금 상황에서 중요한 문제가 아니었다. 좁은 간격을 두고 나란히 늘어선 아이들은 끈 같은 것으로 서로의 손목을 묶었다. 멀리서도 그것이 교복 넥타이라는 사실을 알 수 있었다. 히로세는 무의식중에 몇 명인지 세어보았다. 일곱까지 세고 나서 2학년 6반 아이들이라고 확신했다.

그만두라고 마음속으로 외쳤다.

말려야 한다. 그들을 멈춰야 한다. 어떻게든 아이들을 구해야 한다. 대체 어떻게? 시간이 없다. 히로세의 손은 닿지 않는다. 달려가도 늦는다. 어쩌면 좋은가. 어떻게 하면 되는가.

초조감이 휘몰아쳐 꼼짝달싹할 수 없었다. 결과적으로 일곱 명의 모습을 바라보고만 있게 되었다. 현기증이 난다. 심장이 요동쳐서 질식할 것만 같았다.

조각처럼 꼼짝 않던 그들 중에 왼쪽 끝에 있던 한 아이가 갑자기 움직였다. 생각이 사라지고 머릿속이 새하얘진다. 등뒤에서 누가 떠민 것처럼 크게 휘청인 아이가 뭐라고 외치는 소리가 들렸다. 서로 손목이 묶인 아이들이 파도처럼 흔들렸다. "아아." 탄식 후에 이을 말이 무엇인지 히로세도 알지 못했다. 저도 모르게 눈을 감았다. 귀를 막으려 하지는 않았으나 모든 소리가 귓가에서 사라졌다.

눈을 뜨자 옥상에는 누구의 그림자도 남아 있지 않았다.

히로세는 사고 직후의 소란을 제대로 기억하지 못한다. 망연히 지나친 것 같다. 정신을 차렸을 때는 준비실에 멍하니 있었다.

대낮에 꿈을 꾸다 갑자기 눈을 뜬 것 같다. 현실감이 희박했지만 꿈이 아니라는 사실만은 이해했다.

준비실 안에는 히로세 말고 아무도 없었다. 고토는 어디에 갔을까 생각하다가 한참 조사를 받고 있으리라는 사실을 떠올렸다. 이내 어째서 자신은 불려가지 않았나 생각하다가 당장이라도 쓰러질 것 같으니 쉬고 있으라는 말을 들은 것을 기억해냈다.

기억의 단편이 하나하나 떠오르며 머릿속에서 뒤얽힌다. 옥상에 늘어선 일곱 명. 올려다보던 아이들. 손목에 감은 넥타이의 잿빛. 공황 상태에 빠진 실험실. 구급차. 경찰. 쫓겨나다시피 교문을 나가는 학생들. 비명. 소란. 세 명이 즉사. 네 명은 중태.

히로세는 머리를 감싸 안았다. 목구멍까지 오열이 치밀어 올랐다. 멈출 수 있었던 것은 불현듯 떠오른 생각 덕분이었다.

'다카사토에게 뭐라고 말하지.'

뭐라고 하면 될까. 다카사토도 알고 있었으리라. 분명히 각오하고 있을 것이다. 다카사토가 창문에서 떨어진 순간, 오늘 일어날 일은 예견된 것이나 다름없었으니까. 그렇지만 이런 비참한 사건을 어떻게 전해야 할까.

머릿속에서 한동안 말을 찾다 히로세는 실소했다. 히로세의 마음은 다카사토에게 기울어 있다. 일곱 명보다 다카사토가 걱정된다. 떨어진 일곱 명 중 네 명은 지금도 생사를 넘나들고 있다는데.

괴로운 웃음이 새어 나왔다. 히로세는 혼자서 씁쓸한 웃음만을 짓고 있었다.

004

저녁 9시가 지나 히로세가 집으로 돌아왔다. 다카사토는 창가에 앉아 무릎 위에 책을 펼쳐놓은 채 창밖을 지그시 내다보고 있었다.

"다녀오셨어요."

인사하는 얼굴이 굳어 있다. 히로세는 무슨 말을 할지 고민했다. 말을 고르지 못해 머뭇거리는 사이 다카사토가 입을 열었다.

"늦으셨네요."

"응……."

"회의 때문에?"

딱딱한 목소리로 묻는 다카사토의 표정은 침통한 빛을 띠고 있었다. 알고 있는 것이다. 반드시 보복이 있으리라는 사실을 그는 알고 있었다.

히로세는 고개를 끄덕이고 밖을 가리켰다.

"밥 먹으러 가자. 배고프지?"

밤늦게까지 하는 카페에 들어가 가볍게 저녁밥을 먹었다. 히로세는 식욕이 없었고 다카사토도 마찬가지인 모양이었다. 히로세가 돌아가는 길에 산책이나 하자고 말했다. 이지러진 달이 뜬 하늘에 드문드문 있는 구름이 거센 바람에 떠밀려 빠르게 흘러갔다.

둑길을 한참 걷다 보면 넓은 하구가 나온다. 강폭은 넓지만 오랜 세월에 걸쳐 퇴적된 진흙 탓에 물이 흐르는 곳은 절반에도 미치지 않는다. 특히 지금은 썰물 때인 듯 검은 물이 새카만 진흙 사이를 원래의 절반 정도 폭으로 구불구불 흐르고 있었다. 얕은 바다는 무척이나 어둡다. 미끄럽게 광택이 나는 진흙 위를 번들거리는 물이 흐르고 있었다.

"몇 명이나…… 죽었어요?"

제방에서 바다를 내려다보던 다카사토가 입을 열었다.

"결국 다섯 명. 두 사람은 아직 혼수상태지만 시간문제라더라."

"무슨 일이 있었죠?"

"모르겠어."

"사고인가요?"

그렇게 묻는 다카사토에게 히로세는 고개를 저어 보였다.

“무슨 일이 있었는지 정말로 몰라. 화학 수업을 거부하고 교실에서 농성하던 녀석들이 갑자기 옥상에서 뛰어내렸어. 아래쪽 보도까지 사 층 높이니까, 십이 미터 이상은 될 거야. 세 명이 그 자리에서 숨졌고 나머지 네 명은 혼수상태가 되어 한 번도 의식을 찾지 못했어. 그중 한 명은 눈을 뜨지 못하고 죽었지. 다른 한 명은 잠깐 눈을 떴지만, 말은커녕 반응조차 하지 못하고 숨을 거두었어. 무슨 일이 일어났는지 알 길이 없어.”

“옥상으로 나가지 못하게 되어 있을 텐데요.”

“맞아. 그런데 가보니 문이 열려 있었다더군. 어떻게 열려 있었는지 아무도 몰라.”

“정말 스스로 뛰어내렸나요?”

히로세는 한숨을 쉬었다. 새카만 진흙 위에 흘린 한숨을 바람이 실어 갔다.

“다카사토, 나는 아이들이 뛰어내리는 모습을 지켜봤어. 나 말고도 많은 사람이 봤지. 누가 떠민 것 같았지만 범인의 모습은 보이지 않았어. 집단 자살이라고 볼 수밖에 없어.”

다카사토는 한동안 말이 없었다. 밤바다에서 축축한 바람이 불어온다. 공기의 흐름이 빠르다. 그러고 보니 저기압이 다가온다고 누군가 말했었다.

“일곱 명뿐인가요.”

"일곱 명뿐이야. 그 외에 세 명이 다쳤다지만 대단치 않아."

아직까지는, 이라는 말을 히로세는 삼켰다.

"저 때문이군요."

중얼거리는 목소리였다.

"네 탓이 아니야."

"제가 도망쳤어야 했는데."

히로세는 다카사토를 응시했다. 다카사토는 제방 밖을 가만히 보고 있었다.

"제대로 저항하고 도망쳐야 했어요. 얌전히 떠밀리지 말고 도망쳐야 했습니다. 그랬다면 좀더……."

"도망칠 수 있었을 것 같아?"

"하지만……."

"도망쳐봤자 뭇매질을 당하는 게 고작이었겠지. 말리러 들어간 교생 A처럼."

히로세의 말에 다카사토는 보일 듯 말듯 미소를 지었다. 그것도 금세 녹아들듯 사라진다.

"어느 쪽이든 상황은 변하지 않아. 네 탓이 아니야."

그들은 실험실이 무섭다고 했다. 위험한 물건이 있어서 싫다고. 버너며 극약, 작은 실수로 사고가 일어날 수 있는 것들이 얼마든지 있다.

고토가 아이들을 부르러 갔을 때 쓰이키가 혼자 복도에 나와 있었다. 쓰이키는 이렇게 증언했다.

5반 애가 화학은 실험실이라고 말해서 이동하려고 자리에서 일어났는데 다들 꼼짝하지 않았다. 문가에 서서 실험실에 안 가느냐고 묻는 자신을 교실 밖으로 떠밀고는 문을 닫아버렸다. 쓰이키는 누군가 나오지 않을까 싶어 복도에서 기다렸다.

쓰이키를 쫓아낸 학생이 말했다고 한다. 너는 그때 없었으니까 참 좋겠다.

그때. 다카사토를 떠밀었던 자리에 쓰이키는 없었다. 다카사토가 무서워서 등교를 거부하던 것이 쓰이키를 구했다. 얄궂다. 너무나 얄궂은 일이다.

쓰이키는 가해자였고 다른 아이들은 방관자였다. 쓰이키는 가해자였기 때문에 더욱 가혹한 위해를 다카사토에게 가할 수 없었다. 폭행한 이들은 방관하던 아이들이다. 그들은 실험실을 경계했지만 실험실에 온 아이들은 목숨을 건졌다. 끝까지 경계하던 아이들만 옥상에서 떨어졌다.

다카사토가 중얼거렸다.

"저 때문이에요."

"그렇지 않아."

다카사토는 제방 위에 팔을 걸쳤다. 팔 사이로 얼굴을 묻는다.

"제가 돌아오지 말았어야 했어요."

이름을 부르며 나무랐지만 그는 고개를 들지 않았다.

"그대로 거기 있었다면 이런 일은 일어나지 않았겠죠. 모두를 위해서 돌아오지 않는 편이 나았을 텐데."

그것이 사실이었기 때문에 히로세는 대답하지 않았다. 다카사토에게도 그편이 나았으리라. 그에게 '저세상'은 마음 편한 장소였다. '저세상'에 계속 머물 수 있었다면 괴로워할 필요도 없었을 것이다.

바람이 강해졌다. 해명이 몰아친다. 어느새 달과 별이 자취를 감추었다. 어두운 바다 위에는 빛조차 없는 밤하늘이 펼쳐져 있었다. 곧 비가 쏟아지려는지 밤은 깊고 무거웠다. 히로세는 한동안 그저 조용히 숨만 내쉬었다.

005

"……있지, 다카사토."

히로세는 기둥에 기대어 이불 위에 책상다리를 하고 앉아 있었다. 다카사토는 창가에서 커튼 사이로 밖을 보고 있다.

집에 돌아와 씻고서 이불을 깔기는 했지만 잠이 오지 않았다.

연일 사고가 터져 체력은 크게 떨어져 있다. 몸이 피곤한 것 이상으로 정신적으로 지쳐 있었다. 그런데도 수마는 찾아올 기미가 없었다. 예민해진 신경과 잠드는 것에 대한 불안이 이유라는 사실은 알고 있었다.

히로세는 우두커니 앉아 생각에 빠졌다. 다카사토도 창밖을 바라보며 멍하니 있다.

"다카사토, 너 귀신이니 요괴니 하는 것을 믿니?"

다카사토가 눈을 휘둥그레 떴다. 난감해하는 표정이다.

"귀신 본 적 없어?"

다카사토는 고개를 젓는다.

"없습니다. 이상한 것을 본 건, 그……."

"가미카쿠시 때 봤던 손뿐인가?"

"네."

"그럼 기척은?"

히로세의 질문에 다카사토는 뜻밖에 미간을 찡그렸다.

"이상한 기척을 느낀 적은 없어?"

다카사토는 히로세를 바라보고 나서 무언가 골똘히 생각했다.

"난 말이지, 네 주변에서 이상한 것을 본 적이 있어."

히로세는 억지로 웃어 보였다.

"하얀 팔이었어. 정체 모를 그림자랑. 둘 다 확실히 보지는 못했지만 아무래도 네 주위에는 이상한 것이 배회하고 있는 것 같단 말이야."

히로세는 쓴웃음을 지었다.

"곤란해. 난 그런 거 믿지 않는데."

다카사토는 고개를 갸웃거리며 히로세를 지켜보고 있었다. 히로세는 고개를 들어 다카사토를 마주보았다.

"너, 뭔가에 씐 게 아닐까."

다카사토가 놀라서 눈을 동그랗게 떴다.

"보복은 네가 아니라 그들이 하는 거야."

쓰이키의 다리를 잡은 하얀 손. 하시가미에게 못을 박은 무언가. 이와키 대신 기마를 받치고 있던 누군가. 이와키가 죽었을 때 보였던 기묘한 얼룩. 무엇을 봐도 이상했다. 이 세상 밖의 무언가. 상식으로 분류할 수 없는 어떤 존재.

"……그리핀이 있어요."

갑작스러운 말에 히로세는 다카사토를 물끄러미 바라보았다.

"잘 표현할 수 없지만. 그리핀은 멋대로 부르는 이름이에요. 커다란 개…… 좀더 클지도 모르지만 이 정도 크기에 이따금 날기도 하니까 날개가 있는 것 같습니다. 그래서 그리핀이라 불러요."

"그걸 봤니?"

다카사토는 고개를 가로저었다.

"때때로 있는 듯한 기분이 들어요. 기분일 뿐이지만요. 개랑 비슷한 생물이 제 주위에 있다고 느낄 때가 있습니다. 어릴 적부터 줄곧 그랬는데 처음에는 기분 탓이라고 생각했어요."

다카사토는 작게 미소 짓는다.

"잘 길들여진 개처럼 제 발치에 웅크리고 있어요. 아, 있구나 하고 느낄 때가 있는데 눈을 돌리면 사라집니다. 갑자기 어딘가로 가버려요. 그림자 같은 것이 보일 때도 있지만 대개는 보이지 않아요. 저번에 수업이 끝나고 선생님과 마주친 적이 있었죠."

"응."

"이것저것 물으셨을 때요. 그때도 있었어요. 교실로 들어온 선생님께서 그리핀이 사라진 곳을 보고 계셔서 제가 아닌 사람들도 느끼나 싶었어요."

교실 어딘가로 사라졌던 그림자.

"몰래 강아지를 기르는 것 같아서 즐거웠어요."

다카사토는 미소를 지었다. 미소는 금세 흔적도 없이 사라졌다.

"가끔 인기척을 느낄 때도 있습니다. 인기척이 나면서 누군가 저를 어루만지는 느낌이 들어요. 그리고 반드시 바다 냄새가 나죠……. 뮈르겐이라고 부릅니다."

"뮈르겐?"

히로세가 알지 못하는 이름이다.

"세이렌이라고 아세요? 6세기에 인간에게 잡힌 세이렌이 있었대요. 나중에 세례를 받고 성녀가 되는데, 그 이름이 뮈르겐이에요."

"그렇구나……."

"뮈르겐도 그리핀도 제가 풀이 죽어 있으면 나타납니다. 위로해주려는 것처럼 슬쩍 어깨를 쓰다듬기도 하고 다리에 몸을 비비기도 해요."

말끝이 희미하게 떨렸다.

"그런데 어째서……."

조용하기만 했던 목소리에 처음으로 사람의 감정이 섞였다. 다카사토의 강한 감정이 배어 나오는 목소리.

"저는 이와키가 고마웠어요. 정말로 고맙다고 생각했어요."

"알아."

"그런데 어째서인가요."

히로세가 답할 수 있을 리 없다.

"어째서 그런 짓을 하는 거죠? 한 번도 저에게 위해를 가한 적은 없어요. 줄곧 위로해주었죠. 제 편이라고 생각했어요."

히로세를 원망하는 목소리는 아니었다. 다카사토는 인과관계를 깨달은 것이다. 자기 주변에 출몰하는 무언가의 기척과 빈번하게 일어나는 불행 사이의 부정할 수 없는 관련성을 말이다.

"그런데 어째서 그를 죽인 거죠."

히로세는 그들이 수호자 같다고 생각했다. 아주 질이 나쁜 수호자다. 그들은 도를 넘어선 모성애로 다카사토를 지킨다. 다카사토를 상처 입히는 자를 가차없이 없앤다. 그들에게 중요한 것은 다카사토가 상처 입었는지가 아니라 그들이 그것을 어떻게 판단했는지다. 그들은 이와키를 다카사토의 적이라고 판단했다. 그 때문에 이와키를 처단했다.

정체는 알았다. '저주'라 불리어온 것의 정체. 그들과 다카사토를 떼어내야 한다. 그러지 않으면 다카사토는 머지않아 빼도 박도 못하는 곳까지 내몰릴 것이다. 그리 먼 미래의 이야기가 아니다. 다카사토를 떠밀어 떨어뜨린 학생 대부분은 아직 무사하다. 불쾌한 화제를 입에 담은 것만으로 쓰이키와 하시가미가 그 정도의 보복을 받았다면 학생들 대부분은 무사할 리 없을 것이다.

어째서?

그날 밤에는 세찬 바람이 불었다. 해명이 불안하게 울려 퍼진다. 불을 끈 방에서 히로세는 몸을 뒤척였다. 바로 옆에 누워 있는 다카사토도 잠들지 못하고 있음을 기척으로 알 수 있었다.

겨우 눈을 붙인 새벽녘, 히로세는 귓가에 여자 목소리가 들린 듯한 기분이 들었다.

—너는 왕의 적인가.

그 질문에 어떤 대답을 했다.

잠에서 깨어나 무슨 말을 했는지 기억해내려 했으나 떠오르지 않았다.

☆☆☆
☆☆☆☆

남자와 여자가 제방에 서서 밤바다를 바라보고 있었다.

남자는 입을 다물고 있었고 여자 혼자 떠들었다. 여자가 내뱉는 말의 대부분은 쓸데없는 소리로 들렸지만 사실 그 속에는 격렬한 비아냥이 섞여 있었다. 여자는 남자를 도발하려는 것 같았다. 남자는 도발에 넘어갈 생각이 없었다.

바로 그때, 철썩하고 진흙을 때리는 소리가 희미하게 들렸다.

개펄 속에서 작은 물고기가 뛰어오른 듯한 소리였다. 남자는 제방 아래를 들여다보았다. 제방 밑에는 진득진득한 개흙이 괴어 있었다. 어둠 속에서 작은 물고기를 발견할 수 있을 리 없지만 어쨌든 남자는 시선을 던졌다. 역시 개흙 표면에는 아무것도 보이지 않는다. 여자는 여전히 떠들어대고 있었다. 애가 타는지 말은 완전히 시비조로 바뀌어 있었다.

남자가 제방 난간에 턱을 괴었을 때 또 소리가 들렸다. 이번에는 퐁 하고 뭔가 개흙 속으로 가라앉는 소리였다. 여자가 입을 다물었다.

"물고기?"

여자는 그렇게 물으며 제방 아래를 응시했다.

"장어인가?"

여자가 설마 그럴 리가 있느냐고 대답할 새도 없이 다시 아래에서 퐁 하고 개펄을 휘젓는 소리가 들렸다.

퐁. 퐁당퐁당. 첨벙.

남자는 눈살을 찌푸렸다. 갑자기 바다 냄새가 강해졌다. 소리는 그치지 않는다. 빛이 닿지 않는 개펄에 무언가 꿈틀대는 소리가 이어진다. 장어 소리라면 개펄 표면을 전부 뒤덮을 정도의 숫자이리라.

"뭐야……?"

"몰라."

남자가 중얼거리며 여자에게 손짓으로 물러서라고 명령했다. 그래도 시선을 제방 밖으로 돌리지 않았다. 스읍 하고 혀로 입술을 핥는 것 같은 소리가 이어진다. 번들번들하게 괴어 있을 뿐인 개흙 위에 잔물결이 일었다.

무언가 있었다.

작고, 헤아릴 수 없는 무언가.

남자는 시선을 집중했다. 개펄이 기묘한 광택으로 빛나며 울렁거리고 꿈틀거린다. 무언가의 무리가 바로 아래까지 밀어닥쳤다. 쭈뼛쭈뼛 몸을 내밀었을 때 여자가 비명을 억눌렀다.

"저것 좀 봐!"

허둥지둥 여자를 바라보니 굳은 얼굴이 앞바다를 향하고 있다. 시선을 좇던 움직임이 앞바다에서 멈춘다. 개흙만이 펼쳐져 있는 바다에 모래섬처럼 떨어져 있는 개펄 한가운데. 그곳에 부풀어오른 무언가.

이백 미터도 떨어지지 않은 곳에 거대한 거북 등껍질처럼 보이는 새까만 물체가 솟아났다. 둥근 진흙 언덕처럼 부풀어오른 검은 그림자. 펄 아래에서 떠올랐는지 둥그런 등은 넘쳐흐르는 개흙의 미끈함에 녹아들고 있는 듯이 보였다.

"저게 뭐야."

바다 냄새가 더욱 강해졌다. 발치에서 첨벙첨벙 하는 소리가 커진다. 명백히 가까워지고 있었다. 제방을 기어오르기라도 하듯 서서히 귓가에 가까워진다.

남자는 얼른 여자의 팔을 챘다. 팔 위쪽을 붙잡고 잡아끌며 허겁지겁 뛰기 시작했다. 입만 딱 벌린 채 움직이지 못하는 여자를 질질 끌다시피 자리를 떴다. 등뒤를 돌아보면서 둑길을 서둘러 돌아왔다.

열 몇 걸음 달렸을까, 돌아보니 시야에 검은 물체가 보였다. 미끈거리는 광택 때문에 진흙처럼 보인다. 제방을 넘어와 참방 참방 소리를 내면서 길 위로 흘러 떨어질 태세였다. 여자가 멈추고 이어서 남자가 멈춰 섰다. 진흙 같은 무언가는 축축하고 듣기 싫은 소리를 내면서 길을 가로질러 제방 아래의 집을 향해 콘크리트 사면을 따라 흘러 떨어진다. 담 밖에 자라던 무성한 잡초 덤불을 향해 검은 흐름을 남겼다.

상황을 이해하지 못한 남자가 시선을 옮기자 하구에 보였던 무언가는 진흙 속으로 가라앉고 있었다. 불룩 솟아올랐던 물체는 마침내 울퉁불퉁한 진흙이 되더니 펄 아래로 사라진다. 번들번들하게 빛나는 평탄한 개펄만 남았다.

남자는 다시 시선을 길로 향했다. 콘크리트로 된 좁은 길에는 진흙투성이 물체를 끌고 간 듯한 흔적만이 남아 있었다.

"지금 그거 대체 뭐였지."

진흙 흔적이라도 확인해보려고 걸음을 뗀 남자의 팔을 여자가 붙들었다. 가지 말라는 듯이 고개를 젓는다. 남자는 그런 여자와 진흙 흔적을 번갈아 보다가 고개를 끄덕였다.

코를 찌르는 강한 바다 내음이 났다.

"돌아가자."

남자가 강하게 말했다. 본능의 경고. 가까이 다가가지 않는 게 좋다. 확인은 내일 하면 된다. 어둠이 사라지고 아무도 몸을 숨길 수 없게 된 다음에 해도 괜찮을 것이다.

잔걸음으로 서둘러 걷기 시작한 두 사람을 파도 소리가 쫓아왔다. 등뒤를 바싹 쫓아오는 촉수 같은 파도 소리에는 강렬한 바다의 악취가 담겨 있었다.

7
장

001

다음날 아침 히로세가 학교에 도착해보니 교문 앞은 기자처럼 보이는 사람들이 장사진을 이루고 있었다. 이와키 사건이 일어났을 때보다 훨씬 숫자가 늘었다.

학생들이 등교하기는 조금 이른 시간이다. 그들은 드문드문 교문을 지나려는 학생이나 교사 들을 닥치는 대로 붙잡았다. 붙잡힌 교사는 심각한 얼굴을 숨기며 도망쳤고, 붙잡혀 있던 아이를 억지로 불러들이며 교문을 들어섰다. 그렇게 문 안으로 들어온 아이들은 못내 아쉬워하는 것처럼 보였다. 교사에게 끌려가다시피 학교 건물로 향하면서도 뒤돌아보며 흥미진진한 시선을 취재진에게 던지고 있다.

히로세는 교문이 보이는 위치에 멈추어 섰다. 한숨밖에 나오지 않는다. 시시한 질문 따위 듣고 싶지 않다. 조금 돌아서 뒷문이 보이는 근처까지 가자 뒷문 주변에도 포진한 사람들이 보였다. 그나마 이쪽이 나으리라는 생각에 걸음을 떼려는 순간 가볍게 울리는 자동차 경적 소리가 들렸다.

돌아보니 보건 교사인 도토키가 차 안에서 웃고 있다.

"타실래요?"

"태워주시면 감사하죠."

고개를 숙이고 길가에 선 하얀 경차에 올라탔다. 밀폐된 공간에서 숨을 내쉬었다.

"엄청난 교육 실습이 되었네요."

도토키는 부드럽게 웃었다.

"그러게요."

"그것도 내일로 끝이군요. 어째 부러운데요."

그렇겠죠, 하고 히로세가 쓴웃음을 짓는 것을 보고 도토키도 웃으며 차를 오른쪽으로 붙였다. 우회전 신호를 켜고 빨간 신호가 바뀌기를 기다렸다.

"몸 상태는 어때요?"

"여기저기 타박상만 조금 남았어요."

도토키는 미소 지으며 그러냐고 말했다. 바뀐 신호를 확인하고 차를 출발시키며 도토키가 목소리를 낮췄다.

"어제 학생이 입원한 병원에 갔던 선생님이 기자에게 이상한 질문을 받은 모양이에요."

"이상한 질문요?"

"네. 학생이 2층에서 떨어진 사건이 있었다고 들었는데 그 학생은 오지 않았느냐고요."

"하지만 그 사건은……."

사고로 매듭지었다. 신문이나 텔레비전에서도 보도되지 않았다.

"어디서 주워들었겠죠. 다카사토 군의 집이 어디냐고 끈질기게 물었다는 걸 보면."

도토키는 뒷문으로 차를 몰며 무리 지은 취재진을 경적으로 쫓아버리고 학교 안으로 들어갔다.

"정말로 사고였냐고 되물었다니까 언론에서 그 사건을 주목하고 있다는 거겠죠. 다친 교생 이야기도 나왔다고 하니 주의하세요."

"조심하겠습니다."

도토키는 뒷문 옆 주차장에 차를 주차하며 웃었다.

"괜찮다면 돌아갈 때도 바래다드릴게요. 교문 주변으로 군대개미들이 포진해 있어서 말이죠."

히로세는 희미하게 미소 지으며 고개를 끄덕였다.

"죄송하지만 부디 부탁드려요."

도토키와 함께 들어선 교무실 안은 묘한 긴장으로 가득했다. 교사들은 교무실 여기저기서 머리를 맞대고 모여 있었다. 다들 복잡한 표정으로 신문을 들여다보고 있다. 히로세는 교무실을 둘러보다 구석에 서 있는 고토의 모습을 발견하고 다가갔다.

"선생님, 저 왔습니다. 무슨 일 있나요?"

고토는 가볍게 손을 들고 나서 얼굴을 찌푸리고 목소리를 낮추었다.

"스포츠 신문에 이상한 기사가 실렸어. 어제 사건을 다른 사고와 관련지어 저주니 뭐니 떠드는."

몸에서 핏기가 가신다. 도토키가 흥미를 보이며 끼어들었다.

"저주라뇨?"

히로세가 설마 다카사토 얘기냐고 눈짓으로 묻자 고토는 고개를 가로저었다.

"다카사토가 창문에서 떨어진 건이며 수학여행 사건 같은 걸 들은 모양이야. 이쿠타 선생 일까지 조사했더군."

고토는 씁쓸하게 웃었다.

"이것저것 늘어놓고 저주받은 학교니 뭐니 우스꽝스럽게 씌어 있었어. 관계자는 저주가 틀림없다며 벌벌 떨고 있다는데?"

도토키가 입을 떡 벌리고 언성을 높였다.

"관계자라면!"

"아마 나나 도토키 선생이겠죠."

도토키는 눈을 크게 뜨고는 쓴웃음을 흘렸다.

"제가 벌벌 떨고 있는 줄은 여태 몰랐네요."

"나도 그래요."

고토는 웃고 나서 얼굴을 찌푸렸다.

"성가신 일이라면 있는데 말입니다. 어제 병원에 보도진이 어마어마했어요."

"그랬다더군요."

"상황이 상황이고, 얼마 전에 이와키 일도 있었으니 어쩔 수 없겠죠. 어제도 작은 사고가 몇 건 있었고."

"어제요?"

"네. 우리 반 학생 아홉 명이 계단, 육교 등등에서 굴러떨어져 결석자가 속출했죠. 오늘 수업은 그른 것 같군요."

고토가 그렇게 말하고 히로세를 바라보았을 때 교장이 들어왔다.

수업 시간을 이용해 전교 조회를 했다. 뛰어내린 일곱 명 중

여섯 명이 죽었다는 사실을 히로세는 교장의 이야기로 알게 되었다.

학급 조회를 하기 위해 들어간 교실은 더없이 썰렁했다. 여섯 명이 죽고 한 명은 의식불명. 그저께부터 오늘 아침까지 사고를 당해 결석한 아이가 열두 명. 병결로 연락이 온 아이가 네 명. 그리고 다카사토. 교실에는 겨우 열여섯 명의 아이들만이 불안한 얼굴로 앉아 있었다.

이 주에 걸친 교육 실습도 종반에 접어들었다. 교생의 연구 수업은 무리하게라도 진행되었지만 연구 수업 외에는 자습이 많았다. 히로세는 예정대로 5교시에 1학년 과학 I을 맡아 수업을 진행했는데 보러 온 교사나 교생 대부분은 마음이 딴 곳에 있었다.

연구 수업이 끝나고 준비실로 돌아왔을 때 전화가 울렸다. 입원했던 마지막 한 명이 의식이 돌아오지 않은 채 끝내 숨을 거두었다는 부고를 전하는 전화였다.

002

수화기를 내려놓고 고토는 한동안 손으로 이마를 짚고 있었다. 히로세는 건넬 말이 없었다. 조용히 고토의 등을 바라볼 뿐이었다.

"히로세."

등을 돌린 채 고토가 나직한 목소리로 말했다.

"나는 다카사토가 무섭지만 싫지는 않아. 하지만 이런 일이 생기면 견디기 어려워."

히로세는 등을 바라보며 끄덕거렸다.

"다카사토를 원망하는 편이 차라리 편하겠어. 일곱 명이라고, 일곱 명."

"다카사토 때문이라고 밝혀진 건 아니잖아요."

고토가 돌아보았다.

"너는 다카사토가 재앙을 가져온다고 했어."

히로세는 고개를 저었다.

"다카사토와 보복은 관계가 있다고 했죠. 우선 보복이라고 단정지을 수 없어요. 정말로 자살일지도 모르고."

"동기는?"

"자살 동기는 알 수 없는 경우가 많습니다. 옆에서 보면 우스울 만큼 사소한 이유로 사람은 죽기도 하니까요."

"진심이냐?"

쏘아보는 시선에 히로세는 눈을 내리깔았다.

"고토 선생님, 다카사토가 아니에요."

히로세의 말에 고토는 미심쩍은 듯 눈을 슴벅였다.

"재앙을 가져오는 건 다카사토가 아닙니다. 예전에 선생님이 보셨다던 그들이에요."

고토는 히로세와 스케치북을 넣어둔 사물함을 번갈아 보았다.

"그들 말인가……?"

"네. 그들의 정체는 모릅니다. 그들은 다카사토에게 씌어서 다카사토를 지키려고 하고 있어요. 왜 그러는지 모르지만."

"이런 건 지킨다고 할 수 없어."

"방법이 틀렸지만 의도는 분명합니다. 그들은 나름대로 다카사토를 지키고 있어요. 다카사토의 적으로 간주한 자들에게 용서가 없죠. 보복한 것으로 지켰다고 생각하는 겁니다."

"그럼……."

고토는 중얼거렸다.

"그렇다면 말이지. 그들은 다카사토에게 위해를 가하지 않는 건가."

"그러겠죠."

"그러면 다카사토 곁에 있는 편이 안전하지 않겠어? 그들이 어떤 식으로 보복할 셈인지 모르지만 다카사토가 교실에 있는 한 교실 천장을 무너지게 하거나 바닥을 꺼지게 할 수는 없을 테니까. 좀더 고전적인 방법을 쓰더라도 다카사토 곁에 없는 것보다 있는 게 안전할 확률이 커진다, 그런 소리 아닌가?"

히로세는 깜짝 놀라 눈을 부릅떴다.

"그러네요."

그들이 다카사토를 지키려 한다면 다카사토 곁에 있을수록 안전이 확보된다.

"다카사토를……."

부르자고 말하려는 히로세를 고토가 말렸다. 기다리라고 힘주어 말하고는 망설이듯 시선을 피한다.

"집으로 전화할게요."

"안 돼."

고토는 눈에 띄게 당황하고 있었다. 히로세는 영문을 알 수 없어 고개를 갸웃거렸다.

"위험해. 아이들은 사정을 모르잖아. 걔들은 지금도 다카사토를 두려워하고 있어. 다카사토가 직접 위해를 가한다고 믿고 있으니까. 초조함이 한계에 다다른 누군가 다카사토만 없애면 될 거라고 생각해도 이상하지 않을 정도야. 다카사토가 죽으면 저주를 피할 수 있다고 말이야."

"그건 그렇지만."

히로세는 말을 이었다.

"만에 하나 다카사토에게 무슨 일이 있더라도 그들이 확실히 지킬 겁니다."

삼 층 높이에서 떨어졌지만 무사했던 건 그 덕분이 아니었을까. 히로세의 말을 듣고 고토는 고개를 홱 돌렸다.

"그만둬. 애들도 다카사토 곁에 있고 싶지는 않을 테니까. 꾀병으로라도 쉬려는 녀석들이 있다는 게 그 증거지."

"안전을 위해서라고 설명하면 다들 알아들을 겁니다. 쉬는 아이들도 설득해서 학교에 오도록 하는 게……."

"애들한테 사정을 알릴 셈이냐?"

"안 됩니까?"

"안 돼."

고토는 짧게 내뱉듯이 말했다. 히로세는 고토의 옆얼굴을 이상한 기분으로 바라보았다.

"어째서죠."

"이러저러하니까 다카사토 곁을 떠나지 말라고? 말도 안 돼. 모두 이십사 시간 다카사토 곁에 있기는 불가능해."

"그렇지만……."

"그만둬. 여기서 누구라도 또 죽어봐. 그때 눈앞에 다카사토가 있다면 무슨 일이 일어날 것 같아?"

"그것 말고는 몸을 지킬 방법이 없잖아요."

"얼마나 효과가 있을지 알 수 없어. 위험이 너무 커. 포기해."

"그럼 달리 어떻게 하면 됩니까."

"어쨌든 말하지 마."

히로세는 탄식했다. 어째서 고토가 갑자기 이런 고루한 태도를 취하는지 이해할 수 없었다.

"고토 선생님."

고토는 히로세에게 눈길도 주지 않고 이젤 앞에 섰다. 팔짱을 끼고 그저 그림만 바라본다.

"히로세, 나를 어떤 인간이라고 생각하지?"

히로세는 고토가 어떤 의도로 그런 질문을 하는지 알 수 없었다. 대답하지 못하고 고개만 갸웃거린 채 입을 다물고 있자 고토는 마침내 그림을 바라보며 중얼거렸다.

"나는 네가 마음에 든다."

"고맙습니다."

"그러니까 말하지 마. 네 장례식에 가고 싶지 않으니까."

히로세는 눈을 부릅떴다.

"선생님!"

"내 이기심이지. 알아. 하지만 말이지, 적어도 나는 모두를 똑같이 좋아할 정도로 착한 인간이 아니야. 그런 말로 그들을 방해하면 너까지 보복당할지도 모르잖아. 너가 이와키 꼴이 나는 건 정말로 보고 싶지 않아."

"자신이 무슨 말을 하고 있는지 알고나 계세요?"

고토는 히로세를 쳐다보지 않았다.

"알고말고. 더 쉽게 설명해줄까. 사정을 이야기해도 희생은 나오게 되어 있어. 녀석들은 손대면 안 될 상대에게 손댄 거야. 자신이 한 일에 대한 대가는 스스로 치러야 해. 네가 치를 필요는 없어."

"고토 선생님."

고토는 화폭을 바라보며 쓴웃음을 지었다. 쓰디쓴 웃음이었다.

"실망했겠지. 더 비겁한 말도 할 수 있어."

"듣고 싶지 않습니다."

"그럼 들려주지. 네가 죽으면 다카사토는 어떻게 될까."

히로세는 고토의 옆얼굴을 빤히 바라보았다.

"이쿠타 선생이나 이와키가 죽었을 때와는 비교가 안 될걸. 너는 아마도 다카사토가 난생처음으로 얻은 이해자일 테니까. 다카사토를 내버려두고 갈 셈이야?"

"저는……."

고토는 시선을 피했다. 괴롭고 고통스러운 표정을 짓고 있다.

"누구든 모든 사람에게 잘해줄 수 있다면 그렇게 하고 싶겠지. 하지만 순서를 정해야만 할 때도 있는 법이야. 모두를 좋아한다는 건 아무도 좋아하지 않는다는 소리 아닌가. 적어도 나는 그렇게 생각해."

히로세는 입을 다물었다. 정곡을 찔렸다. 히로세 역시 학생들에게 무슨 일이 생기면 그만큼 다카사토의 부담이 늘기 때문에 걱정하는 것이다. 히로세에게는 다카사토를 밀어서 떨어뜨린 녀석들은 어느 정도의 보복을 받아도 싸다는 생각이 분명히 존재했다. 그러나 도를 넘어선 보복은 다카사토의 부담이 된다. 멈출 수 있다면 그들을 말리고 싶다. 방해하면 자신에게 위해를 가할 가능성이 있다는 사실은 까맣게 잊고 있었다.

"어떻게든 하고 싶다면 내가 말하지. 너처럼 젊은 녀석이 위험을 무릅쓸 필요는 없어."

더욱 아픈 곳을 찔렸다.

"……비겁하시군요."

"맞아."

고토가 순식간에 늙어 보였다. 히로세의 담임을 맡았을 때가 사십 대 후반이었을 것이다. 불현듯 이 사람도 이제 정년이 얼마 남지 않았다는 사실을 떠올렸다.

"나는 당신 같은 사람의 장례식에는 안 갈 겁니다. 부조가 아까워요."

히로세가 으르렁거리며 말하자 고토는 정말로 씁쓸한 듯이 웃었다. 그러고는 아무 말이 없어서 히로세도 그 이상 아무 소리도 하지 않았다.

사람이 사람을 소중히 여기는 숭고한 애정의 뒤편에는 이다지도 추악한 이기심이 존재한다. 인간이 인간으로 살아가는 것이 이토록 더럽다. 히로세는 생각했다.

옥상에서 뛰어내려 그날 죽은 아이들 장례식이 오후에 예정되어 있었다. 히로세는 무거운 다리를 끌고 나가는 고토를 눈으로 배웅하며 출석부를 펼쳤다. 이와키 때와 마찬가지로 일곱 명의 이름 뒷부분에 자를 대고 공을 들여 길게 선을 그었다.

003

오늘도 회의가 길게 이어져 자습이 많았다. 한참 수업할 시간인데도 학교 안에는 소란스러움이 떠나지 않았다. 고토가 준비실을 나가고 조금 지났을 즈음, 바깥에서 떠드는 소리가 가까워졌다. 귀를 기울이자 문이 벌컥 열리며 노즈에와 스기사키가 모습을 나타냈다.

"어, 선생님. 괜찮으세요?"

"몸은 좀 어때요?"

두 사람이 조잘댄다. 히로세는 쓴웃음을 지었다.

"그냥 그래."

노즈에가 히로세의 얼굴을 과장된 몸짓으로 들여다본다.

"괜찮아요? 어제는 죽을 것 같은 얼굴이었다던데."

"누가 그런 소리를 해."

"같은 반 애한테 들었어요. 하얀 가운을 입은 교생이 자기가 뛰어내린 것 같은 얼굴을 하고 있었다고요."

"과장이 지나친 것 같은데."

"과연 그럴까요. 선생님 엄청 섬세하잖아요."

"섬세하다는 말이 무슨 뜻인지 알고 쓰는 거냐?"

노즈에는 깔깔대며 큰 소리로 웃었다.

"수업은?"

한창 4교시 수업을 하고 있을 시간이다. 히로세가 묻자 노즈에는 장난스럽게 눈을 크게 떴다.

"자습이에요. 화학 공부나 해볼까 싶어서요."

멋대로 선반을 휘저으며 비커를 꺼내는 두 아이를 보고 있자니 어쩐지 구원받는 기분이었다. 혼자 있으면 한없이 우울해진다. 반짝반짝 빛날 정도로 명랑한 아이들이 고마웠다.

"2학년 6반은 텅텅 비었다면서요?"

노즈에는 커피를 담은 비커를 들고 히로세 앞에 앉았다.

"그렇지, 뭐."

"몇 명이나 왔어요?"

"열여섯 명. 통풍이 끝내줘."

"역시."

스기사키가 갑자기 목소리를 죽였다.

"저주라는 이야기 들었어?"

노즈에가 "뒷북이야"라고 중얼거린다. 스기사키가 고개를 저었다.

"아니, 2학년에 누구더라, 다카사토? 그 녀석 말고."

"T군이 아니라면 누가 저주를 내린다는 거야?"

스기사키는 목소리를 한층 더 죽였다.

"이와키 형."

히로세는 순간 말문이 막혔다. 노즈에도 마찬가지로 잠시 침묵을 지키다 웃음을 터뜨렸다.

"설마. 이와키 형이 왜 저주를 한다는 거야."

"2학년 6반에 피해자가 속출했잖아. 그 형들이 이와키 형을 죽였으니까."

"5반 형들도 있었잖아."

노즈에의 말에 스기사키는 씨익 하고 웃었다.

"5반, 6반 합동 수업으로 기마전 예행연습이었잖아? 당연히 적과 아군으로 나뉘지. 우리가 할 때도 그랬지만 그런 경우 반별로 나누게 되어 있어. 아니야?"

"거기까지는 알겠어."

"이와키 형은 5반. 아군끼리 싸울 리가 없으니까 이와키 형네 기마대 주변에는 6반 형들만 있었을 거라고. 6반 형들과 옥신각신하다 이와키 형이 넘어졌지. 그래서 가해자는 6반이 많아. 증명 끝."

"오, 그렇구나."

"심지어 직접 본 녀석도 있어."

"봤다고?"

스기사키의 목소리가 작아졌다.

"학교 근처에 사는 애가 밤에 체육복을 입은 사람이 일반 교실동 옥상에 있는 걸 봤대."

"체육복."

"그리고 1반 애가 현관 신발장 뒤로 체육복을 입은 사람이 들어가는 걸 봤다던걸. 흙이랑 피로 얼룩진 체육복이었대."

"으엑."

히로세는 쓴웃음을 짓는다.

"사람이 죽으면 귀신이 되어야 속이 시원해지는 모양이군."

스기사키는 얼굴을 찌푸렸다.

"제가 한 소리가 아니에요. 그런 소문이 있다는 거지."

"사람이 죽으면 그런 소문이 퍼지기 마련이야."

히로세의 웃음에 스기사키는 아직 불만이 남았는지 부루퉁한 얼굴을 했다.

"어제 뛰어내린 건 이와키 형 때문이라는 소문이 쫙 퍼졌어요."

"설마."

"정말이에요. 체육관에 있던 애들이 위에 있는 형들이 외치는 소리를 들었대요. 살려줘, 용서해줘, 그렇게요."

히로세는 눈살을 찌푸렸다.

"외쳤다고?"

"그렇다니까요. 체육관에 있던 애들도 소리를 듣고서야 위에 사람이 있다는 걸 알았대요. 헛소리하듯이 용서해달라고 외치더래요. 다 같이 옥상 가장자리에 나란히 서서 살려달라니 말이 안 되잖아요? 뭔가에 조종당하는 사람 같았다는 거예요."

문득 히로세의 머릿속에 어떤 생각이 스쳤다. 가위눌림이다. 몸이 움직이지 않는다. 목소리도 나오지 않는다. 그런데 다리가 멋대로 움직인다. 걷고 싶지 않은데 다리가 움직여 옥상으로 향한다. 열려 있을 리 없는 문이 열려 있어 옥상으로 나간다. 발은 옥상 가장자리로 향한다. 극심한 공포에 간신히 소리가 나온다. '살려줘'라고.

히로세는 고개를 저었다. 공상에 지나지 않는다. 정확히 무슨 일이 일어났는지는 아무도 알지 못한다. 그들 스스로의 의지로 자살했을 가능성이 남아 있다.

"게다가 오늘 아침에……."

스기사키의 목소리에 히로세는 깜짝 놀라 그를 바라보았다.

"뭐?"

"1학년 교실 앞에 진흙 자국이 있었대요."

"진흙?"

"네. 1층 복도에 뭔가 기어간 듯한 진흙 자국이 남아 있었다는 거예요. 진흙이라는 게 말이죠, 아무래도…… 좀 그렇죠?"

"그게 언제 얘기지?"

"오늘 아침요. 아침 일찍이래요. 제가 학교에 왔을 때는 예비 종 치기 십 분 전이었어서 벌써 치워지고 없었지만요. 청소부 아저씨가 치운 모양이에요."

우와, 하고 호들갑스럽게 감탄하는 노즈에를 보고 스기사키는 이야기를 계속했다.

"현관 쪽 계단 아래부터 6반 앞까지 뭔가 기어간 듯한 진흙 자국이 이만한 폭으로 남아 있었대."

스기사키는 양손을 일 미터가 될까 말까 하게 펼쳤다.

"현관에서 이야기를 듣고 나도 달려갔지. 내가 한 오지랖 하잖냐. 그런데 벌써 아무것도 없더라. 이상한 냄새는 났지만."

"이상한 냄새?"

히로세가 얼굴을 들자 스기사키는 고개를 끄덕였다.

"뭔가 축축하고 썩은 것 같은 냄새라고 해야 하나. 어디서 맡은 적 있는 냄새였어요."

히로세는 흠칫하며 물었다.

"바다 냄새……?"

"맞아요!"

스기사키가 소리를 지르며 손가락으로 딱 소리를 냈다.

"그거예요. 익숙한 냄새다 싶었다니까요. 물가 냄새였구나. 더러운 바다에 가라앉은 개흙 냄새예요."

노즈에가 어이없다는 목소리로 따졌다.

"그래서? 물가 냄새랑 이와키 선배가 무슨 관계야?"

"응? 아, 그러네. 어라?"

스기사키가 고개를 갸웃거리자 노즈에가 웃는다. 흔히 사람들이 말하는 소문의 근거가 얼마나 믿을 수 없는지 노즈에가 한차례 연설을 늘어놓았지만 히로세의 귀에는 들리지 않았다.

바다 냄새.

이와키가 나타났다고 생각하는 것보다 더 오싹했다. 다카사토도 말하지 않았던가. 반드시 바다 냄새가 난다고.

004

수업의 끝을 알리는 종소리가 울리고 바로 하시가미가 들어왔다.

"들었어?"

하시가미는 준비실에 들어오자마자 그렇게 말했다.

"스기사키, 뭐가 나온다며."

스기사키는 의기양양하게 웃었다.

"벌써 알고 있다고요. 이와키 형 얘기죠?"

그 말을 듣고 하시가미는 얼이 빠진 표정을 지었다.

"이와키? 이와키가 뭘 했다고?"

질문을 되받은 스기사키도 눈을 동그랗게 떴다.

"그 이야기 아닌가요? 이와키 형 귀신이 나온다는."

"그런 이야기가 있어?"

"있어요. 그거랑 다른 얘기예요?"

하시가미는 어이없는 얼굴로 의자에 앉았다.

"이와키 성격에 귀신이 돼서 나오겠느냐고. 그런 소리는 처음 듣는다. 이와키가 아니야. 젊은 여자 얘기지."

스기사키는 흥미진진하게 몸을 내밀었다.

하시가미는 씩 웃는다. 노즈에가 커피를 내밀자 손을 살짝 들었다.

"흔한 이야기이기는 한데 요새 유명한가 봐. 이 근처 곳곳에 출몰한대."

"뭔데요, 무슨 이야기인데요?"

"젊은 여자 귀신이 사람을 불러 세우고는 '기를 모르세요?'라고 묻는대. 모른다고 대답하면 사라져버리지만 안다고 답하면 눈이 하나뿐인 커다란 개가 나타나서 잡아먹는다더라."

스기사키는 유쾌한 비명을 질렀다.

"너, 이런 이야기 좋아하지?"

"좋아해요!"

노즈에가 고개를 갸웃거렸다.

"그런데 기가 대체 뭔데요?"

하시가미는 "글쎄" 하고 우물거린다.

"요괴 아닐까?"

"귀신이 요괴를 찾아서 뭐하게요."

"내가 알겠냐. 제일 그럴싸하잖아."

스기사키는 고개를 갸웃거렸다.

"사람 이름 아닐까요? 옛날에 그런 괴담이 있었거든요. 이름 첫 글자가 '히'로 시작하는 남자를 찾는 여자 이야기."

"그게 뭐야."

하시가미가 내뱉자마자 문이 열리고 사카타가 모습을 나타냈다.

사카타는 세 사람을 흘끔 보더니 곧장 히로세에게 다가왔다.

"선생님, 다카사토가 어디에 있는지 아세요?"

히로세는 난데없이 무슨 소리인가 싶어 어리둥절했다.

"어제 집에 전화했더니 아무도 안 받더라고요. 어디에 있는지 모르세요?"

안다고 하자 사카타는 아부하는 듯한 미소를 지었다.

"알려주실래요? 다카사토, 학교에도 안 나오잖아요. 꼭 좀 다카사토를 만나 얘기를 나눠보고 싶어요."

히로세는 잠시 고민하다 장소를 알려줄 수 없다고만 답했다.

"다카사토도 얼마 안 있으면 학교에 다시 나올 거야. 학교에서 만나면 그때 얘기해."

사카타는 불만 섞인 표정으로 히로세를 쳐다보았다.

"어째 선생님이랑 다카사토랑 친한 것 같네요."

"그래?"

"아무래도 다른걸요. 다른 애들이 다카사토 이야기를 할 때랑 선생님이 다카사토 이야기를 할 때 분위기가 말이죠."

히로세는 이 말에는 대답하지 않았다.

"선생님, 다카사토랑 친하면 만나게 해주세요. 저 다카사토랑 꼭 이야기해보고 싶다고요."

끈덕진 말투였다.

"무슨 이야기를 하고 싶지?"

"여러 가지죠."

시커먼 속이 보일 듯한 목소리가 생리적인 혐오감을 불러일으켰다.

"다카사토, 지금 괴로운 입장이잖아요. 위로해주고 싶어요."

"아, 그래요?"

떨떠름한 목소리의 주인공은 노즈에였다.

"형이 그렇게 친절한 사람인 줄은 몰랐네요."

사카타가 코웃음을 친다.

"난 친절해. ……친절할 만한 가치가 인간에게는."

"말 참 야비하게 하시네요."

"그런 뜻이 아냐. 시시한 인간이랑 엮이기 싫을 뿐이지. 별것도 아닌 주제에 잘난 척하는 녀석들이 많으니까."

노즈에는 야유를 담아 웃는다.

"다카사토 형이랑 친해지면 저주받을 일은 없을지도 모르겠네요."

"그런 게 아니라니까."

사카타는 부루퉁했다.

"다들 다카사토를 오해하고 있어. 다카사토에게는 특별한 재능이 있잖아. 그런 사람을 보통 사람처럼 대하는 게 잘못이야. 특별한 사람은 특별 취급을 해줘야지. 안 그러면 다카사토도 못마땅하지 않겠어?"

불쾌한 말이라고 히로세는 생각했다. 다카사토 역시 사카타를 달가워하지 않을 것이다.

"다카사토와는 학교에서 얼마든지 만날 기회가 있잖아. 따로 만날 자리를 마련해주는 건 내키지 않아."

그렇게 말하자 사카타는 흥 하고 콧소리를 냈다.

"그럼 됐어요. 억지로 부탁하는 건 아니니까."

사카타는 히로세의 얼굴을 들여다본다.

"하지만 말이죠. 그런 태도, 나중에 후회할걸요."

"뭘?"

"아무것도 아니에요. 모르면 됐어요."

괜히 사람을 욱하게 만드는 녀석이다. 노즈에가 짜증내는 목소리로 말했다.

"사카타 형은 어째서 다카사토 형에게 목을 매는데요? 형 좀 이상해요."

"그런 말은 실례잖아."

"그렇잖아요. 사카타 형은 꼭 다카사토 형이 정말로 저주를 내리면 좋겠다고 생각하는 것 같아요. 그런 거 그 형에게 폐가 되지 않을까요?"

"어째서?"

"상식적으로 자기 때문에 사람이 죽었다는 말을 듣고 기뻐할 사람은 없으니까요. 실제로 내몰려서 다치기도 했고."

"그러니까 만나서 격려해주고 싶다고 하잖아. 혹시라도 자기 때문에 사람이 죽었다고 걱정하고 있다면 가엾잖아. 다카사토는 특별하니까 어쩔 수 없는걸. 그것도 모르고 손댄 녀석들이 바보인 거지. 다카사토가 책임을 느낄 필요는 없어."

사카타는 노골적으로 한숨을 쉬었다.

"다들 인정하지 않는 게 잘못이라니까. 다카사토 뜻을 거스르지 않으면 아무도 죽지 않을 텐데 말이야. 하나같이 다카사토는 저주받았다, 재앙을 내린다고 떠들면서도 마음속으로는 인정하지 않으니까 이런 이상한 일이 일어나지. 다카사토가 특별하다는 사실을 똑똑히 인식한다면 원만하게 해결되지 않겠어?"

그렇게 말하며 웃는 사카타의 미소가 야비해 보였다. 하시가미가 밸어버리듯 말한다.

"난 남에게 굽실거리며 사는 삶이라면 사양하겠어."

"그런 인간은 멋대로 살면 돼요. 언젠가 숙청당할 테니까."

하시가미는 사카타를 노려보았다.

"확실히 말해주지. 사카타, 넌 정상이 아니야. 아주 이상해."

그 말에 사카타는 웃었다.

"자기만 옳다는 태도를 고집하다 보면 또다시 다카사토의 노여움을 사게 될 거예요."

히로세는 입을 열지 않았다. 사카타의 존재가 용서할 수 없을 정도로 불쾌했다. 머쓱해진 듯이 하시가미도 입을 다문다. 노즈에와 스기사키의 얼굴에는 혐오감이 또렷하게 드러났다.

히로세는 자리에서 일어났다. 왜 그러느냐고 묻듯이 쳐다보는 노즈에에게 "볼일이 있어서"라고만 말하고 준비실을 나왔다. 복도로 나와 사카타의 존재를 문 너머로 격리하고 나서야 크게 숨을 내쉬었다.

005

딱히 목적이 있어 준비실을 나온 건 아니라서, 히로세는 정처

없이 1층으로 내려갔다. 1층 복도에서 밖으로 나오자 교정 잔디밭에 아이들이 옹기종기 모여 있었다. 이런 모습만 보면 이상한 사태가 연달아 일어난 학교라는 느낌은 들지 않았다. 우두커니 출입구 계단에 앉았는데 눈앞에 있는 회양목이 바스락거리더니 가느다란 나무 뒤에서 학생이 얼굴을 내밀었다. 쓰이키였다.

"이런 곳에서 뭐하세요?"

"잠깐 휴식. 점심 먹고 있었니?"

쓰이키는 고개를 끄덕인다. 히로세는 일어나서 슬리퍼를 신은 채 교정으로 내려갔다. 회양목을 돌아가자 벤치에 쓰이키와 고탄다가 앉아 있었다.

"아, 슬리퍼."

"비밀로 해줘."

쓰이키가 웃으며 자리를 당겨 앉아 한 사람이 앉을 수 있는 공간을 내주었다. 히로세는 그 자리에 앉았다. 두 사람 무릎 위에 도시락이 있었지만 벌써 식사는 끝난 것 같았다.

"아직 햇볕을 쬐기에는 덥구나."

벤치에 강한 햇볕이 내리쬐고 있었다. 밝은 햇살은 어두운 그림자를 만든다. 주위가 밝을수록 기분이 가라앉았다.

"여기는 에어컨이 없으니까요."

쓰이키가 웃는다.

"응. 이제 준비실에 오지 않을 거니?"

히로세가 묻자 쓰이키는 조금 난처한 표정을 지었다.

"가고 싶지만 하시가미 형이랑 얼굴 마주치기가 좀 힘들어서……. 사카타도 있고요."

"뭐야? 너 사카타 싫어해?"

쓰이키는 얼굴을 찡그렸다.

"원래부터 싫어하는 타입이기는 했어요. 하지만 요즘 그 녀석 이상해요."

"이상하다고?"

쓰이키는 말을 흐린다. 대신 고탄다가 입을 열었다.

"요즘 사카타에게 신이 내렸거든요. 신흥 종교라도 만들 생각인가 봐요."

고개를 갸웃하자 고탄다는 무표정하게 말한다.

"다카사토교敎."

"아아."

히로세는 고개를 끄덕였다. 고탄다는 관심 없다는 듯 어깨를 으쓱했다.

"전화가 자주 와요."

"사카타에게?"

"네. 회개하라고요."

놀라서 고탄다와 쓰이키를 번갈아 바라보았다. 두 사람은 지긋지긋하다는 표정이었다.

"아는 사이였건 모르는 사이였건 상관없이요. 우리 반 애들에게 틈만 나면 전화해서 다카사토에게 거역하지 말라고 설교하고 있어요."

히로세는 한숨을 쉬었다.

"그래서……? 입교할 생각은 있고?"

고탄다는 다시 한번 어깨를 으쓱했다.

"농담이시죠? 사카타는 성격 이상자예요."

히로세는 속으로 백번 옳은 말이라고 중얼거렸다.

쓰이키는 과장된 한숨을 쉬었다.

"다친 녀석은 세례를 받은 거나 마찬가지래요."

"그게 무슨 소리야."

"다카사토 신神의 세례요. 이번이 기회라고."

"무슨 말인지 모르겠다."

"저도 그래요. '다카사토의 능력이 어떤 것인지 너라면 잘 알지. 너 같은 녀석이 앞장서서 태도를 고쳐야 한다. 너는 벌을 받았으니 개심할 기회가 있다. 어떻게 보면 아무것도 모르는 녀석들보다 훨씬 축복받았다.' 이딴 소리를 하고 있어요. 빨리 태도를 고치지 않으면 더 나쁜 일이 일어난다나요. 다카사토는 참을 만큼 참았다면서 말예요. ……그 녀석 머리가 어떻게 됐어요."

동감이라고 히로세는 입속에서 중얼거리고 나서 말했다.

"잘은 모르겠지만 '가난한 자에게 복이 있나니' 같은 건가."

"좀 달라요."

고탄다가 말했다.

"사카타의 말을 종교적으로 번역하면 이렇게 되죠. 다카사토에게 거역하는 것은 죄이다. 죄를 범한 자는 신께 단죄받는다. 단죄는 하나의 기적이죠. 죄인은 죄를 범했기에 죄 많은 존재가 되지만 벌을 받음으로써 기적을 눈앞에서 볼 수 있는 행운이 내려진다. 그중에는 용서받지 못할 죄를 범해서 죽음으로 심판받는 자도 있으나 살아남은 자는 기적을 만나는 기회를 가졌으므로 일종의 축복이다."

쓰이키가 질렸다는 목소리로 말했다.

"너, 용케 이해했구나."

"이해한 게 아니라 이해하기 위해 공부한 거야. 아마 반에서 나밖에 없을걸. 사카타의 전화를 한 시간이건 두 시간이건 받아준 사람은."

"별난 녀석."

"지적 호기심이 왕성하다고 해줄래? 뭐, 아무래도 상관없지만. 나한테는 사카타의 전화는 무해하니까. 하지만 다른 녀석들은 말이지…….”

히로세가 무슨 말이냐고 묻자 고탄다는 어깨를 으쓱했다.

“기적이니 단죄니 회개하지 않으면 벌이 내린다느니 하는 소리를 들어도 저는 괜찮아요. 전 다카사토를 내모는 데 적극적으로도 소극적으로도 끼지 않았으니까요. 하지만 거기에 가담한 애들에게 사카타의 전화는 협박이에요.”

히로세는 한숨을 쉬었다.

“그렇군…….”

“학교에 안 나오는 녀석들 대부분은 꾀병이겠죠. 실제로 다친 애들 중에도 학교에 오지 못할 정도로 크게 다친 애는 거의 없을 테고. 다들 학교에 나오기가 무서운 거예요. 오늘 나온 애들의 경우도 부모님이 엄해서 쉬지 못하게 한 애들이 상당수일 테고. 사카타의 전화가 등교 거부에 한몫했을걸요.”

“설마 그러려고. 애들은 그냥 보복이 무서운 거야.”

고탄다는 딱 잘라 말했다.

“학교를 쉴 정도는 아니에요. 희생양은 이미 정해졌으니 어느 때라면 벌써 나왔을 거예요.”

히로세가 이해할 수 없다는 표정을 짓자 고탄다는 알았다는 듯이 눈을 쫑긋 떴다.

“저는 1학년 때 다카사토와 같은 반이었어요. 더불어 중3 때도 반년쯤 같은 반이었죠. 중학교 3학년 때 전학 왔거든요. 덕분에 다카사토에 대해서는 잘 알아요. 다카사토에게 위해를 가한다고 해서 반드시 보복이 있지는 않아요."

"그래……?"

고탄다는 고개를 끄덕인다.

"지난번 사건처럼 여럿이 뭉쳐서 다카사토에게 해코지했을 경우 그중 몇 명은 험한 꼴을 당하지만 다른 사람들은 적당히 다치거나 그냥 넘어간다는 법칙이 있어요."

"아아, 그래서 희생양이라고……."

"다카사토의 의도는 복수가 아니라 본보기를 보여주는 게 아닐까요? 나한테 손대면 그냥 넘어가지 않는다는 협박요. 그러니까 여럿이 위해를 가했다면 그중 운 나쁜 녀석들한테만 처절한 보복이 있고 나머지 녀석들은 적당히 넘어가는 정도죠. 운이 좋으면 아무 일도 없고요. 지금 다쳐서 쉬는 애들도 그렇게 큰 부상은 아니죠?"

"……맞아."

"한 번 사고를 당한 사람은 더이상 아무 일도 없어요. 구경꾼도 피해를 입지 않죠. 언제든 구경꾼은 있었거든요. 보기만 하고 말리지 않은 녀석들요. 하지만 지켜보기만 했다고 사고를 당한 애는 없어요. 그러니까 본보기죠. 본보기라면 이 이상의 보복은 쓸데없고 무의미하잖아요."

히로세는 고개를 끄덕였다.

"조금만 생각하면 알 수 있는 일인데도 학교에 나오지 않는 이유는 사카타가 부추기기 때문이라고 생각해요."

언뜻 이치에 맞는 말처럼 들렸다.

"그래서 몇 명이 가담했는지 알고 있니?"

히로세가 묻자 고탄다는 고개를 갸웃거리며 이름을 꼽았다.

"스물여섯 명 같은데요. 쓰이키랑 다른 두 명이 결석했고 저는 바로 말리러 들어갔고. 말리려다 다친 애들이 네 명 있었어요. 지켜보기만 하던 애가 아마 다섯 명. 다카사토를 포함해 열네 명. 우리 반은 딱 마흔 명이니까 스물여섯이죠."

사고를 당한 사람이 열두 명. 일곱 명은 세상에 없고, 나머지는 일곱. 일곱 명은 정말로 생색내는 정도의 상처로 끝나는 걸까.

고탄다의 말에 일리가 있다고 생각하는 것은 기대에 지나지 않음을 히로세는 알고 있다. 두려운 것은 보복을 행하는 주체가 다카사토가 아니라는 사실이었다. 인간이 아닌 존재들에게 과연 인간의 논리가 통할까.

그렇더라도 히로세는 마음이 놓였다. 무언가에 대한 긴장이 가슴속에서 풀어진 것은 분명했다.

☆☆☆☆
☆☆☆☆

그는 계단을 향해 3층 복도를 서둘러 걸었다. 어둑어둑한 학교 건물 안은 적막함이 느껴지는 그림자가 여기저기 똬리를 틀고 있었다.

손목시계를 슬쩍 보았다. 아그리파가 생각보다 시간을 많이 잡아먹었다. 미술 교사인 요네다가 비닐봉지를 씌워놓는 바람에 손에 익어 그리기 쉬운 석고상이 다루기 어려운 물건이 되어버린 탓이다. 교문 앞에서 택시를 잡아 곧장 미술 학원으로 달려가도 제시간에 도착하기는 아슬아슬했다. 오늘은 크로키라서 늦고 싶지 않았다. 그는 크로키가 가장 취약한데 제1지망인 미대에서 이따금 입학시험으로 크로키를 내기 때문이다.

종종걸음으로 계단을 내려와 현관으로 향한다. 창문이 적은데다 그림자가 드리워진 현관은 완전히 깜깜해져 있었다.

신발장이 죽 늘어선 텅 빈 공간을 앞에 두고 그는 문득 떠들썩한 소문을 떠올렸다. 화요일에 죽은 하급생이 출몰한다는 괴담. 한순간의 생각만으로 끝난 것은 지금 한시가 급하기 때문이었다.

그가 다니는 학교는 학업 성취도로는 수준이 높지만 미대를 지망하는 사람에게는 좋은 학교라고 할 수 없다. 1차 시험에는 자신이 있지만 결국 입학시험의 관건은 실기다. 실기를 준비하기 위한 절대적인 시간이 부족한데다 좋은 선생님도 만나지 못했다.

거칠게 신발을 끄집어내고 실내화를 안에 던져 넣었다. 신발을 신는 시간조차 애가 탄다. 현관을 빠져나가려던 그는 바로 옆의 그늘진 곳에 서 있는 사람을 발견했다.

죽은 하급생은 아니었다. 그것만은 단언할 수 있다. 그는 죽은 후배를 몰랐지만 이 학교 학생인 이상 여자일 리는 없기 때문이다.

여자는 신발장에 몸을 기대듯이 서 있었다. 하얀 얼굴이 그를 바라보았다.

'누구지?'

딱히 수상하다고 생각하지는 않았다. 그는 교내에 떠돌기 시작한 소문만 알고 있을 뿐 뉴타운에서 떠도는 소문은 몰랐다.

그는 고개를 갸웃거렸다.

"저기, 누구세요? 누구 찾아오셨어요?"

그녀는 낙담한 듯 눈을 내리깔았다. 그러다 눈을 금세 치켜뜨고 다시 한번 그를 바라본다.

“저, 다이키를 찾고 있어요.”

“다이키?”

그녀는 고개를 끄덕였다.

“기를 모르세요?”

무슨 말인지 알 수 없어 멍하니 서 있으려니까 그녀는 또다시 눈을 내리깔았다.

“참으로 큰일이에요. 어서 찾아야 하는데…….”

그는 고개를 갸웃거리며 말했다.

“미안하지만 들은 적이 없는데요.”

저도 모르게 사과한 까닭은 그녀가 너무나도 풀이 죽어 있었기 때문이었다. 그래서 그는 말을 덧붙였다.

“그게 뭔데요? 사람?”

그녀는 고개를 저었다.

“기는 짐승이에요. 다이키라는 이름의.”

“강아지?”

그녀는 작은 한숨을 내쉬었다.

“기는 기예요. 그럼 당신은 모르는군요…….”

“도움이 되어주지 못해서 미안하지만 모르겠네요.”

그는 말하면서 기억을 더듬었다. 기라는 짐승이 있던가?

“그럼 산시는 모르세요?”

"산시?"

"하쿠 산시."

'산시'는 '기'보다 훨씬 더 아리송한 말이었다.

"그것도 짐승인가요?"

그녀는 고개를 기우뚱한다.

"짐승보다는 사람에 가깝죠. 그녀를 보지 못했나요?"

그는 고개를 가로저었다. '짐승보다 사람에 가깝다'는 것이 대체 무슨 뜻일까.

"어서 찾지 못하면 불행한 일이 일어나는데……."

"불행한 일?"

"네. 아주 끔찍한 일이 생길 거예요."

"끔찍한 일이라니……."

요즘 교내에서 줄지어 일어난 변사 사건이 머릿속을 스쳤다. 그녀는 무슨 생각인지 고개를 내저었다.

"다이키의 기척은 몹시 더럽혀져 있어요. 피의 부정이 아닐까요. 피를 싫어하는 짐승은 피 때문에 병들고 마니까."

혼잣말처럼 그녀가 말한다.

"한시가 애써 여기를 찾아주었는데……."

그는 그녀가 무슨 말을 하는지 제대로 알아들을 수가 없었다. 그제야 마음속에서 뭔가 잘못되었다는 기분이 고개를 들기 시작했다. 뭔가 잘못되었다. 그가 알고 있는 세계와 다르다.

그녀에게서 도망치고 싶었다.

"어쨌거나 빨리 나가세요. 수위 아저씨가 문을 잠그러 올 텐데 들키면 잔소리를 들을 거예요."

여자는 고개를 끄덕이며 신발장에서 몸을 떼었다.

그래. 이런 이상한 여자, 빨리 두고 가자. 서두르지 않으면 학원에 늦는다.

그녀는 그에게서 등을 돌려 복도 쪽으로 걷기 시작했다.

"안 된다니까요, 외부인은……."

말을 하다 말고 삼켜버렸다.

그녀의 모습이 서서히 엷어졌다. 그가 비명을 지르는 것조차 잊은 사이에 그녀의 모습은 허공에 녹아들듯 사라져버렸다.

그는 한동안 그 자리에 멍하니 서 있었다.

8 장

001

이튿날인 토요일은 히로세의 마지막 교육 실습 날이었다. 교무실에서 조회를 마치고 준비실로 돌아가자 조금 늦게 고토가 돌아왔다.

“사고가 일곱, 꾀병이 여덟.”

고토는 그렇게만 말했지만 그걸로 충분했다.

교실로 가자 쓰이키와 고탄다를 포함해 겨우 다섯 명이 앉아 있었다. 그것이 이 주 동안 담당한 반과의 이별 풍경이었다.

원래대로라면 오늘 오후에 연구 수업 연구회라 이름 붙인 송별회가 열릴 예정이었으나 다음날로 미루어졌다.

그 대신은 아니지만 토요일 4교시 수업을 마치고 준비실로 가자 고토가 커피를 끓여주었다. 고토와 단둘이서 비커를 부딪치며 조촐하게 건배했다.

히로세의 교육 실습이 끝났다.

"선생님."

히로세는 책상을 정리하면서 말을 걸었다.

"앞으로 가끔 얼굴을 비춰도 될까요?"

고토는 이젤 앞에 서 있었다. 붓질을 언제부터 멈추었을까.

"그렇게 해. 이대로는 너도 잠자리가 뒤숭숭하겠지."

"네."

고토는 웃으면서 손을 닦았다.

"회의에 갈 시간이군. 오늘은 여기로 돌아올 수 있을지 없을지 모르니까 지금 말해두지."

히로세는 고토의 얼굴을 바라보았다.

"네가 와줘서 기뻤다. 다카사토를 위해서도 잘됐고. 녀석을 부탁하마."

히로세는 말없이 고개를 끄덕였다.

그날의 실습 일지 작성을 마치고 반성할 점까지 다 쓰고 나서 히로세는 일지를 덮었다. 이런 파란만장한 실습 일지도 보기 드물 것이다. 학생 여덟 명이 실습중에 죽었다.

가슴이 울컥하는 느낌에 히로세는 일지에 손을 얹고 멍하니 있었다. 그때 하시가미를 비롯한 세 명의 아이들이 명랑한 목소리로 떠들면서 들어왔다.

"아, 아직 있다."

"다행이다."

사카타와 쓰이키의 모습은 보이지 않았다.

"무슨 일이지?"

세 사람은 등뒤에 감췄던 슈퍼마켓의 봉지를 내밀었다.

"송별회."

"쫑파티라는 거죠."

그렇게 말하며 재빠르게 책상 위를 치우고 음료수를 늘어놓았다. 조촐한 연회장이 완성되기까지 그리 오래 걸리지 않았다.

"선생님, 우리 학교로 돌아오실 건가요?"

노즈에가 물었다.

"채용해주면."

히로세가 그렇게 대답하자 노즈에는 얼굴을 찡그렸다.

"우리 학교는 웬만해서 채용 공고가 안 뜨는데."

"맞아. 모집이 없으면 임용 고시라도 봐야지. 합격할 것 같지는 않지만."

"쳇, 재미없어."

하시가미가 장난기 가득한 웃음을 머금었다.

"그러기 전에 졸업이 가능하다면 말이죠. 유급하는 거 아니에요? 그럼 내년에는 제가 후배로 들어갈 거예요."

"합격한다면 말이죠."

하시가미의 말을 노즈에가 재치 있게 받아치자 경쾌한 웃음이 일었다.

하시가미는 가볍게 비커를 들었다.

"아무튼 수고하셨어요. 무사히 끝나서 다행이네요."

히로세가 쓴웃음을 짓자 노즈에가 투덜거린다.

"이걸 무사하다고 할 수 있나요? 파란만장한 교육 실습이잖아요. 두고두고 이야깃거리가 될걸요. 이와키 형 일도……."

말하다 말고 노즈에는 입을 다물었다. 공기가 조금 무거워졌다. 하시가미가 씁쓸하게 웃었다.

"그런 이야기는 그만두자."

"아, 맞다."

스기사키가 소리를 높였다.

"전혀 관계없는 이야기지만 형, 어제 나왔다는 이야기 들었어요?"

노즈에가 싫은 내색을 비쳤다.

"또 그 얘기야?"

"아니라니까. 하시가미 형이 말한 '기'를 찾는 여자 귀신 얘기란 말이야."

하시가미가 입을 열었다.

"나왔다니? 어디에?"

"우리 학교요. 어제저녁에요."

"진짜?"

스기사키는 몇 번이나 고개를 끄덕인다.

"3학년 선배가 봤대요. 현관에 있던 여자가 '기를 모르세요' 라고 물었나 봐요. 그리고 하쿠 어쩌고를 모르냐고."

"하쿠…… 어쩌고?"

스기사키는 머리를 긁적거렸다.

"그게, 까먹었어요. 미술부 녀석이 선배한테 들었다고 하던데."

스기사키는 말하고 나서 몸을 내밀었다.

"기는 동물 이름인가 봐요. 요괴가 아니라."

하시가미는 짓궂게 웃었다.

"개가 잘못 들어와서 찾으려던 거 아냐?"

스기사키는 얼굴을 찡그렸다.

"아니라고요오. 3학년 선배 눈앞에서 사라졌다고 하던데요."

"3학년? 누군데?"

"글쎄요. 이름까지는 듣지 못해서."

"헛소문 아냐?"

"아니래도요."

스기사키의 목소리가 높아지는 찰나에 부산스러운 발소리가 들리며 문이 열렸다. 고토였다.

고토는 준비실에 들어오자마자 입을 열려다가 안에 모여 있는 세 명의 아이들을 보고 황급히 다물었다.

"히로세."

고토가 짧게 말하며 복도를 가리킨다. 히로세가 일어서서 복도로 나오자 쾅하고 문을 닫더니 목소리를 낮추었다.

"히로세. 어서 돌아가."

히로세는 눈을 동그랗게 떴다.

"네?"

"도토키 선생님이 바래다준다니까 돌아가."

"왜 그러세요?"

고토는 눈에 띄게 당황하고 있었다.

"스포츠 신문이야."

"선생님?"

고토는 신문을 히로세에게 내밀었다. 목소리를 죽인 채 거칠게 말한다.

"다카사토야. 다카사토 이야기를 터뜨렸어. 머저리들이 실명까지 공개했다고."

히로세는 눈을 깜빡였다.

주체할 수 없는 불안이 엄습했다.

무섭다.

다카사토의 소문이 세상에 폭로되었을 때 사람들이 어떻게 반응할까. 그 반응으로 대체 무슨 일이 일어날까.

002

도토키의 차를 타고 집으로 돌아와보니 현관 앞에 남자 셋이 무리 지어 있었다. 베란다처럼 되어 있는 아파트의 통로를 걸어가는데 무언가 묻고 싶어 하는 시선이 히로세를 좇았다. 그중 한 사람이 말을 건넸다.

"여기 사세요?"

히로세는 대답하지 않았다.

"혹시 교생인 히로세 씨?"

"히로세 씨죠? 잠깐 이야기 좀 하죠."

히로세는 말없이 열쇠를 꺼냈다. 다가오는 그들을 무시하고 집에 들어가려 했다.

"다카사토라는 학생이 창문에서 떨어졌을 때 옆에 계셨죠. 그 때 이야기를 듣고 싶은데요."

눈앞을 가로막고 선 남자를 가볍게 밀쳤다.

"비켜주세요."

"다카사토 군을 누가 떠민 거죠?"

"지나가겠습니다."

"잠깐이면 되니까 이야기 좀 해주시죠. 원하지 않으시면 이름은 내지 않을 테니까."

팔을 잡는 손을 뿌리치고 열쇠구멍에 열쇠를 끼워 넣는다. 문을 살짝 열고 안으로 미끄러져 들어가려 했다. 누가 히로세의 팔을 붙잡았다. 카메라 셔터를 마구 누르는 소리가 들렸다.

"다카사토 군이 재앙을 부른다는 게 사실인가요?"

"집단 자살이 다카사토 군의 저주라는 이야기는?"

"조금이라도 좋으니 말씀을 들려주세요."

"다카사토 군의 집에는 사람이 없더군요. 어디 있는지 몰라요?"

쫓아오는 목소리와 팔을 뿌리치며 히로세는 집안으로 들어섰다. 억지로 열려는 사람들의 손을 떼어내고 힘주어 문을 닫았다.

문 두드리는 소리가 끊이지 않는다. 자물쇠 두 개를 전부 잠그고 체인을 걸었다. 문에 등을 대고 작게 한숨을 쉬었다.

다카사토가 여기에 있는 줄은 모르는 모양이다. 다행이기는 하지만 머지않아 폭로되리라. 알다시피 기자들이란 그런 존재다. 위험하다. 다카사토는 그들이 지금까지 상대해온 어떤 희생자보다도 위험하다.

"다카사토?"

방으로 통하는 유리문을 열자 다카사토는 방구석에 숨듯이 웅크리고 있었다. 그 모습이 히로세에게는 적지 않은 충격이었다. 겁에 질린 작은 짐승 같았다.

유리문을 여는 소리에 고개를 든 다카사토는 그제야 마음이 놓이는지 딱딱했던 표정을 부드럽게 풀었다. 곧이어 사죄하듯 고개를 숙인다. 히로세는 얼굴을 찡그리며 웃어 보였다.

"저 사람들이랑 마주쳤니?"

다카사토는 고개를 저었다.

"한동안 밖에 나가지 마. 불편하겠지만 저치들한테 붙들리는 것보다는 나을 테니까."

대수롭지 않게 말하면서 넥타이를 푸는 히로세에게 다카사토는 고개를 깊이 숙였다.

"죄송합니다. 번거롭게만 해드려서……."

“사과하지 말라니까.”

히로세는 억지로라도 웃어 보였다.

“관심이야 금세 식겠지. 기자들은 변덕이 심하니까. 이삼일은 꼼짝 못하겠지만 태풍이라고 생각하고 참아봐.”

다카사토는 열심히 고개를 주억이며 말했다.

“다행이에요.”

히로세가 되묻듯이 돌아다보니 다카사토는 얼굴 가득 안도의 표정을 짓고 있었다.

“무슨 일이 일어났나 했어요. 오전부터 밖에 사람들이 몰려오더니 여기 주민을 붙잡고는 선생님에 대해 물어서, 혹시…….”

마지막의 작은 목소리를 히로세는 놓치지 않았다.

“혹시 나한테 무슨 일이 있지는 않은지?”

다카사토는 고개를 끄덕였다.

“보다시피 나는 아무렇지도 않아. 작은 사고는 있었지만 학교도 별 탈 없고. 실습도 끝났으니 한숨 돌려도 될 것 같은데.”

히로세의 말에 다카사토는 마음이 놓였는지 얼굴이 밝아졌다.

“저 사람들은 신문 기자인가요?”

“……그렇겠지.”

다카사토는 깊이, 깊이 고개를 숙였다.

“정말로 죄송합니다.”

히로세는 한숨을 내쉬고는 가방에서 고토가 준 신문을 꺼냈다.

"나보다 네가 큰일이지."

숨기기는 간단하지만 그런 짓은 무의미하다. 다카사토는 사실을 알아둘 필요가 있다.

다카사토는 신문을 받아들고 훑어본다. 일 면은 당연히 야구 기사다. 신문을 펼친다. 그중 한 페이지에서 손이 멈추었다.

그곳에는 저주받은 사립 고교 기사가 크게 실려 있었다. 이와키 사건과 일곱 명이 뛰어내린 것이 삼 면의 톱기사로 실렸으니, 이제 와서 학교 이름을 감출 필요가 없다고 생각했는지 실명이 그대로 나왔다. 신문은 고등학교에서 두 가지 사건 사이에 또 하나의 사건이 있었다고 전했다. 흥분한 학생들이 창문으로 밀어 떨어뜨린 반 친구. 사건의 피해자로 다카사토의 실명이 분명하게 적혀 있었다.

신문은 이 사건을 은폐하려는 학교 측을 살짝 비난하며 학생들이 동급생을 밀어서 떨어뜨리기까지의 사정을 분석했다. 그 과정에서 다카사토가 예전에 가미카쿠시를 당했다는 이야기, 그 때문에 그가 학생들 사이에서 고립되어 있었고, 더욱이 그가 '재앙을 부른다'는 말이 있다는 이야기가 상세하게 적혀 있었다.

덧붙여 과거 사건까지 들추었다. 올봄 수학여행에서 학생이 죽은 사실, 그 후에 이어진 커다란 사고들, 작년 이쿠타라는 교사의 사망 사고와 그 이전에 일어난, 초등학교와 중학교 시절 사고와 죽음까지 언급하며, 이 사건들이 그의 탓이라는 소문이 있다고 글을 맺었다.

다카사토는 딱딱하게 굳은 표정으로 신문을 덮었다. 걱정한 만큼 당황하지는 않은 모습이다.

"다카사토."

"괜찮습니다."

그는 시선을 떨어뜨린 채 중얼거렸다.

"저는, 괜찮습니다."

주어를 강조하는 말 속에 숨은 의미를 깨달았다. 과연 그들은 괜찮을까. 사건을 보도한 그들, 정보를 제공한 그들, 취재한 그들.

다카사토는 히로세를 올려다보았다.

"집으로 돌아가겠습니다."

히로세는 고개를 저었다. 다카사토의 어머니가 기사를 보았다면 어떤 태도를 취할지 뻔했다.

"나를 신경쓰는 거라면 그럴 필요 없어."

히로세는 문득 전화에 시선을 던졌다.

"그래도 집에 전화는 해두는 편이 낫겠네. 기자가 취재하러 갈 테니까. 뭐, 벌써 갔으려나. 어쨌거나 주의하라고 전하면서, 네가 있는 곳은 알리지 마시라고 말해두는 편이 좋겠지."

다카사토가 여기 있는 걸 안다면 그들은 더욱 강경한 자세로 나오리라. 편견일지도 모르지만 기자들이 무슨 짓을 할지 예측할 수 없다. 그들의 행동에 녀석들이 무슨 짓을 할지도 알 수 없었다.

다카사토는 고개를 끄덕이고 전화 좀 쓴다면서 수화기를 집어 들었다. 번호를 누르고 잠시 기다린다. 히로세가 지켜보는 사이에 다카사토는 수화기를 내렸다.

"안 받아?"

"네."

히로세는 생각했다. 전화 공세 또한 만만치 않으리라. 그 때문에 다카사토의 어머니는 전화를 무시하고 있으리라 생각했다.

그것은 남 일만은 아니었다. 저녁 무렵부터 히로세에게도 전화가 걸려 오기 시작했다. 대부분 다카사토가 떠밀려 떨어진 사건에 대한 증언을 요구했다. 몇몇은 쓸데없는 소리 하지 말라며 학교에서 걸려 온 주의 전화였다. 밤이 되자 히로세는 두 손 두 발을 다 들었다. 전화를 자동 응답으로 돌리고 벨소리를 죽였다. 메시지 녹음테이프는 그날 밤에 가득찼다.

003

다음날인 일요일도 바깥 상황은 달라지지 않았다. 덕분에 집에서 무료하게 뒹굴 수밖에 없었다. 전날에 결사의 각오로 집을 나와 식료품을 잔뜩 사서 쟁여두었다. 밥을 먹기 위해 집을 나올 필요가 없으니, 히로세는 텔레비전과 책을 보면서 다카사토와 시시한 이야기를 나누었다.

어제 물건을 사러 갔을 때 히로세는 스케치북과 수채화 도구를 샀다. 다카사토는 커튼을 친 창가에 앉아 아침부터 연필을 움직이고 있다. 옆에는 기아나 고지의 사진집이 펼쳐져 있었다.

다카사토는 기암이 가득한 풍경을 그리려고 했다. 사진과 비슷하지만 분명하게 다른 기암의 무리가 수많은 선으로 그려지고 있었다. 그는 몇 번이나 망설이며 밑그림을 지웠다. 그 탓에 종이 표면이 꺼끌꺼끌하게 잔뜩 일어났다.

그림을 들여다보면서 히로세는 세상 돌아가는 이야기를 일방적으로 늘어놓았다. 다카사토의 대답은 짧았지만 히로세를 무시하는 것 같지는 않았다. 개나 고양이에게 말을 거는 기분이었다. 대답이 돌아온다는 점에 히로세는 마음이 흡족했다.

준비실의 단골들이 송별회를 해준 이야기를 하자 다카사토는 그림에서 고개를 들고 미소 지었다.

"학교에 자리가 나면 좋겠네요."

"응."

히로세가 대답하자 살짝 웃고는 다시 시선을 스케치북으로 돌린다. 그런 상황의 반복이었다.

"그러고 보니……."

히로세는 스기사키의 이야기를 떠올렸다.

"'기'가 뭘 것 같아?"

그 질문에 다카사토는 고개를 들었다. 조금 놀란 기색이었다.

"왜 그래?"

다카사토는 웃으면서 고개를 젓는다.

"그게 뭐죠?"

"나도 몰라. 요즘 유행하는 괴담이래."

히로세는 쓴웃음을 지으면서 스기사키에게 들은 이야기를 해주었다. 해도 없고 대수롭지 않은 괴담이다. 그렇게 생각한 자신이 이상했다.

"하시가미는 요괴일 거라고 했지만 실은 동물 이름이라더군."

다카사토는 생각에 잠긴 듯 시선을 떨어뜨렸다.

"동물의 종 이름인가요? 아니면 나비나 바둑이처럼 사람이 붙인 이름인가요?"

"글쎄."

히로세는 고개를 갸우뚱했다.

"그 얘기는 못 들었는데."

다카사토는 연필을 턱에 살짝 댔다.

"기가 아닐까요."

"응?"

"수컷 기린요."

히로세는 되물었다.

"기린? 목이 긴?"

다카사토는 살짝 웃었다.

"중국의 전설 속 짐승입니다. 기린麒麟. 기麒가 수컷이고 린麟이 암컷일 거예요. 아니, 반대였나. 책에 따라 반대로 적혀 있기도 하니까……."

히로세는 사전을 꺼냈다. 기린을 찾아본다.

"기린……. 아, 여긴 네가 말한 대로야. 기가 수컷이고 린이 암컷. 성인聖人이 세상에 나오기 전에 나타나는 동물이라는군. 중국의 일각수 같은 건가?"

"일각은 기입니다. 각단角端이라고 하죠."

"그렇군. 이런 걸 잘도 생각해냈구나."

"어쩌다 보니……."

다카사토는 난처해하며 얼버무렸다.

"그럼 하쿠 어쩌고도 뭔지 알겠어?"

"하쿠?"

"그 이상은 몰라. 하쿠 어쩌고."

다카사토는 잠시 생각하고 나서 중얼거렸다.

"하쿠 산시……."

"하쿠 산시?"

百(하쿠), 汕(산), ……子(시).

여백에 익숙하게 글자를 쓴 다카사토가 손을 멈춘다.

"왜 그래?"

히로세의 물음에 다카사토는 고개를 저었다. 미심쩍은 표정이었다.

"하쿠 산시가 뭐지?"

사전을 찾아보았지만 실려 있지 않다.

"모르겠어요."

히로세는 놀라서 다카사토를 보았다.

"모른다니."

"잘…… 모르겠어요. 갑자기 단어가 툭 하고 떠올라서……."

다카사토는 굉장히 혼란스러워하고 있었다.

"요전부터 이상해요. 갑자기 뭔가 떠오를 것만 같아요……."

"그때의 일이?"

"그럴 겁니다."

다카사토가 돌아온 지 칠 년. 칠 년 동안 다카사토를 줄곧 거부해온 기억의 각성.

"언제부터?"

"창문에서 떨어지기 전요. 엎드리라는 말을 듣고서……."

히로세는 처음 본 다카사토의 고집스러운 얼굴을 떠올렸다. 다카사토는 단호한 목소리로 싫다고 말했다.

"저도 대체 왜 그런지 모르겠어요. 하지만 엎드리는 것만은 절대로 할 수 없었어요."

히로세는 다카사토가 곤혹스러워하는 모습을 지켜보았다.

"해서는 안 되는 일이라고. 그 직전까지는 제가 사과해서 다들 진정한다면 그렇게 하겠다고 마음을 굳히고 있었는데도. 정작 바닥에 억눌린 순간, 죽어도 못 하겠는 거예요."

"다카사토, 그건……."

인간에게는 긍지라는 것이 있다. 굴욕을 아는 생물이다. 그렇게 말하려는 히로세를 다카사토는 거세게 가로막았다.

"아니요. 부끄럽다든가 분하다든가 그런 게 아니라, 해서는 안 되는 일이었던 겁니다. 결코 그들 앞에 무릎을 꿇을 수는 없었어요. 그래서……."

말소리가 끊겼다. 다카사토는 흥분한 자신이 부끄러운지 입을 다물었다.

"그래서였니? 네가 뭔가에 홀린 듯이 보였어."

다카사토는 고개를 끄덕였다.

"그렇게 생각한 순간 누가 떠오르려고 했거든요. 저는 거기에 마음을 빼앗겨서……."

"누가 생각났는데?"

"모르겠어요. 마치 그림자 같은 느낌이었어요. 사람이기는 한데 누군지 알 수가 없어요."

다카사토는 한숨을 내쉬었다.

"그 후부터예요. 여기서 기아나 고지 사진집을 보고서 어쩐지 본 적 있는 듯한 풍경이라고 생각했어요. ……봉산이랑 비슷해요."

"봉산?"

"쑥 봉蓬 자를 써요. 봉산이란 단어만 툭 하고 튀어나왔습니다. 하지만 그게 뭔지는 모르겠어요."

히로세는 책장 앞으로 다가갔다. 지도를 꺼낸다. 그런 산이 있지는 않을까. 일본에, 아니면 다른 나라에라도. 그러나 색인을 찾아보아도 그런 이름의 산은 찾을 수가 없었다.

히로세는 스케치북으로 시선을 떨어뜨렸다. 무수한 선으로 그려진 기암의 기묘한 풍경. 그것이 봉산. 다카사토의 잃어버린 일

년과 인연이 있는 땅이다.

004

그때, 한동안 조용하던 초인종이 울렸다.

히로세는 잠시 부엌 쪽으로 눈길을 돌렸다가 시선을 피했다. 거듭되는 초인종 소리와 함께 히로세를 부르는 목소리가 들렸다.

"선생님."

히로세는 주춤 일어났다.

"히로세 선생님."

누군지 모르지만 학생이 부르고 있는 것 같았다. 그 외에도 여러 사람의 목소리가 들린다. 초인종을 누르는 누군가에게 질문을 던지고 있는 모양이었다.

히로세는 현관 앞에 서서 문을 살짝 열었다.

"아, 역시 계셨군요."

그렇게 말한 사람은 사카타였다. 이때다 싶었는지 등뒤에 있는 남자들이 뭐라 떠들기 시작했다. 히로세는 체인을 풀고 문을 열었다.

"들어와."

사카타를 재촉하고 나서 바깥의 남자들에게는 눈길도 주지 않고 문을 닫았다.

"굉장하네요."

사카타는 신발을 벗으면서 말했다. 어째 재미있어하는 것처럼 들렸다.

"부러우면 나눠줄게. 어쩐 일이야?"

안쪽 방으로 들어가면서 물었다.

"다카사토가 어디 있는지 알고 싶어요. 다카사토 집에 가봤는데……."

말하다 말고 사카타는 방안에 있는 다카사토를 보고 놀라서 입을 떡 벌렸다. 다카사토가 조용히 인사했다.

"다……."

다카사토의 이름을 부르려는 사카타를 히로세는 거칠게 제지했다. 휘둥그레진 눈으로 돌아보는 사카타에게 눈짓으로 문을 가리켰다.

히로세는 유리문을 꽉 닫았다.

"미안하지만 이 녀석이 여기에 있다는 사실은 비밀로 해줘."

"그러죠, 뭐. 근데 어쩌다 다카사토가 선생님 댁에 있게 된 거죠?"

"여러 가지 사정이 있었거든. 부모님께 말씀드리고 잠시 맡았어."

"아, 그래요?"

사카타는 선 채로 다카사토를 내려다보았다. 다카사토는 덮어놓은 스케치북 표지 위에 양손을 얹고 고개를 숙인 채 앉아 있었다.

사카타는 다카사토 옆에 앉았다.

"다카사토, 계속 학교 빠졌잖아. 걱정했어."

다카사토의 무표정한 눈이 사카타를 바라보았다. 입은 열지 않았다.

"집에 전화해도 안 받고 찾아가봐도 아무도 없더라고. 덧문까지 단단히 잠겨 있어서 대체 어디로 갔나 했지."

다카사토는 한마디도 하지 않고 눈살을 살짝 찌푸렸다. 사카타는 개의치 않았다.

"맞다, 다카사토. 나 알아? 같은 반이었던 적은 없는데."

"아니."

간결한 대답이었다.

"그렇겠지. 난 사카타야. 어떻게든 널 만나서 이야기해보고 싶었어. 다카사토, 요즘 힘들지? 난 네 편이야."

그러면서 일방적으로 떠들기 시작했다. 사카타의 수다에 다카사토는 거의 대응하지 않았다. 질문하면 대답은 하지만 질문이 아니면 대답하지 않는다. 아무런 표정 없이 그저 상대방 눈을 지긋이 바라보고만 있었다.

히로세는 묘한 감개를 느꼈다. 처음 만났을 무렵 자주 본 표정이다. 조금 전까지 웃으면서 이야기를 나눴던 것이 거짓말 같았다.

'누가 다카사토에게 감정이 없다고 했지.'

히로세는 다카사토의 조용한 옆모습을 복잡한 심경으로 바라보았다. 이렇게 살아온 건가. 아무 말도 하지 않고, 아무것도 내비치지 않고. 그래서 아무도 다카사토를 알지 못했고 다카사토를 보지 않았다. 과연 어느 쪽이 먼저일까. 다카사토가 세상을 등진 것일까, 아니면 세상이 다카사토를 내친 것일까.

"이와키는 자업자득이었어."

사카타는 쉬지 않고 떠벌렸다.

"너에게 손을 대다니, 해서는 안 되는 짓이지. 저주를 내려보라고? 너를 의심하면 안 되는데 말이야. 끝내 그렇게 된 거야 안 되기는 했지만, 자업자득이지."

"그럴까."

다카사토가 말했다. 조용하지만 단호한 목소리였다.

"그렇다니까. 다카사토를 시험해보려던 녀석이 잘못한 거야."

"이와키가 죽어야 할 이유는 없었어. 누구든지 죽어도 될 이유

따위는 없어."

사카타는 주춤하면서 눈을 몇 번 깜빡이더니 갑자기 웃음을 머금었다.

"사람에게는 수명이 있잖아. 이와키는 수명이 다해서 죽은 거니까 네가 자신을 탓할 필요는 없어."

다카사토는 눈을 내리깔았다. 대답은 하지 않았다.

사카타는 다카사토의 상태를 신경쓰는 기색도 없이 일방적으로 떠들었다. 요컨대 다른 사람들이 얼마나 바보 같고 하찮은 생물인지에 대한 이야기였다. 인간은 바보라서 위대한 사람을 보더라도 이단으로밖에 느끼지 못한다. 이단을 업신여기지만 자신들이야말로 경멸받아 마땅한 존재라는 사실을 알지 못한다. 사카타는 그 말을 몇 번이나 되풀이했다.

히로세는 치밀어 오르는 불쾌감과 불안에 시달렸다. 사카타 같은 부류가 지닌 사고 회로를 히로세는 이해할 수 없다. 사카타가 되풀이하는 개똥철학은 히로세를 더할 나위 없이 불쾌하게 만들었다. 동시에 히로세는 자신을 좀먹는 불안에 사로잡혔다. 방을 가득 채운 무색투명한 조각들이 사카타 주변부터 와르르 무너져 내리는 모습이 보이는 듯했다.

005

시간이 제법 흘렀지만 사카타는 입을 다물 기미를 보이지 않았다. 자신의 경험을 하나하나 예로 들어가며 인간의 어리석음에 대해 끊임없이 이야기했다.

참다 못한 히로세가 돌아가라고 에둘러 말해도 알아차리지 못했다. 혹은 알아차리지 못한 척했다. 뉘엿뉘엿 지고 있는 해를 보고 히로세는 겨우 무거운 입을 열었다.

"사카타. 우리는 슬슬 저녁 준비할 건데."

히로세의 말에 사카타가 싱긋 웃는다.

"그래요? 꽤나 이른 저녁이네요."

"요리는 웬만해서는 하지 않으니까 시간이 걸려. 그러니까……."

"아, 신경쓰지 말고 둘이 먹어요. 저는 점심을 늦게 먹었거든요."

히로세는 한숨을 쉰다.

"미안하지만 너를 두고 우리만 먹기는 불편하니까."

"드시는 동안 제가 밖에 나가 있을까요?"

"그러면 돌아가는 게 늦어지잖아."

"자고 가도 돼요. 우리 부모님은 외박에 관대하시거든요."

히로세는 다시 한숨을 쉬었다.

"이불도 없고 방도 좁아."

"부엌에서 자도 되는데. 어디서든 잠들 수 있는 게 특기인걸요."

웃고 있는 사카타에게 씁쓸한 기분으로 말했다.

"미안하지만 돌아가주지 않겠니."

사카타는 웃음을 거두었다. 의심스러운 눈빛으로 히로세를 바라본다.

"제가 방해되나요?"

반사적으로 부정하는 말을 입에 올리려다 서둘러 삼켰다.

"……지금은 정신이 없으니까."

"아, 그래요."

차갑게 말을 내뱉고 일어나서 다카사토를 향해 손을 들었다.

"잘 있어. 지금 돌아가는 건 유감이지만. 또 상황 보러 올게."

히로세는 깊이 탄식했다.

"사카타, 여기에는 오지 마. 밖이 저 지경이니까."

사카타는 입을 달싹였지만 결국 "흐응" 하고 웅얼거릴 뿐이었다. 발길을 돌려서 서둘러 현관으로 향한다. 딱 한 번 히로세를 험악한 눈초리로 노려보고 마침내 사카타는 돌아갔다. 히로세는 문을 잠그며 깊은 한숨을 내쉬었다.

안쪽 방으로 돌아가니 다카사토가 어쩔 줄 몰라 하는 표정으로 히로세를 올려다보았다. 히로세는 쓴웃음을 지었다.

"미안. 도저히 참을 수 없어서."

다카사토는 작게 웃었다.

"저도요."

"세상에는 참 여러 인간이 있구나."

책장에 기댄 히로세가 멍하니 탄식하자 다카사토가 고개를 끄덕였다.

"그러네요."

사카타 같은 부류의 인간은 히로세를 무척이나 우울하게 한다. 이럴 때면 정말이지 돌아가고 싶어진다.

"나는 말이야, 신선이 되고 싶었어."

다카사토가 고개를 갸우뚱했다.

"고등학생 때였나. 어딘가 깊은 산속에 들어가서 작은 텃밭을 일구며 자급자족하는 생활을 하는 거야. 이거 꽤 진지한 꿈이었다."

다카사토는 미소 지었다.

"무슨 기분인지 알겠어요."

히로세는 쓴웃음을 지었다.

"그렇지만 산속이라도 땅을 사든지 빌리든지 해야 하잖아. 밭도 일 년 내내 수확할 수 있는 게 아니고. 역시 어느 정도 돈을 비축해둬야겠다 싶은 거야. 그러려면 일단 사회에 나가서 목돈이 모일 때까지 일해야 하잖아. 너무나 원대해서 넌더리가 나더라."

"남쪽으로 가야겠네요."

"남쪽?"

"일 년 내내 따뜻한 곳. 일본의 산속 말고 열대 우림의 정글 같은 곳요. 먹거리를 찾을 수 있는 곳이어야죠."

히로세는 어리둥절했다.

"소설에서도 표류하던 사람이 이르는 곳은 남쪽 섬이죠. 북쪽이라면 이야기가 되지 않으니까."

"맞아, 그렇구나."

다카사토는 작게 웃고 나서 근처에 있던 사진집에 눈길을 주었다.

"베네수엘라 같은 곳이면 좋겠어요."

"아우얀 테푸이?"

기아나 고지에 있는 아우얀 테푸이라 불리는 탁상지 기슭에는 라이메라는 노인이 살고 있다. 리투아니아에서 태어난 백인인 그는 거기서 자급자족 생활을 즐기며 '신선'이라 불린다.

"로라이마."

"로라이마 산기슭인가. 라이메 노인에 대항해서 '로라이마 산의 신선'이 되는 건가."

무척이나 즐거운 상상이었다. 밀림이라면 멋대로 자리잡고 살아도 불만을 토하는 사람은 없으리라. 거기서 정글을 개척해 바나나를 심으며 사는 삶은 나쁘지 않을지도 모른다.

"이왕이면 위쪽이 좋지만……."

"그건 그래. 하지만 위는 추워. 해발 삼천 미터 가까이 되니까. 밭을 일굴 수도 없을 테고."

"밭은 무리겠지만 추위는 어떻게든 되지 않을까요. 볕이 강하니까."

"수정 계곡의 수정을 주워다 파는 건 어때?"

다카사토가 살짝 웃는다.

"안 돼요. 잠자코 수정을 줍게 둘 리가 없는데다 팔기 위해 산을 내려가는 게 너무 힘들어요. 팔백 미터나 되는 절벽인걸요."

"그럼 이건 어때? 바위 미궁은 아직 답사한 사람이 없잖아? 바위 미궁의 상세한 지도를 만드는 조건으로 스폰서를 잡는다. 그럼 심심하지도 않고 일석이조지."

"……그거 좋네요."

"그렇지?"

히로세는 다카사토와 한동안 작은 소리로 키득거렸다.

"하지만 어떻게 지도를 만들죠? 사흘 만에 미아가 될 거예요."

"그야 당연히 바위 미궁 끝에 오두막을 지어야지. 그러고 나서 바깥부터 안쪽으로 서서히 조사해가는 거지."

"길이만 삼 킬로미터, 폭이 천오백 미터는 되는데요?"

"조사하면서 오두막도 옮기지, 뭐. 바위 미궁의 바위는 엄청 크지? 사진으로 봐서는 규모를 알 수 없지만 분명히 빌딩만 할 거야. 침식되어 기묘한 형태로 깎인 곳도 있을 테고, 찾으면 집 대신 지낼 만한 바위가 있을지도 몰라. 카파도키아처럼."

터키에 있는 기암과 지하 도시로 유명한 그곳도 히로세가 오랜 세월 동경하던 장소 중 하나였다.

"바위도 조사해서 저마다 이름을 붙이자. 별에 이름을 붙이는 것처럼."

다카사토는 미소 짓는다.

"나침반을 들고?"

"응. 나침반이랑 로프. 초크도 필요할지 모르겠군."

"비가 많이 내릴 거예요. 끊임없이 안개도 낄 테고."

"우산이랑 장화도 필요하겠네."

다카사토는 작게 웃음을 터뜨렸다.

"우산?"

"그래. 천둥 번개 때문에 위험할 테니까 금속제 살은 안 돼. 이렇게 한 손으로 우산을 들고 한 손에는 로프. 낭만적이지?"

"빨간 우산이 좋겠어요."

"빨가앙?"

히로세가 묻자 다카사토는 웃으며 고개를 끄덕인다.

"빨강이요. 바위 색이 어두우니까, 빨강. 빌딩만큼 높이 뻗은 기암, 미로에 흐르는 안개, 거기에 빨간 우산. 낭만적이죠?"

히로세는 웃었다.

"그럼 난 노란색으로 해야지."

다카사토와 둘이서 키득키득 웃으며 바보 같은 아이디어를 짰다. 그날 밤 사이에 은둔 생활 계획이 완벽하게 완성되었다.

☆☆☆☆
☆☆☆☆☆

그녀는 창문을 열었다.

지상 3층에 있는 창문이었다. 창문에 서면 거대한 검은 배처럼 보이는 학교 건물이 손에 잡힐 듯했다. 배라고 생각하는 이유는 그것이 초등학교 때 체험 학습을 가서 본 유조선과 비슷한 인상이었기 때문이다.

그녀는 왠지 모르게 유조선이 무서웠다. 마찬가지로 한밤중의 학교 건물이 무섭다. 요즘 들어 갖가지 사건 때문에 그녀가 다니는 고등학교까지 기분 나쁜 소문이 난무하고 있지만 그런 소문을 듣기 전부터 그녀는 저 학교가, 학교 건물이 무서웠다.

창문 정면에 보이는 건물은 교무실이 있는 본관이라는 걸 그녀는 알고 있다. 지금은 창문에 블라인드가 내려져 있지만, 블라인드를 올리면 창가에 있는 책상 위에 놓인 찻잔 색을 알아볼 수 있을 만큼 가깝다.

그 위에 쑥 솟아 있는 것처럼 보이는 건물이 요전에 학생들이 뛰어내려 죽은 일반 교실동. 옆에 보이는 건물이 특별 교실동.

그 그림자 너머로 동아리동이 엿보인다.

그녀는 창문에 기대 한참 동안 무서운 건물을 보았다. 무서워서 싫었지만 왠지 자기 전에 이걸 보지 않으면 진정이 되지 않았다. 아마도 한밤중의 학교일 뿐, 무서운 게 아니라는 사실을 그저 확인하고 싶은 것이리라.

그녀는 턱을 괴고 건물을 훑어보았다. 무심코 눈살을 찌푸린다. 창가에 손을 짚고 몸을 내밀었다.

일반 교실동에서 뭔가 움직였다. 그녀의 방에서는 그것이 무엇인지 너무 멀어서 잘 보이지 않는다. 그녀는 책상 서랍을 열어 작은 쌍안경을 꺼냈다. 동아리에서 새를 관찰하려고 산 물건이다.

들여다보니 사람이었다.

그녀가 다니는 학교의 여자아이들은 이 학교 남학생들에게 작은 동경을 품고 있었다. 대담한 애들 사이에서는 한밤중에 학교에 숨어들어 마음에 드는 남자애 사물함에 편지를 던져 넣고 오는 놀이가 유행한 적이 있다. 험하게 사용하는 동아리동 1층 창문을 깜빡하고 잠그지 않는 경우가 많아서 가능한 놀이였지만 운 나쁘게 수위 아저씨에게 걸린 여자애가 있어 결국 다시는 하지 않게 되었다.

그녀가 그런 것들을 떠올린 까닭은 그림자의 주인이 여자였기 때문이다. 아직도 그런 놀이를 하는 아이가 있는 걸까. 문득 학교에 떠도는 다른 소문을 떠올렸다.

쌍안경을 든 손이 떨린다. 여자는 딱히 하는 일도 없이 창 안쪽을 돌아다니고 있었다. 쌍안경으로 들여다보고서야 비로소 그 창이 복도 창문이었다는 사실을 알았다.

그녀는 떨면서 쌍안경에서 눈을 떼었다. 잠시 동안 주변이 제대로 보이지 않았다. 이내 시력이 돌아오자 이번에는 일반 교실동 옥상에서 움직이는 물체가 보였다. 그녀는 끌려들어가듯 또다시 쌍안경을 눈에 대고 옥상을 쳐다보았다.

개처럼 생긴 동물이 있었다. 어째서 학교 옥상에 개가 있을까. 그곳은 얼마 전 학생 일곱 명이 뛰어내린 불길한 장소다. 그곳에 개가 돌아다니는 게 너무 이상하고 께름칙했다.

그녀는 그대로 쌍안경을 움직였다. 한 차례 학교를 둘러보지 않으면 마음이 홀가분해지지 않을 것 같았다. 옆으로 움직이자 특별 교실동으로 이어지는 복도가 보였다. 그녀는 2층에서 검은 그림자를 발견했다. 커다랗고 검은 소 같은 그림자였다. 옆으로 움직이자 동아리동의 창문이 보인다. 그것을 확인하는 사이 벽을 기어오르는 물체가 보였다. 교실 창문의 높이만큼 기다란 검붉은 물체는 거머리를 닮았다. 민달팽이가 기어가는 듯한 움직임으로 아래에서 위로 기어오른다. 움직임을 좇아서 위를 올려다보니 옥상 가장자리에 거머리 몇 마리가 들러붙어 있었다. 다시 아래를 보자 건물 아래에 수십 마리의 거머리가 꿈틀거린다.

교정에는 검은 난쟁이 같은 것이 걸어 다니고, 운동장에는 거대한 아메바 같은 것이 들러붙어 있었다.

'저게 다 뭐지.'

그녀는 쌍안경을 내던졌다. 저 학교에 대체 무슨 일이 일어난 걸까.

겁이 나서 창문을 닫으려는데 떨어지는 별이 시야에 들어왔다. 그런데 눈으로 좇은 빛은 별이 아니었다. 그녀는 입이 다물어지지 않았다.

사슴과 닮은 짐승이었다. 사슴과는 달리 엷게 빛나며 어디에선가 날아와 일반 교실동 옥상에 내려앉았다. 이상하게 무섭지는 않았다. 오히려 여태껏 느낀 불안이 갑자기 사라지는 기분이었다.

그것은 금세 어딘가로 사라져버렸지만 그녀는 마음을 푹 놓고 창문을 닫을 수 있었다.

9
장

001

다음날 아침 히로세는 6시도 되지 않아 눈을 떴다.

다카사토와 얼토당토않은 이야기를 나누다가 2시가 넘어서야 잠이 들었으니, 네 시간도 자지 않은 셈이다. 히로세가 멍하니 몸을 일으켰을 때 다카사토는 벌써 일어나서 말쑥하게 교복으로 갈아입은 상태였다.

"다카사토, 너……."

"학교에 가겠습니다."

하지만, 하고 말을 꺼내려는데 다카사토가 말을 이었다.

"아직 바깥에는 아무도 없는 것 같아요. 지금이라면 나갈 수 있어요."

미소를 지으며 고개를 꾸벅 숙였다.

"감사했습니다."

돌아가겠다는 의사 표시였다.

"다카사토."

히로세는 한숨을 내뱉었다. 다카사토가 있어서 히로세가 입은 피해는 막대하지만 그래도 그 집에, 그런 어머니 곁으로 돌려보내고 싶지는 않았다.

"네가 돌아가도 상황은 달라지지 않아. 나는 감시당하고 있으니 떨어져 있으면 신경만 쓰일 거야. 너도 그렇잖아?"

고개를 숙인 다카사토는 대답을 하지 않았다.

"아니면 집이 그리워졌니?"

다카사토가 고개를 든다. 어쩔 줄 몰라 하는 표정이었다.

"제게는 돌아갈 집이 없어요."

히로세는 고개를 끄덕였다.

"제가 돌아가도 아무도 기뻐하지 않을 거예요. 부모님께나 동생에게나 저는 없는 편이 낫습니다. 선생님도 그렇지 않은가요?"

히로세는 가볍게 한숨을 쉬었다.

"솔직히 말해서 나도 지긋지긋해. 너 말고 밖에서 진치고 있는 녀석들 말이야. 학교 사람들에게도 넌더리가 났고."

히로세는 말하고 나서 벽에 등을 기댔다.

"하지만 그건 네 탓이 아니야. 나는 네가 이 집을 나가기를 바라지 않아. 오히려 눈에 닿는 곳에 있어주면 좋겠어. 내 자기만족일 뿐이지만. 나라면 그런 집으로 돌아가고 싶지 않을 거야. 그러니까 네가 돌아가는 것도 참을 수 없어."

히로세는 다카사토를 바라보았다.

"너도 돌아가고 싶지 않잖아? 그래서 언제나 수업이 끝나도 남아 있었던 거 아냐?"

다카사토는 천천히 고개를 저었다.

"돌아가고 싶지 않은 것과는…… 달라요."

"다르기는 뭐가 달라?"

"돌아가도 폐만 될 뿐이니까."

히로세는 숨을 내쉬었다. 자고 일어나 눌린 머리를 헝클어트린다.

"네가 무슨 생각을 하는지 모르겠다. 싫지는 않지만 이해하기 어려워."

다카사토는 머뭇거렸다. 눈을 내리깐 채 말을 찾고 있었다.

"부모님이나 남동생한테도 제가 없는 게 나아요. 저는 해를 끼치는 기분 나쁜 아이라서 곁에 있으면 불쾌해집니다. 가족이 그렇게 생각한다는 걸 알고 있으니까 되도록 집에 없는 편이 좋을 것 같아서."

히로세는 한숨을 내쉬었다.

"어째서 기분이 나쁘다는 거야. 그렇게 생각하는 걸 알고도 넌 왜 화를 내지 않는 거야?"

"……사실이니까요."

"사실이라니, 너."

다카사토는 어리둥절한 표정을 지었다.

"모두 그렇게 말합니다. 선생님은 제가 기분 나쁘지 않으세요?"

되돌아온 질문에 말문이 막혔다.

"기분 나쁘다고 생각한 적은 없어."

"선생님은 별난 분이세요."

"그럴……지도 모르지."

히로세는 가볍게 웃었다.

"여기에 있어라."

히로세의 말에 다카사토는 고개를 저었다.

"학교를 그만둘 생각입니다."

히로세는 다카사토의 침착한 얼굴을 뚫어져라 바라보았다.

"무슨 소리야."

"줄곧 생각했던 일이에요. 학교에 다니지 않는 편이 좋지 않을까, 내가 사람들 속에 들어가면 해를 끼치니까. 그런데 도무지 결심할 수가 없었어요. 그래서 중학교 선생님께서 지금 다니는 학교의 입학시험을 보면 어떻겠냐고 말씀하셨을 때 결국 그 말에 따랐습니다."

그런 말을 하는 다카사토의 미소는 씁쓸했다.

"저는 두려웠어요. 목적 없이 살아온 탓에 발붙일 곳을 잃어버릴까 봐 무서웠습니다. 절벽 한가운데에 있는 것 같았어요. 양손에 잡을 게 없으니까 발판이 무너지는 게 두려웠습니다. 고등학생이라는 디딤돌이 필요했던 겁니다."

"그래서?"

나직하게 물은 목소리에 은근히 가시가 섞여 있었다.

"학교를 그만두고 집을 나올까 해요. 사람 사이에 섞여 일하게 되면 학교에 다닐 때처럼 남에게 폐를 끼치긴 하겠지만 단기간이라면 어떻게든 되겠죠. 일자리를 전전해야 하지만 실제로 그렇게 사는 사람도 많잖아요……."

분노가 들끓었다. 다카사토를 향한 분노였으나 다카사토가 히로세를 화나게 한 것은 아니다. 눈앞에 있는 인간이 어째서 지극히 평범한 삶을 허락받지 못하는 것인가에 대한 분노. 더욱이 그 사실을 어째서 이 녀석은 이렇게나 담담하게 받아들이는 것인가에 대한 분노.

"그래서? 넌 대체 뭘 붙잡을 건데?"

발판을 스스로 마다하다니. 양손으로 뭔가를 잡지 않으면 이대로 추락할 뿐이다.

"로라이마 산에 가보고 싶어요."

히로세는 눈앞에 앉아 있는 상대를 보았다. 다카사토의 바람이 하찮게 느껴졌다. 남미에 있는 기암절벽을 본다, 그 이상도 이하도 아닌 욕망. 많은 이들을 목적도 없이 발판에 매달려 있게 하는 욕망에 비한다면 너무나 보잘것없었다.

다카사토는 웃었다.

"시시하죠? 하지만 이건 제가 맞닥뜨린 현실의 연장선상에서 발견한 첫 번째 바람입니다."

"가면 되잖아."

히로세는 내뱉듯이 말했다.

"천신만고 끝에 바위 미궁을 보러 가서, 봉산이 아니었다며 실컷 실망하고 돌아와."

다카사토는 잠시 처연한 표정을 지었다.

"……미안. 괜한 화풀이였어."

히로세는 자신이 한심해서 얼굴을 숙였다. 어쩌면 고개를 숙여 사과하고 싶었는지도 모른다.

"잠시 기다려줄래? 나도 갈 테니까."

다카사토는 일어선 히로세를 쳐다본다.

"그만둘 거면 고토 선생님께 말씀드려야 하잖아. 내가 갈게."

"실망……하셨나요."

"아니."

히로세는 고개를 저었다.

"나는 네가 평화롭게 살았으면 좋겠어. 행복한 인생을 살아가면 좋겠어. 하지만 무엇이 행복한 인생인지는 본인이 정하는 거니까."

히로세는 억지로 웃어 보였다.

"조금 아쉬운 건 네가 자신의 바람을 위해 발판을 버리는 게 아니라 버릴 수밖에 없으니까 바람을 위해 나아가려 한다는 거지."

그렇게 말하고 욕실 문을 열었다.

"몇 년 후에라도 가게 되면 연락 줘. 빨간 우산을 선물할게."

이번에는 진심으로 웃을 수 있었다. 다카사토가 안심한 듯이 입가에 빙그레 미소를 띤다.

002

이른 아침이라 학교 주위에는 그림자 하나 얼씬거리지 않았고 교문 역시 닫혀 있었다. 히로세는 다카사토와 뒷문을 뛰어넘어 들어가 사람 눈에 띄지 않는 체육관 뒤쪽에 오도카니 앉았다.

잡담을 하며 기다리다가 등교 시간이 되자마자 아지트를 슬며시 빠져나왔다.

히로세는 다카사토의 어깨를 한 번 두드리고 교실이 있는 건물까지 배웅했다. 다카사토를 본 반 아이들은 무슨 생각을 할까, 무슨 이야기를 할까, 어떤 행동을 취할까. 교실까지 바래다주겠다고 했을 때 다카사토는 고개를 저어 거절했다. 담담한 표정은 마음을 굳힌 순교자처럼 보였다.

히로세는 뒷길을 더듬어 바로 특별 교실동으로 향했다. 괜히 사람 눈에 띌까 주의하게 된다. 여기서 당연하다는 듯이 이 주를 보냈는데, 그 기간이 끝나자 히로세는 외부인이 되었다. 학교는 히로세를 받아들이지 않는 장소로 돌아갔다. 인기척 없는 복도를 걸으면서 두서없이 그런 생각을 했다.

준비실에 들어서자 안에 있던 고토가 어처구니없다는 표정을 지었다.

"실습이 끝난 건 알고 있나?"

고토의 물음에 히로세는 고개를 끄덕였다.

"와도 된다고 하셨죠?"

"그렇게 말하기야 했지만 바로 오늘 아침에 올 줄은 몰랐다."

히로세는 가볍게 웃고 나서 표정을 다잡았다.

"오늘은 호위예요. 다카사토가 와 있습니다."

고토는 히로세를 바라보았다.

"……그래."

"방과후에 이리 오라고 말해뒀어요. 선생님께 상담 드릴 게 있다고 해서요."

"상담? 다카사토가 나에게?"

"물론 고토 선생님께요. 자퇴 상담이니까, 당연하죠."

고토는 눈을 부릅떴다.

"그만둔다고? 그만둬서 어쩌자는 거야."

"일을 하겠대요."

"네가 부추겼어?"

"그럴 리가 있겠어요. 다카사토 스스로 결정했습니다."

"그랬군."

고토는 목소리를 낮추었다.

"우리 반은 점점 빈자리가 늘어가는군."

고개를 끄덕이는 히로세에게 고토가 질문을 던졌다.

"그보다, 봤어?"

무슨 소리인가 하고 고개를 드니 고토가 눈썹을 치켜세웠다.

"오늘 발매된 주간지에 다카사토에 대한 기사가 실렸어. 실명까지 밝히지는 않았지만."

"그렇습니까……."

히로세는 생각에 잠겼다.

예비 종이 울려 조회를 하러 나갔던 고토가 복잡한 표정으로 돌아왔다.

"스물여섯. 어때, 굉장한 출석률이지?"

"스물여섯 명이나 나왔어요?"

"그럼, 그럼. 일요일이 끼어서 녀석들도 진정이 된 건가. 뭐, 고마운 일이지."

"반 분위기는 어때요?"

고토는 다시금 복잡한 얼굴을 했다.

"평상시랑 비슷해. 다카사토는 전이랑 똑같고, 다른 녀석들도 사건 전처럼 멀찌감치 떨어져서 나 몰라라 하고 있어."

히로세는 고개를 갸우뚱한다.

"예전이랑 전혀 변하지 않았습니까?"

"조금은 변했을지도 모르지. 내가 교실 문을 열었을 때 두세 놈이 다카사토 책상 주변에서 멀어지는 게 보였으니까."

불안이 스쳤다.

"설마?"

고토는 손사래를 친다.

"다툼이 있었던 것 같지는 않아. 내 느낌으로는 잡담이라도 하고 있었던 것 같던데."

히로세는 여우에 홀린 것 같았다.

"잡담을요? 다카사토랑?"

"나한테 묻지 마. 나중에 본인에게 들으면 되잖아. 어쨌거나 내게는 지극히 화기애애하게 보였어."

히로세는 생각에 잠겼다. 과연 그런 일이 있을 수 있을까. 어렵다고 소문난 시험에서 어처구니없이 쉬운 문제지를 받은 기분이었다.

"다카사토 집에서 연락은 있었나?"

고토의 질문에 히로세는 고개를 가로저었다.

"아뇨. 다카사토가 어제 전화했는데 집에 사람이 없는 모양이에요."

흐음, 하고 고토가 신음한다.

"어제 다카사토의 남동생이 다니는 학교에서 전화가 왔어. 동생이 금요일과 토요일에 연락 없이 학교를 빠졌는데 혹시 무슨 일이 있는지 모르냐고."

"그래요?"

"그게 말이지, 아버지도 이틀 연속으로 무단결근을 한 모양이야. 회사 동료가 둘째 아들이 다니는 학교를 알고 있어서 연락해봤다나. 그런데 애도 무단결석을 한 거지. 전화해도 집에 있는 것 같지 않으니까 나한테 연락을 한 거야."

불현듯 불길한 예감이 들었다.

집에 없는 척하느라 전화를 받지 않는다고 생각했다. 다카사토의 어머니는 덧문을 닫고 살아야 한다고 말했다. 틀림없이 덧문을 꼭꼭 잠그고 집에 틀어박혀 있으리라 여겼다. 하지만 아버지가 일까지 쉴 필요가 있을까.

"수업 끝나고 가볼게요."

히로세의 말에 고토는 포기했다는 표정을 지었다.

"너, 방과후까지 여기 있을 작정이야?"

"수업중에 학교를 나갈 수는 없잖아요. 문 앞에 보도진이 진을 치고 있는데. 어차피 다카사토를 바래다주고 싶었으니까 가보겠습니다."

점심시간에 준비실을 찾아온 하시가미는 히로세를 보자마자 어이없는 기색을 내비쳤다.

"선생님이 왜 여기에 있죠?"

하시가미의 첫마디에 히로세는 쓴웃음을 지어 보였다.

"애써 송별회까지 해줬더니 고마워할 줄 모르는 분이네."

"맞아요. 전 '아아, 이 문을 열어도 더는 히로세 선생님의 모습을 볼 수 없겠구나' 하고 감상에 젖어 있었는데 말이죠."

히로세는 이상한 시나리오를 쓰고 있는 노즈에의 머리를 가볍게 쥐어박는다.

"볼일이 있어서 아침에 학교에 왔는데 하이에나 때문에 나갈 수가 없게 됐어."

"오호, 그렇군요."

노즈에가 손을 탁 치는 시늉을 하고 나서 말했다.

"등하교 때마다 말을 걸어서 짜증나요. 쓰이키 형은 어제 집에까지 전화가 걸려 왔다나 봐요. T군이 추락한 사고에 대해 알려달라고. 그것도 세 번이나."

히로세는 쓴웃음을 지었다.

"수상한 사고로 다친 교생 A에게 몇 번이나 전화가 걸려 왔는지 알려줄까?"

하시가미는 연민의 눈길을 보낸다.

"불쌍해라."

노즈에는 참견하며 말했다.

"혹시 파파라치도 있었어요?"

"주말 내내 바깥에 두세 명이 서성이더군."

"우와, 눈물난다."

그렇게 말하던 차에 보기 힘들었던 얼굴이 나타났다.

"엇, 선생님이 왜 여기 계세요?"

쓰이키다.

하시가미가 접이식 의자를 꺼낸다.

"쓰이키, 오랜만이다. 잘 지냈냐?"

"뭐, 그럭저럭요."

쓰이키는 하시가미가 건넨 의자에 걸터앉았다. 노즈에가 그 앞에 커피를 따른 비커를 내려놓았다.

"오랜만에 온 서비스예요."

생큐, 하고 말하고서 쓰이키가 히로세를 돌아보았다.

"다카사토, 오늘 학교에 왔어요."

"그렇다더군."

히로세가 애매하게 긍정하자 노즈에가 끼어들었다.

"드디어 출두했군요. 분위기가 어때요?"

"이상해."

쓰이키는 불쾌해하며 대답했다.

"이상하다니 역시 T군 때문에?"

"다카사토 때문이기는 한데, 다카사토를 대하는 애들 태도가 변했어. 좀 께름칙해."

히로세는 물어보았다.

"오늘 아침 고토 선생님 말씀으로는 다카사토 주변에 아이들이 모여 있었다던데."

"네. 계속 다카사토를 모른 체했던 녀석들이 다카사토의 모습을 보자마자 주변을 둘러싸더니 옛날 일들을 사과했어요. 싸구려 청춘 드라마처럼."

노즈에가 끼어들었다.

"다카사토, 우리가 잘못했어. 너를 오해했어. 우리는 친구잖아. 이봐, 다들 그렇지! 이런 거요?"

쓰이키가 웃었다.

"대충 비슷해. 지금도 사이좋게 점심을 드시고 계실걸. 아침보다 사람 수가 늘었어. 보고 있으면 속이 메슥거려."

히로세는 눈살을 찌푸렸다. 도저히 이해할 수 없는 변화였다.

"T군이 특별한 인간이라는 인식에 눈을 뜬 거 아닌가요?"

쓰이키가 되묻듯이 노즈에를 본다.

"사카타설說 말이에요. T군은 특별한 인간이라 모두 떠받들어야만 한다고. 요전에도 한바탕 연설하고 갔어요."

노즈에가 그렇게 말하자 쓰이키는 진절머리가 난다는 듯 한숨 지었다.

"녀석은 이상해. 점심시간에도 괜히 친한 척하며 다카사토를 찾아왔어. 아무리 그래도 다카사토가 사카타의 영향을 받지는 않겠지만, 어째 소름 끼치더라고."

쓰이키는 말하고 나서 노즈에를 고쳐 보았다.

"하지만 네 표현은 맞아. 떠받들고 있다는 느낌이야."

히로세는 골똘히 생각에 잠겼다. 그것이 무엇을 뜻하는 걸까. 사카타에게 그 정도까지 영향력이 있지는 않을 것이다. 대체 무엇이 그들을 변하게 했을까.

"그러고 보니, 선생님."

노즈에는 고개를 들었다.

"오늘 주간지에 다카사토의 기사가 난 모양이에요."

"응, 들었어."

"토요일 자 스포츠 신문에는 실명까지 실렸대요."

히로세는 고개를 끄덕였다. 갑자기 쓰이키가 목소리를 높였다.

"사카타가 밀고한 게 아닐까요."

다들 쓰이키의 얼굴을 바라보았다.

"목요일에 학교 끝나고 사카타가 기자 같은 남자랑 카페에 있는 걸 봤어요. 그 녀석 잘난 체하며 나불나불하고 있던데요. 자세한 내용은 못 들었지만 가끔씩 다카사토라는 말이 들렸어요."

003

다카사토가 준비실을 찾아온 것은 수업이 끝나고 얼마 지나지 않았을 때였다. 그는 인사를 하고 들어와 지극히 담담한 말투로 "자퇴하겠습니다"라고만 말했다.

그에 대한 고토의 대응도 아주 담백했다.

"그만두고 뭘 할 셈이지."

"일하겠습니다."

"일할 곳은 있고?"

"없습니다."

고토는 진지하게 다카사토를 응시했다.

"조금 먼 곳이라도 괜찮다면 알아봐주마. 너도 준비가 필요할 테니 하다못해 구월 한 달 만이라도 참고 기다려."

그 말을 듣고 다카사토는 고개를 깊이 숙였다.

"감사합니다."

대화는 그걸로 끝이었다.

돌아갈 때는 도토키가 차로 바래다주었다. 다카사토는 괜찮다고 했지만 교문 앞에 모여든 취재진을 보고, 또 동생 학교에서 고토에게 전화했다는 이야기를 듣고는 잠자코 차에 탔다.

다카사토네 집 문은 단단히 잠겨 있었다. 집이 계속 비어 있어서인지 근처에 취재진의 그림자도 보이지 않았다. 차에서 내려 도토키에게 인사를 하고 히로세는 대문에 달린 우편함을 살펴보았다. 좁은 투입구에 신문이 삐져나와 있다.

다카사토가 바깥에서 빗장을 연다. 건물 바깥쪽 창문에는 모두 덧문이 닫혀 있었다. 얼핏 빈집으로 보였다.

다카사토는 현관 초인종을 눌렀다. 집안에서는 아무런 대답이 없었다. 몇 번이나 눌러도 집은 괴괴한 침묵만을 지켰다.

"정말 아무도 없나 본데."

히로세의 말에 다카사토는 고개를 끄덕인다. 석연치 않은 얼굴로 가방에서 열쇠를 꺼냈다. 열쇠를 돌리고 유리문을 잡았다.

"다녀왔습니다."

인사하며 문을 열었다.

지난번에 보았던 현관은 쥐죽은듯 아무런 기척도 없었다. 정면에 있는 신발장 위의 꽃이 볼품없이 말라비틀어졌다. 그리고 희미하게 코를 찌르는 이상한 냄새.

"무슨 역겨운 냄새 나지 않니?"

히로세가 묻자 다카사토도 얼굴을 찌푸리고 고개를 끄덕였다.

"뭐죠?"

"냄새나지?"

"네. 뭔가 썩은 것 같은……."

다카사토는 말 중간에 숨을 삼켰다. 겁에 질린 눈을 휘둥그레 뜬다.

"설마……."

심장이 막무가내로 울리는 종처럼 고동쳤다. 히로세가 현관으로 발을 디뎠다. 집안으로 한 걸음 들어서자마자 고여 있던 악취가 물씬 풍겨 왔다.

"……어머니."

다카사토가 바로 앞에 있던 미닫이문을 열었다. 악취가 한층 강해진다. 예삿일이 아니다. 정신 없이 신발을 벗고 뛰어 올라가려는 다카사토를 막았다.

"넌 여기 있어."

다카사토는 고개를 가로젓더니 마루로 올라가 두 평짜리 방으로 들어갔다. 히로세도 멋대로 뒤따랐다. 두 평 공간의 삼면이 미닫이문으로 둘러싸여 있다. 다카사토가 오른쪽에 있는 미닫이문을 열자 복도가 나온다. 집안은 고여 있는 공기 때문에 끈적끈적할 정도로 농후한 악취가 났다.

"다카사토, 가지 말고 있어봐."

복도를 달려가려는 다카사토의 팔을 잡으며 말렸다.

"경찰을 부르자. 그때까지 기다려."

"……하지만!"

납빛이 된 얼굴로 다카사토가 고개를 젓는다. 갑자기 어딘가에서 희미한 소리가 들렸다. 다다미를 쓰다듬는 듯한 소리다.

"무슨 소리지?"

다카사토는 귀를 기울이다 복도 안쪽을 향해 "어머니!" 하고 크게 불렀다. 그 순간 부웅 하고 무거운 것을 휘두르는 소리가 들렸다. 히로세는 다카사토와 얼굴을 마주보았다. 먼저 움직인 사람은 히로세였다.

"다카사토 어머님! 계십니까?"

복도에는 먼지가 얇게 쌓여 있었다. 집안으로 똑바로 이어진 복도 안쪽에서 소리가 끊이지 않는다. 복도 깊숙이 발을 디딜수록 악취는 점점 강렬해졌다. 입으로만 숨을 쉬는데도 썩은 내가 찌르듯이 목으로 흘러든다.

히로세는 소리를 더듬어 안으로 걸어갔다. 복도를 조금 들어간 곳 한편에는 쓰레기를 쓸어내기 위해 낸 커다란 유리 창문이 있고 다른 쪽에는 미닫이가 이어져 있다. 그 창에는 덧문이 없고 커튼만 쳐져 있었다. 흐릿한 무늬를 한 커튼 너머로 지는 햇살이

들어왔다.

앞장서서 가까운 방을 슬쩍 들여다보았다. 그곳은 방 두 개를 이어놓은 다다미방으로 아무래도 거실 같았다. 소리는 더 안쪽에서 들려온다.

막다른 곳까지 가자 복도는 좌우로 갈라졌다. 오른쪽에는 욕실 등이 보이고, 소리는 왼쪽에서 들리는 것 같았다.

복도를 왼쪽으로 돌자마자 나온 미닫이문에 손을 댔다.

"여기는?"

입을 손수건으로 막아서 목소리가 우물거렸다. 다카사토는 넋이 나간 듯이 "부모님 방이에요" 하고 대답했다.

히로세는 미닫이문을 살짝 열었다. 열자마자 얼굴로 뭔가 날아와 발이 미끄러졌다. 살짝 열린 미닫이문 틈으로 뭐가 튀어나온 것이다. 반사적으로 방어 자세를 취한 히로세는 그것이 작은 곤충 무리라는 걸 깨달았다.

"……뭐죠?"

다카사토의 물음에 히로세는 주위를 날아다니는 곤충을 눈으로 좇았다.

"파리야……."

지독한 악취였다. 히로세는 조심조심 미닫이문에 손을 댔다. 약간 열려 있던 문을 활짝 열어젖힌다. 문이 열린 그곳은 두 평

남짓한 방이었다. 반대편에 있는 창문에도 덧문은 닫혀 있지 않았다. 커튼 너머지만 밝은 빛으로 가득차 있다. 꽃병이 놓여 있는 선반과 책상이 있다. 옆방으로 이어지는 미닫이도 절반쯤 열려 있었는데 그곳도 빛이 가득했다.

방 상태는 알 수 없었지만 카펫을 깐 다다미가 보였다. 카펫 여기저기에 흩어져 있는 무시무시한 색채. 살진 파리가 나선을 그리며 날아다녔다.

다카사토가 고통스러운 비명을 지르며 방안으로 뛰어들었다. 급히 다카사토를 막으려 했으나 히로세의 손은 허공을 움켜쥐었다.

다카사토는 반쯤 열린 문 앞에 서서 아연실색한 모습으로 안을 바라봤다. 히로세는 멍하니 카펫을 바라보며 썩어 문드러진 색채에서 어떤 의미를 읽어내려 했다.

그 방에서는 다카사토 부모님의 시신이, 또 다른 방에서는 동생의 시신이 발견되었다. 모두 자다가 변을 당했는지 이불에서 도망치려던 모습으로 숨을 거두었다. 변사였다.

카펫 위에 구더기로 이루어진 길이 생길 정도로 많은 구더기가 시체 여기저기를 백골로 만들었다. 여름 끝물, 푹푹 찌는 기온에 시체는 심각하게 부패되었다. 그러나 썩기 전부터 처참한 상태였음은 히로세도 알 수 있었다. 자살이나 사고일 리가 없었다.

히로세가 경찰에 연락했다. 다카사토는 넋이 나가 멍했다. 경찰이 다카사토에게 시체 확인을 요구했지만 얼굴을 구별하는 것은 애초에 불가능했다. 문드러진 진흙처럼 형체를 잃어버린 손가락에 끼워져 있는 금반지를 발견하고 모친의 결혼반지 같다고 대답하는 게 고작이었다.

004

경찰서에 가서 상황을 설명했다. 완전히 밀폐된 상태였던 집 안은 썩은 내가 진동을 해서 도저히 오래 머물 수가 없었다.

돌아갈 때는 경찰차를 탔다. 경찰서 주변에 취재진이 잔뜩 기다리고 있었기 때문에 마음씨 좋아 보이는 사복 경찰이 뒷문에 대놓은 경찰차 문 앞까지 바래다주었다. 그는 고개 숙인 다카사토의 머리에 웃옷을 덮었다. 조금 떨어진 출입문 앞에 모여든 기자들을 향해 "아직 미성년이잖아" 하고 고함을 지른 걸로 봐서는 나름대로의 배려였던 모양이지만, 다카사토는 꼭 호송되는 범인처럼 보였다.

히로세의 집 앞에 진을 치고 있는 기자는 두세 명뿐이었다. 다른 기자들은 경찰서나 다카사토의 집에 가 있으리라. 히로세는 일부러 기자들에게 붙들려 주의를 끌었다. 그사이에 다카사토를 집으로 들여보냈다.

다카사토는 넋 나간 사람처럼 입을 다물고 있었다. 히로세는 다카사토 곁에 앉아 있는 것 말고는 아무것도 해줄 수 없었다.

밤 깊은 시각에 고토가 찾아왔다. 찾아온 고토의 모습을 확인하고 다카사토는 땅에 닿을 듯 고개를 숙였다. 고개를 숙이기만 할 뿐 한마디 말도 하지 않았다.

"힘들겠구나, 다카사토."

고토의 목소리에도 반응이 없다. 고토는 그런 다카사토를 측은한 시선으로 바라보고 나서 히로세를 돌아보았다.

"언제 돌아가셨다고?"

"경찰은 사흘 전 밤부터 새벽 사이일 거라고 하네요."

"사고인가?"

히로세는 고개를 가로젓는다.

"지금으로서는 살인으로 추정됩니다. 시신은 차마 눈뜨고 볼 수 없는 상태였어요."

히로세는 말끝을 흐렸다. 목격한 시체는 누군가 악의적으로 사람과 다른 형태로 비틀어놓은 것 같았다. 시체를 보았다는 충격은 적었다. 그것은 시체가 아니라 인육으로 만든 형편없는 점토 세공의 잔해로 보였다.

"조사원은 들개 같은 짐승이 파먹은 시체랑 비슷하다고 했지만 자세한 건 부검을 해봐야 한대요."

고토는 그러냐고 중얼거리고는 허리춤을 더듬었다. 웬일로 정장을 입은 고토의 허리춤에는 늘 가지고 다니는 수건이 없다. 고토는 짜증난 기색으로 바지에다 손을 닦았다.

"가족은 부모님과 남동생뿐인가? 친척은?"

"아버지 쪽이나 어머니 쪽 모두 먼 친척이 있는 모양이지만 다카사토도 잘 모른답니다. 왕래가 거의 없었나 봐요."

고토는 고개를 끄덕였다.

"장례식은?"

"경찰에서 준비를 마쳤습니다. 경찰과 연결되어 있는 상조 회사가 있더군요. 소개받아서 전부 그쪽에 맡기고 왔어요. 부검 마치려면 적어도 내일 밤까지 기다려야 해서 밤샘도 장례식도 모레 이후가 될 것 같아요."

고토가 그러냐고 고개를 끄덕이면서 말했다.

"바깥은 꽤나 조용하던데."

"네, 일단은."

기자들은 다카사토가 여기에 있다는 사실을 모른다.

고토는 다카사토를 돌아보았다.

"다카사토는 장례식 때문에 내일부터 쉬겠구나."

다카사토는 얼굴도 들지 않고 고개만 끄덕였다.

"진심으로 가족의 명복을 빈다. 정신 똑바로 차려."

그런 말에도 감정을 드러내지 않은 채 고개만 움직여 답했다.

고토가 돌아가고 나서 다카사토는 겨우 입을 열었다. 그를 망연자실하게 만든 것은 갑작스럽게 가족을 잃은 충격 때문이 아니라는 것을 그제야 알았다. 다카사토는 히로세에게 물었다.

"역시 제 잘못일까요."

순간적으로 말문이 막혔다.

가해자를 솎아낸다면 다카사토의 가족은 누구보다도 더한 가해자다. 보복을 한다면 다카사토의 어머니야말로 가장 먼저 희생되었어야 마땅하다. 그들이 눈감아줄 리 없다. 오늘까지 다카사토의 가족이 용서받은 것은 까닭이 있어서다. 가족은 다카사토의 적이지만 다카사토에게는 가족이 필요했다. 다카사토를 보호하고 최소한의 생활을 보장해줄 존재. 이제 가족은 쓸모가 없어졌다. 히로세가 나타났기 때문이다.

히로세는 떠올렸다. 사흘 전 밤부터 아침. 투신 사건이 있던 그날 밤이다. 그날 밤, 히로세는 목소리를 들었다.

—너는 왕의 적인가.

자신이 대답했다는 사실은 기억하고 있지만 뭐라고 했는지는 떠올릴 수 없었다. 그것을 지금 기억해냈다. 히로세는 '아니'라고 말했다.

—나는 적이 아니다.

그날 밤 다카사토의 가족은 죽었다. 이 부합에 의미가 없는가. 그들이 히로세가 적이 아님을 받아들이고, 다카사토의 가족은 더이상 필요 없는 존재라고 판단하여 숙청한 것은 아닐까.

그렇다면……. 히로세는 자신을 바라보는 다카사토를 말끄러미 응시했다.

'그렇다면 왕은?'

매달리는 듯한 눈빛에 이끌려 히로세는 고개를 저었다.

"적어도 네 책임은 아니야. 누가 그런 짓을 했든 간에."

범인이 그들이든, 그렇지 않든 간에.

"너는 피해자니까."

"……그럴까요."

히로세는 힘을 주어 고개를 끄덕였다.

"네 탓이 아니야, 다카사토."

다카사토는 고개를 숙였다. 줄곧 넋을 잃고 있던 그의 눈에서 그제야 눈물이 떨어졌다.

005

다음날 아침 문을 두드리는 소리에 잠에서 깼다. 비몽사몽인 상태로 체인을 건 채 문을 열자 마이크가 쑥 들어왔다.

집 앞에 모인 사람들로 통로가 가득 메워질 정도였다.

"여기에 다카사토 군이 있다고 하던데요."

히로세는 순간적으로 문을 닫았다. 등뒤에서 다카사토와 이야기하게 해달라는 목소리가 소용돌이치듯 들려왔다. 몸을 일으킨 다카사토가 열려 있는 유리문 너머로 불안하게 이쪽을 보고 있었다. 결국 들켰다. 경찰에서 새어 나갔는지, 아니면 다른 누가 입을 놀렸는지. 한동안 견디기 힘든 상태가 계속될 것이다.

전화벨이 한번 울리기 시작하니 끊이지 않는다. 경찰에게 전화가 올 예정이라 벨소리를 죽일 수도 없어 히로세는 머리를 감싸쥐었다. 소음을 묻으려고 텔레비전을 켰지만 아침 와이드 쇼는 이 사건에 관한 소식 일색이었다.

"혼자 남겨진 그는 현재, 교생이었던 학교 선배 집에 몸을 의탁하고 있습니다."

심각한 얼굴로 그렇게 말하는 여성 리포터의 등뒤로 히로세가 사는 아파트가 비친다. 애써 외면하듯 돌린 다른 채널에서는 히로세의 실명을 거론하고 있었다.

취재 요청만 넘쳐나던 전화에 온갖 전화가 뒤섞이기 시작했다. 대학 친구, 그냥 좀 안면이 있는 사람, 고토를 비롯한 고교 관계자, 히로세의 어머니.

히로세의 어머니는 이런 일에 휘말린 까닭이 히로세가 부모의 영향에서 벗어나 제멋대로 사는 탓이라고 나무랐다.

"텔레비전에 네가 문 여는 장면이 나왔어. 일단 집에 돌아오거라."

지금은 그럴 수 없다고 하자 어머니가 말했다.

"그럼 그 아이라도 내쫓아. 굳이 네가 보살펴줄 필요는 없지 않니? 이런 사건에 휘말려 이름이나 나오고."

히로세는 일방적으로 수화기를 내려놓았다.

집주인이며 이웃 주민들에게 걸려 온 전화도 있었다. 거의 불평이었다. 정상적인 생활을 할 수 없으니 취재진을 어떻게든 해달라는 내용이었다. 전혀 관계없는 제삼자의 전화도 걸려 왔다. 나쁜 말은 하지 않겠으니 다카사토를 쫓아내라는 여자, 다카사토를 감싸면 천벌을 받는다고 협박하는 남자, 다카사토에 대한 동정, 격려, 의혹, 비난, 규탄.

2학년 6반 아이들에게도 전화가 왔다. 위로와 격려 전화였다.

"그의 주위에서는 어릴 적부터 사고나 죽음이 끊이지 않았습니다. 그가 재앙을 내린다는 소문도 있던 탓에 부모 자식 사이는 매우 나빴다고 합니다."

한낮의 와이드 쇼 리포터가 그렇게 말했다. 히로세는 텔레비전 전원을 껐다. 끄는 순간 집밖에서 히로세가 모르는 사이 말도 안 되는 일이 벌어지고 있지는 않은지 불안에 휩싸인다. 한동안 불안을 억누르다 어느 정도 지나면 견디지 못하고 텔레비전을 켠다. 그 짓을 끝없이 반복했다.

저녁에는 근처에 사는 사람들이 찾아왔다. 대부분은 취재진을 어떻게 해달라는 불평이었지만, 그중에는 아이가 학교에서 사고를 당했는데 다카사토 탓이 아니냐며 지껄이는 여자도 있었다.

경찰에서, 부검하는 데 어려움을 겪고 있으니 시신은 내일 점심 이후에나 인수할 수 있겠다고 전화를 주었다. 히로세는 상조회사에 전화를 걸어 이야기를 전했다. 그러고 나서 전화 벨소리를 죽이고 초인종은 선을 빼서 울리지 않도록 했다.

그동안 다카사토는 줄곧 고개를 숙이고 앉아 있었다. 때때로 무슨 말이 하고 싶은 듯한 눈빛으로 히로세를 바라보았지만 끝내 입 밖으로 꺼내지는 않았다.

그가 허리를 깊이 굽힌 것은 밤, 겨우 집 주변이 조용해진 무렵이었다.

"너무 큰 폐를 끼쳐 죄송합니다."

히로세는 다카사토가 늘 사과만 한다고 생각했다.

"네 탓이 아니야."

다카사토는 말없이 고개를 저었다.

"폐를 끼친 건 네가 아니잖아."

다카사토는 살짝 미소 짓고는 진지한 얼굴로 한숨을 쉬었다.

"제 존재가 남에게 폐가 될 뿐이라는 건 압니다. 하지만 죽기는 두려워요."

"다카사토."

히로세가 나무라자 아주 조금 입꼬리를 올려 웃어 보이더니 곧바로 시선을 떨어뜨렸다.

"돌아오지 말았어야 했겠죠. 하다못해 그쪽으로 돌아갈 수 있다면 좋겠지만."

힘없이 고개를 떨군다.

"용서하세요. 저는 돌아가는 법을 모릅니다."

히로세는 한숨을 쉬었다. 그 심정은 히로세도 충분히 이해할 수 있었다. 이곳은 내 세계가 아니다. 자신이 살아야 할 세계는 따로 있기에 이 세상과 타협할 수 없다.

"네가 사과할 거 없어. 폐를 끼치는 건 언론이나 참견꾼이지 네가 아니니까."

히로세도 자신의 말에 설득력이 없음을 알고 있었다. 처음부터 히로세가 다카사토와 엮이지 않았더라면 이런 소동에 말려들지 않았으리라는 명제는 그대로 남아 있다. 히로세가 다카사토라도 스스로를 탓할 것이다. 그렇다고 나 몰라라 다카사토를 내보낼 수는 없었다.

에어컨은 돌아가고 있었지만 방 공기는 탁하고 무겁게 고여 있었다. 히로세가 창문을 조금 열자고 말하자 다카사토가 일어섰다. 커튼을 살짝만 걷고 창문을 연다. 그때 목소리가 날아들었다.

"네놈이 다카사토냐?"

히로세는 벌떡 일어나 창문으로 달려갔다. 창밖을 가로막은 제방 위에 카메라를 든 남자가 있다. 히로세는 다카사토의 팔을 잡아 창문에서 떼어놓았다. 연속해서 셔터를 누르는 소리가 났다. 창문을 닫고 커튼을 칠 때 다시 목소리가 들렸다.

"부모까지 죽여 보복하다니!"

다카사토의 얼굴이 창백해졌다. 히로세는 어깨를 두드려주었다. 얼굴을 덮은 다카사토의 어깨를 오래도록 두드린다. 그것밖에 해줄 수 없는 자신의 무력함을 저주했다.

006

부검을 마친 시신은 다음날 점심때가 지나서야 돌아왔다. 경찰이 사정을 눈치채고 경찰차로 데리러 와주었다.

"사인은 알았나요?"

그렇게 물은 사람은 다카사토였다. 동행한 형사는 고개를 젓는다.

"그게 말이지. 짐승의 습격을 받은 걸로 결론이 난 모양이야. 나중에 자세한 설명을 들을 테지만 개와 비슷한 동물이 죽였다는 것 같더군."

형사는 이해할 수 없다는 표정이었다.

"집안에 동물은 없었거든. 문은 전부 안쪽에서 잠겨 있었고, 그렇게 커다란 짐승이 빠져나갈 만한 틈도 없었어."

도착한 대학의 부검의에게 더 자세한 설명을 들을 수 있었다.

"이빨 자국으로 턱의 크기를 알 수 있습니다만……. 턱의 크기를 봐서는 개보다 좀더 커다란 짐승, 이를테면 호랑이나 사자 같은 동물로 보입니다."

법의학 교수는 고민하는 모습이 역력했다.

"전문 선생님을 모셔 와서 보여드리니 고양잇과 동물의 잇자국은 아니고, 오히려 갯과 동물의 잇자국이랑 비슷하다고 하더군요. 결국 확정 짓지는 못했습니다. 이 사건은 이제 경찰 수사로 해결할 수밖에 없겠군요."

교수 자신도 이상하다는 얼굴을 하고 있었다.

시신은 그대로 화장터로 옮겨 화장했다. 원형이 남아 있지 않은 시신을 남길 까닭이 없었다. 세 사람분의 유골을 안고 다카사토는 화장터를 나왔다.

상조 회사가 근처 절을 알아봐주어 밤샘과 장례식을 그곳에서 하기로 했다. 수사중이라 집에는 한동안 들어갈 수 없었다. 상조 회사 차로 절에 도착하니 산문山門 앞에는 보도진이, 작은 본당에는 조문객 몇 명이 기다리고 있었다.

조문객 대부분은 멀리서 달려온 친척이었다. 정말로 교류가 없었던지 다카사토는 일일이 상대의 이름과 혈연관계를 물었다.

지금 단계에서는 히로세가 다카사토에게 해줄 수 있는 게 하나도 없었다. 본당 구석에 앉아 있는 고토를 비롯해 학교 관계자 여러 명이 찾아와 서서히 자리가 무르익었다.

고토가 오고 조금 지나서 작은 다툼이 있었다. 친척 중 누가 다카사토를 떠맡을 것인가 하는 문제 때문이었다. 처음에는 다들 에둘러 거절했으나 한 사람이 최근 이 근처 땅값이 개발로 널뛰듯 뛰었다는 사실을 환기시킨 게 화근이었다. 다카사토의 집은 조부모 때까지는 농가로 많은 농경지를 가지고 있었으나 조부모가 죽고 농지를 팔아치우거나 빌려줬다고 한다. 매각한 땅은 돈으로 바뀌었을 테고, 빌려준 땅도 돈으로 바꿀 수 있다는 사실을 깨달은 그들은 저마다 다카사토를 맡겠다며 조심스럽게 싸움을 시작했다. 다카사토는 눈앞에서 벌어지는 일들을 담담한 얼굴로 바라보았다.

히로세는 참지 못하고 마당으로 나왔다. 밤바람은 눈에 띄게 서늘해졌다. 뒤를 이어 바로 고토가 따라 나왔다.

"진짜 못 봐주겠더군."

"네……."

고토는 중루 끝에 걸터앉았다.

"처음에는 서로 밀어내더니 다음에는 서로 잡으려고 난리인가. 그러다 문제의 소문이 떠오르면 그때는 다시 서로 밀치기 바쁠걸."

장난스러운 말투였지만 히로세는 웃을 수 없었다.

"그럴지도 모르지요."

"왜 그래, 네가 상처받은 것처럼."

히로세는 대답하지 않았다.

인간은 짐승이 아니다. 짐승이 아닌 만큼 불순하고 추악하다.

"왜 그래, 응?"

"……오늘 다카사토와 함께 화장터에 갔습니다."

고토는 히로세를 바라보았다.

"화장이 끝날 때까지 둘이서 기다렸습니다. 다카사토는 죽은 이를 애도했고, 저는 유족을 걱정했죠. 어째서 다들 그러지 못하는 건가요."

"히로세."

고토는 한숨을 내쉬었다.

"바깥에 있는 사람들도 그래요. 저주니 뭐니 하는 소리를 듣고 좋아할 사람이 어디 있겠어요. 어째서 그런 걸 모른답니까. 무섭다면 떨어져 있으면 되잖아요. 무시하든 따돌리든 하면 되죠. 어째서 일부러 끼어드는 겁니까. 어째서 우리를 내버려두지 않는 겁니까."

고토의 대답은 없다. 입 밖에 내기 시작하자 더는 참을 수 없었다.

"우리는 태어났기 때문에 살아가는 겁니다. 사는 걸 그만둘 수는 없으니까 필사적으로 살고 있어요. 우리도 싫어요. 우리는 타인의 논리를 제대로 이해할 수 없고 그런 타인이 만든 세상이 두려워요. 하지만 이제 와서 그만둘 수도 없으니까……."

"히로세."

고토의 나무라는 듯한 목소리를 히로세는 무시했다.

"돌아오지 않았다면 좋았을 텐데, 우리는 돌아오고 말았어요. 다시 돌아가면 좋을 텐데 돌아갈 방법을 모릅니다. 이 세상은 불합리와 악의로 가득하죠. 우리는 도저히 익숙해질 수가 없습니다."

"히로세."

고토는 강경한 목소리로 말했다. 돌아보는 히로세에게 쓴웃음을 지어 보인다.

"이봐, 히로세. 그, 우리라는 표현은 그만두지그래."

히로세는 고토의 표정을 살폈다.

"무슨 소리죠?"

"내게는 너와 다카사토가 많이 달라 보인다는 소리지."

히로세는 미간을 찡그렸다.

"무슨 소리를 하시는지 모르겠군요."

"너와 다카사토는 한데 묶일 정도로 닮지 않았어. 나는 네가 그런 식으로 다카사토에게 감정 이입하지 않았으면 해."

"고토 선생님."

"너는 다카사토와 함께하면서 조금 염세적이 되었지. 적어도 내게는 그렇게 보여."

"그거야 여러 가지 일이 있었으니까."

"응. 그럴 거야. 어쩌면 기분 탓일지도 몰라. 하지만 예전의 너는 세상에 익숙해질 수 없다는 말은 그렇게 쉽게 하지 않았어. 그 말을 입에 담기를 부끄러워했지."

히로세는 딱 잘라 말했다.

"다카사토는 관계없어요. 제가 예전부터 해오던 생각을 솔직하게 이야기한 겁니다."

고토는 깊은 한숨을 쉬었다.

"중학생 때……."

잠시 후 고토는 불쑥 말을 꺼냈다.

"같은 학년에 자기가 버려진 아이라고 떠들어대던 여자애가 있었어."

무슨 뜻으로 하는 이야기인지 몰라 어리둥절해하는 히로세를 보고 고토는 미소를 지었다.

"자기는 버려진 아이고, 제 부모는 진짜 부모가 아니라고 우겼지. 얼굴을 보면 부모랑 똑 닮았는데 말이야. 여자애는 졸업할 때까지 그렇게 말했어."

히로세는 고개를 갸웃거리며 귀담아 들었다. 고토가 히로세를 똑바로 바라보았다.

"알겠어? 누구나 여기는 자기가 살 곳이 아니라고 생각해. 누구든 한 번씩은 말하지, 돌아가고 싶다고. 돌아갈 장소 따위는 없어. 그래도 그렇게 말해. 이 세상에서 도망치고 싶으니까."

고토는 무릎 위에 깍지 낀 손을 바라보았다.

"여기는 진짜 세상이 아니야. 여기는 진짜 집이 아니야. 진짜 부모가 아니야."

가볍게 말을 끊었다.

"여기서 도망치면 어딘가 살기 좋은 세상이 있으리라 생각하지. 나를 위해 준비된, 나에게 맞춰진, 그림으로 그린 듯한 행복이 넘치는 세상이 있다고 생각해. 그런 건 없어. 사실은 어디에도 없다고, 히로세."

"고토 선생님."

"히로세, 그건 덧없는 이야기야. 산다는 건 때때로 괴롭지. 사람은 어딘가로 도망치고 싶어 해. 그건 알겠어. 꿈같은 이야기 속으로 도망치려는 기분은 말이야. 다른 사람에게 폐를 끼치는 것도 아니지. 나쁜 짓은 아니야. 그래도 사람은 현실 속에서 살아야만 하는 거야. 현실과 마주보고 어딘가에서 타협해야 하고, 해를 끼치지 않는 꿈이라도 언젠가는 접어야만 해."

그것은 히로세에게 두려운 말이었다.

"……저는 그게 꿈이 아니었다는 걸 알고 있어요."

"그 아이도 정말로 자신이 버려진 아이라고 믿었어."

고토는 그 말을 하고 눈을 내리깔았다.

"너는 다른 사람을 원망한 적이 없다고 했지. 죽어버렸으면 좋겠다고 생각한 적은 없다고."

"그렇게 말했습니다."

"내게는 그게 거짓말로 들려. 저쪽 세상으로 돌아가는 꿈을 꾸는 걸로 마음의 위안을 삼으면서 다른 사람을 원망하지 않는다. 그건 동전의 양면 같은 거야, 히로세."

"……동전의 양면이라뇨?"

히로세는 눈살을 찌푸렸다. 분명히 고토는 전에도 그런 말을 했었다. 고토가 고개를 끄덕인다.

"동전에는 앞면과 뒷면이 있지. 그 사고에는 뒷면이 있어. 돌아가고 싶어, 여기는 내가 있을 세상이 아니야. 그 생각을 뒤집으면 모두 사라져버리라는 뜻이 되지."

히로세는 눈을 부릅떴다.

"이 세상도 이 세상 인간들도 전부 사라져버려. 내 꿈이 아닌 세상은 사라져버려. 그렇지 않아?"

고토는 히로세를 똑바로 응시했다.

"그 자식이 죽어버렸으면 하고 생각하는 것과 상대가 없는 세상을 꿈꾸는 게 대체 뭐가 다르지. 그건 그저 동전의 앞면과 뒷면에 불과해. 내가 무슨 말을 하는지 알겠지?"

알고 싶지 않았다. 그런 논리 따위 알고 싶지 않다. 히로세는 고개를 가로저었다.

"꿈 같은 게 아닙니다. 저는 분명히 그곳을 봤어요."

"꿈이야."

무 자르듯 단호한 말에 히로세는 고토를 쏘아보았다.

"그럼 다카사토는 뭐죠. 꿈이라면 일 년 동안 녀석은 어디에 있었던 겁니까. 일 년 동안 어디에서 어떻게 뭘 먹고 살았습니까. 돌아왔을 때 왜 키가 자라 있었죠?"

고토는 고개를 끄덕였다.

"나는 저세상을 믿지 않아. 영혼의 불멸을 믿지 않아. 그것과 마찬가지로 가미카쿠시도 믿지 않아. 다카사토는 어릴 적에 자취를 감추었지. 분명한 사실이야. 하지만 가미카쿠시가 아니야. 현실에서는 얼핏 기묘해 보이는 일이 쉴 새 없이 일어나. 다카사토는 틀림없이 유괴를 당했고, 끌려간 곳에서 일 년을 지냈지만 기억하지 못하고 있을 뿐이야."

고토의 말에는 허점이 있다.

"그럼 그건 뭐죠. 다카사토 주변에 있는 그들요. 다카사토 주변에서 사람이 죽는 건 우연인가요."

우쭐대며 말하자 고토는 조용히 고개를 위아래로 움직였다.

"그거야, 히로세. 그게 다카사토의 난점이지. 내 이성이 아무리 부정해도 다카사토에게는 부정할 수 없는 부분이 있어. 그러니까 다카사토는 다르다는 거야."

"하지만……."

"네 꿈이라면 얼마든지 부정해주지. 단순한 꿈이라는 주장도 증명이 불가능하지만 너 역시 꿈이 아니라고 증명할 수는 없잖아? 너와 다카사토의 다른 점은 바로 그거야. 다카사토에게 끌려다니지 마. 동정하는 건 좋지만 동포라는 둥 달콤한 꿈은 꾸지 마."

"달콤한…… 꿈."

"다카사토의 꿈은 전부 부정할 수 없어. 너는 거기에 매달리려고 하는 것처럼 보여. 자기 꿈을 덮어씌워 다른 세상이 있다는 것을 다카사토를 통해 증명하려는 것처럼 보여. 히로세, 그건 너에게 좋지 않아."

히로세는 고토를 뚫어지게 바라보았다. 말이 나오지 않았다.

"사람은 더럽고 비열한 생물이지. 그건 우리네 인간이 짊어진 숙명이고, 사람으로 태어난 이상 거기서 도망칠 수는 없어. 이기적이지 않은 인간은 없어. 사욕이 없는 인간이 과연 인간일까?"

히로세는 고개를 숙였다. 이 사람도 결국은 이해해주지 않는 것인가.

같은 편이 아니었다. 이 남자도 결국은 이 세상 사람일 뿐이었다. 고토는 히로세를 이해할 수 없고 히로세도 고토를 이해할 수 없다. 너무 멀다. 세상은 너무나 멀리 떨어져 있다. 돌아갈 수 있다면 돌아가고 싶다. 하얀 꽃이 핀 낙원으로.

그것은 결국 동전의 앞면과 뒷면의 차이일 뿐이라는 고토의 목소리가 들렸다.

—어째서 돌아가고 싶은 거지?

이쪽 세상 인간은 결국 히로세를 이해할 수 없으니까. 그러니까 이 세상에서 사라지고 싶다.

—그것은 죽고 싶다는 소리인가?

죽고 싶은 것이 아니라 돌아가고 싶다.

—돌아간다면 저쪽에 사는 인간은 너를 이해해줄까?

그렇다.

—너는 자신을 속이고 있을 뿐이야.

여기서 도망치면 어딘가에 살기 좋은 세상이 있으리라고 믿는다. 모든 이들이 자신을 이해해주는, 자신에게 맞춰진 세상이.

돌아가고 싶다. 여기는 내가 살아갈 세상이 아니다. 아무도 이해해주지 않으니까. 사라져버려. 이런 세상 따위 죽어 없어져. 나를 이해해줄 사람은 다른 세상에 있다.

—대체 어디가 어떻게 다르다는 거야?

히로세는 고개를 푹 떨구었다.

뜻하지 않게 눈물이 떨어졌다.

"히로세, 우리를 거부하지 마."

고토의 목소리가 깊게 울렸다. 히로세는 대답할 수 없었다.

인간은, 인간이라는 이유만으로 이다지도 천하다.

히로세는 오래도록 고개를 숙인 채 혼잣말을 중얼거리다 문득 의문을 느꼈다. 말로 할 수 없을 정도로 몹시 사소한 의문이었다. 오히려 위화감에 가깝다. 무엇에 대한 어떤 위화감인가. 이마에 손을 얹고 생각하기 시작했다.

☆☆☆☆☆
☆☆☆☆☆

그녀는 한밤중에 눈을 떴다. 이불 속에서 한동안 가만히 의식을 집중하고 어째서 잠이 깼는지 생각하려 했다.

천천히 눈을 껌뻑인다. 무슨 소리를 들은 듯한 기분이 들었기 때문이 아닐까. 이상하게도 그녀는 더 자고 싶은 마음이 들지 않았다. 머리맡의 시계를 보니 잠든 지 두 시간도 지나지 않았다. 그녀는 옆으로 누웠다. 옆 이불에 똑바로 누운 남편의 잠든 얼굴이 보인다.

그녀는 가볍게 한숨을 내쉬었다. 요새 잠 못 드는 날이 계속 이어지고 있다. 불안이 가시지 않는다. 이제 어떻게 되는 걸까. 그 아이 때문에…….

태어났을 때는 귀여운 아이였다. 기다리던 장남. 시어머니는 무척 엄해서 아이들에게 가혹하게 대했다. 어째서인지 특히 그 아이에게 차가웠다. 그래도 비뚤어지지 않고 착하게 자랐다. 똘똘하지만 솔직하고 얌전한 성격이었다. 할머니와 엄마 사이가 그다지 좋지 않다는 것을 어린 마음에도 알아채고, 그녀가 남몰래 울고 있으면 곁에 와서 작은 손으로 위로해주었다.

'그런데 가미카쿠시를 당한 탓에…….'

그녀의 손에는 연년생인 둘째만 남았다. 얼마나 탄식했던가. 작은아들은 할머니의 교육이 나쁘게 표출된 아이다. 약삭빠르고 남의 눈치를 살피는데다 난폭한 아이였다. 귀엽기야 하다. 다름 아닌 그녀 자신의 아이니까. 그렇지만 아이가 사라졌다는 걸 알았을 때 차라리 둘째였다면 좋았을 거라고 생각하고 말았다.

돌아온 아이는 무슨 일이 있었는지 기억하지 못했다. 잃어버린 일 년을 메우려는 마음 하나로 기억을 되찾게 해주려고 온갖 방법을 써보았지만 아이의 기억은 그녀를 철저하게 거부했다. 그녀와 아이의 시간에 생긴 어긋남이 그대로 관계를 어긋나게 했다. 처음에는 둘째가 다치고, 이어서 옆집 아이가 사고를 당했다. 돌아온 지 반년 만에 이상하다는 생각을 하게 되었다. 그녀만이 아니라 근처에 사는 사람들도 마찬가지였던 모양이다. 일 년이 지나자 소문이 파다하게 퍼졌다. 모두 그들 가족을 차가운 시선으로 바라보았고, 이웃과의 사이도 점차 나빠졌다.

그 무렵에 재앙을 내린다는 소문을 들었다. 다들 그 아이는 멀리하고 오히려 둘째를 괴롭혔다. 그때 둘째는 그 아이와 같은 학년이었다. 그런데 둘째만 학교에서 심하게 따돌림을 당했다. 중학교 때 같은 반 아이에게 맞아 오른쪽 고막이 찢어졌다. 가해자 부모와 만났을 때 이쪽에서 따지기도 전에 상대편 부모가 말했다.

“형 때문에 아이들이 많이 다쳤다죠.”

그녀는 분노를 삼켰다. 삼킬 수밖에 없었다. 둘째를 괴롭힌 아이가 죽는 일은 없었다. 재앙을 내릴 거면 동생을 괴롭힌 아이에게도 내리면 좋으련만.

그럼에도 그 아이는 잘 커주었다. 성적도 품행도 둘째보다 훨씬 좋았다. 둘째는 몇 번이나 지도를 받았다. 3학년 진로 상담에서는 교사에게 가장 안 좋은 고등학교를 추천받았다. 그 아이는 근처 명문고를 추천받았는데.

‘또야.’

그녀는 그렇게 생각했다.

또 그 아이 때문에 사람이 죽었다. 이걸로 대체 몇 명째일까.

가로누운 채 이불로 얼굴을 덮었을 때 머리맡 바로 옆에서 작은 소리가 들렸다. 짐승의 숨소리 같았다. 그녀는 머리맡을 올려다보았다. 새카만 어둠 속에는 하얀 맹장지만 희미하게 보일 뿐 아무것도 없었다. 시선을 돌렸을 때 다시 한번 또렷하게 숨소리가 들렸다. 개가 거친 숨을 쉴 때 내는 소리와 비슷했다.

그녀는 벌떡 일어났다. 윗몸을 돌려 머리맡을 보았다. 이제는 확실히 거친 숨소리가 들렸다. 그러나 눈을 비비고 봐도 아무것도 없었다. 그녀는 일어섰다. 불을 켜려고 했다. 전등 끈을 찾아 한쪽 팔을 들었을 때 뭔가가 다리를 잡아끌었다. 그녀는 비명을 지르며 쓰러졌다. 붙잡힌 다리가 욱신욱신 아팠다.

"무슨 일이야?"

잠에 취한 목소리로 남편이 묻는다. 그녀는 자신의 문제에 정신이 팔려 대답할 겨를이 없었다.

상처를 확인하려 바라보니 자신의 발이 보이지 않았다. 상처의 깊이와 아픔이 반드시 비례하지는 않는다는 사실을 그때 처음 알았다.

자신의 발을 살피려는 시선 끝에 검은 어둠이 웅크리고 있었다. 그녀는 비명을 질렀다. 비명은 경련하는 듯한 호흡으로 표출될 뿐이었다.

"뭐야?"

남편이 겨우 눈을 뜨고 몸을 움직였다. 동시에 어둠이 움직이더니 이불 밖으로 나와 있는 남편의 어깨를 덮쳤다. 남편도 비명을 질렀다. 남편은 다다미 위로 허겁지겁 구르듯이 이불에서 나왔다. 무겁고 둔탁한 소리가 들리더니 다다미 위에 팔이 떨어졌다. 우산에 맺혀 있는 물방울을 터는 소리가 들렸는데 아마도 뿜어져 나온 피가 흩뿌려지는 소리이리라.

어둠처럼 새카만 생물은 남편을 뒤쫓았다. 그녀는 그것을 멍하니 바라보았다. 무언가가 남편을 덮치고 남편은 몇 번이나 비명을 지른다. 비명은 지를 때마다 약해지더니 꼬르륵꼬르륵 하는 불쾌한 소리가 섞였다.

어둠이 몸을 쑥 일으킨다. 드디어 남편의 모습이 보였다. 평소에 신경쓰던 불뚝한 배는 찢어발겨져 커다란 구덩이로 변해 있었다. 남편의 몸은 아직 움찔거렸다.

어둠이 그녀를 돌아본다.

'알고 있었어.'

그녀는 중얼거렸다.

알고 있었어, 그 아이가 언젠가 나를 죽이리라는 것쯤은. 당연하다.

'나 역시 줄곧 그 아이를 죽이고 싶었는걸.'

어둠이 소리 없이 다가왔다. 그녀는 천천히 눈을 감았다. 시야가 온통 껌껌한 어둠으로 변했다.

어쩌면 어둠이 그녀를 뒤덮었기 때문인지도 모른다.

10 장

001

다음날 작은 본당으로 어마어마하게 많은 조문객이 찾아왔다. 그중에는 놀랍게도 학교를 빼먹고 장례식을 찾은 아이들도 열 명쯤 있었다. 그들은 모두 2학년 6반 학생이었는데 그 안에 사카타의 모습은 보이지 않았다. 학생들은 어색하게 향을 올리고 다카사토에게 위로의 말을 건넸다. 흐뭇해야 마땅한 모습을 히로세는 석연치 않은 심정으로 지켜보았다.

조문객은 놀라울 정도로 많았다. 그들 대부분은 다카사토의 얼굴조차 제대로 모르는 듯했다. 본당이나 경내 여기저기에 두세 명씩 모여 작은 목소리로 무책임한 입방아를 찧고 있다. 거기서 들리는 이야기로 그들이 단순히 소문이 자자한 역귀를 보러 온 구경꾼임을 알 수 있었다.

화장이 끝난 뒤에 하는 장례식이라 출관은 없었다. 다카사토가 짧게 의례적인 인사말을 하고 나자 조문객은 자리를 뜨려 했다. 그때였다. 땅울림 같은 굉음이 주변을 울렸다. 본당에 모인 조문객이 일제히 소리가 난 쪽을 향했다. 돌아보니 절로 이어지는 길에 모래 연기가 가득했다. 사람들이 소리를 질렀다.

산문이 무너졌다.

순식간에 주변은 엄청난 혼란에 빠졌다. 히로세는 본당을 뛰어 내려가 산문을 향해 달렸다. 작지만 오래된 절의 풍격을 담고 있던 문은 옆으로 쓰러져 무너지고 말았다. 퇴적한 것처럼 어지러이 흩어진 목재며 기와, 토담 사이로 사람의 팔다리가 보였다. 피와 신음과 카메라.

산문 앞에서 대기하던 취재진을 덮친 것이다. 고개를 들자 운 좋게 재난을 피한 취재진이 넋을 놓고 목재와 기와 더미를 바라보고 있었다.

"꼴좋다."

히로세는 느닷없이 목소리가 들린 쪽을 돌아보았다. 밀어닥친 사람들 속, 히로세 바로 옆에 2학년 6반 아이들 세 명이 모여 있었다.

"그렇게 소란을 피웠으니 무사할 리가 없지."

"그러게. 믿지도 않으면서 저주니 어쩌니 방송은 왜 해."

그들이 힐끗힐끗 시선을 보내는 곳에 창백한 얼굴로 서 있는 다카사토가 보였다.

문 앞에 있던 취재진이 수런거리기 시작했다. "구급차 불러"라는 소리와 "누구 영상 찍은 사람 있어?"라고 묻는 소리. "역시 저 녀석은 저주받았어"라며 다카사토를 가리키는 남자. 여기저기서 셔터 소리가 울렸다.

다카사토가 움직였다. 다카사토는 무너진 기와 더미 속으로 뛰어가 어지러이 널린 것들을 치웠다. 허둥거리며 몇 명이 거기에 동참한다. 돌더미를 치우고 부상자를 꺼내기 시작했다.

구급차 여러 대가 와서 부상자를 날랐다. 근처에 있는 구급차를 모두 모은 것이리라. 히로세는 한숨을 내쉬고 먼지를 털며 사람들 속에서 다카사토를 찾았다. 다카사토는 본당 근처에서 조문 온 아이들에게 둘러싸여 있었다.

슬며시 다가가자 "놀랐지?" 하고 상냥한 목소리가 들렸다.

"다카사토 얼굴색이 안 좋아."

"정말이네. 어디 가서 쉴래?"

"큰일이 한두 가지가 아니었으니까. 쉴 수 있는 곳이 있는지 물어보고 올게."

그렇게 말한 학생 하나가 자리를 뜨더니 절 앞길에서 부상자를 나르는 모습을 지켜보던 노승에게 뭐라고 이야기했다.

일이 어떻게 돌아가고 있는지 알았다. 그들은 비위를 맞추고 있었다.

여기에 재앙을 내리는 왕이 있다. 그는 공포로써 주변을 통치해왔다. 주변에 있던 자들이 어느 날 반기를 든다. 왕을 쓰러뜨리고 공포를 몰아내려 했다. 그러나 왕은 쓰러지지 않았다. 그는 삼 층 높이에서 떨어져도 상처 하나 없었다. 이어서 숙청이 시작되었다. 공포를 쳐부수려던 자는 공포로 앙갚음을 당했다. 그렇기에 그들은 믿고 따르려 한 것이다. 혁명이 불가능하다면 그들에게 남겨진 길은 하나밖에 없다. 왕의 기분을 해치지 않도록, 노여움을 사지 않도록. 결코 왕을 거스르지 않고 친절하게 대하면 실수할 리가 없다.

다카사토는 고독하다. 철저하게 고독하다.

구급차 한 대가 사이렌을 울리며 떠났다.

끝내 아홉 명이 죽고 스물 몇 명이 중경상을 입었다. 그날 뉴스에는 그 순간을 찍은 영상이 여러 차례 방송되었다.

산문은 갑자기 기울어지더니 아래에 있는 사람들이 비명을 지를 새도 없이 쓰러졌다. 지나치게 높이 쌓은 장난감 나무 블록이 무너지는 순간 같았다.

그날 밤, 히로세가 다카사토와 자취방으로 돌아왔을 때 주변은 잠잠했다. 그렇게 많던 취재진의 모습이 보이지 않았다. 아파트 앞 도로도 한산하기는 마찬가지였다. 건너편 집 담이 무너져 시트를 걸쳐놓은 모습이 보인다. 이상하게 여기면서도 말없이 아파트의 계단을 오른 히로세는 문 앞에 멈춰 섰다.

문에는 종이가 붙어 있었다. 종이에는 매직으로 "나가"라는 말만 갈겨써져 있었다. 히로세는 종이를 떼어 들고 열쇠를 돌렸다.

아파트 앞에 개미 새끼 하나 보이지 않았던 이유는 그날 밤 뉴스를 보고서야 알았다.

산문이 무너졌을 무렵 히로세의 자취방 근처에서 사고가 있었다. 폭주한 차가 대기하고 있던 취재진 무리로 돌진했다. 두 사람이 죽고 네 명이 다쳤다. 자동차 운전자가 사망했기에 어째서 돌진했는지는 알 수 없다.

'아하, 그래서 겁을 먹고 꽁무니를 뺀 건가.'

뉴스 앵커는 산문 붕괴 사고와 자동차 폭주 사고에 대해 '어떤 사건을 취재하던 보도진이 희생되었다'고만 말했으나 그것이 어떤 사건을 가리키는지는 어차피 얼마 안 가 소문이 날 것이다.

뉴스를 본 다카사토는 얼굴이 백지장 같았다. 히로세는 그가 진심으로 가여웠다. 다카사토라는 존재가 일으킨 너무나도 큰 참사. 대체 다카사토 때문에 얼마나 많은 목숨이 사라져야 하는가.

히로세는 어제까지와는 조금 다른 연민의 마음을 품고 다카사토의 옆얼굴을 바라보다가 허공으로 시선을 돌렸다.

아마도. 아마도 적을 없앨 속셈이겠지. 유치한 사고방식이다. 여기서 그들이 손을 뗄 리가 없다. 내일이면 틀림없이 다음 취재진이 온다. 분명히 그들은 여태까지의 사람들보다 다카사토에게 더 비호의적일 것이다. 대체 어쩌려는 걸까. 그들 역시 없애버릴 생각인가.

그렇게 해서 모든 사람을 적으로 돌릴 작정인가. 분별없이 지키려고만 하는 한 살아남을 방법과 장소 모두를 잃게 된다는 사실을 모르는 것인가.

"다카사토."

히로세가 이름을 부르자 다카사토가 돌아보았다.

"사람 없을 때 산책이라도 갈래?"

히로세는 억지로 미소를 지었다.

"내일이면 또 문밖으로 못 나갈 테니까."

002

달은 보이지 않았다. 가로등이 없는 제방 위는 한없이 어둡다. 제방 너머로는 칠흑같이 어두운 개펄이 펼쳐졌다.

"너희 할머니는 어떤 분이셨어?"

바다를 내려다보며 물었다. 다카사토는 갑자기 히로세가 그런 질문을 하는 의도를 파악하지 못하고 당황해하는 기색이 역력했다.

'이건 덫이다.'

히로세는 다카사토의 얼굴을 눈으로 훑으며 속으로 말했다. 덫이다. 걸리지 말아줘.

다카사토는 고개를 갸우뚱하며 대답했다.

"평범하셨어요. 조금 엄격한 분이셨지만."

"엄격했다고?"

"옛날 사람이라서 예의범절에 까다로운 분이셨죠. 젓가락 쥐는 법을 지적하시거나 밥 먹을 때는 정좌를 해야 한다는 말씀을 항상 하셨어요."

"그래? 정말 엄격하셨구나."

다카사토의 입매가 올라간다.

"부모님보다 할머니가 무서웠죠. 가차없이 때리셨거든요. 그

때도."

히로세는 다카사토를 바라본다.

"가미카쿠시를 당했을 때?"

다카사토는 고개를 끄덕였다. 쓴웃음 같은 미소를 짓고 있다. 그 표정이 히로세를 안타깝게 했다. 다카사토는 눈앞에 덫이 있는 것조차 모른다.

"원인이 뭐였더라. 아마…… 누가 세면장에 물을 흘리고 닦지 않았느냐는 문제였을 거예요. 동생이 제가 범인이라고 했고, 저는 그런 적이 없어서 아니라고 했죠."

"동생이 범인이었구나?"

다카사토는 고개를 저었다.

"몰라요. 보지 못했으니까. 누가 물을 흘린 모습을 보았다면 그 사람이 그랬다고 말했을 텐데. 공교롭게도 누가 했는지 몰라서 제가 아니라는 말밖에 하지 못했어요."

재미있는 사고방식이다. 다카사토가 그랬다고 우기는 동생을 의심하지 않은 것일까.

"그래서?"

"할머니도 제가 했다고 생각하셨죠. 어째서 솔직하게 잘못을 빌지 않느냐며 혼을 내셨어요. 솔직히 말할 때까지 집에 들이지 않겠다며 저를 마당으로 쫓아냈죠. 이월인데다 눈까지 내리는 날이었습니다."

다카사토는 웃었다.

"너무 추웠지만 저는 제가 범인이 아니라는 사실을 알고 있었고 용서를 빌려면 제가 했다고 거짓말을 해야 했죠. 할머니께서는 거짓말이 가장 나쁜 짓이라고 항상 말씀하셨어요."

"그러고는? 무슨 일이 있었지?"

다카사토는 미소 지었다.

"막막했죠. 어떻게 해야 좋을지 몰랐거든요. 점점 추워지고 해도 기울고, 집안으로 들어가고 싶은데 거짓말을 할 수는 없고. 그때 훅 하고 따뜻한 바람이 불었어요. 바람이 불어오는 쪽을 보니 팔이 보였습니다."

웃고 있던 다카사토가 히로세의 표정을 보더니 갑자기 의아한 얼굴을 했다.

"……제가 이상한 말을 했나요?"

너는 덫에 걸렸다는 말을 히로세는 삼켰다.

다카사토. 눈앞에 있는 무력하고 불행해 보이는 소년.

"너 혹시 할머니가 싫었니?"

"아니요."

다카사토는 고개를 저었다.

"엄격한 분이셨으니까 좋지는 않았겠지?"

"혼나는 건 무서웠지만 그렇게 생각한 적은 없어요."

"잘못도 없는데 한겨울에 마당으로 내쫓았잖아? 적어도 그때는 할머니를 원망했겠지?"

다카사토는 고개를 가로저었다. 표정에는 거짓도 꾸밈도 없었다.

"어쩔 수 없는 일이었어요. 할머니는 범인이 누군지 모르셨고 동생은 제가 범인이라고 했으니 동생 말을 믿을 수밖에……."

"남동생이 범인이라고 생각하지는 않았니?"

"왜요? 동생은 제가 범인이라고 했는데요."

"그러니까 말이야. 넌 범인이 아니었지. 동생도 물을 흘리는 너를 본 건 아니잖아. 그런데 네 탓이라고 물고 늘어진 건 자기 죄를 너에게 덮어씌우기 위해서라고 생각 안 했어?"

다카사토는 눈을 동그랗게 떴다.

"아아, 그러고 보니…… 그렇게 생각할 수도 있군요."

이제야 생각이 미쳤다는 얼굴이었다.

히로세는 한숨을 내쉬었다. 연기로 보이지는 않았다. 그것이 오히려 의미심장했다.

"동생에게 화 안 나?"

히로세가 목소리를 낮춰 묻자 다카사토는 웃었다. 웃는 게 서투른 만큼 그 얼굴은 오히려 진실해 보였다.

"정말 동생이 했는지 알 수 없는 일이고……. 어차피 옛날 일인걸요."

웃는 얼굴을 보고 깨달았다. 사냥감은 덫에 걸렸다. 남은 일은 입구를 막는 것뿐이다.

히로세는 가볍게 숨을 들이쉬었고 되도록 침착하게 말했다.

"너지, 다카사토."

정작 다카사토는 히로세가 무슨 말을 하는지 이해하지 못한 표정이다. 히로세는 나직한 목소리로 다시 말했다.

"너잖아."

"제가…… 뭐요?"

"네가 했잖아."

다카사토는 눈을 크게 뜨고 눈살을 찌푸렸다.

"……뭘 말이죠."

"보복. 전부 네가 했지?"

다카사토는 히로세의 얼굴을 바라보았다. 여러 가지로 복잡한 눈빛이었다.

"무의식중에 저지른 짓이겠지. 그래도 전부 네가 한 짓이야."

"……아닙니다."

다카사토가 경악에 찬 목소리로 말했다. 어째서 그런 말을 하는지 모르겠다고 온몸으로 호소하고 있다.

"아닌 게 아니지. 누군가 네게 위해를 가한다. 너의 무의식은 복수하고 싶다고 생각한다. 네가 가진 '힘'이 그것을 실행한다."

"힘이라고요."

"초능력이라고 하면 진부하지만, 뭔지 모를 특수한 '힘'이라고 해두지. 그게 네 의식을 대신해 복수하는 거야."

다카사토는 고개만 저었다. 화가 난 것 같지는 않았다. 그저 슬픔에 잠겨 있을 뿐이다.

"너는 집이 싫었어. 다른 곳으로 도망치고 싶었지. 무의식이 '힘'을 사용해 너는 어딘가로 사라졌어. 그게 가능할 정도로 어마어마한 힘이야. 마음에 들지 않는 녀석은 없애고 외로워지면 위안을 받는."

"그럴 리는…… 없어요."

히로세는 단호하게 고개를 저었다.

"너만 모를 뿐이야. 네게는 그런 '힘'이 있어. 너한테 해코지한 녀석들을 마음속으로는 원망했겠지."

다카사토는 아무 말도 하지 않았다. 찢어질 만큼 크게 뜬 눈이 히로세의 얼굴을 응시하고 있다. 상황을 파악하지 못하고 그저 슬픔에 잠겨 있는 버려진 아이 같았다.

"인간은 더러운 생물이야. 더럽고 비열한 생물이라고."

짐승이 아닌 만큼 불순하고 비열하다.

"인간의 영혼은 빛도 유리도 아닌 독살스러운 이기심으로 이루어져 있지. 너처럼 아무도 미워하지 않고 원망하지 않으면서 살 수는 없어. 사람은 그럴 수 없어. 원망하지 않을 리가 없어. 너는 그걸 숨기고 있을 뿐이야. 아니면 인정하려 하지 않거나. 그런 감정이 없는 척하고 있을 뿐이라고."

"……아닙니다."

히로세는 다카사토를 똑바로 바라보았다.

"그렇다면 어째서 하시가미에게 쓰이키의 이름을 물었지? 건드리지 말았으면 하는 이야기를 꺼낸 녀석에게 보복하고 싶었던 거잖아."

"아닙니다."

다카사토는 히로세를 올려다본다.

"저는 그런 걸 물었던 게 아닙니다. 쓰이키의 이름을 듣고 싶었던 게 아닙니다. 3학년 선배가 이상한 이야기를 하기에 누가 그런 생각을 했나 의아했을 뿐이에요."

"다카사토."

히로세는 한숨과 함께 다카사토의 이름을 부르며 고개를 저었다.

"나에게 그런 기만은 통하지 않아."

똑같은 자기기만에 빠져 있던 히로세에게는.

"정말입니다. 소문이 그렇게 이상해졌나 싶어서. 그래서……."

"다카사토."

히로세는 다카사토의 말을 가로막았다.

"이제 그만해. 알잖아. 이런 짓을 계속해도 무엇 하나 나아지지 않아. 너는 점점 설자리를 잃을 거야. 적이 늘어날 뿐이야. 그것도 더욱더 강력한 적이."

다카사토는 고개를 저었다.

"다카사토. 인간은 깨끗하게만 살 수는 없어. 해코지하는 이들을 위해 울어주거나, 자신을 때린 이들을 위해 눈물 흘리는 삶을 살 수 있는 생물이 아니야."

"……그만하세요."

"나를 때려도 돼. 원망하거나 저주해도 돼. 대신 이 이상 네 이기심을 외면하고 상처 입히지 마."

다카사토는 고개를 푹 숙였다.

"말씀하지 마세요."

"귀 막지 말고 들어."

"부탁이니 말하지 마세요."

"다카사토!"

"아무것도 하지 마세요!"

거짓 없는 눈동자가 히로세를 올려다본다.

"부탁입니다. 죽지 마세요."

진심으로 하는 말이었다.

인정할 수 없는 것인가. 인정하고 싶지 않은 것인가.

히로세는 고개 숙인 다카사토의 어깨를 두드린다.

"……돌아가자."

003

그날 밤늦게 고토에게서 전화가 왔다. 다카사토에게 내일 학교로 나오라고 했다. 혀 꼬부라진 말투였다. 취한 것일까. 당연한 말이지만 술을 마시는 고토는 본 적이 없다.

다음날 다카사토는 학교에 함께 가달라고 부탁했다. 히로세는 다카사토가 처음으로 한 부탁에 놀랐지만 아무 말 없이 고개를 끄덕였다.

밖으로 나가니 놀랄 정도로 엄청난 숫자의 보도진이 앞길에 모여 있었다. 다카사토가 나타나자 그들은 술렁였고, 마중나온 도토키의 차까지 빠르게 걷는 사이 머리가 아플 만큼 욕설을 퍼부었다.

지시받은 대로 준비실로 가자 고토가 기다리고 있었다. 그는 히로세를 보고 눈썹을 움찔했지만 아무 말도 하지 않았다.

"다카사토, 미안하다."

"아닙니다……."

"미안하지만 교장실에 가볼래? 교장 선생님께서 하실 말씀이 있으시다더구나."

다카사토는 잠시 고토의 얼굴을 바라보았으나 끝내 아무 말도 입에 담지 않았다. 대신 히로세를 바라보았다.

"죄송하지만 선생님, 같이 가주실래요?"

"내가?"

고토가 어이없어하며 언성을 높인다.

"잠깐만, 교장 선생님은 히로세에게는 용건이 없으실 텐데."

다카사토는 고토를 돌아보았다.

"불안해서요. 히로세 선생님께서 동행하지 않는다면 싫습니다."

고토는 어리둥절해서 히로세를 쳐다보았다. 히로세도 고토를 보았다. 고토가 이해할 수 없다는 표정으로 수화기를 집는다. 내선을 돌려 전화 상대에게 다카사토의 말을 전했다.

상대방은 안 된다고 한 모양이다. 고토가 전화기를 통해 상대방과 다카사토 사이에서 한참 동안 의견을 조율한 끝에 겨우 수화기를 내려놓았다. 기묘한 표정이었다.

"히로세. 갔다 와."

교장실에 가자 교장 말고도 교감과 2학년 주임이 기다리고 있었다. 그들은 난감한 표정으로 다카사토와 히로세를 번갈아 보았다. 그러고는 얼굴을 잔뜩 찌푸린 채 소파에 앉기를 권했다.

"다카사토 군."

"네."

"우선 이번 일은 매우 유감이야. 앞으로 어디서 지낼지는 결정되었나?"

"아니요."

교장은 가볍게 기침을 했다.

"담임인 고토 선생님께 들었는데, 학교를 그만두고 싶다고 했다면서."

"네."

교장은 몇 번이나 고개를 끄덕였다. 그러더니 정체 모를 웃음을 짓는다.

"요새 여러 가지 일이 있어 힘들었겠지. 가족을 잃고 마음 정리도 필요할 테고. 어디 가서 지금까지 일을 정리하고 심기일전하고 싶을 거야."

히로세는 교장의 얼굴을 뚫어져라 바라보았다.

"퇴학 신청서를 내면 학교에서는 언제든 수리하마."

히로세는 몸을 일으켰다.

"다카사토에게 그만두라는 소립니까?"

교감이 히로세를 노려본다.

"누가 그런 말을 했다는 건가. 자네는 가만히 있어."

교장은 곁눈질로 히로세를 보고 나서 시선을 다카사토에게 돌린다.

"어떻게 할 생각이지?"

다카사토는 무표정하게 고개를 끄덕였다.

"돌아가는 길에 처리하겠습니다."

교장은 눈에 띄게 안도한 얼굴로 미소를 지었다.

"서둘지 않아도 괜찮아. 아래에서 용지를 받아서 나중에 우편으로 보내렴. 원래는 보호자 동의가 필요하지만 지금은 보호자가 계시지 않으니 하는 수 없지."

비열하다고 히로세는 생각했다. 고토가 어젯밤 술에 취했던 이유를 알았다. 학교는 다카사토를 내쫓고 싶어 한다. 처분할 이유가 없으니 자퇴해달라고 다그친다. 상중이라 학교를 쉬고 있는 다카사토를 부른 까닭은 지금이라면 반대할 보호자가 없기 때문이다. 얼마 안 있어 누군가 후견인이 되겠지만 그때에는 다카사토의 퇴학이 수리되어 있을 것이다. 이후 일은 내 알 바 아니라고 우기려는 비열한 속내였다.

다카사토는 신경쓰지 않는 모습이었다. 담담히 고개를 숙이고 받아들이겠다는 의사를 전한다. 교장은 미소를 띠고 학교를 떠나는 학생을 위하는 척 훈계를 늘어놓았다. 히로세는 주먹을 쥐고 이야기를 들었다.

이야기를 마치고 교장실을 나오려는데 교감이 히로세를 불렀다. 히로세가 멈춰 서고 다카사토도 같이 섰다.

"히로세 군, 잠깐만. 다카사토 군은 그만 돌아가고."

교감의 말에 다카사토가 물었다.

"제가 있으면 안 되나요?"

히로세는 놀라서 다카사토를 바라보았다. 교감은 당황해서 교장을 쳐다보았다.

"일단 나가 있으렴."

"싫습니다."

단호하고 날카로운 목소리다. 히로세는 놀란 나머지 똑바로 쳐든 다카사토의 옆얼굴을 바라볼 뿐이었다.

교감이 다가온다. 다카사토의 팔을 잡으려 했다.

"일단은……."

"억지로 쫓아내려 하신다면 학교에서 자퇴를 권했다고 언론에 말하겠습니다."

교감이 흠칫해서 다카사토를 보았다. 다카사토는 조용히 미소 지었다.

"아니면 협박당했다고 할까요?"

교사들은 얼굴을 찡그렸다. 히로세는 돌변한 다카사토의 모습이 놀라울 따름이었다. 전혀 다카사토답지 않다.

"히로세 군."

교감이 못마땅해하며 말한다.

"이 일은……."

"말하지 않겠습니다."

히로세가 대답을 쏟아냈다.

"여기에서 일어난 일은 아무것도 보지 않았고 듣지 못했습니다. 실습중에 있었던 일도요. 앞으로 학교 일에는 절대로 관여하지 않겠습니다. 이걸로 됐나요?"

고개를 끄덕이는 교사들을 흘끗 보고 다카사토를 재촉했다. 둘이 함께 교장실을 나왔다.

교장실을 나와 준비실로 돌아가는 내내 히로세는 분노보다는 놀라움에 휩싸여 있었다. 대체 무슨 일이냐고 물으려다 입을 다물었다. 그러기를 몇 차례, 마침내 계단을 오르면서 말을 꺼냈다.

"다카사토. 미안하지만 난 이 길로 대학교에 가야 해."

다카사토는 히로세를 본다.

"저도 따라가면 안 될까요."

"연구 수업 담당 교수님과 상담이 있어. 미안하지만……."

"부탁합니다. 데려가주세요. 방해하지 않을게요."

표정에 진지함이 어려 있다. 무슨 의도인지 깨달았다.

—다카사토 곁에 있는 편이 안전할 확률이 크다.

그런 이야기를 고토와 했던 것이 언제였던가.

"부탁입니다."

히로세는 깊은 감회에 젖어 자신을 올려다보는 다카사토를 바라보았다.

"거짓말이야."

다카사토가 눈을 동그랗게 떴다.

"미안. 거짓말이었어."

그는 부끄러운 듯 고개를 숙였다.

"다카사토, 고맙다."

"……저는 모르겠어요."

다카사토는 고개를 숙인 채 조용히 말했다.

"정말로 제가 한 건지, 아무리 생각해도 모르겠어요. 실은 원망하고 있는데 그런 생각을 하지 않는 척하는 건지, 그것조차 모르겠어요."

목소리가 희미하게 떨렸다.

"제가 했든 누군가가 했든 저는 어떻게 해야 멈출 수 있는지 몰라요. 하지만 제가 하는 거라면 스스로에게 위해를 가하려고 하지는 않겠죠. 누군가 지켜주고 있다면 그들 역시 저에게 위해를 가하지는 않을 겁니다. 그러니까……."

어째서 다카사토일까. 어째서 이 운명을 다카사토가 짊어져야 했나.

"고마워. 어서 고토 선생님께 가자. 그 사람 지금쯤 자기혐오에 빠져 있을 테니까."

004

특별 교실동으로 돌아왔을 때였다. 복도를 지나가던 히로세는 자신을 부르는 소리를 들었다. 좌우를 두리번거리며 걸음을 멈췄다. 다카사토도 멈춰 섰다. 지구과학 실험실 앞이었다.

"히로세."

실험실 문은 열려 있었다. 목소리는 실험실 안에서 들렸다. 고토의 목소리 같았다.

"고토 선생님?"

"히로세? 미안한데, 좀 도와줘."

히로세는 안을 들여다보았다. 운동장 쪽 창문과 복도 쪽 창문에 암막이 쳐져 있어 교실은 밤처럼 어둡다. 교실 맨 뒤에 웅크리고 있는 사람이 보였다.

"고토 선생님, 뭐하세요."

실험실 안으로 발을 디딘 순간이었다. 갑자기 등뒤에서 문이 스르륵 닫혔다.

"선생님!"

다카사토의 다급한 목소리가 들렸다.

히로세는 서둘러 작은 간유리가 달린 문을 붙잡았다. 아무리 당기고 흔들어도 문은 꿈쩍도 하지 않았다. 바깥에서 다카사토가 부르는 소리가 들린다.

계속해서 문을 열려고 애를 쓰면서 교실 안을 둘러보았다. 교실 뒤쪽에 있던 그림자가 일어섰다. 빛줄기는 붙잡고 있는 문의 작은 유리로밖에 들어오지 않는다. 유리 너머의 약한 불빛만으로는 일어선 사람이 누구인지 알 수 없었다.

그것은 책상 뒤에서 통로로 나왔다. 몸을 구부리고 바닥에 양손을 짚는다. 히로세는 그것을 뚫어져라 바라보았다. 문을 열어야 한다는 것도 잊어버렸다.

그것은 실험실의 커다란 책상 사이를 네발로 기어서 다가왔다. 통로는 주변보다 더 어두워서 모습이 잘 보이지 않았다. 맨발로 걷는 듯한 소리만이 울려 퍼진다. 히로세는 눈을 비볐다. 어둠의 일부처럼 보이는 그림자에서 뻗어 나온 팔이 어느새 늘어나 있었다. 네 개의 앞다리와 두 개의 뒷다리로 천천히 기는 그것. 희미하게 바다 내음이 풍겨왔다.

역시 왔구나.

'역시 네 이기심이 나를 용서하지 않았구나, 다카사토.'

그것은 은밀한 소리를 내며 기었다. 팔의 숫자는 더욱 늘어났다. 길 때마다, 가까워질 때마다 팔이 늘어난다. 어느새 그것은 거대한 지네로 변해 있었다.

"나를 죽이면 너는 외톨이야."

지네 같은 그것이 통로에서 나왔다. 히로세와 거리는 이 미터도 채 되지 않는다. 작은 창문에서 들어오는 빛으로 반짝이는 피고름 같은 색이 보였다.

"이제 네가 갈 곳은 없다고, 모르겠어?"

그것이 우뚝 멈추었다. 이미 인간의 실루엣은 어디에도 남아 있지 않았다. 무의식중에 교실 구석에 몸을 기댄다. 일어선 그것의 길이는 이 미터가 넘었다. 낫처럼 굽은 목을 쳐든 뱀같이 상체를 흔든다. 코끝이 뾰족한 머리가 보였다.

무시받고 묵살당해 수면 아래에서 일그러져가던 다카사토가 품고 있는 이기심의 형태. 추한 게 당연하다. 인간은 몸속에 이렇게나 추악한 괴물을 기르고 있다.

그것이 흔들거리며 다가온다. 농후하게 고여 있는 바다 냄새가 났다. 피고름 색깔의 턱이 벌어진다. 창문에서 들어온 흐릿한 빛을 받아 턱의 안쪽에 늘어선 치열이 약하게 빛난다. 문득 머릿속에 다카사토 집에서 본 무참한 시체의 모습이 떠올랐다.

'이거였구나.'

히로세는 냉정하게 생각했다. 생각한 순간 그것의 앞다리가 번뜩이며 가슴에 충격이 전해졌다. 연달아 어깨를 찔린다. 에는 듯한 아픔이 스쳤다. 반사적으로 손으로 어깨를 누르니 미적지근한 감촉이 느껴졌다.

무릎에 힘이 풀려 자리에 주저앉았다. 코를 찌르는 썩은 바닷물 냄새와 함께 그것이 코앞까지 다가왔다. 시선이 움직이지 않았다.

그때 유리가 깨지는 격렬한 소리와 함께 번쩍이는 빛이 날아들었다.

그것은 놀란 것처럼 움직임을 멈추었다.

"선생님!"

다카사토의 목소리가 들리자 그것이 몸을 구부리고 돌아본다. 몸 너머로 복도 쪽 창문에 드리운 암막이 나부끼는 모습이 보였다. 그곳에서 들어온 한낮의 빛으로 잠시 드러났던 추악한 모습은 암막이 드리우자마자 새카만 그림자로 되돌아갔다.

잠깐 눈이 부셔 잃었던 시력이 돌아오며 물체의 형상이 선명해졌다. 괴물을 사이에 두고 맞은편에 다카사토의 모습이 보였다.

"이제 그만하세요."

굳센 목소리가 들렸다.

"어째서, 무엇 때문에 이런 짓을 하는 겁니까."

몸을 수그린 그것은 수많은 손을 짚고 옆으로 도망쳤다. 시야를 가로막던 것이 사라진다. 그것을 강렬하게 쏘아보는 다카사토가 제대로 보였다.

"이분은 제 적이 아닙니다! 이제 그만하세요!"

그것은 물러서더니 몸을 숙이고 목을 늘어뜨렸다. 혼쭐이 난 강아지가 풀이 죽었을 때 동작과 우스울 정도로 비슷했다.

"당신은 누구죠. 대체 저랑 무슨 관계인가요."

그것은 더더욱 몸을 웅크렸다. 그림자의 크기가 줄어들어 어떤 동물 모습과 비슷해지고 있었다.

"이 모든 게 저를 위한 일이었다면 당신은 누구보다 자신을 벌해야 할 겁니다!"

다카사토는 히로세를 바라보고 달려왔다.

"괜찮으세요?"

"……응."

대답하면서도 그림자에게서 시선을 떼지 않았다. 그림자는 이제 완전히 개의 모습을 하고 있다.

"우리에게는."

그림자가 불쑥 말했다. 다카사토가 바라본다.

"당신을 지킬 책무가 있다."

나직한 남자 목소리였다. 그림자는 더 줄어든다.

"……책무?"

"우리는 오직 당신을 지키기 위해서 존재한다."

"무슨 소리죠?"

"그 때문에 존재한다고…… 정해져…… 있다."

무언가 주륵주륵 흘러내리는 소리가 들렸다. 그림자는 이제 갓난아이보다 작았다.

"대체 무슨 소리입니까!"

주륵, 하는 소리만이 대답을 대신했다. 어느 틈에 모습은 사라졌다.

갑자기 교실 바깥에서 소리가 들렸다.

"다카사토?"

이번에야말로 틀림없는 고토의 목소리였다.

교실 문은 쉽게 열렸다. 복도에는 고토를 비롯해 열 명 가까운 교사가 모여 있었다. 밝은 빛 아래에서 보니 다카사토는 여기저기 베여 상처투성이였다. 교실에 있는 복도 쪽 창문은 나무틀로 되어 있는데, 그중 하나가 부서져 있었다. 복도에는 파편이 흩어져 있고 의자가 하나 뒹굴었다.

고토가 모여든 사람들에게 여기는 자신이 처리하겠다고 말했다. 히로세는 부서진 창문으로 손을 뻗어 암막을 걷었다. 교실 안에서는 이제 아무 이상도 발견할 수 없었다.

005

"화학 실험실 문이 열리는 소리가 났어."

고토는 난감한 표정으로 말했다. 학교에서 가까운 병원의 대기실이었다.

"들여다보니 다카사토가 하얗게 질린 얼굴로 의자를 들고 가더군. 무슨 일이냐고 물으니까 네가 옆 실험실에 갇혔다지 뭐냐.

그래서 다카사토랑 같이 뛰어간 거야. 정말로 문은 꿈쩍도 안 했어. 이게 무슨 일인가 생각할 겨를도 없이 다카사토는 창문을 부숴버렸고. 다카사토가 안으로 뛰어들기에 나도 뒤따라 들어가려고 했더니 오지 말라잖아. 그런 표정으로 위험하다고 하니까 제아무리 대담한 나라도 겁나더라고."

"그랬군요……."

"게다가 들어간 다카사토는 감감무소식이지, 안을 들여다보려고 창문에 쳐진 암막을 걷으려 해봤지만 꿈쩍해야 말이지. 암막이 꼭 강철로 만들어진 것처럼 꼼짝도 안 하지 뭐냐. 그래서 하는 수 없이 복도에서 기다렸지. 달리 어쩌겠냐?"

어째 말투에 변명이 묻어나서 웃음이 났다. 흉근을 움직이자 타들어갈 듯 아팠다. 봉합 때 한 마취가 아직 풀리지 않았을 텐데 도통 아픔이 가시지를 않았다. 쇄골 아래 상처와 어깨에 입은 상처는 상당히 깊었으나 뼈에 이를 정도는 아니었다. 예리한 칼날로 도려낸 듯한 상처여서 궁여지책으로 창문 유리에 뛰어들어 베였다고 말했는데, 나이든 의사는 의심하지 않은 모양이었다. 정말로 유리에 베인 다카사토가 함께 치료를 받은 덕일지도 모른다.

치료를 받고 나서 학교로 돌아가 교감에게 어떻게 된 일인지 설명해야 했다. 히로세는 실험실에 갇혔다고만 말했다. 그 이상의 설명이 필요하다고 생각하지 않았다.

설명이 끝나자 때마침 점심시간이었다. 도토키가 점심 회의가 끝나면 바래다주겠다고 하기에 시간을 때우려 다카사토와 준비실로 돌아갔더니 고토의 모습은 없고 학생 네 명이 머리를 맞대고 있었다.

"고토 선생님은?"

"회의요. 선생님 또 다치셨다면서요?"

노즈에가 히로세를 바라본다. 히로세는 고토에게 빌린 하얀 가운을 살짝 들추고 붕대를 보여주었다.

"꿰맸어요?"

"한동안 온천 가기는 글렀다."

"으에엑."

노즈에가 소리치면서 힐끗힐끗 다카사토를 훔쳐본다. 다른 아이들도 마찬가지였다. 쓰이키만 차가운 눈빛으로 다카사토를 조용히 바라보았다. 다카사토는 시선들을 담담히 받아들였다.

"그러고 보니……."

스기사키가 언성을 높였다.

"선생님 들으셨어요? 사카타 형 사고 난 거."

히로세는 눈을 동그랗게 뜨고 스기사키를 보았다.

"뭐라고?"

고토에게 그런 이야기는 듣지 못했다.

"어제 아침에요. 승강장에서 선로로 떨어졌는데 마침 들어오던 지하철에 치였대요."

얼굴에서 핏기가 가셨다.

"학교 빼먹고 어디를 가려던 길이었다나 봐요. 지하철이 서행하고 있어서 목숨은 건졌지만 의식불명의 중태래요."

'다카사토가 아니다.'

히로세는 아찔해질 정도로 놀라 다카사토를 돌아보았다. 눈을 부릅뜬 다카사토의 놀란 얼굴이 새하얗게 질려 있었다.

다카사토의 자아와 관계가 없다. 완벽하게 별개의 의지를 품은 별개의 생물이었다.

"미안……."

다카사토가 어리둥절한 얼굴로 히로세를 올려다보았다.

"네가 아니었어. 미안."

"어째서 사카타가……."

다카사토는 중얼거렸다.

"정말로 단순한 사고가 아닐까요?"

히로세는 고개를 저었다.

"보복이야. 틀림없어."

"……이유가 없어요."

다카사토는 혼란에 빠져 있었다.

"보복은 아주 사소한 이유로도 일어나지만 사카타에게는 그럴 이유가 전혀 없어요."

어째서 사카타가 보복을 당했을까. 언뜻 그는 다카사토 편으로 보였다. 사카타가 보복당할 이유는 딱 하나밖에 떠오르지 않는다.

"혹시 밀고한 것 때문에?"

노즈에가 소리지르며 쓰이키를 바라본다.

"밀고?"

다카사토는 쓰이키를 쳐다보았다. 히로세가 쓰이키에게 물었다.

"쓰이키. 그 이야기 다카사토에게 했니?"

"아니요."

쓰이키는 굳은 얼굴로 고개를 저었다.

"아무한테도 안 했어요. 다카사토랑 관련된 이야기를 퍼뜨리고 다니다니, 전 못 해요."

다카사토가 히로세를 본다.

"사카타가 너에 대한 소문을 기자에게 흘린 모양이야."

다카사토는 눈을 동그랗게 떴다.

"분명히 그랬겠지. 그게 아니라면 사카타가 보복당할 이유가 없어. 어쩌면 네 거처를 흘린 범인도 녀석일지 몰라. 네가 한 짓이 아니야. 너는 그 사실을 알 기회가 없었어."

히로세는 고개를 숙였다.

"의심해서 미안하다."

다카사토는 천천히 고개를 저었다. 지금의 상황을 제대로 받아들일 수 없는 모양이었다.

때마침 준비실 문을 두드리는 소리가 들렸다.

문을 열자 열 몇 명의 아이들이 서 있었다. 대부분 2학년 6반 아이들이었지만 그렇지 않은 아이도 보였다.

"……무슨 일이지?"

앞에 서 있던 6반 아이가 입을 열었다.

"다카사토가 있다고 하던데요."

"그래, 있기는 한데……."

히로세는 안을 가리켰다. 다카사토는 고개를 갸우뚱하며 이쪽을 보고 있었다.

"선생님, 다치셨다는 거 진짜예요?"

오늘 아침 집에서 나올 때 입었던 옷은 다시는 입을 수 없게 되었다. 그래서 맨몸에 붕대를 감고 하얀 가운을 걸치고 있었다. 뻔히 붕대가 보이는 터라 히로세는 숨기지 않고 고개를 끄덕였다.

비난하는 목소리가 왈칵 들끓었다. 준비실 안에 있던 다카사토와 다른 아이들이 주춤거리며 일어섰다.

"대체 왜 이러는 거야!"

그중 한 명이 손가락질한다.

"히로세 선생님은 널 숨겨주셨잖아! 사카타도 네 편이었고. 그런데 대체 무슨 복수를 하는 거냐고!"

다른 한 명은 창백한 얼굴에 눈물을 글썽이고 있었다.

"부모도 죽이고 같은 편도 죽이고, 우리한테 대체 어쩌라는 거야?"

"사실 적이건 아군이건 관계없지? 넌 누구든 상관없는 거 아냐? 기분 내키는 대로 아무나 죽이고 있잖아! 안 그래?"

비명 같은 욕설이 터져 나왔다.

그들은 바싹 몸을 낮추고 있었다. 더이상 벌이 내리지 않도록. 재앙신의 비위를 맞춰 어떻게든 몸을 지키려고 했다. 본인이 어떤 의도로 그랬든지 간에, 그 대표가 사카타였다. 그런 사카타가 숙청되었다. 다카사토를 보호하던 히로세가 숙청되었다. 누가 뭐라 해도 그의 편이었을 가족까지 없애버렸다.

"기다려, 오해야!"

히로세를 덮친 데는 이유가 있다. 사카타는 호의로만 움직이는 인간이 아니었다. 무엇보다 가족은 조금도 다카사토를 위하지 않았다.

"진정해!"

그렇게 외친 순간 상처가 타는 듯이 아팠다. 히로세는 저도 모르게 몸을 구부렸다. 그 모습을 보고 그들은 더 흥분했다. 돌진해오는 그들을 보고 히로세는 순간적으로 양팔을 벌려 문과 기둥을 잡고 막아섰다.

"다카사토, 도망쳐!"

선두에 있던 학생이 체중을 실어 히로세를 밀어냈다. 히로세는 한 방에 맥없이 쓰러지고 말았다. 그의 몸은 전혀 쓸모가 없는 상태였다.

"그만두지 못해!"

하시가미가 소리친다.

"너희, 이런 짓을 하면 어떻게 되는지 알고나 있어?"

"알고말고."

누군가 외쳤다.

"어차피 적이건 아군이건 다 죽일 텐데 적이 되는 게 뭐가 어때서! 다카사토만 없어지면……."

하시가미가 책상 위에 있던 주둥이가 넓은 병을 집어던졌다. 창문에 내동댕이쳐진 병은 창틀에 부딪히더니 창문 유리를 깨뜨리며 산산이 부서졌다. 요란한 소리에 준비실로 뛰어들던 아이들의 움직임이 멈추었다.

"다카사토만 없어지면, 뭐?"

하시가미가 학생들을 둘러본다.

"그래서 어쩌겠다는 거야."

준비실에 가득했던 흥분이 순식간에 식었다.

"다카사토를 죽이려고? 그러면 너희는 마음 편히 잘 수 있겠구나. 소년원에서 말이야."

"다카사토를 편드는 거냐?"

누군가의 질문에 하시가미가 웃었다.

"그저 바보가 싫을 뿐이야."

"……두고 봐."

"두고 보지. 내가 너희의 은인이니까."

학생들이 벽 쪽에 서 있던 다카사토와 하시가미를 차례로 보았다. 다들 갈등하고 있는 기색이 엿보였다.

그들이 대치하고 있는 와중에 다카사토가 입을 열었다.

"학교를 그만둘 거야."

순식간에 모두의 시선이 다카사토에게 쏠렸다.

"그만두기로 했어. 오늘은 수속을 하기 위해 온 거야."

쥐죽은듯 침묵이 흐르다가 누군가 갑자기 웃음을 터뜨렸다.

히스테릭한 웃음이 주변 사람에게 전염되어간다. 소란을 들은 교사가 달려올 때까지 그들은 웃음을 멈추지 않았다.

006

도토키의 차로 아파트 앞까지 왔을 때 모여 있는 사람의 수는 더욱 늘어 있었다. 마이크를 들고 들이닥치는 패들을 밀어젖히며 간신히 계단까지 도달했다. 2층 통로를 향해 계단을 뛰어 올라가자 기자들도 거기까지는 따라오지 않았지만 어디선가 돌멩이 하나가 날아왔다. 밤톨만 한 돌은 통로에 튕겨 큰 소리를 냈다.

문 앞에는 커다란 종이가 붙어 있었다.

'권고'라 씌어 있는 종이에 깨알 같은 글씨로 무슨 말이 줄줄이 적혀 있다. 떼어내려고 팔을 뻗었을 때 돌이 또 하나 날아왔다. 등뒤에서 욕설이 들린다. 히로세는 종이를 그대로 두고 집안으로 도망쳐 들어갔다.

3시부터 하는 와이드 쇼 역시 온통 이 사건에 대한 화제뿐이었다. 언론사들 사이에 다카사토가 적이라는 여론이 형성된 듯했다. 물론 그들이 '저주' 같은 현상을 믿을 리는 없다. 확정 지어 말하지는 않았지만 다카사토가 직접 보복했을 가능성을 암시했다. 모든 진행자들이 가차없는 말투로 그렇게 보도했다.

앞으로 어떻게 될까. 히로세는 스케치북을 응시하는 다카사토를 보았다. 언론에서 적이라는 딱지를 붙이면 정말 인류의 적이 되고 만다. 보호자를 잃었다. 학적도 잃었다. 일을 하겠다지만 일할 수 있는 곳이 있을까. 언제쯤 소동이 진정되고 사람들이 사건을 잊어줄까.

히로세는 다카사토를 바라보았다. 다카사토는 스케치북에 붓을 놀리고 있다. 처음 다카사토가 그림을 그리는 모습을 보았을 때와 마찬가지로 그는 화폭에 의식을 집중하고 있었지만 그때 본 고요하고 진지한 모습과는 거리가 멀었다. 뭔가 다카사토의 마음을 뒤흔들고 있었다.

종이에 그려낸 바위 미궁에 녹색 물감이 칠해졌다. 빼곡하게 이끼가 낀 듯한 짙은 녹색의 기암. 대강 색을 입히고 다카사토는 생각에 빠졌다. 지그시 화폭을 바라보다가 세차게 고개를 내젓는다.

"왜 그러니?"

"이건 좀 아닌 것 같아서요."

그래도 이 작업은 다카사토에게 중요한 일이다. 히로세는 웃다 말고 갑자기 엄습하는 불안을 느꼈다. 눈앞에 있는 소년은 대체 무엇인가. 히로세를 덮친 그림자는 다카사토를 지킬 책무가 있다고 했다. 보복은 다카사토의 의지나 무의식이 아니었다. 이형의 것은 이형의 논리로 다카사토를 지키려 한다. 어째서 그들은 다카사토를 지킬 책무를 짊어진 것인가. 대체 그들은 누구일까.

—너는 왕의 적인가.

언젠가 들었던 목소리를 떠올렸다. '왕'이란 무엇일까. 그것은 다카사토를 가리키는 말이 아닐까. 어째서 다카사토가 '왕'이라고 불린단 말인가.

"다카사토."

이름을 부르자 그는 얼굴을 들었다.

"왕이라는 말에 뭐가 떠오르지?"

"……왕요?"

다카사토는 같은 말을 다시 읊조리고 나서 잠시 생각에 잠기더니 이렇게 대답했다.

"태왕."

히로세는 몸을 일으켰다. 상처가 욱신거렸다.

"태왕? 그게 누구지?"

다카사토는 어쩔 줄 몰라 하며 고개를 저었다.

"잘…… 모르겠어요."

"어떤 한자를 쓰는데?"

"태산의 태泰……."

—태왕泰王.

히로세는 입속으로 불러보았다.

다카사토는 이해가 가지 않는 것처럼 눈살을 찌푸린 채 그림을 응시했다. 무언가를 열심히 찾으려는 듯 눈동자가 흔들린다.

"잃어버린 기억이랑 관계가 있지?"

"……그럴 겁니다."

"기억하고 있는 이상 태왕은 너에게 깊은 의미가 있는 말이었을 거야. 뭐라도 좋으니 또 떠오르는 건 없어?"

다카사토는 고개를 가로저었다.

"모르겠어요."

"연상 게임을 하자."

히로세는 옆에 있던 종이를 끌어당겼다.

"봉산 때도 그랬지. 넌 그림 같은 이미지보다 단어를 더 잘 기억하고 있어. 생각나는 단어를 나열해보는 거야."

"하지만……."

"그럼 왕이 아니라도 돼. 그렇지, 가미카쿠시. 가미카쿠시라고 하면 뭐가 떠오르지?"

다카사토는 그 속에 답이 씌어 있기라도 한 것처럼 그림의 한

부분을 뚫어져라 바라보았다.

"기억."

히로세는 재빨리 그 단어를 적었다.

"그리고?"

"애매함. 불안. 사건. 이단. 이국. 이경異境. 상실. ……팔. 수런거림……."

"기린."

"기린 그림. 서조瑞兆, 각단, 뿔, 공자, 전변轉變, 선택選擇, 왕, 계약."

공자는 들판에서 기린의 시체를 발견하고 '도를 잃었다'며 울었다 한다. 거기까지는 그렇다 치더라도 뒷부분은 어째서 떠올랐는지 모를 말들이었다.

"……이게 무슨 소리지?"

다카사토는 고개를 젓는다.

"모릅니다. 생각나는 대로 말했을 뿐이라……."

히로세는 그러냐고 고개를 끄덕이며 말을 이었다.

"하쿠 산시."

"물, 여자, 수호, 요괴."

히로세는 미간을 찡그렸다.

"물과 관련된 여자 요괴라는 말인가?"

그리 묻다 히로세는 눈을 크게 떴다.

'다카사토는 뭐라 불렀지?'

히로세는 기억을 더듬는다. 요정 이름이었다. 바다에 사는 요정의 이름. 그래, 세이렌. 붙잡힌 세이렌에게 붙인 이름. 그게 뭐였더라…….

다카사토 역시 넋이 나간 듯이 중얼거렸다.

"뮈르겐."

그 여자가 하쿠 산시라는 건가.

"선생님, 이건……."

히로세는 다카사토의 말을 막았다.

"됐으니까 계속해. 봉산."

다카사토는 눈을 감는다.

"기암, 로라이마, 기아나, 고향……, 나무, 봉려……궁."

히로세는 종이를 내밀었다. 다카사토는 종이에 '봉려궁蓬廬宮'이라는 글자를 썼다.

"왕."

다카사토는 틈도 주지 않고 답했다.

"태왕."

말하면서 눈을 감는다.

"계약, 기린, 열두 왕."

"열두 왕?"

다카사토는 어째서인지 당장에라도 울음을 터뜨릴 듯한 얼굴을 하고 있었다.

"열두 나라의 열두 왕."

히로세를 쳐다보며 계속 말했다.

"태왕은 칭호예요. 대극국의 왕이 태왕입니다."

히로세는 다카사토가 말하면서 적은 '대극국戴極國'이란 글자를 바라보았다.

"또?"

다카사토는 손으로 얼굴을 덮었다.

"모르겠어요. 더는 기억나지 않아요……."

히로세는 메모를 바라보았다. 다카사토의 잃어버린 기억. 일 년간의 단편. 그는 칠 년 전에 가미카쿠시를 당해…… 그렇게 생각하다 히로세는 속으로 쓴웃음을 지었다. 이 무슨 어처구니없는 상상인가. 그러나 괴물이 정말로 존재한다면 어처구니없는 일이 일어나는 것도 가능하지 않을까.

다카사토는 칠 년 전에 가미카쿠시를 당해 어딘가 다른 세계에서 일 년을 보냈다. 열두 나라가 있으며 열두 왕이 있다. 태왕은 그중 한 사람이다, 왕과 기린은 '계약'이라는 말로 맺어져 있다. 녹색 기암이 줄지은 봉산에는 봉려궁이 있다.

히로세는 고타쓰 위에 얼굴을 묻은 다카사토를 보았다.

'네가 태왕이다.'

하쿠 산시가 그 여자라면 기린은 그 괴물이겠지. 기린은 '책무가 있다'고 말하지 않았던가. 이것이 '계약'의 내용이라면 계약으로 지켜야 할 자는 왕일 수밖에 없다.

그러나 무슨 까닭인지 히로세는 그 말을 꺼낼 수 없었다.

스스로도 자신의 마음을 알 수가 없어 당혹스러웠다. 다카사토는 기억을 찾고 싶어 한다. 과거에 관한 어떤 정보라도 원할 것이다. 그런데 어째서 말해줄 수 없을까?

히로세는 망설이면서도 끝내 말을 꺼내지 못했다.

☆☆☆☆☆
☆☆☆☆☆☆

후텁지근한 밤이었다. 한밤중치고는 많은 사람이 길거리에 무리 지어 있었다. 그의 옆에 있는 파란 시트를 걸친 담 아래에는 누가 가져왔는지 꽃다발이 놓여 있었다.

그들 모두 울분을 품고 눈앞에 있는 아파트를 보았다. 특히 그는 분노를 담아 어두운 창문을 본다. 친한 동료가 산문에 깔려 목숨을 잃었다. 용서할 수 없다. 겉보기에는 얌전하고 사고 한번 칠 것 같지 않은 아이. 요상한 힘을 사용해 공포로 이 일대를 군림해온 소년.

소년이 아무런 제재도 받지 않고 살아가는 것은 용서할 수 없다. 정의가 용서하지 않는다.

그는 정의의 대변자이며 검보다 강한 무기를 지녔다. 악은 폭로되고 탄핵당해야 한다. 그것을 위해 존재하는 보도의 자유를 소년은 더러운 수법으로 방해했다. 결코 용서해서는 안 된다.

그는 담뱃불을 붙였다. 라이터를 주머니에 다시 집어넣었을 때 무리의 끄트머리에 있던 카메라맨이 뒷길로 비척이며 들어가는 모습이 보였다.

지친 것이다. 다들 지독히 지쳐 있었다.

그는 담뱃재를 털면서 2층 창문을 바라보았다. 통로 쪽으로 나 있는 창문 옆에 문이 보였다. 문 위로 하얀 것이 보인다. 아파트 주민이 붙이고 간 종이였다. 이 자리에 있는 이들은 종이를 붙인 범인을 알고 있었지만 그것을 보도할 마음은 없다. 지금 등지고 있는 이 담 너머에 사는 집주인이 돌을 던진 것도 알고 있다. 그러나 그는 그것을 소년에게 가르쳐줄 마음이 없었다.

필터까지 피운 담배를 발치에 던지고 구두 끝으로 짓밟았다. 무심히 좌우를 둘러보니 여섯 명 정도 모여 있던 사람 수가 어느새 반으로 줄어 있었다. 근성 없는 인간들이 많다. 그는 여기서 밤을 새울 작정이었다. 내일 아침이면 교대할 기자가 온다. 그때까지 여기서 소년이 도망치지 않나 감시해야 한다.

바로 옆에 서 있던 남자가 옆집 문 안으로 들어갔다. 문으로 들어가는 모습을 그는 목격했다. 빛의 농도 탓에 안으로 끌려들어 가는 것처럼 보였다. 볼일을 보려는 모양이라고 생각하며 예의 없는 녀석이라고 그는 속으로 혼잣말했다.

그는 담에 등을 기댄 채 주저앉았다. 다리며 허리가 욱신거렸다. 새로운 담배에 불을 붙인다. 어느새 소곤소곤 종알거리던 이야기 소리도 그쳤다.

어딘가에서 짓눌린 목소리가 났다. 목소리가 들린 쪽을 보니 잡지 기자가 골목길로 들어가고 있는 참이었다. 골목길로 사라지는 다리를 그는 보았다. 부는 둥 마는 둥 하는 바람이 불어 역한 냄새를 실어 왔다. 하구의 개펄 냄새일 것이다. 어딘지 모르게 피 냄새와 비슷하다.

그는 멍하니 아파트를 바라보며 천천히 담배를 피웠다. 끝까지 피우고 필터를 아스팔트에 비빈다. 그러다가 희미하게 비명 같은 목소리를 들었다. 서둘러 주변을 둘러본다. 어느새 밤의 도로 위에 홀로 남았다.

그는 일어서서 좌우로 두세 걸음 걸어보았다. 몸을 뻗어 양옆 길을 확인했지만 그림자 하나 보이지 않는다. 쥐죽은듯 잠든 집들이 폐허처럼 늘어서 있었다. 그는 문 안으로 들어간 남자를 찾아보자고 생각했다. 복귀가 너무 늦다. 다른 사람 집 마당에서 잠들어버렸다면 또다시 항의가 터져 나오리라.

발을 내딛다 이번에는 바로 옆에서 나는 소리를 들었다. 시트가 움직인 소리다. 그는 시트를 바라보았다. 담에 씌운 파란 시트 안쪽에서 뭔가 움직였다. 그가 지켜보는 사이에 움직임을 멈추고 원래대로 잠잠해졌다.

그는 시트 쪽으로 다가갔다. 그저 부서진 담에 씌워놓은 시트이다. 묵직한 끝자락을 살짝 들춘다. 그제야 그의 발치에 놓여 있던 꽃다발이 국화가 아니라 금잔화라는 사실을 깨달았다.

'할머니가 불단에 바치던 꽃이다.'

그는 그런 생각을 하며 입가를 일그러뜨리고 웃었다. 웃으면서 시트 끝을 들었다. 담에 뚫려 있는 구멍이 시커먼 모습을 드러냈다.

11
장

001

히로세는 이른 아침 경찰차 소리에 눈을 떴다. 떠들썩한 사이렌이 집 바로 앞에서 들렸다. 히로세가 몸을 일으키자 다카사토도 잠이 깼는지 일어난다. 눈살을 찌푸리며 마주보았다. 방안은 아직 캄캄했다.

히로세는 일어나서 부엌으로 가보았다. 창문을 살짝 열고 바깥 상황을 살폈다. 아파트 앞에 경찰차가 서 있고 몇 사람이 우왕좌왕하고 있다.

"……무슨 일이죠?"

"모르겠어."

잠시 바깥을 확인하러 나가볼까 하다가 또 취재진에게 둘러싸

이기 싫어서 단념했다. 드문드문 사람이 모이기 시작했다. 수런거림과 비명에 가까운 외침이 들린다. 예삿일이 아니었다.

상황을 살피는 사이 사람들이 새까맣게 몰려들었다. 구경꾼으로 보이는 이들이 몇 번이나 아파트를 올려다보았다. 드문드문 소리가 들린다.

"죽었어…… 여섯 명…… 기자."

한데 뒤섞인 목소리에서 말의 파편들을 주워듣고 히로세는 새파랗게 질렸다. 서둘러 창문을 닫는다. 불안에 떠는 다카사토가 보였다.

"또 무슨 일이……?"

히로세는 힘겹게 미소 지으며 고개를 저었다.

"글쎄. 무슨 일이 생겼다면 나중에 알게 되겠지. 아직 날도 안 밝았어. 좀더 눈을 붙여."

히로세의 말에 다카사토는 별반 의심도 하지 않고 다시 몸을 뉘었다. 한동안 불안한 듯 뒤척였지만 이윽고 색색 숨소리가 들렸다. 지쳤을 것이다. 그가 짊어진 짐은 너무나 무겁다.

히로세도 마찬가지였다. 미열이 있는지 몸이 나른하다. 차가운 바닥이 발에 닿아 기분이 좋았다. 히로세는 한동안 부엌에 앉아 서늘한 바닥의 감촉을 느꼈다.

한 시간도 채 지나지 않아 아파트 주변이 소란스러워지더니 이어서 문 두드리는 소리가 들렸다. 히로세는 일어나서 문을 살짝 열었다. 바깥에는 제복을 입은 경찰이 서 있었다.

"문 여세요."

경찰의 말투는 고압적이었다. 히로세는 조용히 체인을 풀었다. 중년의 경찰이 집안으로 들어와서 발을 디디고 서서 안을 둘러보았다.

"무슨 일이 있었나요?"

히로세가 묻자 경찰은 냉담한 눈빛으로 히로세를 빤히 바라보았다.

"기자 여섯 명이 살해되었습니다."

히로세는 숨을 죽였다. 예상은 했지만 실제로 들으니 충격이 컸다. 다카사토가 몸을 일으키는 모습이 열려 있는 유리문 너머로 보였다.

"어젯밤에 이상한 소리 듣지 못했습니까?"

"못 들었는데요."

히로세가 고개를 젓자 경찰은 다카사토를 바라보았다.

"그쪽은?"

"……듣지 못했습니다."

경찰은 그러냐면서 발길을 돌렸다. 그는 집밖으로 나가려다 말고 돌아서서 히로세와 다카사토를 차례로 보았다.

"생각나는 게 있으면 알려주세요."

말하고 나서 어딘지 싸늘해 보이는 미소를 지었다.

"자수해도 되고."

히로세가 말문이 막힌 틈에 경찰은 문을 닫았다. 히로세는 떨리는 손으로 문을 잠갔다.

삼십 분도 지나지 않아 바깥의 소란스러움이 밀려들기 시작했다. 유리문을 꼭 닫고 서로 몸을 기대고 있는 사이 바깥의 소란은 걷잡을 수 없이 점점 커져갔다. 다시 한 시간이 지났을 때 누군가 문을 두드렸다. 노크가 아니라 있는 힘껏 문을 두들기는 소리였다.

"나와! 나와서 해명해라!"

외치는 소리에 다카사토의 몸이 굳는다. 그 소리를 계기로 아파트 앞에서 욕설이 터져 나오기 시작했다.

사건의 자세한 내용은 아침 뉴스로 알았다.

심야에 아파트 앞에서 진을 치고 있던 보도진 여섯 명이 살해당했다. 그들은 모두 갯과 짐승에게 습격당한 걸로 보인다. 다카사토 일가의 사건도 있어 경찰은 보건소와 협력해 들개 단속을 시작했다고 한다.

히로세는 무참한 시체가 눈에 보일 듯했다. 다카사토가 말리지 않았다면 자신 역시 그들과 같은 처지가 되어 있으리라고 상상하니 극심한 오한이 났다.

진행자의 말투가 어제보다 더 거칠어졌다. 언제 마녀를 없애자고 선동할지 두려워서 히로세는 텔레비전을 껐다.

문 두드리는 소리도 집요하게 이어졌다. 어떤 이가 문을 난타하는가 하면 싱크대 앞 창문을 두드린다. 큰 소리로 욕설을 퍼붓고 때로는 누군가 나가라고 소리친다.

점심때가 되려고 할 때쯤 돌이 날아왔다. 문이며 창문에 무언가 부딪히는 둔탁한 소리가 들리더니 주먹만 한 돌이 창문을 깨고 날아들었다. 부엌 바닥 여기저기에 돌이 뒹굴었다. 종이로 싼 돌도 있었다. 그중 한 장에 '꺼져'라고 씌어 있었다. 한 장을 확인하고 나니 더이상 쪽지를 볼 생각은 들지 않았다.

조금 지나니까 건물 아래가 아니라 통로에서 돌이 날아들었다. 돌 몇 개가 유리문을 깨고 발치까지 날아와 히로세는 견디지 못하고 수화기를 들었다. 귀에 댄 수화기에서 발신음이 들리지 않는다. 히로세는 수화기를 뚫어져라 바라보았다. 전화선을 끊은 모양이다.

얼마 안 있어 제방 쪽에서도 돌이 날아오기 시작했다. 이쪽에서도 욕설이 들린다. 베란다 쪽 창문 유리가 깨지자 연이어 돌이 방안으로 날아왔다. 히로세는 다카사토를 데리고 욕실 안에 틀어박혔다. 계속해서 집안이 부서지는 소리를 들으며 두 사람은 말도 없이 웅크리고 있었다.

12시 반경이 되자 경찰이 달려왔는데, 히로세에게는 그때까지의 시간이 터무니없이 길게 느껴졌다. "이제 괜찮습니다" 하는 소리가 들려 문을 여니 낯익은 남자가 서 있었다. 시신을 수습하러 갔을 때 마중나와준 형사다.

경찰서로 가서 집단 폭행 사건 피해자로서 상황에 대해 질문을 받았다. 조서를 다 작성했을 때 도토키와 고토가 달려왔다.

"히로세, 괜찮아?"

작은 방에 들어오자마자 소리친 고토를 향해 히로세는 입가에 손가락을 세우고 시선으로 창가 의자를 가리킨다. 다카사토가 창가에 기대 잠들어 있었다.

"몸이 안 좋나요?"

도토키가 목소리를 낮춰 물었다.

"피로가 쌓였겠죠. 여러 가지 일이 있었으니까."

두 사람은 고개를 끄덕였다. 고토는 창문으로 다가가 다카사토를 내려다보았다.

"다카사토를 맡을 사람은 정해졌나?"

"글쎄요. 그런 걸 알 수 있는 상황이 아니라서요. 친척들도 모두 돌아갔고. 어쩌면 흐지부지 넘길 속셈이 아닐까요."

고토는 다카사토를 내려다보며 중얼거렸다.

"앞으로 이 녀석은 어쩐다."

히로세는 대답하지 않았다.

다카사토는 뉴스를 보고 '그만하라고 했는데도'라며 목소리를 쥐어짰다. 그들은 아무래도 다카사토의 의도와는 상관없이 자신의 책무를 다할 생각인 것 같았다.

"친척이 맡아준다면 먼 도시로 가서 이름을 바꾸고 살면 될 테지만…… 그래봤자려나."

그들이 있는 한, 어디로 가든 다카사토를 따라다니며 임무를 수행하려 할 것이다. 그렇다면 다카사토의 미래에는 한 줄기 빛도 없다.

히로세는 당초의 생각을 떠올렸다. 그들과 다카사토를 떼어내야 한다. 정말 그 방법이 절실했지만 어떻게 하면 되는지 방법을 알 수가 없었다.

고토가 한숨을 쉬더니 히로세를 돌아보고 도토키를 쳐다보았다.

"도토키 선생이 집을 빌려준다는군. 한동안 피해 있어."

히로세는 도토키를 올려다보았다.

"……죄송합니다."

그는 환하게 미소 지었다.

"괜찮으니까 얼마든지 쓰세요. 그보다 생활용품이 필요하시겠죠. 말씀하시면 가져다드릴게요."

"그렇지만 도토키 선생님은……."

그는 "괜찮다니까요" 하고 웃으면서 한쪽 눈을 찡긋한다.

히로세는 고개를 깊이 숙인다. 사정을 알면서도 호의를 보이는 사람의 존재가 뼈저리게 반가웠다.

002

도토키의 집은 연안에 면해 있는 뉴타운의 원룸이었다.

원룸까지 데려다준 도토키는 집안을 대충 설명하고 근처 지리를 알려주고는 집을 나가기 전에 히로세의 붕대까지 갈아주었다.

"정말 면목 없습니다."

히로세와 다카사토가 짠 것처럼 동시에 말하자 도토키가 웃음을 터뜨렸다.

"전화는 자동 응답기로 돌려놓았으니까 신경쓰지 마세요."

"고맙습니다."

"입을 옷가지나 부족한 게 있으면 대충 뒤져서 쓰시고요."

"그렇지만……."

"걱정 마요, 수상한 건 없으니까."

도토키는 우쭐하며 말했다. 허리를 깊이 굽히는 히로세와 다카사토에게 미소 지으며 집을 나갔다.

밝고 쾌적한 집이었다. 팔 층 건물의 4층으로, 넓은 베란다로 나가면 바다가 손에 잡힐 것처럼 보였다. 히로세는 창문을 활짝 열었다. 요사이 창문과 커튼을 빈틈없이 닫은 채 살았던 터라 창문을 연 것만으로도 기분이 상쾌했다. 저녁놀이 지는 바다에서 불어오는 바람이 꽤나 선선하다. 여름이 물러가려 하고 있다.

"잘됐다, 다카사토."

다카사토는 살짝 미소 지으며 고개를 끄덕였다. 베란다에 서서 지그시 바다를 내려다본다. 오늘 아침부터 좀처럼 입을 열려 하지 않았다. 늘어가는 사망자를 신경쓰는 모양이라고 생각하니 가슴이 아팠다. 히로세는 애써 명랑한 목소리로 말했다.

"이제 제대로 된 밥도 먹을 수 있겠군. 어두워지면 밥 먹으러 갈 겸 산책이나 할까?"

그렇게 말하면서 텔레비전을 켰다. 6시 뉴스를 하고 있었다. 산문 붕괴 사고로 입원했던 잡지 기자 한 명이 사망했다.

신문을 펼치자 사카타의 사망 기사가 보였다.

'결국 죽었구나.'

결코 좋아할 수 없는 부류의 인간이었지만 죽었다는 소식에 히로세는 마음이 무거웠다.

"사카타…… 죽었군요."

고개를 들자 다카사토가 신문을 들여다보고 있었다.

"그런가 봐."

히로세는 교생 실습 이후 몇 명이나 죽었는지 헤아려보려다가 바보 같아져서 그만두었다. 대체 얼마나 많은 인간이 그들의 손에 목숨을 빼앗겼을까. 과거의 일까지 합하면 엄청난 숫자겠지.

히로세는 문득 생각이 나서 다카사토에게 물어보았다.

"다카사토, 놈들의 기척을 어릴 적부터 느꼈다고 했지? 가미카쿠시 전부터니?"

다카사토는 잠시 생각하더니 입을 열었다.

"……잘 기억나지 않지만 아마도 돌아온 뒤부터일 거예요."

"다치는 사람이 나오기 시작한 것도?"

"그럴 겁니다."

"그렇다면 말이야."

히로세는 신문을 접었다.

"녀석들은 저쪽에서 따라온 게 아닐까? 뮈르겐, 아니 하쿠 산시였던가, 처음에 녀석의 팔을 보았다고 했지. 너는 저쪽에서 녀석들에게 씐 거야."

다카사토는 어쩔 줄 몰라 하며 시선을 떨어뜨린다.

잃어버린 일 년 남짓한 사이에 무엇이 있었던 건가. 어째서 다카사토는 다른 세계에 끌려가 저런 녀석들과 얽힌 건가. 어째서 돌아왔는가. 무엇 때문에 그들은 다카사토를 따라왔는가. 끝이 없는 의문이지만 다카사토의 기억이 돌아오지 않는 한 해답은 영원히 얻을 수 없다.

"저는 대체 누구일까요."

다카사토가 툭 하고 내뱉은 말에 히로세는 고개를 떨어뜨렸다. 너는 태왕이 아닐까, 그 말은 역시 할 수 없었다.

"어째서 제가 불려갔을까요."

히로세의 사고를 좇듯이 다카사토가 중얼거린다.

"제 존재에 무슨 의미가 있었던 걸까요. 어째서 돌아왔을까요. 제 의지였는지 아니면 누군가의 의지였는지……."

혼잣말처럼 중얼거리며 다카사토는 히로세를 쳐다보았다.

"저는 애초에 어느 쪽 인간이었을까요?"

히로세는 무슨 이유에선지 굉장히 허둥거렸다.

"당연히 이쪽 인간이지."

당황하며 꺼낸 히로세의 말에 다카사토는 눈을 내리깔았다.

"……그럴까요."

"물론이지. 네가 특별한 게 아니야. 네 탓이 아니야. 너는 어쩌다 저쪽에 흘러들어 가서, 혹은 녀석들에게 끌려가서 재난을 짊어지게 되었을 뿐이야."

히로세가 강하게 말했지만 다카사토는 납득한 것 같지 않았다.

"좀더 제대로 기억이 난다면……."

그는 말했다.

"돌아가는 법이라도 알 수 있다면……."

히로세는 그에 대해 아무 말도 할 수가 없었다.

밤이 되기를 기다려 식사하러 나갔다 돌아오는 길에 바닷가로 산책을 나갔다. 제방까지는 걸어서 십 분밖에 걸리지 않는다. 하구에 가까운 히로세의 집 근처와는 달리 이곳 바다는 그렇게 더러워 보이지 않았다. 제방 아래에는 모래사장이라 불러도 될 만큼 넓은 모래벌판이 펼쳐져 있었다. 어둠에 가까운 은색을 띤 물 위에는 삭둑 잘라낸 손톱처럼 가는 달이 떠올라 있었다.

"네가 갔던 나라는 대체 어디에 있을까."

모래사장을 걸으면서 히로세가 묻자 다카사토는 고개를 갸웃거렸다.

"그들은 원래 저쪽 생물이겠지. 그런데 네가 돌아올 때 무슨 영문인지 함께 따라왔어. 그들은 너를 지키기 위해 존재하고. 직접 그렇게 말했으니까 그런 거겠지."

다카사토는 아무 말도 하지 않았다.

"맡은바 임무에 충실한 건 좋지만 도가 지나칠 정도로 충실해. 특히 최근에 들어서는……."

쓴웃음을 머금은 히로세의 말에 다카사토가 멈추어 섰다.

"왜 그래?"

다카사토는 눈살을 찡그렸다. 뭔가를 골몰히 생각하고 있었다.

"……어쩐지 점점 심해지는 것 같지 않나요?"

"응?"

"이와키, 반 아이들, 취재진, ……요즘 들어 보복하는 방법이 잔인해진 것 같아요……."

히로세는 눈을 크게 떴다.

"그러고 보니……."

모양새를 상관하지 않게 되었다. 다카사토 주변에는 불길한 일이 많았지만 어느 것이나 단순한 사고로 보였다. 고탄다도 본보기라고 말하지 않았던가. 하지만 요즘 그들의 방식은 본보기 차원을 넘어섰다. 그들은 마치 피에 취한 듯이 보였다.

히로세가 그렇게 말하자 다카사토도 고개를 끄덕였다.

"대체 언제까지 계속될까요."

다카사토가 중얼거린다.

"얼마나 피해가 날까요."

"글쎄."

"저는……."

다카사토는 말을 흐렸다. 히로세가 재촉하자 고개를 젓는다.

"아무것도 아닙니다."

히로세는 미심쩍었지만 시선을 바다로 돌렸다. 파도가 요람처럼 끊임없이 흔들렸다.

어째서 말할 수 없을까.

다카사토에게 네가 태왕이냐고 물어보지 못하는 까닭을 자신도 알지 못했다. 그것을 묻는 것이 불안했다. 불안의 이유도 알 수 없었다.

히로세는 바다를 둘러보다가 문득 시선을 멈추었다. 제법 떨어진 앞바다에서 희미하게 작은 빛이 보였다. 물속에 약한 빛을 내는 물체가 잠겨 있는 것처럼 보였다.

"다카사토."

히로세가 불렀다.

"저게 뭐지?"

다카사토는 시선을 바다로 향했다. 히로세가 손가락으로 가리킨 방향을 바라본다.

"꽤 먼데요……. 크기가 상당해 보여요."

"야광충……은 아닐 테고."

히로세와 다카사토가 지켜보는 사이에도 서서히 커진다. 그것이 야구공보다 조금 크게 보였을 때에야 히로세는 깨달았다.

"가까워지고 있어."

빛은 커지는 것이 아니라 가까워지고 있었다. 눈 깜짝할 사이에 커졌다. 범상치 않은 빠르기였다. 고속정도 저렇게 빠르지는 않다.

가까워진 빛은 은은하고 커다랬다. 더욱 가까워지니 그것이 인광을 발하는 무언가의 무리임을 알 수 있었다. 아주 약한 반딧불 같은 빛. 하얗고 희미한 빛이 물가를 향해 다가온다.

"다카사토, 도망치자."

히로세는 솔직하게 말했다. 이 자리를 피하는 게 좋겠다. 그것은 똑바로 모래사장을 향해 돌진해오고 있다.

"안 됩니다, 저들이 더 빨라요……."

히로세는 다카사토의 팔을 붙잡았다.

"다카사토!"

팔을 끄는 히로세를 다카사토가 제지했다.

"그들이 있으니까 괜찮을 겁니다. 제 곁을 떠나지 마세요."

그러는 사이에도 그것은 가까워진다. 지름이 오 미터가 넘었다. 빼곡히 무리 지은 하얀 무언가. 빛이 수면을 훑듯이 가까워졌고, 물가에 이르자 파도에 실려 모래사장으로 떠밀려왔다.

하얀 인간 덩어리였다. 파도가 인광을 발하는 인간을 밀어 올렸다. 익사체처럼 바닷가로 떠밀려 모래 위에 남겨진다. 다음 파도가 온다. 시체 위에 시체가 쌓인다.

"시체?"

히로세가 묻자 다카사토는 고개를 젓는다.

"시체가 아니에요……."

분명히 시체는 아니었다. 바닷가로 밀려온 그것은 경련하는 것처럼 꿈틀거렸다. 사지를 꿈틀거리며 천천히 모래를 긁는다. 머리카락 없는 머리를 거북이처럼 꼿꼿이 들고 히로세와 다카사토를 응시했다.

히로세는 다카사토의 팔을 잡고 뒷걸음질쳤다.

파도가 연이어 바닷가로 밀어 올리자 겹겹이 포개지더니 그것은 고개를 비틀었다. 하얀 인광을 발하는 밀랍 같은 몸을 인형처럼 삐걱삐걱 움직여 기어온다. 부패한 익사체를 닮았다. 독기처럼 농후한 바다 냄새가 피어오른다.

노려보며 뒷걸음질치다 보니 등에 딱딱한 감촉이 느껴졌다. 제방 아래까지 내몰려 있었다.

히로세는 거친 숨을 쉬면서 좌우를 둘러보았다. 진한 암청색을 띤 제방 표면보다 더욱 어둡게 보이는 출구를 찾았다. 오른쪽에 있는 그곳까지는 절망적일 정도로 멀었다.

기어 온 무리의 선두가 천천히 히로세와 다카사토를 포위하고 있었다.

"……산시."

다카사토의 은밀한 목소리가 들렸다.

"산시."

무리가 멈춘다. 팔 길이 정도의 거리를 두고 모래땅에 작은 소용돌이가 생겼다. 절구 모양으로 쑥 들어간 그곳에서 하얀 손가락이 보인다. 금세 거기에서 하얀 팔 하나가 하늘을 잡으려는 듯이 나타났다.

'그 여자다.'

히로세가 눈을 부릅뜨는 것보다 빠르게 주위의 모래가 솟구쳤다. 끓어오르고 솟아오르는 그곳에서 두 그림자가 튀어나왔다. 무리와 히로세, 다카사토 사이에 내려선 백색과 적색의 한 쌍.

하얀 쪽은 인간 여자의 머리, 팔, 상반신과 함께 흰 짐승의 하반신을 가졌다. 빨간 쪽은 거대한 개와 닮았는데, 모피가 아닌 점액으로 둘러싸인 비늘이 있었다.

히로세는 소스라치게 놀라며 그들을 바라보았다. 위협하는 짐승처럼 몸을 도사린 이형의 생물. 대량의 피로써 다카사토를 지켜온 자들.

익사체 무리가 삐거덕삐거덕 고개를 저었다. 일제히 짓무른 입을 연다. 무언가를 내뱉는 시늉을 하며 밤하늘을 향해 억눌린 목소리를 높였다.

—태보.

—염 태보.

울부짖는 것 같은 음성은 누군가를 부르는 소리였다. 수런거리듯 퍼져가는 소리는 칠흑의 하늘로 빨려 올라간다.

—이곳에.

—이곳에.

—이곳에!

갑자기 백색과 적색의 한 쌍이 사라졌다. 동시에 시체 무리는 고개를 숙이고 모래를 파기 시작했다. 눈 깜짝할 사이에 모래 속으로 기어들어 차례차례 땅속으로 사라진다. 모래를 파는 소리가 그치자 주위에는 깔때기 같은 구멍만이 남았다.

파도 소리가 귓가로 돌아올 때까지 한참이 걸렸다.

"뭐……였지?"

히로세는 겨우 숨을 내쉬었다.

어두운 모래사장에는 그것이 기어든 자국만이 남았다. 조심스럽게 근처를 둘러보아도 아무것도 보이지 않았다. 쥐죽은듯한 괴괴함을 되찾은 모래사장에는 하얀 모래가 꽁꽁 얼어 있는 것 같다. 모래에 찌든 짙은 바다 냄새가 자욱했다.

바다 냄새.

바다에서 올라온 것이라면 당연한 냄새지만 그것은 히로세를 크게 동요시켰다. 학교 복도에 진흙 자국이 남아 있었다는 소문이 돌지 않았던가. 어느새 히로세 안에서 바다 냄새와 불안은 떼려야 뗄 수 없는 존재로 엮여 있었다.

히로세는 무릎을 꿇고 그 자리를 조금 파보았다. 모래를 파내자 한층 강한 악취가 났다.

바다에서 온 자. 히로세는 옆에 서 있는 다카사토를 올려다보았다. 그는 놀라움이 가득한 표정으로 우두커니 서 있었다. 다카사토가 이 괴물 같은 것들과 관계없을 가능성이 있을까?

"다카사토."

이름을 부르자 정신이 돌아온 듯 히로세를 돌아본다.

"저건 뭐지?"

다카사토는 깊은 숨을 내뱉으며 고개를 저었다.

"모르겠습니다."

히로세는 다시 한번 주변을 둘러보았다. 구멍이 무수히 뚫린 황량한 모래밭. 변화가 느껴졌다. 무언가 크게 움직였다. 불안함에 심장 박동이 빨라진다. 파도 소리와 심장 박동이 뒤섞여 빛이 희박한 밤을 흔들었다.

003

히로세는 다음날 점심때가 되기 전에 눈을 떴다. 바닥에 깐 이불 위에서 몸을 일으키고 옆 침대를 보니 다카사토의 모습은 보이지 않는다.

방안을 둘러보았다. 방에는 없다. 욕실 불을 켜면 돌아가는 환기팬 소리도 들리지 않았다. 히로세는 몸을 일으켜 베란다로 다가갔다. 커튼을 걷자 바깥에 있는 다카사토의 모습이 보인다. 그는 난간에 기대어 아래를 보고 있었다.

"다카사토?"

말을 걸자 다카사토는 흠칫하며 고개를 들었다. 또 한 번 이름을 부르자 조용히 돌아보았다.

"왜 그러고 있어?"

물으니 고개를 저으며 살짝 미소를 지었다.

"안녕히 주무셨어요."

응, 하고 고개를 끄덕이면서 히로세도 베란다로 나왔다. 다카사토를 따라 아래를 내려다보았다.

"뭔가 있어?"

"아니요……. 학교 옥상보다 높아서요……."

다카사토는 그렇게 말하며 웃었다. 그러고는 방안으로 돌아갔다. 히로세는 석연치 않은 기분으로 뒤따랐다.

방으로 돌아와 텔레비전을 켜려고 리모컨을 손에 들었을 때, 다카사토가 말했다.

"불이 났대요."

히로세는 다카사토를 돌아보았다.

"……뭐?"

다카사토는 앉은 채 고개를 숙였다.

"선생님네 아파트요. 어젯밤에……."

히로세는 서둘러 텔레비전을 켰다. 점심 뉴스 시간보다 조금 이른 시각이었다.

"몇 시쯤?"

"새벽…… 3시경이라고."

그렇다면 조간에는 실리지 않았을 것이다. 히로세는 희생자가 몇 명이냐고 물으려던 말을 삼켰다. 그것을 다카사토에게 묻기는 가혹했다.

토스트와 커피만으로 점심을 준비했다. 막 먹으려는데 뉴스가 시작되었다.

히로세와 다카사토가 어제까지 살았던 아파트는 오늘 새벽 3시 전에 불이 나서 전소했다. 처음 불이 난 곳은 1층 집, 불이 난 원인은 가스 폭발. 이 화재로 세 명이 죽었다.

보고 있는 사이에 현기증이 났다.

'이렇게나 철저한 보복이라니.'

아마도 돌을 던지거나 문에 종이를 붙인 것에 대한 보복이리라. 당연히 예상할 수 있는 일이었지만 그것은 히로세를 절망적인 기분으로 만들었다.

한 사람이 죽을 때마다 다카사토의 길은 닫혀간다. 소란이 커지면 커질수록 다카사토는 설 곳을 잃어간다.

격렬하게 욕지기가 났다. 다카사토에게 가능성이 남아 있을까. 이 세상에서 조용히 평온하게 살아가는 것이 용납될 가능성이 그에게 얼마나 남아 있을까.

"죄송합니다……."

"네 탓이 아니잖아."

대체 몇 번이나 이런 말을 주고받아야 할까.

히로세는 집안을 둘러보았다. 너희. 지킨다고 말한 너희. 백색과 적색의 한 쌍. 다카사토가 다름 아닌 너희 때문에 조용히 죽어가고 있다는 걸 모른다는 말인가.

다카사토는 이날 한마디도 하려 들지 않았다. 말을 걸면 대답했지만 아무리 애를 써도 대화로 이어지지 않았다. 열심히 미소를 지으려는 것 같았지만 노력은 결실을 거두지 못했다. 오후에 고토가 찾아왔다. 화재의 사후 처리는 그에게 전부 맡기기로 했다.

이날 저녁에 또 한 번의 화재가 있었다. 전화로 그 사실을 알려준 이는 지난번의 형사였다.

다카사토의 집이 반쯤 타버렸다. 이웃에 사는 초등학생이 저지른 방화였다. 아이들 셋이 다카사토의 집에서 뛰어나오는 모습을 근처 주민이 목격했다. 그들은 바로 붙잡혀 방화 동기를 실토했다. 집이 있으면 조만간 다시 돌아올 것 같았기 때문이라고.

그들은 다카사토가 집으로 돌아오는 것이 무서웠다. 히로세가 살던 아파트가 불탔다는 뉴스를 보고 다카사토의 집도 태워버리면 그가 돌아오지 않으리라 생각했던 것이다.

다카사토는 그 소식을 듣고도 아무 반응을 보이지 않았다. 이에 대한 사후 처리도 고토가 대신 해주기로 했다.

그날 밤 히로세는 한밤중에 눈을 떴다. 무심코 잠에서 깨어, 자신의 얼굴을 가만히 바라보는 다카사토를 보았다. 구슬픈 표정이었다. 무슨 말이라도 건네고 싶은데 너무 졸려서 목소리가 나오지 않는다. 히로세가 눈을 뜬 것을 눈치챘는지 다카사토는 히로세를 향해 깊이 고개를 숙였다. 내일 일어나면 무슨 일이냐고 물어보자. 히로세는 그렇게 생각하고 눈을 감았다.

단순히 꿈이었는지도 모른다.

그 뉴스는 낮, 정오 뉴스를 다 보고 텔레비전을 끄려는 순간 자막으로 날아들었다.

히로세가 일어섰다. 다카사토는 비명을 질렀다. 학교 건물이 갑작스럽게 붕괴했다는 속보였다.

"가세요."

다카사토는 히로세를 올려다보았다.

"저는 갈 수 없으니까요."

히로세는 고개를 끄덕이고 집을 뛰쳐나왔다. 엘리베이터에 뛰어오르기까지 구름 위를 걷는 것 같았다.

월요일, 낮. 학교에는 학생들이 있다. 그들은, 준비실 단골들은, 선생님들은. 무사해달라고 하늘에 매달리는 심정으로 달렸다. 엘리베이터 문이 닫힐 때까지 그저 그것만을 기도하다 내려가기 시작한 순간 갑자기 어젯밤 꾸었던 꿈을 떠올렸다.

지금까지 까맣게 잊고 있었다. 어째서 이럴 때 생각났는지 영문을 모르겠다. 이제 와서 다시 생각해보니 꿈인지 생시인지도 확실치 않았다. 그런 생각을 하는 사이 1층에 도착했다. 히로세는 건물을 빠져나와 별생각 없이 등뒤를 돌아보았다. 팔 층 건물이 서 있었다. 옥상을 향해 여덟 층의 베란다가 늘어서 있다.

히로세는 퍼뜩 어제 아침 베란다에서 아래를 내려다보던 다카사토를 떠올렸다.

'이럴 때 무슨 생각을 하는 거야.'

히로세는 빠른 걸음으로 걸으며 기억을 떨치려 했지만 떨쳐버릴 수 없었다.

다카사토는 베란다에 서서 아래를 보고 있었다. 그때 느낀 더없이 찜찜한 기분이 떠올랐다.

아래를 보는 다카사토의 뒷모습. 쭉 뻗은 팔꿈치의 선, 힘이 들어간 어깨의 선, 그것이 무언가를 암시하고 있지는 않은가.

—학교 옥상보다 높아서요.

다카사토가 학교 옥상에 가보았을 리가 없다. 그저 상상으로 말했을 따름이다. 높은 장소에 서서 불행한 동급생을 생각했을 것이다.

'아니면…….'

히로세는 혀를 찼다.

왠지 불안하고, 또 불안했다. 온몸을 좀먹는 듯한 불길한 예감이 든다.

발길을 멈추고 돌아보았다. 다시 원룸으로 향했다. 달리기 시작하자 더욱더 불안해졌다. 히로세는 상처를 돌보는 것도 잊고 뛰었다.

다카사토는 방안에 없었다. 히로세는 창가로 달려갔다. 베란다로 나가는 창문이 안쪽에서 잠겨 있는 것을 보고 일단 안도했다.

"다카사토?"

없을 리가 없다.

순간적으로 옥상에 있지는 않을까 생각했지만 이 원룸 건물은 옥상으로 나갈 수 없다는 도토키의 말이 떠올랐다.

그렇다면 대체 어디에?

퍼뜩 생각이 미친 것은 비상계단이었다. 비상구는 안쪽에서 잠겨 있지만 안에서 밖으로 나가는 데는 문제가 없다. 히로세는 몸을 돌렸다.

곧장 4층 복도를 달려 비상구를 살짝 열었다. 일순 바람이 엄청난 기세로 휘몰아친다. 층계참에도 다카사토의 모습은 보이지 않았다. 히로세는 될 수 있는 한 소리를 내지 않도록 주의해서 문을 닫고 난간에서 몸을 내밀어 위를 올려다보았다. 그리고 그곳에서 뻣뻣하게 몸이 굳었다.

맨 위층 층계참에 사람이 보인다.

저도 모르게 소리를 지를 뻔하다가 서둘러 삼킨다. 이물질이 목을 지나는 듯 격렬하게 구역질이 났다. 난간에서 떨어져 위를 향한다. 철제 계단이라 발을 디디면 큰 소리가 났다.

히로세는 구두를 벗었다. 맨발로 발소리를 죽이고 되도록 빠르게 계단을 올라갔다.

사 층분의 계단을 숨죽여 올라간 것은 스스로도 감탄할 만했다. 간절한 마음으로 마지막 계단에 발을 디뎠을 때 층계참 난간을 붙잡고 아래를 내려다보는 다카사토의 모습이 눈에 들어왔다.

난간은 낮다. 히로세가 말을 거는 순간 몸을 앞으로 기울이기만 하면 끝장이다. 숨을 죽이고 발소리를 죽이고 기척도 죽일 수 있기를 빌었다. 몸을 깊이 숙여 중간까지 올랐을 때 다카사토가 난간에 다리를 걸쳤다.

심장이 한계를 넘어서 요동쳤다. 남은 계단을 어떻게 뛰어올랐는지 기억나지 않는다. 층계참을 뒤흔들 정도로 격렬한 소리에 정신을 차렸을 때는 다카사토의 몸이 난간 안쪽으로 구르고 있었다.

"너란 녀석은……!"

무슨 말이 하고 싶은지 자신도 알지 못했다. 히로세의 오른손이 다카사토의 팔을 잡고 있다. 자신이 다카사토를 끌어내린 모양이었다.

"너란 녀석은 대체."

오른손은 움직이지 않았다. 층계참에 쓰러진 채 눈을 뜨고 히로세를 올려다보는 얼굴을 왼손으로 때렸다. 떼쓰는 아이 같은 손놀림이라고 히로세 본인도 생각했다.

저항하지 않는 상대를 화를 내며 때리고 움직이지 못하게 붙잡았다. 어떤 심정으로 여기까지 올라왔을지 아니까, 절대로 뛰어내리게 해서는 안 된다고 생각했다.

"이해해주세요."

나직한 목소리가 들려 히로세는 고개를 들었다. 이가 딱딱 울릴 정도로 떨고 있었다.

"이 방법밖에 없습니다."

"헛소리 마."

뒤얽힌 몸을 일으켰다. 경직되어 움직이지 않는 손으로 팔을 끈다.

"선생님."

이런 상황에서도 여전히 나직한 목소리가 애처로웠다. 오로지 이성적인 판단으로 여기까지 왔음을 알리는 목소리였다.

비상문을 열려고 했지만 꿈쩍도 하지 않았다. 비상계단에서는 열 방법이 없음을 깨닫고 약하게 저항하는 팔을 잡은 채 계단에 발을 얹는다.

"선생님."

"네가 뛰어내리면 나도 뛰어내리겠어."

무심결에 튀어나온 말이었다. 비열한, 더할 나위 없이 비열한 말이었다. 다카사토의 팔이 경직되었다. 이어서 히로세가 하는 대로 조용히 계단을 내려온다.

다리가 후들거렸다. 한 계단 내려갈 때마다 무릎이 꺾일 것 같았다. 겨우 한 층 아래 층계참까지 내려왔을 때 다시 한번 다카사토가 히로세를 불렀다.

"선생님……."

말투에 변화를 느낀 히로세가 돌아보았다. 다카사토는 조금 전까지 있던 층계참을 올려다보았다.

거기에 여자가 서 있었다.

젊은 여자였다. 나이는 스물쯤, 어쩌면 좀더 어리리라. 순간 8층에 사는 사람이 나온 줄 알았다. 비상문 여는 소리를 듣지 못한 것이 이내 떠올랐다. 무거운 철제문이다. 여는 것은 둘째 치고 소리도 없이 닫기는 거의 불가능하다는 사실을 히로세는 알고 있었다.

여자는 입을 열었다.

"죽어서는 안 됩니다."

히로세는 여자 쪽으로 돌아섰다.

"당신 누구야?"

여자는 물음에 답하지 않았다.

"당신이 죽으면 그분도 목숨을 잃으십니다."

누구냐고 히로세가 외치기 전에 다카사토가 소리를 질렀다.

"당신은 누구시죠?"

그녀는 그저 슬픈 표정으로 입을 다물었다.

"무슨 뜻입니까."

다카사토는 언성을 높인다.

"뭐라도 좋아요. 알고 있다면 가르쳐주세요. 제가 누구인지. 대체 무슨 일이 일어나고 있는 건지. 주변에 있는 그것들은 무엇인지."

그녀는 애처로운 표정을 지었다.

"떠오르지 않는다면 모르는 편이 좋겠지요."

그렇게 말하고 그녀는 비상문으로 손을 뻗는다. 문은 쉽게 바깥을 향해 열렸다.

"이쪽으로."

그녀가 안쪽을 가리킨다. 히로세는 머뭇거리다가 다카사토의 팔을 잡고 다시 계단을 올라갔다. 여자는 문을 받치고 끈기 있게 그곳에서 기다려주었다. 히로세가 다가가자 그녀는 몸을 피해 그들이 지나갈 수 있게 해주었다. 곁을 지날 때 희미한 바다 냄새가 났다.

히로세는 문을 빠져나가려다 다카사토를 안으로 밀쳤다. 휘청이는 그는 아랑곳없이 문을 닫았다. 눈앞에 여자가 놀란 얼굴을 하고 있었다.

"당신 대체 뭐지?"

등을 기댄 문을 안쪽에서 두드리는 소리가 들린다.

"정체가 뭐야."

그녀는 눈을 내리깔았다가 다시 들었다.

"저는 '렌린'입니다. 그 이상은 말씀드릴 수 없습니다."

"그게 이름인가?"

그녀는 고개를 끄덕였다.

"대체 무슨 일이 일어나고 있는 거야."

이번에는 고개를 젓는다. 말할 수 없다는 뜻인 모양이었다.

"다카사토를 구할 방법이 있다면 알려주겠어?"

히로세의 물음에 그녀는 눈을 내리깔았다. 히로세는 눈을 감고 한숨을 내쉬었다.

그녀가 은밀한 목소리로 혼잣말처럼 말한다.

"……이런 일이 벌어지고 있을 줄은 몰랐습니다. 그들은 대의밖에 알지 못합니다. 부디 용서해주세요."

히로세는 대답할 수 없었다. 무슨 말을 하는지 똑바로 이해할 수가 없다.

"그들?"

"하쿠 산시와 고란."

녀석들 이야기다.

"녀석들이 뭐?"

여자는 고개를 저었다. 히로세의 질문에는 답하지 않고 말했다.

"도망치세요."

고개를 갸우뚱하는 히로세를 그녀는 진지한 눈빛으로 바라보았다.

"연왕이 오십니다. 다이키가 뿔을 잃었기 때문에 어쩔 수 없었어요. 분명히 큰 재앙이 일 겁니다. 부디 그를 놓아두고 도망치세요."

히로세는 순간적으로 팔을 뻗었다. 여자는 바람에 나부끼는 천처럼 히로세의 손끝으로부터 몸을 피했다.

"그게 대체 무슨 소리야!"

여자는 고개를 저었다.

"무슨 뜻이냐고!"

여자는 다시 한번 고개를 젓고 나서 몸을 돌렸다. 보이지 않는 곳으로 숨듯이 그녀의 모습은 그 자리에서 흔적도 없이 사라졌다.

004

히로세는 망설인 끝에 학교에 가는 것을 포기했다. 이제 와서 그가 달려간들 할 수 있는 일은 아무것도 없다. 사람 한 명 구할 수 있는 것도 아니다. 그렇다면 다카사토 곁을 떠날 수 없다.

"이해해주세요."

다카사토는 그 말만 되풀이했다.

"집에 불을 지른 것은 어린아이였습니다."

"그만해."

히로세는 다카사토의 손목을 붙들고 놓지 않았다.

"아직 초등학생이에요."

히로세는 묵살했다. 이것은 이기심이다. 그런 것쯤 알고 있다.

"그 여자가 죽으면 안 된다고 했잖아."

"그 사람은 누구죠?"

다카사토의 물음에 히로세는 문득 떠올렸다.

그 여자는 어째서 다카사토를 알고 있을까. 어째서 하쿠 산시를 알고 있을까. 그런 생각을 하다가, 하쿠 산시라는 이름을 스기사키에게 처음 들었던 것을 기억해냈다.

렌린인지 뭔지 하는 여자가 괴담에 나오는 여자인 걸까?

그럼 이야기의 앞뒤가 맞는다. 여자는 무엇 때문에 기린을 찾고 있었을까? 어째서 하쿠 산시를 찾고 있었을까. 어떻게 다카사토는 그녀가 찾고 있는 것을 알고 있었을까.

'물론, 다카사토는 그녀와 연고가 있는 것이다.'

"렌린이야. 그렇게 말했어."

다카사토가 히로세를 쳐다보았다.

"렌……린?"

"하쿠 산시와 고란은 대의밖에 모른다더군. 그러니까 용서해달라고. 도망치라고도 했어. 연왕이 오니까 도망치라고. 다이키가 뿔을 잃어서 어쩔 수 없다던데."

다카사토는 눈을 휘둥그레 뜨고 나서 생각에 잠긴 듯 시선을 떨어뜨렸다. 성공했다. 일단 다카사토의 주의를 다른 쪽으로 끄는 데 성공했다.

때마침 전화가 울렸다. 바로 자동 응답으로 바뀐다. 도토키가 입력한 메시지 뒤에 듣고 싶었던 목소리가 흘러나왔다. 히로세는 수화기를 들었다.

"고토 선생님?"

다카사토가 고개를 들고 히로세를 쳐다보았다.

수화기에서는 평상시와 똑같은 고토의 목소리가 들렸다.

"뉴스 봤나?"

고토가 그런 말로 이야기를 시작했다.

"봤습니다. 제가 가도 할 수 있는 일이 없을 것 같더군요."

"그래, 맞아."

"무사하셨네요."

"내가 일찍 죽을 만큼 착한 사람인가? 교감 얘기 무시하고 바깥으로 밥 먹으러 나갔다가 살았어."

히로세는 숨을 토해냈다. 한동안 목소리가 나오지 않았다.

"학교는 끔찍해. 교정이 푹 꺼져서 건물이 무너졌어. 아직 정확한 피해 상황은 몰라. 본관 절반은 무사해. 도토키 선생도 무사하고."

히로세는 다행이라고 대답했다. 전화 너머로 사이렌 소리며 사람이 외치는 목소리가 들린다.

"다른 건 아직 몰라. 뒤에 기다리는 사람이 많으니 이만 끊는다. 밤에 들르든지 전화하마."

그 말만 하고 고토는 전화를 끊었다.

"고토 선생님은 무사하신가요?"

다카사토가 히로세의 얼굴을 들여다본다.

"응. 도토키 선생님도 무사하대."

히로세는 텔레비전을 켰다. 갑자기 상공에서 비춘 학교 영상이 나왔다. 교정이 푹 꺼지고 주위에 서 있던 건물은 구멍 속으로 떨어지듯 무너져 있었다. 입이 떡 벌어질 정도로 피해는 엄청났다.

다카사토가 숨을 삼킨다. 히로세는 단호하게 말했다.

"쓸데없는 생각은 하지 마."

"그렇지만……."

"그런 말도 하지 마."

히로세는 거칠게 내뱉었다.

"분명히 많은 사람들이 죽었겠지. 그냥 보면 비참하게 보이지만 죽음은 죽음에 지나지 않아. 누가 죽었다고 해도, 죽음이란 것 자체의 의미가 변하지는 않아. 다른 아이들도 많이 죽었다고 해서 자신의 아이가 죽은 사실을 위로받을 수 있을 것 같아?"

다카사토는 고개를 숙였다. 전혀 납득이 가지 않는 모양이었다. 히로세 역시 자신이 내뱉은 말은 궤변일 뿐이라는 사실을 알고 있었다.

단 한 사람을 위해 일으킨 엄청난 참사. 마치 눈덩이가 굴러가듯 작은 불화가 일으킨 크나큰 재앙. 히로세는 기억을 더듬어 무엇이 원인이었는지 찾으려 했다. 다카사토는 오랫동안 소극적으로 무시당하며 평화롭게, 지금의 상태와 비교하면 지극히 평화롭게 살아왔다. 그것이 어쩌다가 이렇게 큰일로 번지고 말았을까.

이거였나? 그 여자가 말한 '큰 재앙'은 이것을 가리킨 것일까?

그렇더라도 다카사토의 탓이 아니다. 히로세는 그렇게 생각했다. 그의 존재 자체를 부정할 권리가 아무에게도 없는 이상 모든 참상의 책임을 결코 그에게 지워서는 안 된다. 하물며 죽음으로 갚는 일은 있어서는 안 된다.

"수수께끼 풀이는 어쩔 거야."

히로세는 눈을 감아버린 다카사토를 바라보았다.

"떠올리고 싶지 않아? 그 여자가 한 말은 중요한 단서라고."

다카사토는 고개를 저었다. 모르겠다는 말인지 아무래도 좋다는 말인지 분간이 가지 않는다.

"기억을 되찾고 싶어 했잖아. 절대로 잊으면 안 되는 약속을 잊은 것 같다고 말했잖아?"

다카사토는 답이 없다.

"렌린, 고란, 연왕, 다이키, 모르는 말투성이야. 설명 좀 해줘."

히로세의 도발적인 질문에 다카사토는 깊이 고개를 떨구고 중얼거렸다.

"모르겠어요……."

"떠올려봐. 너라면 알 것 아냐."

히로세는 스케치북을 펼치고 연필을 쥐게 했다.

"여자는 하쿠 신시와 고란이라고 했어. 그리핀 이름이 고란인가? 기린인 줄 알았는데."

"잘…… 모르겠습니다."

다카사토는 생각할 마음이 없어 보였다. 히로세는 한숨을 내쉬었다. 사태의 해결을 바란다면 다카사토의 행동을 묵인하는 것이 옳았으리라. 다카사토가 지상에서 사라지면 커져가는 재앙도 멈출 것이다. 하지만 묵인할 수 있을 리 없다.

다카사토의 주의를 돌려야 한다. 무슨 짓을 해서라도 그가 해결을 위해 낭떠러지로 돌진하기 전에 그를 구할 방법을 찾아야 한다.

히로세는 텔레비전을 끄고 다카사토에게 얼굴을 들게 했다. 할 수 없었던 말을 겨우 입에 담았다.

"너는 태왕이야."

다카사토가 깜짝 놀라 눈을 부릅뜨고 히로세를 올려다보았다.

"무슨……."

"하쿠 산시가 나에게 물은 적이 있어. 너는 왕의 적이냐고. 그들이 지키는 것이 너라면 네가 왕이라는 소리지. 왕이란 태왕을 말한다고 했지?"

다카사토는 눈을 크게 뜬 채 한동안 말을 꺼내지 않았다.

"내 말이 맞지, 태왕?"

"아닙니다."

그가 반사적으로 말했다.

"저는 태왕이 아닙니다."

"다카사토."

태왕이 아닐 리가 없다. 히로세는 그렇게 생각하게 된 과정을 열심히 설명했다. 다카사토는 고개를 가로저었다.

"아닙니다. 절대로 아니라고 단언할 수 있습니다."

"무슨 이유로?"

다카사토는 완고하게 고개를 젓는다.

"이유가 어찌되었든 간에 저는 그렇지 않다는 사실을 알고 있습니다."

"그럼 넌 대체 뭐야?"

히로세의 목소리가 무심결에 거칠어졌다.

"그렇지 않다면 어째서 그들이 너를 지키지? 계약이란 그런 거잖아. 무언가의 대가로 너를 지킨다는."

"아닙니다."

애가 타는지 다카사토는 호소한다.

"태왕은 아닙니다. 저는 아닙니다. 그분은……."

말하다 말고 다카사토는 갑자기 말을 삼켰다.

히로세는 다카사토의 팔을 잡고 얼굴을 들여다보았다.

"'그분'이라니?"

들여다본 얼굴은 얼이 빠져 있었다.

"다카사토?"

허공에 뜬 시선이 천천히 히로세와 맞부딪쳤다.

"그분은 제 주인입니다."

"주인?"

"……어째서 잊고 있었을까."

다카사토가 일어섰다. 창문을 향한다. 순간적으로 히로세는 팔을 붙잡았다.

"죽지 않겠습니다."

다카사토가 그윽한 눈으로 바라본다.

"저는 왕에게 충성을 맹세했습니다. 곁을 떠나지 않고 왕명에 거스르지 않겠다는 서약입니다."

"너…… 기억이?"

다카사토는 고개를 저었다. 희미하고 안타까운 미소가 번진다.

"기억난 건 그뿐입니다. ……이걸로 충분합니다."

그는 딱딱한 표정으로 말하고 나서 창가에 섰다. 창문에 손가락을 대고 바다를 가만히 응시한다.

"결코 곁을 떠나지 않겠다고 맹세했건만."

잃어버린 일 년 속에서 주고받은 약속. 잊어서는 안 되는 약속이 이런 것이었나.

"왕의 곁으로 돌아가야 합니다."

다급해하는 목소리에 히로세는 고개를 들었다.

"어떻게든 방법을 찾아야 합니다."

"어떤 약속이든 간에."

히로세는 어쩐지 궁지로 내몰린 심정이었다.

"너는 태왕의 곁을 떠나 이쪽으로 돌아왔어. 약속이 파기되었다는 소리 아닌가?"

히로세는 몰아붙였다. 떠들면 떠들수록 불안해졌다.

"왕이 너를 버렸는지도 몰라. 네가 왕에게서 도망쳤는지도 모르지. 분명히 도망친 거야. 아니면 산시와 고란이 있는 이유가 설명이 되지 않잖아. 그들은 쫓아온 거야, 그렇지 않아? 렌린인가 하는 그 여자도 그렇지. 너는 도망쳐 온 세계로부터 쫓기고 있어."

다카사토는 놀라서 고개를 젓는다.

"있을 수 없습니다."

"왜지?"

"제가 왕의 곁을 자발적으로 떠난다니 있을 수 없습니다."

"어떻게 그렇게 잘라 말할 수 있지?"

히로세는 삿대질했다. 어째서 자신이 이렇게까지 정색을 하는지 이해할 수 없었다.

"그들은 쫓아온 거야. 그러니까 네 주변에 이상한 일이 일어나지. 네가 이쪽에서 살지 못하도록 발판을 무너뜨리려는 속셈이라고."

다카사토는 어쩔 줄 몰라 하는 표정으로 고개를 갸웃거리고는 히로세를 살피듯 바라보았다.

"왜 지금 그런 말씀을 하세요? 산시와 고란은 지킨다고 말했어요. 그렇죠?"

히로세는 입을 다물었다. 분명히 그렇다. 산시와 고란은 이성을 잃은 충심으로 다카사토를 지키고 있을 뿐이다. 그것도 다카사토가 아니라 태왕을 향한 충성심으로. 왕은 그들에게 다카사토를 지키라는 책무를 지워주었다.

"어째서 산시는 나에게 왕의 적이냐고 물었을까."

다카사토는 고개를 갸웃거렸다.

"……저는 모릅니다."

태왕과 다카사토가 주종 관계라면 이해는 일치한다. 그들은 다카사토의 적은 곧 왕의 적이라고 판단했으리라.

"……이와키가 태왕의 적인가?"

태왕이 저쪽 세계의 왕이라면 이쪽에 사는 이와키가 적이 될 수 없다. 이와키도, 다른 아이들도 누구 하나 태왕의 적일 수는 없었다.

'아아, 그래서.'

히로세는 깊이 탄식한다. 렌린은 그래서 말한 것이다. '그들은 대의밖에 모른다'고. 그들은 이쪽 세상의 인간이 왕의 적이 될 수 없음을 몰랐던 것이다. 다카사토의 적을 곧 왕의 적이라 맹신하고 없애버렸다.

"말도 안 돼……."

오해다. 완벽한 실수다.

"어째서 이런 어처구니없는 일이."

다카사토는 말없이 히로세를 바라보고 있었다.

005

밤에 고토가 찾아왔다. 바다 위에 베인 상처처럼 가는 달이 떠 있었다. 바람은 세차고 구름이 빠르게 흘러갔다.

"선생님, 학교는 어때요?"

고토는 얼굴을 찌푸렸다.

"교정에 나와 있던 녀석들은 전멸이야."

다카사토는 자신이 다치기라도 한 듯이 눈을 감았다.

"일반 교실동, 특별 교실동은 거의 무너졌어. 동아리동에 있던 녀석들이랑 체육관에서 진로 지도 오리엔테이션을 받던 녀석들은 살았지."

"그럼 하시가미는?"

"무사해."

"노즈에랑 스기사키, 쓰이키는요."

고토는 고개를 저었다.

"아직 발견되지 않았어. 산 채로도 죽은 채로도. 지금 필사적으로 구출 작업을 하고 있기는 한데 아무래도 태풍이 올 낌새군. 자칫하면 오늘밤은 적당히 하고 중단될지도 모르겠어."

태풍이 온다는 예보는 없었는데, 하고 고토가 씁쓸하게 웃었다. 눈가에 피로한 기색이 짙었다.

텔레비전 뉴스에서는 붕괴한 학교 전경을 비추어주었다. 상공에서 헬리콥터로 촬영했는지, 휘영청한 조명에 비친 잔해 더미의 모습이 짙은 그림자를 남기며 천천히 회전하고 있다. 구출 작업은 강풍 속에서도 계속되고 있는 모양이다. 교정 쪽 건물은 완전히 무너져 내렸다. 일반 교실동 절반이 무너져 내려 납작해졌고, 특별 교실동도 삼분의 일이 무너졌다. 6반 교실이 있던 장소와 화학 준비실이 있던 장소도 짓밟힌 듯이 찌부러져 있다. 위층 천장이 바닥까지 떨어져 벌어진 틈새로 건물 자재가 삐져나와 있었다. 남은 부분도 간신히 원형을 지키고 있을 뿐이다.

교실에 있던 학생이라면 희망은 거의 없으리라. 준비실 상황은 조금 나았지만 그곳에는 화학 약품이 선반 가득 있다.

화면이 바뀌더니 부상자 이름이 쭉 나열되었다. 어마어마한 경상자. 그보다 조금 적은 중상자. 더욱 적은 사망자. 그래도 서른 명이 넘는다. 행방불명자는 사망자의 세 배쯤 되었다.

히로세는 신음했다. 다카사토를 박해한 것이 원인임은 의심할 여지가 없다. 본관은 반이 무너졌다. 뼈대만 남은 부분에는 교장실이 있고 거기에서 교장과 교감을 포함한 몇 명의 간부끼리 한창 회의를 하고 있었다.

하지만 이 사고로 죽은 학생 대부분은 무고한 희생자에 지나지 않는다. 어리석은 맹신 때문에 사라져버린 헤아릴 수 없이 많은 생명. 보복은 필요없었건만.

정말로 그들은 피에 취해 도를 잃은 것처럼 보인다. 아니면 어떤 사정으로 변화가 일어난 것인가.

멍하니 화면에 빠져 있던 다카사토가 창을 돌아보았다. 가만히 창문을 바라본다. 창밖에 낮게 낀 구름이 현기증이 날 것 같은 속도로 움직이고 있었다.

"다카사토?"

히로세가 갑자기 일어선 다카사토의 이름을 불렀다. 다카사토는 창으로 다가가 유리창에 손을 얹는다.

"무슨 일이야?"

다카사토가 창문을 열었다. 순간 축축하고 미지근한 바람이 방안으로 강하게 불어 들어왔다. 방의 공기가 축축하게 젖는다. 당장이라도 물방울이 되어 떨어질 것 같은 바람 속에서 히로세는 어떤 소리를 들었다.

귀를 기울인다. 거친 바람 속에 어떤 소리가 약하게 띄엄띄엄 섞여 있었다. 어딘지 먼…… 아주 먼 곳에서 강한 바람이 싣고 온 희미한 외침.

"……뭐지."

다카사토가 가만히 목소리에 귀를 기울인다. 바다 끝에서 두터운 구름이 밀려온다. 히로세도 마찬가지로 열심히 귀를 기울여 바람 속에서 부르는 목소리를 들었다.

히로세는 다카사토를 돌아보았다. 누가 다카사토를 부른다. 바다 끝에서, 아니면 해저의 깊은 바닥에서 있는 힘껏 부르고 있었다.

고토가 미심쩍어하는 목소리로 말했다.

"……무슨 소리가 들리는 것 같은데?"

갑자기 다카사토가 발길을 돌렸다. 재빨리 창가에서 떨어져 집을 나가려 한다. 히로세가 쫓는다. 현관에서 팔을 잡았다.

"나가면 안 돼."

손안의 팔이 저항한다.

"부르고 있어요."

"바람 소리야."

다카사토가 문을 열자 바람이 강하게 굽이쳐 흘렀다. 바람이 창문에서 문으로 소리를 내며 달려간다. 그 바람에도 희미하게 목소리가 섞여 있었다.

"저를 부르고 있습니다."

히로세는 다카사토를 붙잡고 문으로 손을 뻗었다. 물을 닫으려는 손을 다카사토가 저지한다.

"가야 해요."

"바람 탓이라니까."

다카사토는 고개를 저었다.

"전선이 윙윙거리는 소리라고."

"목소리입니다. 부르고 있습니다."

"바닷소리야."

손안의 팔이 한층 더 거세게 저항하며 히로세를 뿌리친다.

"목소리가 아니라고, 다카사토!"

바람이 크게 역류했다. 다카사토가 미끄러지듯 나가며 문을 닫았다.

"……히로세?"

무언가에 사로잡힌 듯이 문을 바라보던 히로세는 고토의 목소리로 정신을 차렸다.

"이봐, 히로세. 왜 그래?"

히로세는 현관을 뛰쳐나가면서 외쳤다.

"여기 계세요."

"여기 있으라니, 야, 히로세!"

006

히로세는 달렸다. 쫓아갔을 때는 이미 엘리베이터가 내려가고 있었다. 서둘러 계단으로 뛰어 내려간다. 건물 앞에서 좌우를 둘러보았다.

부상 탓에 시간을 잡아먹었다. 다카사토의 모습은 보이지 않았다.

'어디로 갔지?'

다카사토를 부르는 소리. 실마리가 될 만한 것은 그뿐이었다. 히로세는 바다를 향해 달렸다. 강한 바람이 바다에서 불어왔다. 대기 속에 정체불명의 힘이 넘쳐났다.

달리다 잰걸음으로 걷다 하면서 제방에 이르렀을 무렵에는 발걸음을 떼기 힘들 정도로 바람이 거세졌다. 빗방울이 뒤섞인다. 가느다란 빗줄기는 바늘처럼 피부에 꽂혔다.

히로세는 제방을 따라 달리며 바닷가와 좌우를 번갈아 보았다. 바람이 부는 쪽으로는 눈을 뜨고 있을 수가 없다. 팔로 얼굴을 가리면서 새카만 바닷가에서 사람을 찾는다. 다리가 풀릴 정도로 달린 끝에 간신히 해변에서 그를 발견했다.

제방을 뛰어 내려갔다. 모래와 바람에 휘청거리며 물가에 서 있는 다카사토를 붙잡는다.

다카사토는 놀라서 소리쳤다.

"선생님!"

"어떻게 된 거야."

팔을 붙잡은 히로세를 밀어내려 했다.

"집으로 돌아가세요."

"돌아가야 하는 건 너야. 위험하잖아."

물마루가 조각조각 부서져 물거품이 높이 솟구쳤다.

"위험합니다. 그러니까 돌아가세요."

"너도 같이 가자."

빗물로 미끄러운 팔을 강하게 잡아끈다. 다카사토는 고개를 저었다.

"부탁이니 집으로 돌아가세요. 왜 저를 부르는지 알아야 합니다."

묵묵히 팔을 끌었다. 강하게 잡아끌지는 않았지만 바다에서 불어오는 바람이 히로세의 편이었다.

"왜 그렇게나 많은 사람이 죽어야 합니까!"

"생각해도 소용없어."

"대체 무슨 일이 일어나고 있는 건가요. 대체 무엇을 위해 저렇게 많은 피를 흘려야 하나요. 이대로는 납득할 수 없어요!"

납득하지 못하기는 히로세도 마찬가지였다. 그렇더라도 이 자리에 다카사토를 두고 떠날 수는 없었다. 위험하기 때문이 아니라는 것을 히로세는 알고 있었다. 산시와 고란이 있다. 어떤 상황에서든 그들은 다카사토를 지킬 것이다. 알고 있기에 더욱, 또 다른 불안이 일기에 히로세는 다카사토를 놓아줄 수 없었다.

팔을 잡은 손에 힘이 들어간다. 이 손을 놓으면 견딜 수 없는 일이 일어나리라는 강렬한 예감이 들었다.

막무가내로 팔을 잡아끌었을 때 갑자기 누군가 말했다.

"그 손을 놓고 도망치세요."

목소리가 난 방향을 돌아본다. 불어닥친 비가 얼굴을 때렸다. 여자가 서 있었다.

"당신은……."

그녀는 히로세를 향해 호소한다.

"제발 도망치세요. 곧 연왕이 행차하십니다."

"무슨 소리지?"

그녀는 고개를 내저었다. 긴 머리카락이 바람에 휩쓸려 정신없이 흩날렸다.

"수해가 날 겁니다. 왕이 건너오시니 어쩔 수 없어요. 제발 그를 놓고 조금이라도 높은 곳으로 도망치세요."

"말도 안 되는 소리하지 마."

"부탁드려요."

여자의 몸이 일그러진다. 달리 어떻게 표현할 수 있을까. 갑자기 일그러지더니 윤곽이 녹는다. 녹은 덩어리가 낮게 늘어나며 인광을 발한다. 무언가 모습을 홱 뒤집은 것 같았다. 짐승 한 마리가 모습을 드러냈다.

비바람 때문에 시야가 흐리다. 엷게 감도는 인광이 모습을 한층 뿌옇게 만들었다. 그럼에도 그것이 자황색 털을 지녔음을 알 수 있었다. 등은 복잡한 빛깔로 반짝였다. 말처럼 발굽이 있고

금색 갈기가 달렸다.

짐승은 무슨 말을 하고 싶은 듯 다카사토를 바라보고 나서 조용히 비상해 하늘로 날아올랐다. 비바람을 전혀 느끼지 않는 것처럼 바다를 향해 달려 올라가 비의 장벽 속으로 녹아들듯 사라졌다.

한동안 목소리가 나오지 않았다. 한층 거세진 바람에 밀려 헛발을 디디고는 정신을 차렸다. 지금 그게 뭐였지, 그렇게 물으려고 바라본 시선 끝에 다카사토도 멍하니 서 있었다.

"다카사토."

불러도 반응이 없다. 좀더 큰 목소리로 불렀다. 그래도 돌아보지 않았다. 다카사토는 짐승이 사라진 방향으로 시선을 두고 입술만 움직였다.

"기억났습니다."

그는 미소 지었다.

"……생각났어요."

혼잣말처럼 말하고 나서 다카사토는 눈을 꾹 감는다.

"저는, 인간이, 아닙니다."

그 사실이 몹시 기쁜 듯했다.

"다카사토……?"

그가 드디어 히로세를 보았다.

"다이키가 제 이름입니다. 다이키泰麒—태왕의 기린."

"……무슨 말이야."

다카사토는 부드러운 미소를 지으며 히로세를 똑바로 쳐다보았다.

"저는 인간이 아닙니다. 기린입니다."

"말도 안 되는 소리 마."

그 순간 끓어오른 것은 분노였다. 인정할 수 없다. 말투가 거칠어진다.

"넌 인간이야."

이유는 알 수 없다. 까닭 없이 화가 나서 평정심을 유지할 수 없었다.

다카사토는 조용히 고개를 저었다.

"기린입니다. 태왕은 제 주인이에요. 하쿠 산시는 저를 맞이하러 렌린이 보낸 인요人妖고, 이후 고란과 함께 제 수호를 맡고 있습니다."

"렌……린."

"열두 왕이 있고 열두 기린이 있습니다. 렌린廉麟은 염왕廉王의 린. 연왕延王께는 엔키延麒가 있어요."

히로세는 반사적으로 웃기지 말라고 소리치고 있었다.

"말도 안 돼! 터무니없어!"

다카사토는 잠자코 히로세를 바라보았다.

"기린이라고? 짐승이라고? 네가? 사람의 모습을 하고 있는데? 부모님이 뻔히 계셨잖아. 사람에게서 짐승은 태어나지 않아. 그런 일은 있을 수 없어."

"전 태과胎果예요."

"태과……?"

되묻는 말에 다카사토는 고개를 끄덕인다.

"이쪽의 존재가 아닙니다. 실수로 이쪽에 흘러들어 사람 뱃속에 깃들었죠……. 그걸 태과라고 합니다."

"불가능해."

쌀쌀맞은 말투에 다카사토는 슬픈 표정을 지었다.

"기린이라면 너도 변신해봐."

다카사토는 고개를 저었다.

"뿔을 잃어서 할 수 없습니다. 그래서 제 힘으로 돌아갈 수도 없어요."

돌아간다는 단어가 가슴을 찌른다.

"돌아가?"

다카사토는 고개를 끄덕였다.

"돌아가야 합니다. 돌아가서 왕을 구해야 합니다. 기억을 잃은 탓에 어마어마한 시간을 낭비하고 말았습니다."

"돌아……가다니. 그게 아니잖아?"

무언가에 쫓겨 궁지에 내몰린 심정이었다. 놈들에게 붙잡힐 수는 없다. 히로세는 그저 도망치기 위해 말을 이었다.

"너는 인간이야. 애초에 뭐였건 지금은 인간이잖아. 이 세상에서 생을 받고 여기에 존재하는걸. 한 번 저쪽으로 갔지만 결국 돌아왔지. 너는…… 이쪽으로 돌아온 거야."

다카사토는 고개를 저었다.

"돌아온 것이 아닙니다. 사고였어요."

히로세는 뭐라고 소리치기 위해 입을 열었으나 할말을 찾지 못했다.

"말도 안 돼."

거듭된 말에 패기가 사라졌다. 히로세 본인도 떼를 쓰고 있을 뿐이라는 사실을 알고 있었다.

"저는 돌아가야 합니다."

"어떻게."

"저를 데리러 오고 있어요."

가늘고 세찬 빗방울이 히로세의 몸을 때린다. 피부에 달라붙은 옷 위로 흘러내린다. 높은 파도가 밀려와 히로세의 발치를 허물어뜨렸다.

"……연왕인가."

다카사토는 고개를 끄덕였다.

"네. 연왕께서 이리 오신다고 했으니 수해가 일어날 겁니다. 제발 집으로 돌아가세요."

다카사토가 바닷가를 가리켰지만 히로세는 그곳에서 움직이지 않았다. 움직일 수가 없었다.

다카사토가 돌아가는 것은 그에게도, 이 세상에도 분명히 좋은 일이다. 다카사토는 그것을 바라고 있다. 이 세상도 그것을 바라고 있을 것이다. 그렇다면 웃으면서 보내줘야 마땅하겠지.

그렇게 생각하면서도 히로세는 자리를 뜰 수가 없었다. 비바람에 몸을 드러내놓은 채 그 자리에 서 있었다.

"부탁입니다."

움직일 수 없었다. 비바람을 피해 고개를 숙이자 어느새 파도가 발치까지 바싹 밀려와 있었다. 부서진 물방울이 눈에 스민다. 그때, 등뒤에서 기척이 났다.

돌아보자 바로 앞에 사람 얼굴이 있었다. 순간적으로 소리를 지르며 다카사토 옆으로 물러선다. 머리카락이 없는 하얀 머리. 시체처럼 보이는 그것은 얼마 전에 본 얼굴이었다. 어느 틈에 시체 무리가 히로세의 등뒤까지 육박해 있었다.

그저께 밤과는 반대로 무리는 제방 쪽에서 다가왔다. 놈들은 당장이라도 쓰러질 것 같은 자세로 천천히 걸어온다. 히로세와 다카사토의 옆까지 오자 고개를 숙이듯이 몸을 구부리고 나서 바닥에 손을 짚었다. 거북이처럼 엎드려 사지를 움직여서 춤추는 물머리 안으로 헤치고 들어가더니 바다로 돌아간다. 무리 전부가 파도 속으로 사라질 때까지 오랜 시간은 걸리지 않았다.

히로세는 크게 안도의 한숨을 내쉬었다. 그러고 나서 별생각 없이 둘러본 바닷가 먼발치에서 커다란 짐승이 굼실거리는 모습을 발견했다. 비 때문에 흐릿하게 보이지만 크기가 소 정도는 될 법한 짐승이다. 어떤 모습을 하고 있는지는 제대로 보이지 않는다. 반사적으로 주변을 둘러보니 어느새 바닷가는 정체 모를 생물들로 우글거리고 있었다. 이쪽에서도 저쪽에서도 비바람과 어둠 속에 녹아들듯이 무언가가 굼실거리는 모습이 보인다. 모든 것이 무섭게 일그러진 모습을 하고 있었다.

저도 모르게 다카사토의 팔을 잡았다. 잡은 팔을 끌어당겨 그 자리에서 도망치려 했다. 손안의 팔이 강하게 저항한다.

"선생님."

"도망쳐야 해."

"……그럴 필요 없어요. 그들은 위해를 가하지 않습니다. 그들도 돌아가려는 거예요."

그 말이 가슴을 깊이 후볐다. 반사적으로 다카사토의 팔을 있는 힘껏 끌었다.

"선생님!"

자리에 버티고 선 몸을 억지로 끌어당긴다.

"부탁입니다. 놓아주세요."

히로세는 말없이 팔을 끌었다. 발을 헛디디며 넘어진 다카사토를 힘으로 일으켜서 제방을 향한다. 갑자기 발치가 와르르 무너졌다. 발치에서 바닷바람보다도 짙은 바다 냄새가 났다.

'바다 냄새.'

정신을 차리니 뒷걸음질치고 있었다. 붉은 궤적이 발끝을 스친다. 일격을 피할 수 있었던 것은 기적에 가까웠다.

모래 사이로 붉은 짐승이 머리를 내밀었다. 뒤로 물러서려는 히로세의 다리를 모래 속에서 튀어나온 하얀 여자 손이 움직이지 못하게 꽉 붙들었다.

'다카사토를 막아서는 안 되었던가.'

절망적인 심정으로 생각했다. 다카사토에게 위해를 가해서는 안 된다. 상처를 입혀서는 안 된다. 다카사토의 의도를 방해해서는 안 된다. 다카사토가 간다고 하면 말없이 지켜보아야 한다. 그러지 않으면 반드시 보복이 찾아온다.

모래 속에서 몸을 반쯤 내민 여자는 양팔로 히로세의 다리를 옭아맸다. 떼치기는커녕 이제 움직일 수조차 없었다. 붉은 짐승은 모래 속에서 온전한 모습을 드러냈다. 발톱은 히로세를 손쉽게 갈기갈기 찢어버리고, 턱은 히로세를 간단히 씹어 으깨리라.

"고란."

강직한 목소리가 울렸다. 어느새 히로세와 짐승 사이에 다카사토가 서 있었다.

"그만둬. 이분은 적이 아니야."

붉은 짐승이 머뭇거리는 것처럼 고개를 흔든다.

"산시도 떨어져. 그런 짓을 할 필요 없어."

히로세의 발을 휘감은 팔의 힘은 약해지지 않았다. 고란이라 불린 붉은 짐승도 몸을 도사린 채 날카로운 이빨을 드러내고 있다.

"이분은 적이 아니야. 나를 도와준 분이셔. 알잖아."

잠시 후 히로세의 발에 감겨 있던 팔의 힘이 약해졌다. 곧바로 손을 떼치고 두어 걸음 물러선다. 산시라 불린 것과 고란이라 불린 짐승은 분명하게 무언가를 망설이는 모습이었다. 짐승의 이빨은 지금도 딱딱 작게 울리고 있다.

"고란, 그만두지 못해."

다시 명령한 다카사토는 그 자리에 무릎을 꿇는다. 짐승을 향해 팔을 뻗었다.

"왜 그러지? 분별을 잃었어?"

고란은 슬며시 몸을 빼더니 커다란 머리를 늘어뜨렸다. 피고름색을 한 머리를 다카사토의 손아래로 밀어넣는다. 다카사토는 살짝 손을 얹었다. 고란이 몸을 가까이하자 다카사토는 그 머리를 부드럽게 끌어안았다.

산시가 모래에서 기어나와 깊이 고개를 숙였다. 산시의 머리는 히로세를 향하고 있었다. 다름 아닌 자신에게 고개를 숙였다는 사실을 알고 히로세는 정신이 아찔해졌다.

다카사토가 히로세를 돌아보았다. 틀림없이 사람의 모습을 한 그가 이형의 짐승을 안고 있다. 히로세는 말을 잃었다.

고토는 히로세와 다카사토가 다르다고 말했다. 히로세도 막연히 그것을 인정하고 있었다. 그렇지만 이 세상 사람과 이 세상 것이 아닌 사람이 이다지도 깊은 차이가 있으리라고는 생각지 않았다.

불안의 실체는 이것이었다. 차이를 확인하기가 두려웠다. 히로세를 자신도 이해할 수 없는 행동으로 내달리게 한 것의 정체다.

어느덧 파도가 발치까지 뻗어왔다. 거품이 인 물머리가 발아래 모래를 기세 좋게 끌고 간다.

다카사토가 일어서며 히로세를 똑바로 쳐다보았다. 적색과 백색을 띤 이형의 존재가 비에 녹아버리듯 자취를 감추었다.

"도망치세요. 조금이라도 높은 곳으로."

히로세는 그 자리에서 움직이지 못했다. 그는 작은 목소리로 물었다.

"……이 세상에 미련은 없어?"

다카사토는 히로세를 보았다. 일순 입을 달싹이려다가 눈을 감는다.

"……그렇더라도 돌아가야만 합니다."

"가지 마."

무심코 말이 튀어나왔다.

"어째서 돌아가야 하지? 돌아갈 필요 없잖아."

다카사토는 고개를 저었다.

"이제…… 이 세상 어디에도 제가 있을 곳은 없어요."

"있을 곳이 필요하다면 만들어줄게. 가지 마."

다카사토는 고개를 저을 뿐이다.

"그럼 나는?"

히로세는 손을 뻗었다. 뻗은 손을 비가 때린다. 차갑게 식은 몸이 발끝까지 떨렸다.

"다카사토, 나는?"

"이 이상 선생님을 휘말리게 할 수는 없습니다."

히로세는 뻗은 손으로 다카사토의 팔을 붙들었다.

"……날 두고 가려고?"

다카사토의 눈이 커졌다. 히로세는 얼굴을 일그러뜨렸다. 다카사토는 알아챘겠지. 더러운 이기심을 깨달았을 것이다.

다카사토는 한동안 히로세를 바라보고만 있었다. 눈을 감고 슬픔이 가득한 한숨을 내쉬었다. 쏟아진 깊은 비탄을 바람이 천 갈래로 찢어발긴다.

이제 히로세는 어떤 얼굴로도 그를 속일 수가 없었다. 인간은 인간이라는 자체로 이토록 더럽다. 히로세는 다카사토의 팔을 쥐었다. 혼신의 힘으로 그에게 매달렸다.

"나는 돌아갈 수 없잖아! 그런데 나를 두고 너만 돌아가겠다고?"

다카사토는 계속 눈을 감고 있었다. 바람이 감아올린 젖은 머리카락이 눈꺼풀에 달라붙었다.

"다카사토, 너만 돌아가겠다고!"

—무슨 기분인지 알겠어요.

다카사토는 그렇게 말했다. 고토는 히로세라면 다카사토를 이해할 수 있을 거라고 했다. 이해는 할 수 있다. 히로세는 다카사토의 유일한 이해자였을 것이다. 동시에 다카사토는 히로세의 유일한 이해자였다.

"너 혼자 고국으로 돌아간다니."

똑같이 고국을 잃고 이 땅의 속박에 붙들려 있었는데. 고국을 그저 말로 그리워할 수밖에 없는 이방인, 단 한 명뿐이던 동포.

"그럼 나는? 여기에 홀로 남겨질 나는?"

진실은 드러났다. 이제 진의를 거짓으로 꾸밀 어떤 말도 할 수 없었다.

"왜 너야!"

구해주고 싶었다. 그것은 분명한 사실이었다. 평온한 미래를 걷게 하고 싶었다. 그러기 위해 할 수 있는 일을 모두 해주고 싶었다. 그 마음은 지금도 변함이 없다. 그렇지만 마음의 뒷면에는 고국으로 돌아가려는 다카사토를 향한 추악하기만 한 질투가 있다.

인간은 인간이라는 사실만으로도 이토록 더럽다.

히로세의 팔에서 힘이 빠졌다. 자유로워진 손으로 다카사토는 얼굴을 덮었다.

깨끗하기만 한 다카사토는 이해할 수 없을 것이다. 히로세 역시 줄곧 돌아가고 싶었다.

다카사토는 한손으로 얼굴을 덮은 채 다른 한손을 옆으로 들었다. 히로세에게 명령하듯 손가락이 제방을 가리켰다.

"가세요."

"다카사토."

그는 고개를 들었다. 강한 시선이 히로세를 꿰뚫었다.

"선생님은 가서 이 세상을 살아야 합니다."

분별없이 입을 열려고 하는 히로세를 고개를 젓는 것만으로 제지했다.

"가세요. 당신은 인간이니까."

히로세는 고개를 떨어뜨렸다.

알고 있다. 히로세는 선택받지 못했다. 이처럼 더러운 마음을 가진 탓에 선택받을 수 없었으리라.

자리에서 꼼짝하지 않는 히로세를 다카사토가 밀어낸다. 그 힘에 밀려 히로세는 걷기 시작했다. 바다에서 밀려온 비바람이 두드리듯 등을 밀었다.

돌려보내고 싶지 않았다. 내가 돌아갈 수 없다면, 아무도 돌아갈 수 없기를 바랐다.

일부분만 보면 사람은 누구나 이단이다. 몸에 결함이 있는 자, 마음에 결함이 있는 자, 그런 식으로 누구나가 이단이다. 이단자는 고향을 꿈꾼다. 허무하고 어리석지만 달콤한 꿈.

히로세가 '돌아가고 싶다'고 중얼거린 것은 넋두리에 지나지 않았지만, 다카사토는 전심전력으로 그 말을 외칠 권리가 있었다. 그에게는 돌아갈 세계가 있고, 히로세에게는 돌아갈 세계가 없다.

다카사토가 사람인지 아닌지는 히로세에게는 아무래도 좋은 일이었다. 다카사토는 처음부터 이단이었고, 히로세는 다카사토만큼 이단이 될 수 없었다. 아무리 몸부림쳐도 한낱 인간일 따름이었다.

그렇기 때문에 그는 선택받고 히로세는 선택받지 못했다. 그는 돌아가고 이 세상은 히로세만을 붙잡아놓는다. 히로세가 돌아갈 세계는 어디에도 존재하지 않는다.

제방 위에서 내려다보니 다카사토가 히로세를 지켜보고 있었다. 히로세는 멈추어 선다. 다카사토가 히로세의 등뒤를 가리켰다.

히로세는 다리를 끌며 걸었다. 뛸 마음은 들지 않았다. 사는 것도 죽는 것도 아무래도 좋은 일처럼 여겨졌다. 다리에 힘이 풀려 무릎이 휘청거렸을 때 순풍에 떠밀려 희미하게 목소리가 들렸다.

"산으로……세요."

히로세는 돌아보았다. 다카사토가 그를 가만히 보고 있었다. 히로세는 끓어오르는 물머리 앞에 선 그의 모습을 주시했다. 그는 같은 말을 또 한 번 외쳤다.

고개를 끄덕였다.

다카사토가 깊이, 깊이 머리를 숙였다.

히로세는 다시 한번 고개를 끄덕였다. 끄덕이고 나서 이번에는 길을 씻어내는 비가 내리는 가운데 종종걸음으로 걷기 시작했다. 바람이 분다. 바람에 떠밀려 히로세는 달리기 시작했다.

그날 그 지역을 덮친 해일은 해안 일대를 삼켜 이백 명이 넘는 사망자와 실종자를 냈다.

이후 바람이 강한 날에 바닷가에 가는 것은 금기시되었다. 파도를 타고 물밑에서 시체가 밀려왔기 때문이다.

긴 실종자 명단이 닷새, 열흘 지나는 사이 한 줄씩 지워지고 기나긴 사망자 명단에 덧붙여졌으나 한 달이 지나도록 지워지지 않는 이름이 있었다.

그 이름은 태풍의 계절을 지나 서리가 내리는 계절이 되도록 지워지지 않은 채 덩그러니 남아 있었다.

오로지 한 사람만이.

바다의 끝을 가늠할 수 없으니
어떻게 너른 바다의 동쪽을 알리오
구주 강산은 머나먼 어디쯤에 있는가
만 리 하늘 길을 오르는 것처럼
고국을 향해 해만 바라보네
돌아가는 배는 바람에 몸을 맡길 뿐
바다거북의 몸은 하늘을 검게 비추고
물고기의 눈동자는 파도를 붉게 쏜다
고향은 부상扶桑 나무가 있는 타지라
그대 이제 그 머나먼 외로운 섬에서 살아야 하고
우리는 다른 세상에 사는 듯 멀리 헤어지게 되었으니
어찌 소식을 전하면 좋을까

마성의 아이 — 십이국기 0

1판 1쇄 2014년 12월 12일
1판 8쇄 2023년 3월 10일
–
지은이 오노 후유미 ◎ **일러스트** 야마다 아키히로 ◎ **옮긴이** 추지나
책임편집 지혜림 ◎ **편집** 임지호 이현 이송 ◎ **아트디렉팅** 이혜경 ◎ **조판** 최윤미
저작권 박지영 형소진 이영은
마케팅 정민호 이숙재 김도윤 한민아 이민경 안남영 김수현 왕지경 황승현 김혜원
브랜딩 함유지 함근아 박민재 김희숙 고보미 정승민
제작 강신은 김동욱 임현식 ◎ **제작처** 영신사
독자모니터 김진영
펴낸곳 (주)문학동네 ◎ **펴낸이** 김소영 ◎ **출판등록** 1993년 10월 22일 제2003-000045호
–
주소 10881 경기도 파주시 회동길 210
문의 031-955-1901(편집) ◎ 031-955-2696(마케팅) ◎ 031-955-8855(팩스)
전자우편 editor@elmys.co.kr ◎ **홈페이지** www.elmys.co.kr

ISBN 978-89-546-2646-0(04830) ◎ **SET** 978-89-546-2614-9(04830)
–
엘릭시르는 출판그룹 문학동네의 장르문학 브랜드입니다.